# ज़िन्दगी लाइव

## पुस्तक पर प्रतिक्रियाएँ...

प्रियदर्शन के पहले उपन्यास 'ज़िन्दगी लाइव' को इस बात के एक उद्धरणीय उदाहरण की तरह पेश किया जा सकता है कि कैसे एक गम्भीर सारतत्त्व को पूरी तरह से भारहीन कर लेने के बावजूद, उसकी मूल्यचेतना में पैसा भर घाटा लाये बिना भी 'लोक–लुभावन' के विन्यास में उसे पाठक–सुलभ बनाया जा सकता है। रोचक और पठनीय मात्रा अपने आप में एक मूल्य नहीं बल्कि मूल्य को आम पाठक के लिए सहेज रखने का आवरण है।

अगर मैं कहूँ कि 'ज़िन्दगी लाइव' जैसी किताबें साहित्य के लिए मास–मीडिया के सदस्य के रूप में अपनी प्रासंगिकता के अर्जन का एक साधन बनती हैं, साहित्य की किताब का जो एक विशेष प्रकार्य है अपनी तरह के संवेदनात्मक ज्ञान की निर्मिति और प्रसार का और जो लोक–लुभावन के लक्ष्य के सम्मुख ख़तरे में जा पड़ा है उसकी भी रक्षा करती हैं और दोनों को जोड़ कर अपनी विधा के होने का औचित्य सिद्ध करती हैं, और हिन्दी में अभी यह अपनी विधा में अपनी जैसी पहली और अकेली है तो यह कोई अतिशयोक्ति नहीं है, महज़ अभिधा में कही गयी एक बात है।

**अर्चना वर्मा**, सुधी आलोचक (अब दिवंगत)

अरसा बाद मैंने एक ऐसा उपन्यास पढ़ा है जिसे पढ़ना मुझे एक 'कार्यभार' की तरह नहीं लगा और जिसे पढ़ते हुए मुझे अपने को समझाना–दुलराना–बहलाना–फुसलाना नहीं पड़ा कि देखो–देखो, कैसी बारीकियाँ हैं, हमारे समय के यथार्थ के कितने पहलू इसमें समेटे गये हैं, मनलगाऊ नहीं है तो क्या हुआ!! इन ढाई सौ पृष्ठों में शुरू से आख़िर तक कमाल की पठनीयता है, जो घटनाओं के सिलसिले से पैदा हुई है, और घटनाएँ ऐसी हैं जो सत्ता और पूँजी के खेल की गहरी चालों से बुनी गयी हैं।

**संजीव कुमार,** सुख्यात कथा आलोचक

वर्षान्त की रात पढ़ना शुरू किया और रोचकता ऐसी कि एक बैठकी में वर्षारम्भ के बाद पढ़कर समाप्त किया। प्रियदर्शन का यह उपन्यास उनकी कहानियों और कविताओं से अलग मिज़ाज का लेखन है। इसकी प्रवृत्ति और इसकी तासीर अलग है। बहुज्ञात घटनाओं का वर्णन करते हुए वे सहज भाषा में वृत्तान्त रचते हैं। तीव्रता से घटते घटनाक्रम के बीच वे ज़िन्दगी के छोटे–छोटे मार्मिक प्रसंगों को बिना किसी अतिरेक के उद्‌घाटित करते हैं।

**हृषीकेश सुलभ,** प्रसिद्ध नाटककार, कथाकार

# ज़िन्दगी लाइव

(26/11 की वह रात जो ख़त्म नहीं हुई)

प्रियदर्शन

वाणी प्रकाशन

**वाणी प्रकाशन**

*4695, 21-ए, दरियागंज, नयी दिल्ली 110 002*

फ़ोन : +91 11 23273167 फ़ैक्स : +91 11 23275710

**शाखाएँ**

*अशोक राजपथ, पटना 800 004, बिहार*

*कॉफ़ी हाउस कैम्पस, महात्मा गांधी मार्ग, इलाहाबाद 211 001, उत्तर प्रदेश*

*महात्मा गांधी अन्तरराष्ट्रीय हिन्दी विश्वविद्यालय, वर्धा 442 001, महाराष्ट्र*

*सुल्तानिया रोड, मोतिया पार्क, भोपाल 462 001, मध्य प्रदेश*

www.vaniprakashan.com
marketing@vaniprakashan.in
sales@vaniprakashan.in

ZINDAGI LIVE
*by* Priyadarshan

ISBN : 978-93-89915-99-0
Novel



प्रथम संस्करण 2020

मूल्य : ₹ 399



*सिटी प्रेस, दिल्ली-110 095 में मुद्रित*

*वाणी प्रकाशन का लोगो मक़बूल फ़िदा हुसेन की कूची से*

# वह रात भी इक रात थी

'अब हम आपको मिलवाते हैं एक ऐसे बच्चे से, जिसका दिमाग़ कम्प्यूटर से भी तेज़ है। पूर्णिया का प्रशान्त बस 8 साल का है, लेकिन उसे पूरी *रामचरितमानस* और *गीता* कण्ठस्थ है।'

हिन्दी के बौद्धिक समझे जाने वाले 'असली ख़बर' चैनल के स्टूडियो की जानी–पहचानी अर्द्धचन्द्राकार मेज़ के पीछे बैठी सुलभा ने यह आख़िरी ऐंकर लिंक पढ़कर लम्बी उबासी ली। पिछले कई महीनों से अँधेरे–उजाले के अलग–अलग वृत्तों में बँटे इस स्टूडियो और इसकी फिसलती स्लेटी मेज़ पर उसकी शामें कटती रही हैं। यहाँ बैठकर वह सारी दुनिया को– यानी हिन्दी में ख़बर देखने वाली दुनिया को– बताती है कि दुनिया में क्या हो रहा है। लेकिन दुनिया में इतनी सारी चीज़ें हो रही हैं कि न सबके बारे में बताना सम्भव हैं न सब जानना चाहते हैं। उल्टे उसे इन वर्षों में यह अनुभव होता रहा है कि वह सच बताने का दावा करती है, लेकिन सच बता नहीं पाती। दुनिया भी सच सुनने बैठती है, लेकिन सच सुनने को तैयार नहीं रहती। सबको अपने–अपने हिस्से का सच चाहिए होता है– ऐसे आईने की तरह जिसमें उनका चेहरा साफ़–सुथरा दिखे, जिसमें उनकी आत्मा निर्दोष नज़र आये। सब अपना–अपना सच बनाते और बताते हैं– जैसे उसका चैनल भी, जो बहुत गम्भीर होने का दावा करता है, लेकिन बहुत अगम्भीर ढंग से चलता रहता है। सुलभा को लगता है, उसके और दुनिया के बीच एक खेल चल रहा है– वह अपनी आँखों पर पट्टी बाँधकर दौड़ती है और दुनिया की आँखों पर

पट्टी बाँध देती है। या कभी–कभी अपनी आँखों पर पट्टी बाँधे दुनिया उसकी तरफ़ दौड़ती है और उसकी आँखों पर पट्टी बाँध देती है। क्या इत्तिफ़ाक़ है कि टीवी चैनलों की दुनिया में ख़बरों से खेलने का मुहावरा सबसे ज़्यादा प्रचलित है। जहाँ से भी चला हो, जिस बेख़बरी के बीच बना हो, लेकिन कहीं–न–कहीं यह एहसास सबको है कि वे खेल रहे हैं– वह भी ऐसा खेल जिसमें वे अपने–आपको खिलाड़ी मानते हैं, लेकिन अन्त में खेल का सामान साबित होते हैं। शायद इसलिए भी यह खेल उसे जल्दी ही थका देता है। अक्सर वह बहुत उत्साह से स्टूडियो में दाख़िल होती है और बड़ी थकान के साथ शाम को निकलती है।

आज भी पिछले तीन घण्टे से वह लगातार स्टूडियो में थी। दिन की एकरस–सी ख़बरों को उसी एकरसता के साथ पेश करती हुई। एक ही तरह के अनमने, कल्पनाहीन लिंक उत्साह से पढ़ते–पढ़ते मुँह दुख गया था। लेकिन उसे एक बुरी दुनिया के बीच से कुछ घटनाएँ चुनकर, उन पर ख़बर बनने लायक़ मसाला लगाकर और उन पर अपनी मुस्कुराहट की पन्नी चढ़ाकर उन्हें बेचना था। फ़िलहाल उसके चैनल ने इसके लिए कम्प्यूटर से भी तेज़ चलने वाले दिमाग़ के बच्चे की कहानी चुनी थी। शुक्र है, यह सिलसिला आज भर के लिए ख़त्म होने वाला है। उसे उबासी लेता देख उसके सामने लगे कैमरे के पीछे खड़ी मीनाक्षी मुस्कुरायी, सुलभा मैम, बुलेटिन ख़त्म नहीं हुआ है, पैकेज के बाद आपको एक प्रोमो भी पढ़ना है– 'रविवार रात दस बजे ज़रूर देखिए महामुक़ाबला।'

सुलभा कुछ कहती, तब तक कान से लगे टॉक बैक पर विवेक की उत्तेजित आवाज़ गूँजी– सुलभा, हम लोग इस ख़बर से बाहर आ रहे हैं। मुम्बई के किसी कैफ़े में गैंगवार की ख़बर है– लियोनार्ड या लियोपोल्ड जैसा कुछ बता रहे हैं।

एक लम्हे के लिए सुलभा का दिल बैठ गया। ऐन ड्यूटी ख़त्म होने के वक़्त यह ख़बर। अब कुछ देर और रुकना होगा। लेकिन दूसरा लम्हा इस पर विचार करने के लिए नहीं था। पीसीआर में बैठी

डायरेक्टर शिवानी की आवाज़ उसके कानों में थी– 'सुलभा, कमिंग बैक टु यू। रमेश इज़ ऑन फ़ोन लाइन फ्रॉम मुम्बई।'

सारी उबासी भूल अपनी पेशेवर मुस्कुराहट के साथ सुलभा फिर स्क्रीन पर थी– अभी–अभी हमें मुम्बई से ख़बर मिल रही है। वहाँ एक कैफ़े में दो गुटों के बीच गोलीबारी की ख़बर है। हम सीधे चलते हैं मुम्बई, रमेश के पास– रमेश, क्या ख़बर है?

"सुलभा, ये मुम्बई का लियोपोल्ड कैफ़े है जहाँ से ये ख़बर आ रही है। लेकिन पहले जिसे गैंगवार बताया जा रहा था, अब वह एक अलग मामला लग रहा है। लगता है, जैसे वहाँ कोई धमाका हुआ है। ये साफ़ नहीं है कि धमाका कैसे हुआ। लेकिन यह बहुत बड़ा धमाका है।"

सुलभा उलझन में थी कि अगला सवाल क्या करे। उसे मालूम था कि रमेश को इससे ज़्यादा कुछ मालूम नहीं होगा, लेकिन अब वह न बुलेटिन ख़त्म कर सकती थी और न ही इस ख़बर से हट सकती थी। जैसे ही कोई ब्रेकिंग न्यूज़ होती है, दर्शक अपने रिमोट सास–बहू, हँसी–मज़ाक़, भूत–प्रेत और अन्त्याक्षरी के चैनल बदलकर ख़बरिया चैनलों पर चले आते हैं– यह ज्ञान उसे बहुत बार पिलाया जा चुका था। इसलिए वह फिर शुरू हो गयी– "तो जैसा कि आपने सुना, मुम्बई के लियोनार्ड, सॉरी, लियोपोल्ड कैफ़े में धमाके की ख़बर है। धमाका कैसा है, ये आतंकवादी हमला है या किसी गैंगवार का नतीजा, यह हमें नहीं मालूम, लेकिन यह बहुत बडी ख़बर है। हम इस पर बने रहते हैं। फिर चलते हैं रमेश के पास।"

लेकिन रमेश अब लाइन पर नहीं था। सुलभा के टॉक बैक पर फिर से विवेक की आवाज़ थी– "सुलभा, ये टेररिस्ट अटैक है। वो लोग वहाँ से निकलकर कबाड हाउस गये हैं। नीरज विस्तार से बतायेगा।"

रमेश के पास जाने का वादा कर चुकी सुलभा ने पेशेवर ढंग से ख़ुद को सँभाला– "लगता है, रमेश डीटेल ले रहे हैं, लेकिन इस बीच ख़बर आ रही है कि ये मामला आतंकी हमले का भी हो सकता है,

हमलावर वहाँ से निकलकर', सुलभा ने याद करने की कोशिश की, विवेक ने कौन–सा हाउस कहा था, लेकिन इसकी भी फ़ुरसत नहीं थी, 'कहीं और पहुँच गये हैं। बात करते हैं अपने संवाददाता नीरज सक्सेना से। नीरज क्या जानकारी है आपके पास?"

हड़बड़ाये हुए नीरज के पास जैसे जानकारियों का अम्बार था। अगले तीन मिनट तक वह बताता रहा कि मुम्बई के लियोपोल्ड कैफ़े में कैसे दो सन्दिग्ध आये, उनके कन्धों पर बहुत भारी बैग था, वे कुछ देर बाहर खड़े रहे, उन्हें एक वेटर ने जाने को कहा, लेकिन उन्होंने अन्धाधुन्ध फायरिंग शुरू कर दी– "सुलभा, ये साफ़ है कि इस हमले में कई लोग मारे गये हैं, हालाँकि हमारे पास अभी इसकी पुष्टि नहीं है, लेकिन चश्मदीदों का कहना है, उन्होंने कई लाशें देखी हैं। फिर ये आतंकवादी चबाड हाउस की तरफ़ बढ़े हैं। ये यहूदी लोगों का है– यहाँ उनके घुसने की ख़बर है। ये बहुत ख़तरनाक मामला बन सकता है।"

इस दौरान मेज़ पर पड़े लैपटॉप पर सुलभा भी मेल और नेट सर्च करने में लग गयी थी। ये चबाड हाउस है या कबाड हाउस? स्पेलिंग ने उसे उलझन में डाल दिया। लेकिन यह उसकी समझ में आ गया था कि यह वाक़ई ख़तरनाक मामला बन सकता है। फिर भी उसने मन–ही–मन नीरज सक्सेना को कोसा– ख़बर देते हुए वह क़ायदे भूल जाता है। बिना पुलिस की पुष्टि के उसने कैसे कह दिया कि लोग मारे गये हैं? इसी तरह चबाड या कबाड हाउस को यहूदियों का बताने की क्या ज़रूरत थी? और अभी से आप इसे आतंकवादी हमला कैसे कह रहे हैं?

लेकिन इन सवालों पर विचार का समय किसी के पास नहीं था। कुछ देर पहले की उबासी और उदासी भूलकर सुलभा अब पूरी तरह ख़बर पर थी। अगले दो घण्टे कैसे गुज़रे, उसे पता तक नहीं चला। एक आतंकवादी किसी छत पर चढ़कर अन्धाधुन्ध गोलियाँ चलाता दिख रहा था। मुम्बई में हर तरफ़ दहशत का आलम था। उसे अन्दाज़ा हो गया था कि यह रात पत्रकारिता के उसके करियर

की सबसे अहम रात होने जा रही है– ऐसी रात फिर नहीं आयेगी। उसने शुक्र मनाया, वह अभी ऐंकरिंग कर रही थी। क्योंकि इतनी देर में यह ख़बर आ चुकी थी कि मुम्बई में बाक़ायदा आतंकियों का एक गिरोह दाख़िल हो चुका है और लगातार क़त्लेआम कर रहा है। दो आतंकी मुम्बई के छत्रपति शिवाजी टर्मिनल पर टिकट के लिए खड़ी भीड़ पर अन्धाधुन्ध फायरिंग करते देखे गये। उसके बाद वे कामा अस्पताल में घुस गये। वहाँ से निकलते हुए उन्होंने मुम्बई एटीएस के प्रमुख हेमन्त करकरे और उनके सहयोगियों अशोक कामटे और विजय सालसकर सहित न जाने कितने लोगों को भून डाला था। आतंकियों का दूसरा गुट होटल ताज में घुसा हुआ था, तीसरा ओबेरॉय में और चौथा उसी चबाड या कबाड हाउस में।

सुलभा बाहर से लगातार संयत बनी हुई थी, लेकिन भीतर से सिहरी हुई थी। उसके सामने से लगातार गुज़र रहे वे दृश्य पहली बार उसे फ़िल्मी लगे, लेकिन जैसे ही उसे एहसास हुआ कि ये वास्तविक हैं, वह अपने सामने गोलियाँ चलती, लोगों को गिरता, चीख़ता–चिल्लाता देख रही है, उसे फिर समझ में आया कि यह आतंकवाद क्या बला है। पिछले कुछ सालों में उसके करियर में ऐसे मौक़े पता नहीं कितने आये हैं, जब आतंकी हमलों के बाद छटपटाते लोगों, रोती माँओं, बिलखते बच्चों, बदहवास घरवालों की तस्वीरें उसकी आँखों के सामने से गुज़रती रही हैं। दो–एक बार उसे लगा कि वह स्टूडियो में ही बिखर जायेगी, रोने लगेगी, लेकिन अचानक उसने कोई मास्क–सा लगा लिया है– जिसके बाद न कोई गन्ध समाये, न कोई दृश्य समझ में आये। बस वह पूछती जाती है, रिपोर्टर बोलते जाते हैं, वह दर्शकों से उनकी व्याख्या की कोशिश करती है और फिर अगले दृश्य पर बढ़ जाती है।

मुम्बई का छत्रपति शिवाजी टर्मिनल उसका ख़ूब देखा हुआ है, वह भी उस क़तार में कई बार खड़ी हुई है जहाँ एक आतंकवादी गोलियाँ बरसा रहा था। और कितना बेख़ौफ़ दिख रहा था वह? जैसे वह अपने ही किये हुए से बेख़बर हो? वह आदमी है या मशीन?

या किसी और के अदृश्य हाथ से चल रही मशीन? क्या उसे एहसास नहीं है कि वह लोगों को मार रहा है?

लेकिन यह सब सोचने का वक़्त नहीं था। उसे ख़बरें पढ़ते रहना है। उसे भी मशीन बन जाना है। वैसे वह भी तो एक मशीन ही है। स्क्रीन पर न दिखने वाले लोग उसका रनडाउन तय कर रहे हैं, उसके लिए बाइट और शॉट्स छाँट रहे हैं, और मज़े की बात यह कि वे भी किसी अदृश्य हाथ के इशारे पर काम कर रहे हैं। हे भगवान, यह खेल है, या जंग है या दोनों के मेल से बनने वाली भूलभुलैया? कहीं ऐसा तो नहीं कि ऊपर जाकर दोनों हाथ आपस में मिल जाते हों? यानी सीएसटी और ताज में फायरिंग कर रहे लोगों के पीछे चल रहे हाथ और उनकी ख़बर पढ़ रही सुलभा का बुलेटिन तैयार कर रहे हाथ?

उफ़्फ़, क्या–क्या दिमाग़ में चल रहा है। उसे लगा कि उसे चक्कर तो नहीं आ रहे? यह थकान का असर है या लगातार पैदा हुए इस तनाव का? उसने एक लम्हे के लिए दिमाग़ झटका और फ़ौरन पेशेवर कुशलता के साथ ख़ुद को मशीन बना लिया– वही मशीन जिसे देखकर न्यूज़रूम वाले कुछ डरते भी हैं और जलते भी हैं। आख़िर सुलभा अपनी तेज़ी, अपने साफ़–सुथरे उच्चारण और अपनी बेपरवाही के लिए जानी जाती है।

रात दो बजते–बजते सेना के जवान ताज को घेर चुके थे। वे ताज से भागते लोगों को बचाने में कामयाब भी हुए थे। यह मुम्बई पर हमले जैसा था। पूरे न्यूज़रूम में अफ़रातफ़री का माहौल था– दिल्ली में बैठे रिपोर्टर और चैनल हेड मुम्बई की जो भी सुलभ उड़ान थी, उसकी तलाश में थे। मुम्बई की सड़कों पर ओबी वैन दौड़ रही थीं। फ़ोन बन्द होने का नाम नहीं ले रहे थे। तमाम टीवी चैनलों पर ब्रेकिंग न्यूज़ की चीख़ती हुई पट्टियाँ बता रही थीं कि मुम्बई में इतिहास का सबसे बड़ा टेररिस्ट अटैक हुआ है। एक आतंकवादी पकड़ा भी गया है। मोबाइल पर सन्देशों का सिलसिला थमने का नाम नहीं ले रहा था। क्रिकेट मैच की ख़बर लेने की

किसी को फ़ुरसत नहीं थी। क्या ये रात कभी ख़त्म भी होगी? या देखते–देखते बीत जायेगी?

सुलभा एक के बाद एक बुलेटिन करती गयी। उसके साथ अब ऐंकरिंग के लिए प्रशान्त भी आ चुका था। सुबह के चार बज चुके थे, लेकिन नींद कहीं थी ही नहीं। न्यूज़रूम में मॉर्निंग टीम पहुँच गयी थी। सुबह वाले ऐंकर भी। लगातार छह घण्टे बिना ब्रेक के न्यूज़ पढ़ने के बाद सुलभा जैसे मशीन बन चुकी थी– हर सूचना, हर अपडेट आगे बढ़ाती हुई, सनसनी भरी आवाज़ में बताती हुई कि मुम्बई कैसे आतंकवादियों की गिरफ़्त में है– हालाँकि ये ब्योरा साफ़ नहीं था कि जो हमला हुआ वह कहाँ से हुआ, आतंकियों ने इतनी भयानक घुसपैठ कैसे की।

स्टूडियो में आयशा और नेहा को घुसते देख सुलभा ने राहत की साँस ली। आयशा ने कहा– 'ग्रेट यार, पूरी रात ऐंकरिंग कर डाली। जा अब आराम कर।'

जब सुलभा स्टूडियो से निकलकर सीढ़ियों पर आयी तब उसे पहली बार थकान का एहसास हुआ। भूख का भी। बल्कि भूख नहीं, भूख जैसा कुछ जिसमें खाने का मन भी न हो और पेट ख़ाली भी लगे। हालाँकि रात को स्टूडियो में ही उसने बिस्किट और चाय ले ली थी, लेकिन अब बाहर निकलकर समझ में आ रहा था कि यह रात कितनी भारी बीती है।

नीचे न्यूज़रूम में वैशाली मिली, "यार, मुझे तो अजीब लग रहा है, मुम्बई में इस तरह हमला हो सकता है, तो कौन–सी जगह महफ़ूज़ है?" सुलभा जवाब देने की मनःस्थिति में नहीं थी। वह बस मुस्कुरायी, "यार अब जाकर सोऊँगी घर, नहीं तो थकान जान ले लेगी।" लेकिन बोलते–बोलते वह ठहर गयी। कुछ याद आया और उसका कलेजा बैठ गया– "वैशाली, मेरा बेटा!"

"मतलब?

"मतलब, अभि।"

"क्या? अभि घर पर विशाल के पास नहीं है?" वैशाली भी हक्की–बक्की रह गयी।

सुलभा जवाब देने की हालत में नहीं थी। उसे तो रात को दस बजे अपने दो साल के बेटे को ऑफ़िस के क्रेच से लेकर घर पहुँचना था। किस हाल में होगा अभि? रातभर की ख़बरों ने उसे जितना रुलाया नहीं था, उससे ज़्यादा इस एक लम्हे की दहशत ने घबरा दिया।

"वैशाली, चलो जल्दी क्रेच।"

रुलाई को छूती सुलभा की आवाज़ के बाद वैशाली यह कहने की हालत में नहीं थी कि न्यूज़रूम में अभी काम का दबाव है। उसने बेबसी से सुकुमार को देखा जो सुबह की शिफ़्ट में उसके साथ ही आया था। सुकुमार ने आँखों से इशारा किया, वह फ़ौरन सुलभा के साथ जाये। क्रेच ऑफ़िस के पिछले हिस्से में ही है। यानी पचास सीढ़ियाँ उतरकर पचास क़दम चलने भर। लेकिन यह दूरी भी सुलभा को लम्बी लगने लगी। दोनों बिल्कुल हाँफती–दौड़ती क्रेच पहुँचीं। क्रेच के दरवाज़े पर सुलभा का हाथ धड़ाक से पड़ा। लेकिन दरवाज़ा खुला नहीं, क्योंकि वहाँ ताला लगा हुआ था। वहाँ कोई नहीं था। कोई भी नहीं जो बताता कि अभि कहाँ है, किसके साथ है। क्या उसे विशाल आकर ले गये हैं? लेकिन विशाल ने तो मेसेज किया था कि आठ बजे वे नाइट ड्यूटी के लिए निकलने वाले हैं। सुलभा ने माथा थाम लिया– मुम्बई में चाहे जितना बड़ा ख़तरा हो, वह अपने बेटे को भूल कैसे गयी।

## रात के बदन से ख़ून निकलता था

रात आठ बजे तक विशाल 'असली ख़बर' चैनल देखता रहा था। उसकी पत्नी सुलभा ख़बरें पढ़े जा रही थी। सुलभा बत्तीस पार कर चुकी है, लेकिन अब भी कितनी यंग दिखती है, कितनी एनर्जी के

साथ न्यूज़ पढ़ती है। मन–ही–मन विशाल ने सुलभा की तारीफ़ की। वह आठ साल से सुलभा को देख रहा है। उसकी आँखों में अपनी तरह की चमक और तरलता है। लेकिन यह तभी दिखती है जब वह घर–परिवार या दोस्तों के बीच हो। दफ़्तर में या अनजान लोगों के बीच वह अपने–आपको जैसे सिकोड़ लेती है। एक चौकन्नापन उसकी आँखों में चला आता है– एक 'अलूफ़नेस'– जो टीवी स्क्रीन पर अचानक एक प्रोफ़ेशनल तेवर में बदल जाता है।

'असली ख़बर' में ही विशाल और सुलभा पहली बार मिले थे। दो साल तक सुलभा ने उसे घास नहीं डाली– अपने चौकन्नेपन से खींची हुई रेखा के भीतर उसे आने नहीं दिया। लेकिन 2002 के अक्षरधाम अटैक के समय दोनों कई दिन अहमदाबाद में साथ रहे। उन दिनों शुरू हुई घनिष्ठता दो साल बाद शादी में बदल गयी, और 2006 में अभि आ गया। इसके पहले ही विशाल ने 'असली ख़बर' छोड़कर 'न्यूज़ प्लस' ज्वाइन कर लिया था। अच्छी सैलरी और ज़्यादा मौक़ों का बहाना था, लेकिन एक ही चैनल में अपनी ऐंकर बीवी के साथ काम करते हुए उसे कुछ अजीब लगने लगा था। इस दौरान बहुत कुछ ऐसा भी हुआ था जो दोनों के रिश्तों के इन्द्रधनुष को कुछ बदलता रहा, लेकिन फिर भी विशाल और सुलभा की आपसी अंडरस्टैंडिंग क़ायम है।

ठीक आठ बजे विशाल घर से निकला। निकलते हुए उसने सुलभा को एसएमएस भी कर दिया। उसे नाइट ड्यूटी अच्छी लगती है। किसी छोटे–मोटे जुर्म की ख़बर के अलावा ज़्यादा कुछ नहीं आता। ज़्यादातर रातें गप्प मारते गुज़र जाती हैं। रिपोर्टिंग में होने का फ़ायदा यही है। जब काम होता है तो बेशक खाना–पीना और बाथरूम जाना तक मुहाल हो जाता है, लेकिन जब फ़ुरसत होती है तो पूरी होती है। ड्यूटी में भी मनचाहा लचीलापन होता है। इसीलिए तो सुलभा और उसका– दोनों का जॉब निभ गया। नहीं तो अभि के पैदा होने के बाद यह आसान नहीं था। सुलभा ने तो एक बार जॉब छोड़ने की भी सोची थी, लेकिन लोगों ने समझाया कि ये दिन निकल जायेंगे, फिर सब ठीक हो जायेगा।

'न्यूज़ प्लस' के दफ़्तर पहुँचकर उसने थोड़ी देर डेस्क पर अपने दोस्तों से गपशप की जो प्राइमटाइम के बुलेटिनों में लगे हुए थे। हाँ, हूँ से हाहा–हीही के बीच टहलते हुए उसने कॉफ़ी ली और मैच देखने बैठ गया। कटक में भारत और इंग्लैंड के बीच मैच चल रहा था। केविन पीटरसन की सेंचुरी के साथ इंग्लैंड ने 270 रन बना डाले थे। सचिन और सहवाग ने अच्छी शुरुआत दी थी। सचिन ने सँभलकर खेलते हुए हाफ़ सेंचुरी लगाई थी तो सहवाग अपने अन्दाज़ में बल्लेबाज़ी करता हुआ 73 बॉल पर 91 रन बनाकर आउट हो चुका था। धोनी और रैना क्रीज़ पर थे और मैच रोमांचक हो रहा था।

लेकिन तभी न्यूज़रूम में शोरशराबा शुरू हो गया। मुम्बई में आतंकी हमला हो गया है। मैच को छोड़कर उसने ख़बरें देखनी शुरू की– वह निश्चिन्त था, मामला दिल्ली का नहीं, मुम्बई का है, उसकी नींद ख़राब नहीं होगी। लेकिन जल्द ही समझ में आ गया कि सबकी नींद ख़राब होने वाली है। आतंकी कई गुटों में थे। उनकी तादाद का कुछ अन्दाज़ा नहीं मिल रहा था। वे अस्पताल में, रेलवे स्टेशन में, ताज और ओबेरॉय जैसे फाइव स्टार होटलों में, किसी कैफ़े में, किसी रिलीजियस हाउस में– हर जगह थे। जैसे मुम्बई पर आतंकियों की किसी सेना ने हमला कर दिया हो। न्यूज़रूम में चीख़ते टीवी चैनलों और लगातार रंग बदलती कम्प्यूटर स्क्रीनों के बीच जल्दी–जल्दी मुम्बई का मैप खँगालते हुए उसे अचानक ब्यूरो चीफ़ शैलेन्द्र सिंह की आवाज़ सुनाई पड़ी– "विशाल, तू भी निकल जा। सीधे मुम्बई के लिए। रात की जो भी फ्लाइट मिले, उससे निकल जा।"

जो हालत थी उसमें विशाल के लिए न करना नामुमकिन था। वह यह भी कह नहीं पाया कि इस हालत में मुम्बई जाना कैसे होगा। फिर वह मुम्बई आता–जाता रहा है, लेकिन उसके भूगोल से ऐसा परिचित नहीं है कि जाकर रिपोर्टिंग कर ले। लेकिन उसे मालूम था, शैलेन्द्र सिंह कुछ सुनेगा नहीं। ड्यूटी पर वही है। दूसरे रिपोर्टरों को भी जगाया जा रहा है, लेकिन सबसे पहले वही निकल सकता है। फिर उसे करना कुछ नहीं है। होटल ताज या ओबेरॉय के आसपास खड़े हो जाना है और हालत बतानी है।

विशाल का मोबाइल बज रहा था। फ़ोन ट्रैवेल डेस्क से था– कैथरीन बोल रही थी– "सर, चार बजे एयर इंडिया की फ्लाइट में दो सीटें ख़ाली हैं, बुक कर दिया है। आपके साथ कैमरामैन सुबोध भी जायेगा। सुबह सवा छह बजे पहुँच जायेंगे।" एक बार विशाल चिड़चिड़ा–सा गया। कुछ घण्टे पहले जो काम उसे काफ़ी आराम का लग रहा था, अचानक भारी लगने लगा। साले रिपोर्टर की ज़िन्दगी– उसने मन–ही–मन सोचा। लेकिन कैथरीन को उसने ओके कहा और फिर अपनी दराज़ की ओर बढ़ गया। यहाँ अक्सर वह एक सेट कपड़े तैयार रखता है। 'न्यूज़ प्लस' में काम करने के चार साल का सबक यही है कि कभी भी कहीं भी रवाना होने को कहा जा सकता है। लेकिन यह उसने नहीं सोचा था कि एक रात जब मुम्बई की अलग–अलग सड़कों पर गोलियाँ चल रही होंगी तो वह सुबह चार बजे की फ्लाइट से वहाँ जा रहा होगा।

लेकिन फिर विशाल ने ये सारे ख़याल झटक दिये। उसे अचानक ख़याल आया कि किसी रिपोर्टर के लिए ज़िन्दगी में ऐसे मौक़े रोज़ नहीं मिलते। वह ख़ुशक़िस्मत है कि आज की रात दफ़्तर में है। मुम्बई की रिपोर्टिंग का यह अनुभव ताउम्र उसके साथ रहेगा। वह न्यूज़रूम में लगे टीवी चैनलों पर देख रहा था– 'असली ख़बर' चैनल पर उसकी पत्नी लगातार ऐंकरिंग कर रही थी। वह भी आज की रात याद रखेगी। उसे कुछ अभिमान भी हुआ। कल सब सुलभा की तारीफ़ करेंगे। विशाल ने सोचा कि उसे फ़ोन करे। फिर ख़याल आया कि उसका फ़ोन तो बन्द होगा।

शैलेन्द्र सिंह तेज़ी से चलता हुआ उसके पास आ रहा था, 'यार विशाल, क्या दिल्ली से कोई मदद जा रही है? किसी से पता करो न।'

विशाल ने सिर हिलाया– अब उसका दिमाग़ तेज़ी से ख़बरों पर सोच रहा था। अक्षरधाम के वक़्त उसने एक बार एनएसजी के चीफ़ का इंटरव्यू किया था। उनसे शायद कुछ पता चले। लेकिन इतनी रात गये फ़ोन करना ठीक होगा? अगले ही पल उसने अपने दिल से सन्देह को निकाल दिया। यह वाक़ई बहुत बड़ी ख़बर है–

रीयल बिग जिसको कहते हैं– लाइफ़टाइम स्टोरी। उसने सोचा कि अगर फ़ोन दो–एक बार में नहीं उठाया गया तो वह काट देगा। लेकिन घण्टी बजते इतना समय नहीं मिला कि वह फ़ोन भी काट सके। दूसरी तरफ़ दास साहब थे– "हाँ विशाल साहब, कहिए। मुम्बई के बारे में जानना है?"

विशाल को कुछ हैरानी हुई। यह आदमी शुरू से कुछ 'पब्लिसिटी सीकर' रहा है, लेकिन इतनी रात वह इतनी आसानी से कैसे बात कर ले रहा है? वह कुछ पूछता, उसके पहले ही दास साहब बोल रहे थे, "होम मिनिस्टर, स्टेट थोड़ी देर में ब्रीफ़ करने वाले हैं। तुमको बता देता हूँ, हमारे 300 जवान जाने को तैयार हैं।" दास साहब ने फ़ोन काट दिया था, लेकिन विशाल के पास एक ख़बर थी। वह दौड़ता हुआ डेस्क पर गया, "ब्रेकिंग न्यूज़ चलाओ– दिल्ली से 300 कमांडो मुम्बई के लिए रवाना होने वाले हैं।" फिर उसने शैलेन्द्र सिंह से कहा, "कोई होम मिनिस्टरी गया हुआ है? वहाँ ब्रीफ़िंग होने वाली है।" शैलेन्द्र सिंह ने कहा, "हाँ, मुकेश वहाँ है।"

पन्द्रह मिनट के भीतर सभी चैनलों पर गृह राज्यमन्त्री का बयान चल रहा था कि एनएसजी के कमांडो मुम्बई पहुँचने वाले हैं। विशाल कुछ हैरान था कि गृह राज्यमन्त्री के स्तर पर ऐसी घोषणा कैसे की जा सकती है? अगर कमांडो कार्रवाई होनी है तो उसे गोपनीय होना चाहिए? ऐसे प्रचार के साथ कमांडो मुम्बई पहुँचेंगे तो क्या आतंकी भी यह सब देख–सुन नहीं रहे होंगे?

यह ख़बर चल रही थी कि मुम्बई के आतंकियों को बाहर से कहीं निर्देश मिल रहे हैं। ख़ुफ़िया इंटेलीजेंस ने कुछ मेसेज इंटरसेप्ट किये थे, जिनसे इशारा मिलता था कि पाकिस्तान में बैठे लोग ये हंगामा करा रहे हैं।

विशाल ने मुँह बिचकाया। साले, हर बात पर पाकिस्तान का नाम। मुम्बई में आतंकी घुस आये, तब भी उसकी ग़लती? लेकिन यह नज़र आ रहा था कि कुछ है जो गड़बड़ है। देखें, क्या निकलता है।

दफ़्तर से वह क़रीब दो बजे रात को निकला। कटक में इंग्लैंड के साथ चल रहे मैच का क्या हुआ, यह सोचने की भी उसे फुरसत नहीं थी। उनींदा ड्राइवर धीरे–धीरे ड्राइव कर रहा था। कैमरामैन सुबोध कार में बैठकर भी अपने उपकरणों की हिफ़ाज़त में लगा हुआ था। “टेप इश्यू करा लिए हैं?” विशाल ने पूछा। “बरोबर सर, भौत मज़ा आयेगा। साला ऐसा इवेंट आता कब है?” विशाल ने कुछ हैरानी से उसकी ओर देखा, कुछ तसल्ली से भी– कम–से–कम उसे ऐसा कैमरामैन मिला है जो उत्साह से काम करने को तैयार है। इसी से आधा काम बन जाता है। उसने सीट के पीछे पीठ टिकाई– बस एक पिटा–पिटाया डायलॉग बोल पाया– “फिट है बॉस।”

एयरपोर्ट पर गहमागहमी थी, रोशनियों की बरसात थी। अलग–अलग फ्लाइट्स को लेकर एनाउंसमेंट जारी थी। मुम्बई जाने वाली एयर इंडिया की फ्लाइट में दाख़िल होते हुए उसने देखा, ‘असली ख़बर’ के एक रिपोर्टर ने उसकी ओर हाथ हिलाया था। और भी टीवी चैनलों के रिपोर्टर इसी फ्लाइट से मुम्बई जा रहे हैं। फिर उसे तसल्ली हुई कि वह अकेला नहीं है। रातभर जागे रहने के बावजूद कम–से–कम नींद उसकी आँखों से ग़ायब थी। उल्टे एक रोमांच–सा छा रहा था। उसने अपने दिल की धड़कन महसूस की।

विमान ने जब उड़ान भरी तो पहली बार उसे एहसास हुआ कि नींद एक झोंके की तरह आ रही है। यह ख़याल भी आया कि अगर ये दो घण्टे वह ठीक से सो ले तो शायद सुबह से काम पर लग सके। उसे विंडो सीट मिली थी। उसने खिड़की के बाहर झाँकने की कोशिश की। ऊपर की घनी कालिमा के नीचे जैसे लाल–नारंगी–पीली रोशनियों की बहुत विशाल झील पीछे छूट रही थी। यह दिल्ली थी, लेकिन आधी नींद आधे सपनों में उसे लगा कि यह मुम्बई है, रात रो रही है और उसके जिस्म से ख़ून निकल रहा है।

इस दौरान उसे एक बार भी अभि का ख़याल नहीं आया।

# उस रात एक बेख़बर औरत बहुत बेचैन थी

क्रेच में बैठी शीला ऊँघ रही थी। सारे बच्चे जा चुके थे, बस सुलभा मैम का बच्चा बाक़ी है। अभी वह सोया हुआ है। दस बजे मैम आकर उसे ले जायेंगी।

उसने घड़ी देखी। पौने दस हो गये हैं। बस पन्द्रह मिनट और। यह शिफ़्ट उसे भाती नहीं है। घर पहुँचते–पहुँचते 11 बज जाते हैं, फिर बच्चे इन्तज़ार कर रहे होते हैं। बस राहत इतनी है कि इस शिफ़्ट में कम्पनी की गाड़ी घर पहुँचाती है। इससे भी अपनी बस्ती में उसकी कुछ इज़्ज़त बढ़ जाती है। लेकिन इज़्ज़त के साथ–साथ मुसीबत भी बढ़ जाती है। रात को पहुँचो, खाना पकाओ, बच्चों को खिलाओ और फिर सो जाओ।

क्रेच ऑफ़िस के पिछले हिस्से में है। आठ–नौ बजे तक इधर भी चहल–पहल रहती है। लेकिन नौ बजे के बाद आवाजाही कम हो जाती है। और दस बजते–बजते तो लोग भूल जाते हैं कि इधर भी ऑफ़िस का कोई हिस्सा है। बस दस बजे एक साथ भागती हुई दो–तीन लड़कियाँ आयेंगी, सोये या जागे बच्चों को उठायेंगी, चुमकारेंगी और 'थैंक्यू बाई', बोलती हुई निकल जायेंगी। इन हड़बड़ाई हुई लड़कियों को देख शीला कुछ हैरान भी होती है– इन छोकरियों को नौकरी करने की क्या ज़रूरत है। घर बैठकर बच्चे को पालें। लेकिन ये तीन–तीन महीने तक के बच्चों को उठाकर यहाँ चली आयेंगी। दिन में दो–तीन बार दौड़ी–दौड़ी क्रेच आयेंगी। जल्दी–जल्दी उन्हें दूध पिलायेंगी। फिर उनके हाथ में थमाकर काम के लिए भागेंगी। शीला को ख़याल आया कि अगर उसकी तरह की ग़रीब औरतें न हों जो अपने बच्चों को घर छोड़कर इनके बच्चों को देखा करें तो इनमें से कोई नौकरी न कर पाये।

इस तनाव में भी शीला बीते शुक्रवार की घटना याद कर मुस्कुरा दी। वह, नदीमा और रईसा उस समय क्रेच में थीं।

सोनाली मैम की बच्ची रोने लगी। छह महीने की होगी। इन्होंने ऊपर फ़ोन किया। सोनाली मैम आयीं। उन्होंने धड़ल्ले से टी–शर्ट उठायी और बेटी को लेकर दूध पिलाने बैठ गयीं। एक तरफ़ उनका बिल्कुल दूधिया–गोरा पेट और दूसरी तरफ़ उनकी दमकती हुई पीठ, फिर एक झलक स्तनों की– क्रेच में कोई मर्द नहीं था, लेकिन ये तीनों औरतें एकबारगी सकुचा गयीं। अचानक सोनाली ने इन्हें देखा तो वह भी सकुचाती हुई हँसने लगी। फिर कुछ लाचारगी से बोली, 'क्या करूँ, न नौकरी छूटती है न बेटी। अब आप लोगों से क्या लाज–शरम?' और फिर अपना ध्यान भटकाने के लिए बेटी रिया को तुतलाते लहजे में सम्बोधित करने लगीं, "अले लिया, तेले चलते ममा कैसी बावली हो जाती है, देख।" सोनाली मैम के जाने के बाद तीनों हँसती भी रहीं– कि इन लड़कियों को काम की मजबूरी क्या है। फिर शीला ने ही उदार होते हुए कहा, "अरे छोड़ जाने दे, किसकी मजबूरी कौन जाने। आख़िर हम लोग अपने बच्चों को छोड़कर आती ही हैं या नहीं। और ये अपने बच्चों को यहाँ न लायें तो हम लोगों की नौकरी कैसे चले।"

आज तो अकेली सुलभा मैम आयेंगी। दो दिन से इस शिफ़्ट में लगता है, वे अकेली रह जाती हैं। सीढ़ियों पर उनके खट–खट चढ़ने की आवाज़ से ही वह जान जाती है कि दस बज गये और अब निकलने का समय है।

लेकिन दस तो बज गये हैं। कहाँ रह गयी हैं मैम? अब तक तो आ जाना चाहिए था। उसने दीवार पर लगी घड़ी देखी– बाबा सवा दस। अब तो ड्रॉप वाली गाड़ी भी निकल जायेगी। उसने क्रेच से ही गार्ड रूम में फ़ोन किया– 'भैया, आ रही हूँ, रूट नम्बर एक की गाड़ी रोके रखना।'

"अरे, आराम से आ, अभी कोई गाड़ी नहीं जा रही," गार्ड ने बताया, आज न्यूज़ चलता रहेगा।

शीला हैरान हुई। कहाँ उसे गार्ड की झुंझलायी आवाज़ सुनने का डर था कि जल्दी आ, तेरी ख़ातिर कब तक रुकी रहेगी कैब, और कहाँ वह बोल रहा है, आराम से आ।

"लेकिन क्यों?"

"न्यूज़ चैनल में काम करती है और इतना भी नहीं जानती। टीवी देख, टीवी। बम्बई में बम फटा है।"

गार्ड के सामान्य ज्ञान प्रदर्शन से शीला का दिल बैठ गया। अब कितनी देर होगी? बच्चे क्या करेंगे? उसने क्रेच में एक बिस्तर पर सोये अभि को देखा। वह इसे छोड़कर बाहर कुछ समझने भी तो नहीं जा सकती। तीन साल से यह क्रेच चल रहा है। देखरेख का काम हमेशा से वही करती रही है। उसे पता है, माँएँ अपने बच्चों को लेकर कितनी परेशान रहती हैं– नौकरी के बीच भागती हुई आकर दूध पिलाती हैं, ड्यूटी ख़त्म होने पर साँस बाद में लेती हैं, बच्चों को पहले सँभालती हैं और छोटी–छोटी बात पर शीला को खरी–खोटी भी सुना देती हैं– मसलन, सोये हुए बच्चे की बाँह दबी हुई है, नीली पड़ गयी है, देख नहीं रही थीं तुम? अरे, ये गिर गया था, कहाँ थी तुम? या फिर, शीला, तुम ध्यान नहीं रखतीं बच्चों का।

लेकिन ऐसे मौक़े कम आते। ज़्यादातर ये माँएँ उसको लेकर एहसानमन्द रहतीं– जैसे वह उनका कोई ज़रूरी काम कर रही हो। क्रेच में शुरू में यह नियम था कि जो भी अपने बच्चे को छोड़ेगा, उसके साथ एक मेड ज़रूर होगी। लेकिन धीरे–धीरे यह नियम कैसे ख़त्म होता गया, किसी को पता भी नहीं चला। अब उसके साथ अलग–अलग शिफ़्ट में तीन औरतें और होती हैं। दोपहर को यहाँ सबसे ज़्यादा गहमागहमी होती है। शाम सात बजे के बाद मुश्किल से एक–दो बच्चे रह जाते हैं जिन्हें वह या कोई और अकेले देख लेती है। दस बजे क्रेच बन्द हो जाता है।

लेकिन आज क्या होगा? वह बेचैन थी। उसने फिर गार्ड रूम में फ़ोन किया। इस बार नयी जानकारी मिली। 11 बजे कुछ स्टाफ़ को लेकर कुछ गाड़ियाँ जा रही हैं। इस समय वह निकल सकती है। लेकिन मामला घर जाने भर का नहीं था। सुलभा मैम कब अपने बेटे को ले जायेंगी? जब तक वे अपने बेटे ले नहीं जातीं, तब तक वह क्रेच कैसे छोड़े? उसने बेबसी से हाथ मले। उसे लगा कि सीधे

जाकर सुलभा मैम या उनके साथ काम करने वाले लोगों को बताये कि उसे जाना है, उसके भी छोटे–छोटे बच्चे हैं। दफ़्तर के सामने वाले हिस्से में वह कभी नहीं गयी थी– यानी उस हिस्से में जहाँ से चैनल चलता था। वह आती और सीधे पीछे की तरफ़ चली जाती जहाँ क्रेच की छोटी–छोटी आवाज़ें और फ़िक्रें उसका इन्तज़ार कर रही होतीं।

अब क्या करे वह? उसने फिर फ़ोन पर गार्ड को बुलाया, कहा कि वह बच्चे के पास कुछ देर बैठ जाये। बच्चा सोया हुआ है, कोई दिक्क़त नहीं होगी। वह भागी–भागी सीढ़ियों तक गयी। वहाँ खड़े दूसरे गार्ड्स को बताया कि उसे भीतर जाना है, सुलभा मैम को उनका बच्चा सौंपना है। शीला के बिहारी लहजे को वे हरियाणवी गार्ड कुछ समझ पा रहे थे, कुछ नहीं। उन्होंने दो–चार फ़ोन इधर–उधर किये, फिर कहा, सुलभा मैम स्टूडियो में हैं, उनसे भेंट नहीं होगी।

"कोई मिल जाये, उनके साथ काम करने वाली मैम, हम बच्चा सौंप दें तो घर जायें, हमरा बच्चा लोग भी परेशान हो रहा होगा।"

गार्ड्स हो–हो करके हँसने लगे– "सुलभा मैम को अपने बच्चे की फ़िक्र नहीं है, इसी को है। ले क्यों नहीं जाती उसे अपने घर? सुबह ले आना।"

उसने हताशा से उन सबको देखा– फिर पलटकर देखा, उसके पीठ पीछे पार्किंग में एक–एक कर ग्यारह बजे वाली गाड़ियाँ सरकने लगी थीं। वह दौड़ती हुई गयी। उसने एक नम्बर रूट वाले ड्राइवर से कहा, "भइया, कुछ देर रुक जाओ। मैम का बच्चा छोड़ दें तो फिर हम भी चलें।" ड्राइवर अब वाक़ई झुँझलाया हुआ था। उसे साढ़े दस बजे निकलना था, आज 11 बज गये, और ये औरत और भी रुकने को बोल रही है। उसने सख़्ती और चिड़चिड़ाहट से कहा, "अरे सुलभा मैम का बच्चा है तो मैं क्या करूँ। तुझे चलना है तो चल, नहीं तो और भी लोग हैं गाड़ी में, उन्हें नहीं रोक सकता।"

लेकिन यहाँ गाड़ी में और भी जो लोग थे, उन्होंने शीला की कुछ मदद की। एक मैम ने तीखी आवाज़ में ड्राइवर को डाँटा–

"अरे, आप समझ नहीं रहे उसकी परेशानी? वह घर कैसे जायेगी? और बच्चे को कैसे यहाँ छोड़ देगी? दो मिनट रुकिए आप। जैसे इतनी देर हुई वैसे दो मिनट और सही।" फिर उसने शीला की ओर मुड़कर कहा, ''तुम देखो क्या हो सकता है, सुलभा तो अभी स्टूडियो में होगी।'' तब तक वह गार्ड भागा–भागा आया जिसे शीला क्रेच में छोड़ आयी थी– 'ओए सुन, वो बच्चा जाग गया है, रो रहा है। तू यहाँ क्या घूम रही है?'

शीला फिर सब भूल कर क्रेच की ओर दौड़ी। अभि ममा–ममा करता रो रहा था। उसे गोद में उठाया। उसे ख़याल आया, बच्चे को भूख लग गयी होगी। उसने बच्चे के लिए छोड़ा हुआ सुलभा मैम का बैग निकाला। उसे मालूम था, दूध की एक बोतल इसमें पड़ी रहती है। बोतल भी ऐसी अच्छी कि दूध गरम नहीं करना पड़ता। उसने बोतल हिलायी और अभि को गोद में लेते हुए बोतल उसके मुँह में लगा दी। जाने–पहचाने स्पर्श के अलावा मिट रही भूख थी जिसने अभि को चुप कर दिया। वह अभि को गोद में लिए–लिए बाहर निकली। बाहर निकलते ही फिर उसका जी धक्क से रह गया– गाड़ी बिल्कुल निकलने वाली थी। ड्राइवर ने पुकारा, "अब जल्दी कर, सब नाराज़ हो रहे हैं।" उसने बेबसी से फिर सीढ़ियों की ओर देखा। वहाँ कोई नहीं था। "आज सुलभा को देर होगी", यह वह लड़की बुदबुदा रही थी जिसने कुछ देर पहले शीला का साथ दिया था। अब वह न ख़ुद रुकना चाहती थी और न को रोक कर दूसरों को नाराज़ करना चाहती थी। उसने कहा, ''बच्चे को लिए–लिए आ जा। देखते हैं।''

शीला की कुछ समझ में नहीं आया। उसकी गोद में अभि था और ख़याल में वह परिवार जो घर में उसकी राह देख रहा होगा। उसके बच्चे भी रो रहे होंगे– भूख से नहीं, उसकी उन्हें आदत है– बल्कि इस सवाल से कि माँ अभी तक क्यों नहीं लौटी। उसका पति भी परेशान और नाराज़ होगा– कहाँ मर गयी शीला। आज फिर बोलेगा कि नौकरी छोड़ दे। शीला को लगा, अब वह और नहीं रुक सकती।

वह एक छोटे से बच्चे को लिए एक बड़ी–सी गाड़ी की आख़िरी सीट में किनारे दुबककर बैठ गयी– सोचती हुई कि रातभर इस बच्चे को अपनी झोपड़पट्टी में रखेगी कैसे और खिलायेगी क्या? उसने चाहा कि फिर उतरकर आख़िरी बार सुलभा मैम को देख ले।

लेकिन गाड़ी निकल चुकी थी।

## वह मुँदती हुई आँखें, वह उचटी हुई नींद

रातभर सँजोकर रखी गयी सुलभा की नींद जैसे उड़ गयी थी। रातभर टीवी स्क्रीन पर चला मुम्बई का शोर भी जैसे ग़ायब हो गया था। वह बार–बार क्रेच जा रही थी। इस बदहवासी के बावजूद उसे उम्मीद थी कि किसी–न–किसी ने उसके बेटे का ध्यान रखा होगा। वह फ़ौरन मिल जा़येगा और बेटा उसे सौंप देगा। उसे बस फ़िक्र इस बात की थी कि रातभर अभि परेशान रहा होगा। लेकिन क्रेच बन्द था। उसे मालूम था कि सात बजे क्रेच खुलता है। बीती रात यहाँ कौन था, उसने याद करने की कोशिश की। फ़ौरन ख़याल आया कि शीला थी। वह तो क़ायदे की महिला है– उसके बेटे को यों ही छोडकर नहीं चली गयी होगी। किसी के ज़िम्मे उसे लगाया होगा, किसी को सौंप दिया होगा। लेकिन वह ऐसा कैसे कर सकती है? उसकी यह ड्यूटी है कि क्रेच में जब तक एक भी बच्चा है, वह निकल नहीं सकती।

लेकिन सुलभा शीला से ज़्यादा दोष ख़ुद को दे रही थी। ठीक है कि वह सारी रात ऐंकरिंग करती रही थी। लेकिन इस ऐंकरिंग के बीच भी उसने चाय पी, सैंडविच खाया, आते–जाते फ्लोर वाले लड़के–लड़कियों से हाय–हेलो भी कर ली, किसी से एक बार क्यों नहीं कहा कि वह उसके बच्चे को ले आये– या कम–से–कम देख आये। उसके भीतर एक अपराध–बोध उभरने लगा था। उसे लगा कि वह अपनी नौकरी में कुछ ज़्यादा ही मुब्तिला हो गयी है।

उसे अपनी माँ की याद आयी जो जीवनभर किसी नौकरी में नहीं रहीं। एक बार बचपन में स्कूल से लौटते हुए जब उसकी बस ख़राब हो गयी थी तो वे तीन किलोमीटर पैदल चलती हुई वहाँ पहुँच गयी थीं, जहाँ बस अटकी पड़ी थी। तब न फ़ोन हुआ करता था और न सड़कों पर रिक्शा आसानी से मिला करता था। माँ तब अकेले निकला भी नहीं करती थी, लेकिन उसके लिए निकल आयी थीं। और वह एक ही इमारत में छोड़े अपने बेटे को लाना भूल गयी। आज उसके पास सब कुछ था, लेकिन एक बार भी अपने बेटे की याद नहीं आयी।

अचानक उसे विशाल का ख़याल आया। लेकिन इस ख़याल ने भी उसे निश्चिन्त होने नहीं दिया। विशाल तो अपने दफ़्तर चला गया था। यह कल्पना बेकार है कि विशाल आकर अभि को ले गया होगा। फिर भी उसने विशाल को फ़ोन मिलाया। लेकिन विशाल का फ़ोन आउट ऑफ़ रीच आ रहा था। उसे मालूम नहीं था कि विशाल इस वक़्त मुम्बई के एक विमान में बैठा हुआ था।

सुलभा ने सारे गार्ड्स से पूछताछ की। लेकिन रात की पाली वाले सबके सब चले गये थे। सुबह वालों को कुछ पता नहीं था। धीरे–धीरे सुलभा के भीतर एक डर पैदा होने लगा और शीला के प्रति एक चिड़चिड़ाहट। उसने इतनी ग़ैर–ज़िम्मेदारी का काम कैसे किया? कहाँ छोड़ गयी उसका बेटा? अपने साथ तो नहीं ले गयी? शीला का पता भी नहीं मालूम।

अब तक सात बज गये थे। सुबह क्रेच सँभालने वाली तारा चली आयी थी। सुलभा बिल्कुल क्रेच के दरवाज़े पर खड़ी थी– "तारा, तुम्हें पता है, शीला कहाँ रहती है?" तारा ने न में सिर हिलाया। वह अचानक सुलभा और उसके साथ खड़े दो गार्ड्स को देखकर हैरान रह गयी थी।

"क्रेच से बच्चा ग़ायब है।" एक गार्ड ने उसे अपनी कुछ खरखराती आवाज़ में जानकारी दी।

'ग़ायब नहीं है, होगा किसी के पास', सुलभा ने जैसे तड़पकर गार्ड को झिड़क दिया, फिर समझाया, "देखो तारा, रातभर कल मैं स्टूडियो में रह गयी। मेरा बेटा अभि क्रेच में था। शायद शीला उसे किसी के भरोसे छोड़कर गयी है।"

तारा अवाक् सुनती रही। वह समझ नहीं पा रही थी कि वह क्या कहे। क्रेच से बच्चा ग़ायब होने का मतलब बहुत बड़ा था। उन सबकी नौकरी चली जायेगी। हो सकता है, उन सबको जेल भी जाना पड़े। इतनी भर कल्पना उसे डराने के लिए काफ़ी थी।

लेकिन असली डर अब सुलभा के भीतर सिर उठाने लगा था। वाक़ई अभि ग़ायब तो नहीं हो गया? कौन ले गया होगा उसे? दो साल का अभि किस हाल में होगा? तरह–तरह की कल्पनाएँ उसके भीतर उमड़ने–घुमड़ने लगीं। उसे लगा, वह रो पड़ेगी। काश, विशाल यहाँ होता। उसने फिर बेसब्री से विशाल का नम्बर लगाया। फ़ोन अब भी आउट ऑफ़ रीच। कहाँ है विशाल? अब तक तो उसे घर भी आ जाना चाहिए था। नाइट ड्यूटी छह बजे ख़त्म हो जाती है। वह विशाल को फ़ोन मिलाती रही। आख़िरकार थककर उसने विशाल के दोस्त तन्मय को फ़ोन किया। उसे मालूम था, तन्मय मॉर्निंग शिफ़्ट में था।

'हाँ सुलभा, कल तो रातभर अकेले मोर्चा सँभाले रखा?' कोई दूसरा समय होता तो तन्मय की यह बात सुनकर वह ज़ोर से खिलखिलाती, लेकिन अभी वह बिल्कुल आँसुओं में डूबी हुई थी– 'विशाल कहाँ है तन्मय? उसका फ़ोन लग नहीं रहा?'

सुलभा की आवाज़ की मायूसी को पकड़ते हुए तन्मय फिर हँसा, "अरे तुम लड़कियों को शक करने की बहुत आदत होती है। विशाल मुम्बई चला गया है– अभी फ्लाइट में होगा या उतरा ही होगा। तुम तो स्क्रीन की स्टार हो, भूल जाती हो कि रिपोर्टर्स तुम लोगों के हुक्म से बस उठकर चल देते हैं।"

सुलभा को यह सब ताना सुनने की फ़ुरसत नहीं थी। उसका कलेजा बैठ गया। वह यहाँ अकेली है। विशाल मुम्बई में है।

और अभि...पता नहीं कहाँ है। यह है उसका परिवार। 27 नवम्बर, 2008 की सुबह हर तरफ़ बिखरा हुआ। उसने चुपचाप फ़ोन काट दिया और सुबकने लगी। उसके आसपास खड़े गार्ड और जूनियर स्टाफ़ हैरान था। जिन सुलभा मैम को हमेशा तेज़ी से खटाखट आते–जाते भर देखा था, उन्हें सुबकते देखकर वे समझ नहीं पा रहे थे कि क्या करें।

फ़ोन फिर बजने लगा था। नम्बर देखे बिना सुलभा ने उठाया। फिर से तन्मय था, इस बार आवाज़ बदली हुई थी– बेहद परेशान, "क्या हुआ सुलभा? कुछ गड़बड़ है क्या?"

'तन्मय, जल्दी आ सकते हो? अभि खो गया है।' बोलते–बोलते बिलखने लगी सुलभा।

'खो गया है, मतलब?'

'रात को क्रेच में था। मैं ऐंकरिंग कर रही थी। फिर पता नहीं!'

'रुको मैं पहुँच रहा हूँ', और फिर फ़ोन कट गया।

अचानक सुलभा को अपनी तबीयत बहुत ख़राब लगने लगी। लगा कि उसके लिए खड़े रहना अब मुश्किल है। उसने कमज़ोर स्वर में कहा, "मैं बैठूँगी कहीं।" क्रेच में ही रखी एक कुर्सी पर वह बैठ गयी। गार्ड पानी ले आया– उसने पी लिया। उसकी आँखें जल रही थीं। पास ही खडे किसी एक ने पूछा, "डॉक्टर को बुलाऊँ क्या?"

सुलभा ने बस सिर हिलाकर मना किया। उसे अन्दाज़ा था कि अगर कुछ देर वह आँख मूँदे बैठी रहे तो शायद ठीक लगने लगेगा। वैसे भी बेटे को खोजे बिना उसे बीमार पड़ने का हक़ नहीं है।

तन्मय आधे घण्टे में पहुँच गया– बिल्कुल सुबह सड़कें ख़ाली मिल जाती हैं। तब तक तान्या भी आ गयी थी। दोनों अब चीज़ों को समझने–बूझने में लगे थे। दोनों भरोसा दिला रहे थे कि कुछ नहीं होगा, अभि को वह औरत ले गयी होगी या फिर किसी के भरोसे छोड़ गयी होगी। दो–चार घण्टे में सब पता चल जायेगा।

लेकिन अभि सिर्फ़ दो साल का है। पूरे वाक्य तक नहीं बोल पाता। आज तक अपनी ममा से अलग नहीं रहा है। ये लोग समझते

क्यों नहीं? कहाँ रहा होगा रातभर। कैसे सोया होगा? क्या खाया होगा? रो रहा होगा तो किसी ने चुप कराया होगा या नहीं? सुलभा को ये सारे सवाल खाये और रुलाये जा रहे थे।

"क्या पुलिस को ख़बर की जाये?"

पुलिस के पास जाने की बात सुनकर सुलभा कुछ और सिहर गयी। पुलिसवालों से उसके अच्छे सम्पर्क हैं। उसे सीधे पुलिस कमिश्नर जानते हैं। उसके एक फ़ोन पर पुलिस विभाग खड़ा हो जायेगा। लेकिन क्या वाक़ई इतने छोटे से अभि के लिए पुलिस की ज़रूरत है? क्या वह वाक़ई मेरे घर जैसे ऑफ़िस से 'किडनैप' हो गया है?

"विकास को एक बार ट्राई कर लेते तन्मय!" अपनी कमज़ोर और थकी आवाज़ में सुलभा ने कहा। तन्मय बिना कुछ कहे फ़ोन मिलाने लगा। दो–तीन बार कोशिश की। फिर कहा, लगता है उसका मोबाइल डिस्चार्ज हो चुका है। सुलभा फिर झुँझलाना चाहती थी। उसे सबसे ज़्यादा ग़ुस्सा अब विशाल पर आ रहा था। वह स्टूडियो में थी, विशाल को तो ख़याल रखना चाहिए था। मुम्बई जाने के पहले भी उसने फ़ोन नहीं किया। किसी से ख़बर करवा देता। लेकिन उसे फ़िक्र हो तब तो।

सुलभा ने अचानक फ़ैसला कर लिया– "चलो तन्मय, पुलिस के पास चलते हैं। अभि सुरक्षित होगा तब भी ठीक है और अगर भगवान न करे, किसी संकट में हो तो ज़रूरी है..." बोलते–बोलते वह रोने लगी।

इत्तिफ़ाक़ से पुलिस थाना सामने था। जब टीवी चैनलों के जाने–पहचाने चेहरे अचानक थाने में घुसने लगे तो इधर–उधर लेटे, सोये, बैठे, दातुन कर रहे या नहा रहे सिपाही सजग हो उठे।

बस दो मिनट के भीतर वे थाना–इंचार्ज के सामने थे। उनकी शिकायत दर्ज हो रही थी।

दो साल का अभि अब एक केस बन चुका था, एक एफआईआर नम्बर।

"चिन्ता मत कीजिए, मैम, चार घण्टे में ही बच्चे को आपके पास पहुँचा देंगे।"

बड़े पुलिसिया भरोसे से कहे गये इस वाक्य के बावजूद सुलभा को तसल्ली नहीं हुई थी।

वह जैसे किसी सम्मोहित–आतंकित समय में जी रही थी।

उसकी आँखें मुँद रही थीं, लेकिन उसकी नींद उचटी हुई थी।

और अचानक वह कुर्सी से निढाल एक तरफ़ गिर पड़ी।

## गोलियाँ चलती थीं, वे सिहरते थे

होटल ताज से 100 मीटर दूर पीछे हटकर विशाल ने पोजीशन ले रखी थी। उसने कभी वार रिपोर्टिंग नहीं की थी, लेकिन फ़िल्मों में देखा था कि कैसे सैनिक लेटे हुए बन्दूक़ थामे रहते हैं। वह भी बिल्कुल उसी तरह लेटा हुआ था। इस फ़र्क़ के साथ कि उसके हाथ में गन नहीं माइक था। उसे ठीक–ठीक अन्दाज़ा नहीं था कि उसका कैमरामैन सुबोध उससे कितना पीछे या कहाँ है, लेकिन यह मालूम था कि वह कुछ ज़्यादा जोख़िम उठा रहा है।

विशाल अभी 'लाइव' था। दिल्ली में उसके स्टूडियो में बैठी ऋचा ने उससे अपडेट पूछा था और वह बता रहा था, "ऋचा, होटल ताज में आतंकवादी छुपे हुए हैं। एनएसजी के कमांडो भी पहुँच गये हैं। आप देख रही हैं– हेलीकॉप्टर ऊपर मँडरा रहे हैं।"

विशाल की आवाज़ में एक सनसनी थी। सुबह प्लेन से उतरने के बाद वे एक होटल गये, लेकिन बस फ्रेश होने के लिए। वहाँ से सीधे वे ताज के सामने आ खड़े हुए थे, क्योंकि उनके ख़याल में यहाँ ज़बरदस्त 'ऐक्शन' था। विशाल के पास बताने को ज़्यादा सूचनाएँ नहीं थीं, लेकिन चारों तरफ़ का जो माहौल था, वह अपने–आप में एक बड़ी ख़बर बना रहा था। रह–रहकर ताज के भीतर से गोलियों की आवाज़ सुनाई पड़ती। बीच–बीच में एकाध ग्रेनेड फटता तो लगता उनके कान फट गये हैं– वे बिल्कुल उछल से पड़ते। विशाल के दायें–बायें दोनों तरफ़ दूसरे

चैनलों के रिपोर्टर लेटे हुए थे, जैसे पत्रकारों की एक सेना हो जो सूचना का कोई युद्ध लड़ रही हो। पत्रकार इस ख़बर का हिस्सा हो गये थे। नयी टीवी संस्कृति से ख़ूब परिचित ऋचा ज़ोर–ज़ोर से बता रही थी– देखिए हमारे रिपोर्टर्स बिल्कुल क़रीब से ये हमला कवर कर रहे हैं। विशाल होटल ताज के बिल्कुल सामने हैं। होटल ताज में आतंकवादी घुसे हुए हैं, ये साफ़ नहीं है कि उनकी तादाद क्या है। आपने देखा, हेलीकॉप्टर्स से कमांडो उतर रहे हैं। गोलियाँ चल रही हैं। भीतर कई लोगों के मारे जाने का अन्देशा है। विशाल, आप अपना ख़याल रखिएगा, हम जल्द ही आपके पास लौटेंगे। हमें मिली सूचना के मुताबिक़ होटल ओबेरॉय में भी आतंकी घुसे हुए हैं और चबाड हाउस में भी उन्होंने कई लोगों को बन्धक बना रखा है।

लेटे–लेटे विशाल ने राहत की साँस ली। अब कम–से–कम आधा घण्टे तक ऋचा उसके पास नहीं आयेगी। एक सेगमेंट ओबेरॉय से करेगी, एक चबाड हाउस से। उसे सिगरेट की तलब हो आयी। उसने पिछली जेब में हाथ डाला और एक मुचड़ा हुआ पैकेट निकाल लिया। कैमरामैन भी उसके बगल में आ खड़ा हुआ था– 'मस्त है बॉस। लाइफ़टाइम तक याद रहेगा।'

'साले, जान निकल रही है और तुझे मस्ती सूझ रही है।' कुछ उठकर कमर सीधी करते हुए विशाल ने कहा।

'बॉस रिपोर्टिंग कर रहे हो तो लेटकर, सिगरेट पी रहे हो तो उठकर, ये क्या ड्रामा है?' ही–ही करते हुए सुबोध ने चारों तरफ़ लेटे रिपोर्टर्स पर नज़र डाली।

'अबे, रिपोर्टिंग करते हुए सेफ़्टी का ध्यान रखना है या नहीं। सिगरेट तो कभी भी फेंककर भाग सकते हैं। लाइव करते हुए कहाँ भागेंगे' विशाल ने कह तो दिया लेकिन सोचने लगा कि वाक़ई क्या इस तरह लेटकर रिपोर्टिंग करने की ज़रूरत है? या फिर क्या इसकी इतने क़रीब से रिपोर्टिंग करने की ही ज़रूरत है? हम आख़िर दिखा क्या रहे हैं? कुछ धमाके, कुछ ताज के जलते हुए हिस्से, आसमान में

उड़ते हेलीकॉप्टर और कुछ आधी–अधूरी जानकारियाँ। ये पब्लिक को मूर्ख ही तो बनाना है। इससे तो अच्छा दूर रहकर ज़्यादा जानकारी हासिल करते कि ये आतंकवादी हमला किसने किया है, कौन लोग इसके पीछे हैं, वाक़ई मुम्बई में कितने आतंकी घुसे हैं, हम उनका सामना क्यों नहीं कर पा रहे?

दिलचस्प उसे यह लग रहा था कि जो फुटेज ये सारे चैनल दिखा रहे हैं, वे 15 मिनट पहले के फुटेज हैं– विलम्बित दृश्य। उसे बताया गया कि सरकारी एजेंसियों से अनुरोध आया है कि वे लाइव विजुअल न दिखायें, क्योंकि इससे होटल में छुपे आतंकवादियों को क्लू मिल जा रहा है। वह हैरान हुआ। उसे ख़याल आया, वह अपना चैनल देखकर ठीक–ठीक नहीं बता सकता कि पूरी तस्वीर क्या है। बस कुछ टुकड़े हैं जो कभी इस दृश्य से, कभी उस दृश्य से बन रहे हैं। यही हाल सारे चैनलों का है। फिर कौन है जो इन सारे चैनलों को मॉनिटर करता हुआ, इनके दृश्यों की भूलभुलैया के बीच ऐसा सटीक नक़्शा बना रहा है जिससे इन आतंकवादियों को हमला करने या बचने में मदद मिल रही है।

उसे ख़याल आया कि किस तरह एनएसजी के प्रमुख लगातार बयान पर बयान जारी कर रहे हैं– अभी हमने फ़लाँ मंज़िल ख़ाली करा ली है। अभी हम फ़लाँ मंज़िल पर जा रहे हैं। आतंकवादियों के लिए इससे ज़्यादा सटीक सूचना क्या होगी? क्या एनएसजी के चीफ़ को इसका ख़याल नहीं रखना चाहिए था? और अगर वे यह बात बोल रहे हैं तो चैनल दिखाये क्यों नहीं? वे कौन होते हैं सूचनाओं को अपने ढंग से सेंसर करने वाले, या उस तरह दिखाने वाले, जिस तरह सरकार चाहती है?

उसे अचानक अपने दफ़्तर के सहयोगी प्रशान्त सर का ख़याल आया जो प्रेस की देशभक्ति वाली भूमिका का मज़ाक़ बनाते रहते हैं। ज़रूर प्रशान्त सर अब भी हँस रहे होंगे– कि साले हम लाइव दिखा रहे हैं, लेकिन पन्द्रह मिनट पुराना लाइव। ज़रूर न्यूज़रूम में कई लड़के उससे चिढ़ रहे होंगे कि यह प्रशान्त सर अपने–आपको समझते क्या हैं।

एक ज़ोरदार धमाके ने अचानक विशाल के हाथ की सिगरेट छीन ली। विशाल नाटक करते हुए नहीं, बल्कि बिल्कुल सहज ढंग से, उछल पड़ा था और फिर नीचे जा गिरा था। एक लम्हे को उसे लगा कि कोई बम पत्रकारों के बीच फटा है, लेकिन जब साँस स्थिर हुई तो उसे समझ में आया कि आतंकियों ने कोई बड़ा हैंडग्रेनेड उछाला है। उसने देखा कि ताज के एक हिस्से से फिर से लपटें उठने लगी थीं।

उसका कैमरामैन सुबोध भी अपनी ढीली–ढाली मुद्रा छोड़ अलर्ट हो चुका था। उसने कहा, ''विशाल सर, मैं पैन कर रहा हूँ। आप स्टूडियो में बोलिए।'' लेकिन उसके बोलने से पहले विशाल लगातार गनमाइक पर बोल रहा था– कम–टु–कम, टु मी। बड़ा धमाका है। यह निर्देश पीसीआर में बैठी टीम और स्टूडियो में बैठे ऐंकर के लिए था।

उसकी आवाज़ स्टूडियो पहुँच चुकी थी। ऋचा उससे फिर मुख़ातिब थी– 'होटल ताज के बाहर गोलियों की बौछार के बीच मौजूद हमारे रिपोर्टर विशाल सिंह बता रहे हैं कि ताज में फिर आग लग गयी है। हाँ, विशाल, बतायें, क्या है ताज़ा अपडेट?' विशाल अचानक कुछ झेंप सा गया। होटल ताज के बाहर तमाम चैनलों के रिपोर्टर इसी अन्दाज़ में ख़बर कर रहे हैं और उसकी ऐंकर इसे कुछ इस तरह पेश कर रही है कि सिर्फ़ उसी के चैनल का रिपोर्टर ऐसी बहादुरी दिखा रहा है। लेकिन वह क्या करे, उसकी ट्रेनिंग ही ऐसी है।

बहरहाल, यह झेंपने का नहीं, बोलने का समय था। वह शुरू हो गया– 'जी, ऋचा, गोलियाँ तो यहाँ रुक–रुक कर चल रही हैं, लेकिन अभी एक ज़ोरदार धमाका हुआ है जो पुरानी आवाज़ों से बड़ा है। इस धमाके के बाद होटल ताज के एक हिस्से में आग लगी हुई दिख रही है। यह साफ़ है कि आतंकवादी अब हताश हैं और इस हताशा में वे ऐसे स्टेप भी ले रहे हैं जो उनके लिए ख़तरनाक हैं।'

बोलते–बोलते वह फिर सकुचा गया। उसके पास देने को कोई ख़बर नहीं है–सिवा इसके कि एक धमाका हुआ है और वाक़ई आग की लपटें दिख रही हैं। लेकिन यह धमाका आतंकियों के बम से हुआ है, या एनएसजी के विस्फोटकों से, यह कौन कह सकता है? और हताश कौन है? ये कमबख़्त आतंकी तो साले जान लेने–देने का खेल खेलने आये हैं। मुम्बई के बिल्कुल हार्ट पर हमला कर दिया है उन्होंने। होटल ताज में न जाने कितने मुल्कों के नागरिक ठहरे हुए हैं। ये भी साफ़ नहीं है कि उन्होंने कितने लोगों की हत्या की है। फिर हताश कौन है? एनएसजी वाले अपना एक कमांडो खो चुके हैं। संदीप उन्नीकृष्णन का जोशीला चेहरा उसके सामने कौंधा– उस बेचारे ने अपनों को बचाने में अपनी जान दे दी।

लेकिन यह बताने वाला नहीं, बोलते रहने वाला दिन था। सो विशाल बोलता रहा, बोलता रहा, बोलता रहा। अगले ब्रेक में उसे सहसा ख़याल आया कि वह फ़ोन तो चेक कर ले। फ़ोन देखते ही वह हैरान रह गया– सुलभा के 27 मिस्ड कॉल और तन्मय के ग्यारह। ऐसा क्या हो गया है दिल्ली में कि वे सब उसे फ़ोन कर रहे हैं? क्या सुलभा ने टीवी नहीं देखा कि वह मुम्बई में है?

उसे लगा कि शायद उसे ख़तरे में जानकर सुलभा समझाना चाहती हो कि कुछ पीछे हटो। सुलभा अक्सर कहती भी है– तुम्हें सिर्फ़ अपनी रिपोर्टिंग की पड़ी रहती है। न मेरे बारे में कुछ सोचते हो न अभि के बारे में।

विशाल हौले से मुस्कुराया। उसने पर्स निकाला, वह फ़ोटो निकाली जिसमें वह अभि और सुलभा दोनों के साथ है। उसे इस अन्दाज़ में देखा जैसे कह रहा हो, परेशान न हो सुलभा। मैं लौटूँगा और तुम दोनों के साथ खेलूँगा।

लेकिन फिर गोलियों की तड़तड़ाती आवाज़ ने उसका ध्यान भटका दिया। वह सिहर रहा था– और उसने फिर पीसीआर से चीख़ कर कहा, जल्दी मेरे पास आओ।

# सब तरफ़ शोर था, वे सन्नाटे में थे

रोज़ की तरह सुबह साढ़े सात के आसपास टहलकर लौट रहे थे जगमोहन सिन्हा। इस दिनचर्या पर वह पिछले 20 साल से अमल कर रहे हैं। छह बजे उठ जाते हैं, साढ़े छह तक तैयार होकर पास के पार्क में टहलने पहुँच जाते हैं। पूरे एक घण्टे बाद लौटते हैं। तब तक घर के दूसरे लोग जाग रहे होते हैं। फिर वे अख़बार उठाते हैं और इत्मीनान से सोफ़े पर पसरकर अगले एक घण्टे तक उसे बाँचते रहते हैं। इस दौरान चाय भी मिल जाती है और बड़ा बेटा भी आकर अख़बार पलटने लगता है।

जगमोहन सिन्हा दिल्ली विश्वविद्यालय में हिन्दी पढ़ाते हैं। रोजाना दो अख़बार लेते हैं– अंग्रेज़ी का 'टाइम्स ऑफ़ इंडिया' और हिन्दी का 'जनसत्ता'। दोनों अख़बारों में वे पूरा एक घण्टा लगाते हैं। उनके अलावा उनका बड़ा बेटा ही अख़बार देखता है। पत्नी की दुनिया टीवी से बनती है और छोटे बेटे की कम्प्यूटर और मोबाइल से। वह बताता है कि अब तो अख़बार पढ़ने की ज़रूरत ही नहीं, टीवी देख लो और आपके कम्प्यूटर्स पर भी सारे अपडेट आते हैं। उसका कहना है, जल्दी ही ऐसे मोबाइल आ जायेंगे जहाँ आपको हर समय दुनियाभर की ख़बरें मिला करेंगी।

सिन्हाजी यह सब धीरज से सुन तो लेते हैं लेकिन अपने अनुभव से जानते हैं कि टीवी या कम्प्यूटर अख़बार के विकल्प नहीं हो सकते। सुबह टहलकर लौटने के बाद चाय की चुस्कियों के साथ अख़बार पढ़ने का जो सुखद अभ्यास उनकी पीढ़ी ने अर्जित किया है, उसे इस दौर के लड़के क्या जानें।

उन्हें याद है कि साठ के दशक में जब पहली बार उन्होंने अख़बार पढ़ना शुरू किया था तो उनके छोटे से शहर राँची में शाम को अख़बार आते थे। पटना से 'आर्यावर्त' और 'प्रदीप', और दिल्ली से 'नवभारत टाइम्स' और 'टाइम्स ऑफ़ इंडिया'। दूसरे भी आते होंगे,

लेकिन उन्हें उनका ख़याल नहीं। तब राँची का अपना कोई दैनिक अख़बार नहीं था और वे कहानियों या उपन्यासों में बड़े शहरों में सुबह अख़बार मिलने का ब्योरा सुनकर रोमांचित हो जाते थे। वे सोचते थे, सुबह ख़बर पढ़ना कितना अच्छा लगता होगा। 1977 में जब वे जेएनयू जा चुके थे, तो राँची का इकलौता दैनिक अख़बार 'राँची एक्सप्रेस' शुरू हुआ। निकलता यह पहले भी था, लेकिन साप्ताहिक के तौर पर। दस पैसे का वह मामूली–सा अख़बार अचानक शहर के बहुत सारे लोगों के लिए गर्व का विषय बन गया था। पहली बार शहर के गली–मोहल्ले की छोटी–छोटी ख़बरें पढ़कर लोग रोमांचित थे। कहाँ सभा हो रही है, कहाँ बिजली नहीं है, कहाँ नाली खुदी पड़ी है, यूनिवर्सिटी में क्या हो रहा है– ये छोटी–छोटी ख़बरें उनकी ज़िन्दगी के लिए बड़े मायने रखती थीं।

अपने घर वाली गली में दाख़िल होते हुए सिन्हाजी ने लम्बी साँस ली। कहाँ चली गयीं वे चीज़ें जो ज़िन्दगी में इतना मायने रखती थीं? वे ख़ुद कहाँ चले आये? क्या कभी सोचा था कि राँची का अपना जाना–पहचाना मुहल्ला छोड़कर एक दिन वे दिल्ली से बाहर ग़ाज़ियाबाद की एक कॉलोनी में बस जायेंगे? वे तो दिल्ली अचानक आये थे– पढ़ाई का छूटा हुआ सिलसिला पूरा करने– वह भी सत्तर के उस दशक में, जब बिहार के लड़के यहाँ पढ़ने के लिए आने की नहीं सोचते थे। बिहार के विश्वविद्यालयों से भगदड़ का सिलसिला 1990 के बाद क़ायदे से शुरू हुआ। लेकिन पटना में रह रहे अपने एक चाचा की सलाह पर उन्होंने एमफिल के लिए जेएनयू में अप्लाई किया था और फिर हैरानी की बात यह थी कि चुन भी लिए गये थे। तब उनकी माँ उन्हें बिल्कुल दिल्ली आने देना नहीं चाहती थीं। उन्हें समझ में ही नहीं आ रहा था कि पढ़ाई के लिए इतना दूर जाने की क्या ज़रूरत है। यहाँ तो घर बैठे पीएचडी हो जाती है। लेकिन शिक्षक पिता को एहसास था कि इससे उनके करिअर की एक नयी राह खुल सकती है। 'यहाँ लड़का लोग पढ़के करता का है, सड़क पर मटरगश्तिए न। न नौकरी का पता है न शादी का ठिकाना है।

यहाँ तो बाक़ी लड़का लोग के साथ यही कर रहा है। इससे तो अच्छा है कि दिल्ली में पढ़ेगा– कुछ न कुछ बन ही जायेगा।' अपनी मायूस पत्नी को समझाते हुए उन्होंने बेटे को हरी झण्डी दिखायी थी। बेटे के भविष्य की बात सोचकर उदास माँ चुप रह गयी थीं– तब भी एक अनजाना भय उन्हें जकड़े हुए था– पता नहीं लौटेगा कि नहीं।

और वाक़ई सिन्हाजी लौट नहीं सके। राँची का जगमोहन जेएनयू जाकर सिन्हाजी हो गया था, क्योंकि वे अपनी क्लास के बाक़ी लड़कों से उम्र में कुछ ज़्यादा ही बड़े थे। एमफिल के बाद उन्होंने पीएचडी भी वहीं से की, फिर दिल्ली के अख़बारों में चप्पल चटखाते हुए कुछ फ्रीलांसिंग करते रहे और एक दिन एक प्रोफ़ेसर की कृपा से दिल्ली यूनिवर्सिटी के एक कॉलेज में लग भी गये। इसी दौरान उन्होंने शादी भी कर ली और एक भरा–पूरा परिवार बसा डाला। इसी दौरान ग़ाज़ियाबाद में बस रही एक कॉलोनी में अपने दोस्तों के साथ मिलकर प्लॉट लिया और फिर मकान बनवाने का पराक्रम कर दिखाया। माँ–पिता इस बीच लगातार आते–जाते रहे, कभी उसकी उपलब्धियों पर ख़ुश और कभी अपने अकेलेपन पर उदास होते रहे। कई बार उन्हें बेटे से शिकायत हुई– ख़ासकर तब ज़्यादा, जब उसने अपनी मर्ज़ी से शादी करने का फ़ैसला किया। लेकिन अक्सर यह सन्तोष रहा कि बेटा पराया नहीं हुआ और बहू भी ध्यान देती है। वैसे राँची में रिटायरमेंट के बाद की पेंशन और घर से आने वाले किराये की वजह से वे आत्मनिर्भर बने रहे और अब अपनी पोती की उपलब्धियों पर इतराते हैं। तब उन्हें लगता है, बेटे ने अच्छा किया कि दिल्ली आ गया, नहीं तो इतनी शानदार ज़िन्दगी और शोहरत उसके बच्चों को कैसे नसीब होती?

घर के बाहर लगा छोटा–सा गेट खोलकर सिन्हाजी भीतर आ गये थे। बरामदे में दोनों अख़बार पड़े थे। उन्होंने उठाया, झाड़ा और फिर वहीं लगी कुर्सी पर बैठ गये। अख़बार खोलते ही चिहुँक पड़े। क्या, कल मुम्बई में सारी रात आतंकवादी गोलियाँ बरसाते रहे। अगले एक घण्टे वे सारी दुनिया जैसे भूल चुके थे। एक के बाद एक

ख़बरें पढ़ते हुए वे सिहर भी जा रहे थे। उन्हें पता भी नहीं चला कि कब साढ़े आठ बज गये। कमाल है, कोई अभी तक उठा नहीं है, जबकि आठ बजे तक उन्हें चाय भी मिल जाती है। आज रविवार तो है नहीं। बृहस्पतिवार के दिन इतनी देरी? उन्हें हल्की–हल्की भूख भी लग आयी थी। किचन में पहुँचकर उन्होंने एक गिलास पानी पिया और फिर फ्रिज़ खँगालने लगे। तभी लगभग साथ–साथ बड़ा बेटा और उनकी पत्नी दोनों अपने–अपने कमरों से निकले।

"अरे कमाल हो तुम लोग। इतनी देर?", लेकिन बोलकर ख़ुद को सँभाला सिन्हाजी ने, क्योंकि उनके पास अभी चिड़चिड़ाने की निजी चाहत से ज़्यादा बड़ी ख़बर थी बताने को– 'पता है तुम लोगों को, मुम्बई में क्या हुआ है?'

"हमें रात से ही पता था। आप सोये हुए थे, हम सब लोग टीवी देख रहे थे। सुलभा दी रातभर ऐंकरिंग करती रही हैं।" बेटे अरुण ने सूचना दी।

और पत्नी सफ़ाई देने लगीं, ''मैं तो रात को गयी थी आपका जगाने, लेकिन आप गहरी नींद में थे। फिर अरुण और आशीष दोनों बोलने लगे, सोने दो पापा को। वे सुबह अख़बार में देख लेंगे।"

छोटा बेटा आशीष भी आँख मलता–मलता निकला, ''मुझे तो सबसे पहले ट्विटर से ही पता चल गया था। बाद में टीवी पर आया है।''

रोज़ नियम से साढ़े दस बजे सो जाने वाले जगमोहन सिन्हा पहली बार अपनी आदत पर कुछ मायूस थे। कुछ इस बात पर भी कि ख़बरों में उनका अख़बार पीछे छूट गया। लेकिन इस मायूसी से ज़्यादा बड़ी उत्सुकता उन्हें अपनी बेटी की ऐंकरिंग को लेकर थी। "सुलभा रातभर ऐंकरिंग करती रही? ठीक से कर पायी? वह सँभालती तो अच्छे से है।"

"सारी रात बोलती रही, थकी ही नहीं बच्ची। चेहरे पर कभी–कभार तनाव आ जाता था। दो बजे रात को तो हम लोग भी सोने चले गये।"

"अच्छा?" सिन्हाजी ने अपनी बेटी पर फिर कुछ गर्व महसूस किया। 'असल में उसकी भाषा दूसरों से अच्छी है। हालाँकि उन्हें याद आया, वे पहले नहीं चाहते थे कि बेटी टीवी की नौकरी करे। फिर अचानक वे चिन्तित हुए– "तो अभि कहाँ था?"

"अभि जीजाजी के पास होगा।" आशीष ने कहा। सब ड्राइंग रूम में बैठे थे और अरुण अख़बार पलट रहा था– "ये सारी ख़बर तो हम पहले ही देख चुके हैं।' आशीष ने कहा, ''देखते हैं, क्या हो रहा है मुम्बई में।" और उसने टीवी ऑन कर दिया। 'असली ख़बर' चैनल पर अब सुलभा नहीं थी, आयशा और नेहा थी। आशीष एक–एक कर चैनल बदल रहा था। अचानक न्यूज़ प्लस पर आकर वह रुक गया, ''अरे जीजाजी!'' वे सब होटल ताज के सामने औंधे लेटे विशाल को रिपोर्टिंग करते देख रहे थे। "अरे, जीजाजी मुम्बई कब पहुँच गये?"

तभी अरुण का फ़ोन बजने की आवाज़ सुनाई पड़ी। अरुण ने कमरे में जाकर मोबाइल उठाया, दीदी अभी क्यों फ़ोन कर रही है? "वाह दीदी, रातभर जमा दिया?" लेकिन वह आगे कुछ बोलता, उसके पहले उसे दीदी के सुबकने की आवाज़ सुनाई पड़ने लगी, "अरे दीदी, क्या हुआ?"

"अरुण, तुरन्त आ जाओ।" आँसुओं के बीच सुलभा बोल रही थी– "अभि का पता नहीं चल रहा है।"

"क्या? क्या बोल रही हो तुम? अभी कहाँ हो तुम दीदी?'

"बस, मेरे ऑफ़िस चले आओ, तुरन्त।" और सुलभा ने फ़ोन काट दिया।

अरुण को अचानक हैरान–परेशान देख सिन्हाजी, उनकी पत्नी और आशीष भी डर गये। वे कुछ पूछते, इसके पहले अरुण ने कहा, "अभि ग़ायब हो गया है।" और बोलते–बोलते उसकी आवाज़ भर्रा गयी।

सब तरफ़ शोर था, लेकिन वे चारों सन्नाटे में खड़े थे।

## लेकिन सवाल है, वह अकेली क्यों उतरी?

थाने में फिर नीम बेहोशी में जाती सुलभा को तन्मय ने सँभाला– सुलभा–सुलभा। सुलभा ने आँखें खोलीं। क्या ये सुलभा की आँखें हैं? अक्सर चमकने वाली ये मग़रूर आँखें इतनी मायूस और टूटी हुई भी हो सकती हैं? लेकिन यह सुलभा नहीं थी, बस एक थकी हुई माँ थी जिसे उसका बेटा चाहिए था। तन्मय ने कुछ बेचारगी से इधर–उधर देखा। एक सिपाही पानी ले आया था। सुलभा ने दो घूँट पानी पिया। तन्मय को फिर ख़याल आया– इधर–उधर का पानी पीने को कभी तैयार नहीं होती है सुलभा। उसे बाहर हमेशा मिनिरल वाटर की बोतल चाहिए। लेकिन यहाँ वह प्रतिरोध करने की हालत में भी नहीं थी। थानेदार तब तक चाय मँगवा चुका था। सुलभा फिर सँभलने लगी थी। उसे ख़याल आया, उसे अरुण को बुला लेना चाहिए। उसने फ़ोन मिलाया, फ़ोन पर ही रोने लगी।

"सुलभा, तुम ख़ुद को सँभालो।" यह वैशाली थी जो नौकरी का एक बेहद अहम दिन छोड़कर उसकी मदद में जुटी हुई थी। दफ़्तर के सारे कुलीग्स को तब तक मालूम हो गया था कि सुलभा का बेटा नहीं मिल रहा है। बॉस ने फ़ोन करके वैशाली को कहा कि वह मुम्बई अटैक भूल जाये और सुलभा के साथ रहे। वैसे भी मामला दफ़्तर से बच्चे के ग़ायब होने का था। वैशाली सुलभा को निजी तौर पर भी काफ़ी मानती थी। उसका आत्मविश्वास और दूसरों के प्रति लापरवाही भरा रुख़ उसे अच्छा लगता था। इतनी कमज़ोर सुलभा उसे मंज़ूर नहीं थी।

वैशाली की आवाज़ में छुपी हुई झिड़की ने अचानक सुलभा को उसकी बह रही शख़्सियत की डोर वापस थमा दी। वह एक मिनट ख़ामोशी से बैठी रही। फिर उसने थानेदार से पूछा, पुलिस क्या करेगी। थानेदार के मुताबिक़ पुलिस काफ़ी कुछ कर चुकी थी।

उसने शीला का पता मालूम कर लिया है। वह ग़ाज़ियाबाद की है–वसुन्धरा के पास कनावनी नाम का कोई गाँव है, वहीं रहती है। पुलिसवाले बस वहाँ के लिए निकल ही रहे हैं। सुलभा मैम चाहें तो साथ चल सकती हैं। बच्चा शीला के पास ही होगा, तुरन्त मिल जायेगा।

सुलभा ने एक लम्हे के लिए सोचा। फिर वह जाने को तैयार हो गयी। तन्मय और वैशाली की ओर मुड़ते हुए उसने कहा कि वे लोग चाहें तो रुक जायें। वह अरुण को यहाँ की जगह सीधे कनावनी गाँव ही बुला लेगी। लेकिन तन्मय और वैशाली को मालूम था कि ख़ुद को सहेज रही सुलभा बीच में फिर बिखर सकती है। उन्हें ख़याल था कि यह लड़की सारी रात जागी भी हुई है। दोनों ने कहा कि नहीं वे दोनों भी चलेंगे।

अगले दस मिनट में दो गाड़ियाँ पुलिस थाने से निकलीं। एक पुलिस की गाड़ी थी जिसमें चार पुलिसवाले थे, और एक तन्मय की सैंट्रो, जिसमें वैशाली और सुलभा थीं। नोएडा के नये बन रहे अपार्टमेंट्स के बीच से निकलती हुई ये दोनों गाड़ियाँ अगले बीस मिनट में वसुन्धरा इलाक़े में थीं। पुलिसवालों ने किसी से फ़ोन पर मालूम कर लिया था कि यह कनावनी नाम की बस्ती है कहाँ। लेकिन कनावनी उनकी उम्मीद से ज़्यादा बड़ी बस्ती थी। मनमोहन सिंह के नये बनते इंडिया की बिल्कुल पीठ से चिपकी उन हज़ारों बस्तियों की तरह, जो दरअसल नयी टाउनशिप्स की कचरापेटी का काम करती हैं। यह कनावनी बस्ती न होती तो दिल्ली से लगे ग़ाज़ियाबाद के इस उपनगरीय इलाक़े, इन्दिरापुरम, वैशाली, वसुन्धरा की कुछ लाख की आबादी को न कामवालियाँ मिलतीं, न कार साफ़ करने वाले, न अख़बार पहुँचाने वाले और न ही इस्त्री करने वाले। ये जैसे बिल्कुल अदृश्य बस्तियाँ हैं जो कारों से दिखायी नहीं पड़तीं। वे चौड़ी–फिसलती सड़कों से चुपचाप निकलने वाली किसी पगडण्डी के भीतर जैसे खुलती हैं। यहाँ दाख़िल होने के बाद अचानक पता चलता है कि यहाँ कितनी हलचलें हैं, कितनी तंग गलियाँ, गलियों में खड़े कितने लोग और खेलते कितने बच्चे, कहीं कपड़े धोती तो

कहीं नल पर बर्तन माँजती औरतें– और इन सबके साथ–साथ कुत्ते, मुर्गे और भैंसें तक।

ये दोनों गाड़ियाँ भी बस्ती में घुसीं तो एक खलल–सा हुआ। तन्मय और वैशाली सैंट्रो की अगली सीट पर थे और पिछली सीट पर सुलभा कुछ निढाल–सी पड़ी थी। लेकिन बस्ती में दाख़िल होते ही वह जैसे जाग गयी। उसे लगता कि हर दूसरा घर शीला का है और उसका बेटा ज़रूर घर में होगा। बार–बार लगता कि इस गली के बाद तो बस्ती ख़त्म है, लेकिन एक और तंग गली निकलती जो आगे किसी और तंग गली का रास्ता बनाती। पाँच–सात मिनट का यह सफ़र सुलभा को मीलों लम्बा लग रहा था। बीच–बीच में पता पूछने और समझने के लिए पुलिस की गाड़ी रुक भी जाती। आख़िरकार एक ऐसी ही तंग गली में पुलिस की जीप घुर्र–घुर्र करती रुक गयी। ठीक पीछे सैंट्रो लगी। तन्मय गाड़ी का इंजन बन्द करता, उसके पहले सुलभा उतर चुकी थी। एक आदमी पुलिसवालों को इशारे से बता रहा था कि शीला का घर कहाँ है। पुलिस अब घर के सामने थी। यह दरअसल घर क्या था, पचास फुट में बनी एक तीन मंज़िला इमारत के तंग कमरों में से एक कमरा था। लेकिन कमरे के बाहर ताला लगा हुआ था। पुलिस को देख अगल–बगल के पड़ोसी निकल आये थे। "ओए सुन," साथ आये एसआई ने एक लड़के को पुकारा, "ये शीला का घर ही है न? कहाँ गये ये लोग।" वह लड़का कुछ हैरान–परेशान सा आया, "ज़ी रहती तो यहीं है। लेकिन पता नहीं, कहाँ चले गये सब लोग।" सुलभा का कलेजा धक्क से रह गया। कहाँ चली गयी यह शीला?

"उसका आदमी तो ठेकेदार के पास काम कर रहा है। अभी आधे घण्टे पहले मैंने देखा है।" एक–दूसरे शख़्स ने बढ़कर कहा।

"उसे बुलाओ फ़ौरन। नम्बर नहीं है उसका?"

जिसने पुलिसवालों को बताया था कि रग्घू ठेकेदार के पास है, वह अब चुप होकर अगल–बगल देखने लगा। समझना मुश्किल नहीं था कि वह रग्घू को फ़ोन लगाकर उससे बात करना नहीं चाहता।

लेकिन एक सच बोलने का गुनाह वह कर चुका था। एक पुलिसवाले ने आगे बढ़कर उसका कॉलर पकड़ लिया– "इधर–उधर देख क्या रहा है। फ़ोन क्यों नहीं करता उसे?" उसने उसे मारने के लिए हाथ उठाया।

सुलभा चिहुँक गयी, "रुकिए, ये क्या कर रहे हैं आप। इसे क्यों मार रहे हैं?"

इस दख़ल को हवलदार ने अपनी हेठी की तरह देखते हुए झटके से उसका कॉलर छोड़ दिया। इन अमीरज़ादियों की मुश्किल यही है। बेटा भुला गया है तो बेहोश हुई जा रही हैं। हम पता लगा रहे हैं तो हमें ही रोक रही हैं। ऐसे तो हो गया काम। पुलिस से आदमी डरेगा नहीं तो बतायेगा क्या?

लेकिन तब तक सुलभा आगे बढ़ चुकी थी। उसने नरमी से कहा, "देखो भाई, मेरा बेटा रात को शीला के पास रह गया था। बस उसी के बारे में पूछना है। रग्घू को बुला दो। हमें और कुछ नहीं करना–कहना है।"

उस डरे हुए आदमी ने बस मुंडी हिलायी। हवलदार की गर्मी का असर था या सुलभा की नरमी का, वह अपने छोटे से मोबाइल पर रग्घू का नम्बर मिलाने लगा।

"हाँ, हाँ, रग्घू। जल्दी घर आ जा। ...क्या? छोड़ ठेकेदार को, तेरे घर पुलिस आयी है। जल्दी आ।" वह आदमी सूचना से ज़्यादा आदेश दे रहा था। जैसे घबराया हुआ हो कि रग्घू नहीं आया तो यह उसका ही जुर्म माना जायेगा। फ़ोन रखकर वह बड़बड़ाया, जी आ रहा है।

"तू अभी यहीं रुक।" हवलदार ने कड़कती हुई आवाज़ में कहा।

उस आदमी में हिम्मत नहीं थी कि यह बात उठा सके।

इस बीच पुलिस तफ़्तीश में जुट गयी थी। क्या किसी ने रात को या सुबह शीला के साथ एक बच्चा देखा था? यानी शीला के तीन बच्चों के अलावा? पुलिस को बस इतना पता चला कि रोज़ ग्यारह–साढ़े ग्यारह बजे तक आ जाने वाली शीला कल रात साढ़े

बारह बजे तक नहीं आयी थी। किसी ने उसे आते नहीं देखा। सुबह बच्चों के साथ कहीं निकलते ज़रूर देखा था, लेकिन उसमें कोई बाहर का बच्चा नहीं था।

अब सुलभा वाक़ई घबरायी हुई थी। इस दौरान उसके पिता और दोनों भाई– अरुण–आशीष भी आ चुके थे। सब हैरान थे। अरुण ने दीदी की पीठ थपथपायी– दीदी, पुलिस है, सब पता लगा लेगी।

दस मिनट के भीतर रग्घू हक्का–बक्का घर के सामने खड़ा था। पुलिसवालों से घिरा हुआ। उसका पसीने से भरा चेहरा और पसीना–पसीना हो रहा था। उसके पहुँचते ही सब–इंस्पेक्टर ने उसे जैसे घेर लिया। पहला सवाल सीधे यही पूछा, ''कहाँ है बच्चा?'' कौन बच्चा, रग्घू यह बोल पाता कि एक ज़ोरदार थप्पड़ उसके गाल पर जड़ा जा चुका था। साले बताता है या नहीं। मियाँ–बीवी मिलकर बच्चा ग़ायब करते हो। सुलभा, तन्मय और वैशाली एक–दूसरे को बेबसी से देख रहे थे। वे लोग मानवाधिकारों की इतनी बात करते हैं, लेकिन उनके सामने पुलिसवाले एक ग़रीब को पीट रहे हैं और वे चुप खड़े हैं। एक लम्हे की मूक आपसी समझ के बाद तन्मय आगे बढ़ा, "एक मिनट भाई, इस तरह मारिए मत, पहले पूछ तो लीजिए ठीक से।" सब–इंस्पेक्टर ने तन्मय को कई बार टीवी पर देखा था, इसलिए वह फिर दबाव में आ गया। लेकिन चिढ़कर उसने कहा, "भाई साहब, आप ही पूछ लो। ये बदमाश लोग हैं, ऐसे नहीं बतायेंगे।" इस बार वैशाली बढ़ी। वह समझ नहीं पा रही थी कि एक मार खाये आदमी को वह किस तरह सम्बोधित करे– ख़ासकर उसे जो उन्हीं लोगों की वजह से पिट रहा है। उसे अचानक वहाँ अपनी मौजूदगी भी गुनाह लगने लगी। एक लम्हे को लगा कि वह यह सब छोड़कर भाग जाये। फिर उसने कुछ हिम्मत जुटायी और कहा, ''देखिए, कल रात आपकी पत्नी शीला हमारी दोस्त सुलभा के बेटे को क्रेच से ले आयी है। हम लोगों को लग रहा था कि रात को वह किसी के पास छोड़ नहीं पायी है, इसलिए उसे घर लाना पड़ा। लेकिन सुबह से कुछ पता नहीं चल रहा तो हम लोग परेशान हैं।

रग्घू का चेहरा तकलीफ़ और दहशत का मेल बन गया था। इस अप्रत्याशित पिटाई ने उसके भीतर जितनी चोट पैदा की थी, उससे भी ज़्यादा दहशत– और अब एक नया सवाल भी कि शीला ने किया क्या है? कल रात वह साढ़े बारह बजे के बाद आयी थी, लेकिन अकेली थी। उसके पहुँचते ही रग्घू उस पर बरस पड़ा था– साली, ऐसी कौन–सी नौकरी होती है जिसमें तीन–तीन बच्चों की माँएँ आधी रात के बाद लौटती हैं। बच्चे क्या खायेंगे, कब सोयेंगे। कल से इस नौकरी पर जाना नहीं है। उसने अपने तीनों बच्चों के सामने बीवी को थप्पड़ लगाया था। चिड़चिड़ायी हुई शीला ने थप्पड़ खाने के बाद फ़िल्मी अन्दाज़ में ताना जड़ा था– तू अगर लायक़ होता तो मुझे नौकरी करने की क्या ज़रूरत थी। अपनी पगार तो पी जाता है। ये नौकरी न रहे तो बच्चे भूखे सो जाया करें। इस ताने के बाद उसने बच्चों के सामने शीला की पिटाई की थी। तभी शीला ने कहा था कि वह सुबह घर से चली जायेगी। और वाक़ई वह सुबह तीनों बच्चों को लेकर आसनसोल की गाड़ी में बैठ गयी। यह भी उसे फ़ोन पर पता चला।

रुआँसे और कराहते स्वर में यह कहानी उसने सबके सामने बयान कर दी। सुलभा ने पूछा, ''जब वह रात को आयी तो उसकी गोद में अभि– यानी एक बच्चा– नहीं था? दो साल का, गोरा–सा?''

रग्घू ने न में सिर हिलाया। एसआई आगे बढ़ा– मैम, ये झूठ बोल रहा है। कल रात को आपके ऑफ़िस के चौकीदारों ने देखा है– इसकी बीवी आपके बेटे को लेकर गाड़ी में बैठी थी। गाड़ी से उतरते हुए बच्चा कहाँ ग़ायब हो गया?

लेकिन सुलभा को मालूम था, रग्घू झूठ नहीं बोल रहा है। शीला उसके बेटे के साथ गाड़ी से नहीं उतरी है।

फिर कहाँ है अभि? उसने बेबसी से फिर रग्घू को देखा, पुलिसवालों को देखा, तन्मय और वैशाली को देखा, अरुण और आशीष को देखा, अपने चारों तरफ़ पसरी कनावनी नाम की उस बस्ती को देखा जो उसके बहुत क़रीब थी, लेकिन अब तक गुम थी, लेकिन जिसे देखना चाहती थी, वह कहीं नहीं दिखा। उसे लगा कि ज़मीन कुछ उठ आयी है, आसमान घूम रहा है और वह गिरी जा रही है।

# वह राजा नहीं फ़क़ीर था

वैशाली को लेकर कनावनी से लौट रहे तन्मय का फ़ोन लगातार बज रहा था। सुलभा को किसी तरह सँभालकर उसके भाई अपने घर ले गये थे। तन्मय ने ड्राइव करते–करते मोबाइल देखना चाहा तो वैशाली ने टोका– "ये क्या तरीक़ा है? तुम पत्रकार लोग सबसे ज़्यादा क़ानून तोड़ते हो।" माहौल की संजीदगी के बावजूद तन्मय हँस पड़ा। वैशाली और तन्मय दोनों ने शुरुआत दरअसल इसी 'असली ख़बर' चैनल से की। बाद में वैशाली यहीं रह गयी, जबकि तन्मय 'न्यूज़ प्लस' में चला गया। इस लिहाज़ से दोनों पहले से परिचित थे। तन्मय को अच्छा लग रहा था कि वैशाली बिल्कुल दोस्त वाली सहजता के साथ उससे बात कर रही थी। उसने वैशाली की तरफ़ मोबाइल बढ़ा दिया। वैशाली ने कहा, किसी अनिल शर्मा का फ़ोन है। तन्मय कुछ हैरान हुआ। अनिल शर्मा बहुत पुराने पत्रकार हैं– प्रिंट के दौर के। अचानक उन्होंने क्यों फ़ोन किया? उसने वैशाली से कहा, "उनको कहो, थोड़ी देर में करता हूँ।"

वैशाली ने फ़ोन उठाया, साफ़–सुथरी अंग्रेज़ी में बताने की कोशिश की कि तन्मय ड्राइव कर रहा है और वह कुछ देर बाद उन्हें फ़ोन कर लेगा। लेकिन अनिल शर्मा हड़बड़ाये ये हुए थे। "उन्हें बस बता दीजिएगा कि वीपी सिंह नहीं रहे", कहते हुए उन्होंने फ़ोन काट दिया।

"तन्मय, वीपी सिंह की डेथ हो गयी है।"

"क्या?" तन्मय को मालूम था कि वीपी सिंह बीमार चल रहे हैं। उन्हें बोन मैरो का कैंसर था और कम–से–कम सप्ताह में तीन बार उन्हें डायलिसिस करानी पड़ती थी। लेकिन अपने जाने के लिए वीपी सिंह ने कैसा दिन चुना? जब सारे टीवी चैनलों पर मुम्बई के अटैक की ख़बर चल रही है, जब सारी ख़बरें स्थगित हैं तो वीपी सिंह के निधन की ख़बर कौन लेगा?

उसे कुछ अफ़सोस भी हुआ। उसने अपने ऑफ़िस फ़ोन किया। हालाँकि आज के लिए उसने छुट्टी ले ली थी– यह बताते हुए कि विशाल और सुलभा का बेटा खो गया है, उसे सुलभा के साथ रहना होगा। चूँकि सारा ऐक्शन मुम्बई में था इसलिए तन्मय को बॉस ने छोड़ भी दिया। ऑफ़िस में इनपुट हेड प्रकाश बिष्ट ने फ़ोन उठाया। तन्मय ने उसे जैसे ही बताया कि वीपी सिंह की डेथ हो गयी है, वह हँसने लगा, ''अरे, दो फ़ोन पहले आ गये हैं। लेकिन आज वीपी सिंह की ख़बर कहाँ चलेगी।''

तो उसका अन्देशा सही निकला। आज के दिन भारतीय मीडिया में अपने पूर्व प्रधानमन्त्री विश्वनाथ प्रताप सिंह के लिए जगह नहीं है। क्या इसलिए कि हर जगह मुम्बई की ख़बर चल रही है? या इसलिए भी कि भारतीय मीडिया में जो लोग छाये हुए हैं, वे अपने इस पूर्व प्रधानमन्त्री से बहुत चिढ़ते थे? उनके मुताबिक़ यह वह शख़्स था जिसने भारतीय समाज के भीतर मिट रही जातिवाद की रेखाओं को फिर से गाढ़ा कर दिया। पिछड़ों के आरक्षण की मण्डल आयोग की सिफ़ारिश स्वीकार करके विश्वनाथ प्रताप सिंह ने वह काम किया था जिसके लिए उन्हें इस देश का अगड़ा तबक़ा कभी माफ़ करने को तैयार नहीं था। आज यह तबक़ा राहत की साँस ले रहा होगा कि चलो, वीपी सिंह ऐसे दिन गये, जब उनकी ख़बर न चलाने का एक बड़ा बहाना उसके पास है।

लेकिन तन्मय ने तय किया, कहीं–न–कहीं यह ख़बर चलनी चाहिए। उसे मालूम था, ज़्यादातर चैनलों पर इस ख़बर को नज़रअन्दाज़ किया जायेगा। लेकिन यह भी मालूम था, कौन इसे चला सकता है। "असली ख़बर" का आउटपुट हेड प्रशान्त अपने समाजवादी रुझानों के लिए जाना जाता है। वही है जिसमें यह ताब है कि मुम्बई की ख़बर रोककर कुछ देर के लिए इसे चला सके। लेकिन एथिकली ये अच्छा नहीं होगा कि वह सीधे प्रशान्त को फ़ोन करके ख़बर दे दे। उसने बगल में बैठी वैशाली से कहा, "तुम अपने चैनल वालों को यह ख़बर बता क्यों नहीं देती?"

वैशाली हँसने लगी – "मुझे लगा, तुम्हें पहले ख़बर मिली है तुम चलाना चाहोगे। चलो मैं करती हूँ फ़ोन।" तन्मय ने पूछा, "किसे करोगी।"

"किसे क्या? सीधे इनपुट डेस्क पर,"

तन्मय हँसने लगा, "वे इसे गोल कर जायेंगे, बताना है तो प्रशान्त को बता दो।"

"प्रशान्त को? लेकिन ख़बर पहले इनपुट डेस्क पर जानी चाहिए न?"

"अरे वैशाली, तुम कौन–सी रिपोर्टर हो। तुम तो डेस्क की हो। तुम्हारे पास एक इन्फॉर्मेशन कहीं से चली आयी है, उसे बस अपने हेड को बता दो।"

वैशाली अचानक समझ गयी, "हाँ यार, वीपी सिंह की ख़बर तो प्रशान्त ही चलवाएगा।"

वैशाली ने प्रशान्त को फ़ोन मिलाया। घण्टी लम्बी गयी। लेकिन जब प्रशान्त ने उठाया तो सवाल उसी ने पूछा, "हाँ वैशाली। मिल गया बच्चा?"

वैशाली अचानक शर्मिन्दा हो गयी। वह तो एक पल के लिए भूल ही गयी थी कि पूरे ऑफ़िस को यह इन्तज़ार होगा कि वह सुलभा के बच्चे के बारे में बतायेगी। उसने ख़ुद को सँभाला– "नहीं प्रशान्त सर। बड़ी अजीब बात हो गयी है। शीला घर पर नहीं है– वह बंगाल चली गयी है। और उसका पति बोल रहा है कि वह रात को कोई बच्चा लेकर आयी ही नहीं।"

"क्या? फिर कहाँ रह गया सुलभा का बच्चा। और सुलभा अभी तुम्हारे साथ नहीं है?"

वैशाली ने फिर प्रशान्त को पूरी जानकारी दी। बताया कि सुलभा अब अपने पापा और भाइयों के साथ चली गयी है। वे ग़ाज़ियाबाद में ही रहते हैं– शीला के घर के पास ही हैं। और तन्मय उसे ऑफ़िस ड्रॉप करने के लिए आ रहा है। फिर वैशाली ने संकोच से कहा, "प्रशान्त सर, इसी बीच एक ख़बर मिली है, क्या हम लोग चलायेंगे?"

"पुलिसवाले कहीं रेड कर रहे हैं क्या? उन्हीं के साथ घूम रहे थे न तुम लोग।" प्रशान्त ने लापरवाह भाव में, कुछ उसे छेड़ने के अन्दाज़ में कहा।

"नहीं सर, वीपी सिंह नहीं रहे।"

"क्या, वीपी सिंह...तुम्हारे पास कहाँ से ख़बर आयी?" इस बार प्रशान्त का लहजा पूरी तरह बदला हुआ था।

"मेरे पास नहीं, तन्मय के पास किसी का फ़ोन आया था। उसके चैनल वाले नहीं चला रहे। बोलते हैं, अभी मुम्बई बहुत बड़ी ख़बर है। तन्मय ने ही सजेस्ट किया कि आपको बता दूँ।"

हम्म। प्रशान्त सब कुछ समझ गया। उसने वैशाली को बड़ी आत्मीयता से थैंक्स कहा, तन्मय को भी कन्वे करने को कहा और फिर फ़ोन काट दिया। प्रशान्त अचानक कुछ उदास और मायूस हो गया। आज़ाद भारत के जिन दो–तीन प्रधानमन्त्रियों ने इस देश की तक़दीर बदली है, उनमें वीपी सिंह एक हैं। बोफोर्स के दौर में राजीव गाँधी के ख़िलाफ़ उन्होंने जब मोर्चा लिया तो पूरे देश ने उनको समर्थन दिया। मध्यवर्ग उनके साथ खड़ा हो गया। हालाँकि बाद में कहानी बदल गयी। उसे मण्डल आन्दोलन के वे दिन याद आये जब वह एमए में दाख़िला लेने के लिए दिल्ली आया था। तब अगड़ी जातियों के नौजवान वीपी सिंह को अपना सबसे बड़ा खलनायक मानने लगे थे। वह ख़लिश आज तक बची हुई है। लेकिन वीपी सिंह की राजनीति से ज़्यादा उनकी गहरी और जुझारू शख़्सियत प्रशान्त को पसन्द थी। अटल बिहारी वाजपेयी की तुक्कड़ कविताओं के मुक़ाबले वे कहीं ज़्यादा गम्भीर और संवेदनशील कविताएँ लिखते रहे, लेकिन कभी कवि होने का दावा नहीं किया। पेंटिंग भी बनाते रहे, लेकिन इस शौक़ को बहुत संकोच के साथ अपने मित्रों के निजी दायरे तक ही सीमित रखा। कैंसर से 12 साल से जूझ रहे थे, और उसके बीच जनता की लड़ाई भी लड़ रहे थे। नहीं, यह ख़बर चलानी होगी।

चैनल पर मुम्बई में होटल ताज के एक हिस्से से छह शव मिलने की ख़बर चल रही थी। यह अन्देशा सबको था कि ताज

होटल के भीतर और भी लाशें मिलनी हैं। कुछ अनुमान तो बिल्कुल भयावह थे। बताया जा रहा था कि डाइनिंग हॉल में बैठे लोगों पर अन्धाधुन्ध फायरिंग हुई है और मरने वालों की तादाद बहुत बड़ी हो सकती है। प्रशान्त एक मिनट के लिए अपनी सीट से उठा। वह सीधे चैनल हेड विवान के रूम में पहुँचा– "बॉस, कुछ देर के लिए मुम्बई रोक रहा हूँ।" "क्यों", विवान चौंक गया।

"वीपी सिंह की मौत की ख़बर है। बहुत बड़ी है। कोई दूसरा समय होता तो पूरे दिन चलाते।"

विवान ने प्रशान्त को देखा, "पूरा देश मुम्बई को देख रहा है प्रशान्त।"

"हाँ, इसलिए कि हम दिखा रहे हैं। फिर रातभर से यह ख़बर चल ही रही है। ज़्यादातर दुहराव हैं। कम–से–कम एक फ़ोनो और ब्रेकिंग न्यूज़ तो वीपी सिंह के नाम बनता है।"

"ओके, ऐज़ यू विश।"

शुक्रिया बोलकर प्रशान्त वापस अपनी मेज़ पर लौटा। उसने जल्दी–जल्दी ब्रेकिंग न्यूज़ की नयी प्लेट्स डालीं और फिर पीसीआर में बैठे आउटपुट एडिटर सोहम को फ़ोन किया– कुछ देर के लिए वीपी सिंह की ब्रेकिंग न्यूज़ ले लो। और संजय सेंगर का फ़ोन ले लो।

सोहम कुछ हैरान हुआ– "क्या ख़बर है?"

"वीपी सिंह नहीं रहे।"

"हे भगवान, बस ले रहा हूँ।"

फिर जब सब तरफ़ मुम्बई हमलों का शोर था, 'असली ख़बर' पर अचानक एक ब्रेकिंग न्यूज़ की पट्टी लहरायी– भारत के पूर्व प्रधानमन्त्री और मण्डल के मसीहा वीपी सिंह का निधन।

प्रशान्त ने न्यूज़रूम में लगे सारे टीवी देखे– सब पर मुम्बई थी, लेकिन उसने वीपी सिंह के लिए जगह निकाल ली थी। सेंगर का फ़ोनो चल रहा था।

वह मन–ही–मन एक फीकी–सी हँसी हँसा–वाह माँडा के राजा। इतिहास की गली से चुपचाप निकल लिए। उनकी मौत के हिस्से बस इतनी ही ख़बर तय थी।

उसका चैनल भी वीपी सिंह को श्रद्धांजलि देकर ताज से मिले शवों के बारे में बताने लगा था।

## सारी ख़बर थी, यह ख़बर नहीं थी

लगातार कई घण्टे तक होटल ताज के सामने लेटा–लेटा रिपोर्टिंग करता विशाल जैसे भारतीय टीवी चैनलों में ख़बरों की उकडू हालत का आईना हो गया था। उसके पास बताने को कुछ नहीं था, लेकिन बोलने के सिवा चारा भी नहीं था। दिल्ली होती तो नवम्बर के इस आख़िरी हफ़्ते की धूप किसी जश्न से कम नहीं होती, लेकिन मुम्बई में उसकी वजह से माथा गरम था, पीठ दहकी हुई थी, शर्ट पसीने–पसीने हो चुकी थी, पैंट कुछ धूल और पसीने से सनी हुई एक अलग–सा आभास दे रही थी।

उसने अपने सामने खड़े होटल ताज को देखा। होटल को चारों ओर से सुरक्षा बलों ने घेर रखा था। होटल के एक हिस्से से लपटें उठ रही थीं और एक हिस्से से धुआँ दिख रहा था। मुम्बई आने से पहले विशाल ने फ़ौरन छोटी–सी रिसर्च कर ली थी। गूगल करके उसने जान लिया था कि 105 साल पहले यह होटल जमशेदजी टाटा ने बनवाया था। इस होटल का एक राष्ट्रवादी इतिहास भी था। कहते हैं जमशेदजी को मुम्बई के होटल वाटसन में ठहरने की जगह नहीं दी गयी थी। क्योंकि वह होटल अंग्रेज़ों के लिए आरक्षित था, उसमें हिन्दुस्तानी दाख़िल नहीं हो सकते। इसे जमशेदजी टाटा ने अपने आत्मसम्मान पर लिया और आख़िरकार अपना एक होटल खड़ा कर दिया– जहाँ हिन्दुस्तानियों के आने–जाने पर कोई रोक नहीं थी। अब तो यह होटल बाक़ायदा एक बड़े ग्रुप में बदल चुका है और दुनिया के तमाम शहरों में इसकी चेन है।

लेकिन भारतीय राष्ट्रवाद के प्रतीक इस होटल में फ़िलहाल वे ताक़तें घुसी हुई हैं जो आज़ाद भारत के लिए एक डर पैदा करना

चाहती हैं। यहाँ भी पुराने होटल के साथ–साथ एक नया विंग खड़ा हो चुका है। आतंकवादी दोनों विंग्स में आ–जा रहे थे। विशाल हैरान था। आतंकवादियों ने कितनी प्लानिंग की होगी। क्या वे पहले भी इस होटल में आकर ठहरे होंगे? उन्हें इस होटल का चप्पा–चप्पा कैसे मालूम है? क्योंकि यह तो साफ़ है कि वे सामने से नहीं, पीछे से घुसे हैं। भीतर से बचकर आये लोग बता रहे हैं कि वे अमेरिकी और यूरोपियन लोगों की तलाश में है, यह भी कि किस बेरहमी से भीतर उन्होंने गोलियाँ बरसायी हैं।

तीन बजे के आसपास विशाल ने फिर कमर सीधी की। कैमरामैन सुबोध से पानी माँगकर दो घूँट लिए। अब वह थकान का अनुभव कर रहा था। उसके चैनल के और भी रिपोर्टर्स दिल्ली से आ चुके थे। उससे कुछ दूर खड़ी शिप्रा सेन लगातार उसी की तरह कुछ–कुछ बोले जा रही थी। दो रिपोर्टर्स समन्दर की तरफ़ गये थे कि आख़िर आतंकवादी यहाँ तक पहुँचे कैसे हैं।

तभी फिर उसके फ़ोन की घण्टी बजी। उसे ख़याल आया, एक बार वह सुलभा को फ़ोन तो कर लेता। लेकिन फ़ोन सुलभा का नहीं, उसके साथ दो–तीन साल पहले काम करने वाले राकेश का था। राकेश इन दिनों एक छोटे से अख़बार में काम कर रहा है। टीवी की नौकरी उसे रास नहीं आयी। रास अख़बार भी नहीं आ रहा, लेकिन कहीं–न–कहीं नौकरी करने की मजबूरी है। बीच–बीच में वह किसी नौकरी की सम्भावना टटोलने के लिए ही फ़ोन करता है। उसका एक बार मन हुआ, न उठाये। लेकिन उसे मालूम हैं, राकेश के दिल को ठेस पहुँचती है। उसे लगता है कि उसके मुश्किल दिनों में उसके पुराने दोस्त उससे कन्नी काटने लगे हैं। इसलिए उसने फ़ोन उठाया, "हाँ, राकेश, यार अभी मुम्बई में हूँ– होटल ताज के सामने उड़ती गोलियाँ देख रहा हूँ।" हालाँकि बोलते–बोलते उड़ती गोलियों के मुहावरे पर वह कुछ झेंप गया। लेकिन रिपोर्टर होने की ख़ूबी या ख़राबी यही है कि आप जुमलों में बोलने की कोशिश करने लगते हैं। लेकिन राकेश की दिलचस्पी उड़ती गोलियों में नहीं थी, उसका सवाल कुछ और था। "विशाल, क्या हुआ अभि का? पता चल गया?"

"अभि का? मतलब?" विशाल अचानक चौंक गया। राकेश ने तो शायद अभि को देखा तक नहीं होगा। फिर अभि की बात? अचानक उसे सुलभा और तन्मय के मिस्ड कॉल्स का ख़याल आया और वह किसी अनिष्ट की आशंका से सिहर गया। "क्या हुआ है राकेश?"

राकेश अब असमंजस में था, ''मुझे किसी ने बताया– तन्मय ने– कि तुम्हारा बेटा खो गया...यानी किसी के पास रह गया है।''

विशाल का मुँह अचानक सूख–सा गया। होटल ताज का धुआँ कहीं ग़ायब हो गया, उसके चारों तरफ़ पसरा शोर जैसे सन्नाटे में बदल गया। बस एक ही शब्द, एक ही नाम उसके दिमाग़ में गूँज रहा था– अभि। और वह खिलखिलाता हुआ चेहरा जिसे देख उसके जीवन की न जाने कितने वर्षों की थकान ख़त्म हो गयी थी। वह, जिसने अपने आगमन से उसके जीवन को सींच दिया था। उसके नहीं, उनके जीवन को– क्योंकि जब तक अभि आया नहीं था, तब तक विशाल और सुलभा के बीच कुछ और चला आया था– प्रेम के जुनून को एक तरह के उदास अनमनेपन में बदलता हुआ, ज़िन्दगी को एक न ख़त्म होने वाली शिकायत में ढालता हुआ। दोनों साथ रहते थे, लेकिन अक्सर एक–दूसरे के ख़िलाफ़ अभियोगों से भरे रहते थे। और अभि ने आकर जैसे वह स्लेट पोंछ दी– कहा, इस पर नये सिरे से लिखो।

वह इबारत तो अभी लिखी जा रही थी– क्या हो गया है अभि को? "राकेश, तुम्हें फ़ोन करता हूँ," बिना उत्तर का इन्तज़ार किये उसने फ़ोन काट दिया। अब ख़बरों के लिहाज़ से उसकी ज़िन्दगी का सबसे रोमांचक दिन अचानक सबसे भयावह दिन में बदल गया था। वह लड़खड़ाता हुआ, जैसे नशे में हो, उलटी तरफ़ चल पड़ा। उसके साथ खड़ा कैमरामैन हैरान था, "क्या हुआ बॉस? तबीयत ठीक है न?" विशाल ने नहीं में सिर हिलाया। तबीयत ख़राब होने का इकलौता बहाना है जो फ़िलहाल वह इस कैमरामैन से शेयर कर सकता है। वैसे भी उसका पूरा दिमाग़ और जिस्म जैसे सुन्न हो चुके थे। वह समझ नहीं पा रहा था कि उसके भीतर उलझन है, ग़ुस्सा है, रुलाई है या चिड़चिड़ाहट है या कुछ भी नहीं है। उसने सुलभा को फ़ोन मिलाया।

टूँ...की आवाज़ के साथ फ़ोन कट गया। दो बार, तीन बार, चार बार, पाँच बार, छह बार, सात बार...लेकिन फ़ोन बार–बार लगने से पहले कट जा रहा था। या तो स्विच ऑफ़ होगा या बैटरी जा चुकी होगी। लेकिन सुलभा को तो कम्पनी ने बीबीएम दे रखा है। उसमें ये बैटरी वाली प्रॉब्लम तो नहीं आती। जो भी हो, उसे ख़याल आया, सुबह सुलभा भी शायद इसी बेचैनी से उसे फ़ोन मिला रही होगी। वह लगभग रो रहा था– शुक्र है कि इस हिस्से में उसे देखने वाला कोई नहीं था। अब पीछे हुए धमाके भी उसे सुनाई नहीं पड़ रहे थे। उसने उसी बेसुध–सी हालत में तन्मय का फ़ोन लगा दिया। फिर उसने फ़ोन काटना चाहा, लेकिन दूसरी तरफ़ तन्मय की परेशान आवाज़ सुनाई पड़ रही थी– "विशाल, सुबह से ट्राई कर रहा हूँ। तेरा फ़ोन नहीं लग रहा था। जल्दी दिल्ली लौट। कुछ इमरजेंसी है।"

तन्मय भरसक कोशिश कर रहा था कि आवाज़ सामान्य बनाये रख सके। लेकिन विशाल आवाज़ सामान्य नहीं बनाये रख सका। वह लगभग सुबकने लगा, "तन्मय, कहाँ है अभि?"

"तुझे किसने बताया?"

"अभी राकेश का फ़ोन आया था, उसने कहा कि अभि खो गया है।"

"खो...नहीं गया है यार"। कुछ बेबसी और मायूसी के बीच तन्मय ने सँभालने की कोशिश की। "रात को क्रेच में था। सुलभा ऐंकरिंग करती रही। कोई उसे अपने साथ ले गया। बस दो–तीन घण्टे में पता चल जायेगा, वह किसके पास है।"

"लेकिन रातभर से अभि घर पर नहीं है विशाल," ये सवाल था या जवाब या नया उपजा ख़याल, तन्मय की समझ में नहीं आया।

"तू फ़िक्र मत कर। बस अगली जो फ्लाइट मिले, आ जा। इस बीच यहाँ सबको ख़बर है। सब उसे खोज लेंगे।"

विशाल ने फ़ोन काट दिया। सबको ख़बर है, बस उसे नहीं। उसके भीतर की अकुलाहट में अब एक झुँझलाहट–सी शामिल हो रही थी। आख़िर क्यों? कोई तो मेसेज दे सकता था? किसी से सुलभा ने

कहलवाया होता। वह सारी दुनिया की ख़बर रख रहा है। वह होटल ताज से निकाले जा रहे बच्चों के बारे में बता रहा है। वह लगातार बोले जा रहा है कि आतंकवादियों ने कितने घर उजाड़ दिये।

लेकिन उसे पता ही नहीं चला कि उसका अपना घर भी उजड़ रहा है।

लानत है ऐसी पत्रकारिता पर। उसने तय किया कि वह नौकरी छोड़ देगा। सुलभा चाहे तो करती रहे। बनी रहे ऐंकर। कमाती रहे नाम। वह घर पर रहकर अपने बच्चे को पाल लेगा।

लेकिन अभि है कहाँ?

वह फिर फ़ोन मिला रहा था– इस बार अपने साले अरुण को। अरुण ने भी फ़ौरन फ़ोन उठाया– "अरुण, सुलभा कहाँ है?" चिन्ता और चिड़चिड़ाहट दोनों से भरी थी विशाल की आवाज़।

"जीजाजी, दीदी को डॉक्टर ने सीडेटिव देकर अभी–अभी सुलाया है। रातभर जगी रही। सुबह से भागती रही। कुछ खाया भी नहीं। उसकी तबीयत बिगड़ गयी थी।"

"मुझे तुम लोगों ने बताया क्यों नहीं?" लगभग फट पड़ा था विशाल। आम तौर पर अरुण से उसके आत्मीय और दोस्ताना रिश्ते रहे हैं। उसे लगता रहा है कि सुलभा के परिवार में अरुण ही उसे सबसे ज़्यादा समझता है। उसके जीवन में पारिवारिक उलझनों की जो दो–चार घड़ियाँ आयीं, उनमें अरुण ने उसका साथ ही दिया। लेकिन अभी विशाल लगभग चीख़ रहा था, "मेरा बेटा ग़ायब है। सारे शहर को मालूम है। और तुम लोग मुझे नहीं बता रहे हो?"

दूसरी तरफ़ अरुण चुप था। उसे मालूम था कि उसे चुपचाप सुनना है। वह कैसे बताता कि सोने से पहले उसने दीदी से कहा था, जीजाजी को फ़ोन करता हूँ, तब दीदी ने रोक दिया था– ज़रूरत नहीं है।

लेकिन ज़रूरत थी। नहीं थी क्या?

विशाल फ़ोन काट चुका था।

# वह चली लेकिन पहुँच नहीं पायी

शीला की बाँह और पीठ दोनों अब तक दुख रही थीं। लेकिन उससे ज़्यादा उसका मन दुखा हुआ था। उसे एहसास था कि रग्घू इधर बदल रहा है। वह उस पर धौंस जमाना चाहता है। बेमतलब डाँटता रहता है और कभी–कभार हाथ भी उठा देता है। यह पहले नहीं था। पहले वह कनावनी की दूसरी औरतों की तरह वसुन्धरा और इन्दिरापुरम के लोगों के घर बर्तन–बासन करती थी। पाँच घरों में काम करके 5000 रुपये तक कमा लेती। तब भी रग्घू मना करता था। लेकिन उसे मालूम था कि ठेकेदार के साथ उसकी दिहाड़ी के काम से इतने रुपये नहीं आते कि महीना ठीक से निकल जाये। बस एक ही राहत थी कि तीनों बच्चे शीला के साथ कॉलोनी में पहुँच जाते, वहीं खेलते रहते। कम–से–कम नज़र में रहते।

वसुन्धरा में ही शिप्रा दीदी के घर काम करते हुए शीला शौक़िया अख़बार पलट लेती थी। वहाँ वह 11 बजे तक पहुँचती। तब तक शिप्रा दीदी का आदमी काम पर जा चुका होता था। वह 'असली ख़बर' में ही काम करता था। उनके घर कई अख़बार आते थे। शिप्रा दीदी फ़ुरसत में काम कराती। वहाँ झाड़ू–पोंछा करते हुए शीला ने बताया कि वह छठी तक आसनसोल में पढ़ी है। शिप्रा दीदी ने पूछा, तेरा मन लगता है पढ़ाई में। शीला ही–ही करने लगी थी– अब मन के बारे में कौन सोचता है दीदी। पढ़ा सकें तो तीनों बच्चा लोग को पढ़ा देंगे। शिप्रा दीदी अचानक संजीदा हो गयी– उन्हें ज़रूर पढ़ाना शीला। शिप्रा दीदी के साथ शीला का इतना मन लगता कि सोसाइटी की दूसरी दीदी लोग उससे चिढ़ने लगी थीं– तू एक बार शिप्रा के घर जाती है तो लगता है वहीं बस जाती है। शीला हँसती हुई सबकी सुनती रहती। यह बता नहीं पाती कि दीदी तो वह सबको बोलती है, लेकिन मानती सिर्फ़ शिप्रा दीदी को है।

इसी कामकाज और गपशप के बीच शिप्रा दीदी ने अचानक एक दिन टोका– शीला, क्रेच में काम करेगी? क्रेच, यानी? शीला ने

पहली बार यह शब्द सुना था। क्रेच– यानी वह जगह जहाँ बहुत से छोटे–छोटे बच्चों का ध्यान रखा जाता है। शिप्रा दीदी ने बताया था, गौरव यानी उनके आदमी के ऑफ़िस में काम करने वाली लड़की लोग के लिए क्रेच खुल रहा है। वे नौकरी करने आयेंगी तो वहाँ अपने बच्चों को ले आयेंगी। उनकी देखभाल करने का काम है।

'देख, वहाँ आठ–दस हज़ार रुपये तक कमा लेगी। यहाँ से थोड़ा दूर पड़ता है, लेकिन बस से जा सकती है। रात को कम्पनी की गाड़ी घर छोड़ देगी।' पहली बार शीला से कोई जवाब देते नहीं बना था। वह सोच भी नहीं पायी कि उसे इस तरह की नौकरी मिल सकती है। शिप्रा दीदी समझ गयी थी, कहा, अपने आदमी से बात कर लेना। समझाना कि बड़ी जगह है, ठीक से वह काम करेगी तो और पैसा मिलेगा। शाम को घर लौटते–लौटते जैसे शीला डर और ख़ुशी दोनों महसूस कर रही थी। एक तरफ़ लगता था कि उसकी देह में पंख लग गये हों तो दूसरी तरफ़ लगता था, कोई कैंची से उन्हें काट रहा हो। उसने रग्घू को सब बताया। रग्घू पहले हँसने लगा, तू नौकरी करेगी? तुझे कौन देगा नौकरी? ऐसी जगहों पर अंग्रेज़ी बोलने वाली मेमें आती हैं। वे अपने बच्चों को तुझे छूने भी नहीं देंगी।

फिर रग्घू ने उसे और उलझाया। कहा कि ये सोच कि यहाँ तू अपनी मर्ज़ी की मालिक है। जब चाहती है जाती है, जब चाहती है, काम छोड़ देती है। फिर सुबह से शाम तक बच्चे तेरे साथ ही रहते हैं। इन बच्चों को वहाँ तो ले नहीं जा सकेगी। 15 मील दूर है उसका ऑफ़िस। वहाँ से कैसे देखेगी बच्चों को? क्या वो तेरे बच्चों को भी– क्या कहते हैं उसे, करेच– उसमें जाने देंगे?

शीला ने बड़ी मासूमियत से दीदी से यह सवाल पूछ भी लिया था। शिप्रा दीदी कुछ मायूस हो गयी थी। 'नहीं, तेरे बच्चों को तो वहाँ नहीं जाने देंगे शीला। लेकिन तू ये नौकरी मत छोड़। रग्घू को बोलने दे। कितना कमाता है वह? और तू यहाँ जो चार लोगों की बात सुनती है, हारी–बीमारी में छुट्टी नहीं ले सकती, उसका क्या?

पैसे आयेंगे तो बच्चों को स्कूल भेजना। फिर धीरे–धीरे सब बड़े हो ही रहे हैं। तेरा छोटा बेटा भी सात साल का हो गया न?'

रग्घू की मनाही और शिप्रा दीदी के बढ़ावे के बीच शीला का अपना मन भी डोल रहा था। 12 बरस पहले जब दिल्ली आयी, तब से झुग्गियों और इन फ्लैटों के अलावा कुछ नहीं देखा। बड़ी–बड़ी दुकानें खुलती देखीं, लेकिन भीतर जाने की हिम्मत नहीं हुई। इत्ती सुन्दर–सुन्दर लड़कियाँ, तरह–तरह के कपड़े पहने, कार से आती–जाती हैं, लेकिन जैसे वे किसी और दुनिया की हैं। शिप्रा दीदी उसके लिए ऐसी ही एक दुनिया का दरवाज़ा खोल रही हैं। वह डर भी रही थी, सिहर भी रही थी और तरह–तरह की कल्पनाओं से भरी थी।

और एक दिन रग्घू की नापसन्दगी और अपने डर को फलाँगते हुए उसने शिप्रा दीदी की दी हुई हरी साड़ी पहनी और शिप्रा दीदी और उनके आदमी के साथ नोएडा के एक बड़े से ऑफ़िस में दाख़िल हो गयी। वह चमचमाती जगह उसके ख़यालों से भी ज़्यादा चमकने वाली थी– एक से एक लड़के, एक से एक लड़कियाँ– तेज़ी से आते–जाते, अंग्रेज़ी–हिन्दी बोलते, हँसते, एक–दूसरे को धौल मारते और नीचे सिगरेट पीते। लड़कियाँ भी सिगरेट पीती हैं, यह देखकर उसे कुछ हैरानी–सी हुई, कुछ शर्म–सी भी आयी।

उसने काम शुरू कर दिया था। उसे उस चमकते हुए ऑफ़िस में नहीं जाना था। वह उसके पीछे बने क्रेच में जाती थी। यह भी बहुत साफ़–सुथरा और रंगीन था। चारों तरफ़ तरह–तरह के खिलौने और फ़ोटो। धीरे–धीरे वह इस माहौल की आदी हो गयी थी। कभी–कभी अफ़सोस होता कि वह यहाँ पराये बच्चों को देख रही है, जबकि उसके बच्चे कनावनी गाँव की धूल में खेल रहे हैं। लेकिन यह अफ़सोस जल्दी ही काफ़ूर हो गया। रोज़ ऑफ़िस में शाम को शानदार नाश्ता मिलता, जिसे वह बचाकर कई बार बच्चों के लिए भी ले जाती। बच्चों को पहले भी सोसाइटियों में नाश्ता–खाना मिल जाता था, लेकिन ऑफ़िस के इस पैकेट की बात अलग होती थी।

यही नहीं, जब उसे पहली सैलरी मिली तो उसने अपने बच्चों के भविष्य के लिए कई सपने भी देख डाले।

उसकी नौकरी को लेकर रग्घू क्या सोचता है, यह कभी उसे ठीक से समझ में नहीं आया। उसने अपने ठेकेदार को ज़रूर बताया था कि उसकी बीवी को कितना अच्छा काम मिल गया है। एक बार इतवार को उसे घर पर लेकर भी आया था। ठेकेदार उससे बड़े अदब से मिला था– 'आपको तो बड़ा–बड़ा लोग जानता है। वो टीवी पर आती है शालिनी शुक्ला, वह भी न।' शीला सकुचा गयी थी। बस धीरे–धीरे उसने ठेकेदार को बताया था कि वह अपना बच्चा उसी के भरोसे छोड़कर जाती है। और बोलते–बोलते वह बस रग्घू को देखकर हँसने लगी थी। लेकिन उसे लगता कि रग्घू कई बार उसकी नौकरी को नापसन्द करता है। उसे डर लगता है, बीवी हाथ से निकल न जाये। डाँट–डपट भी ज़्यादा करने लगा है। इस बात पर भी नज़र रखने लगा कि वह अपने पैसे कहाँ खरच रही है। जिस दिन पहली बार उसने बताया कि वह रात को 11 बजे लौटेगी तो रग्घू गरजने लगा– साली तू अकेली नौकरी करती है। बाक़ी लोग नहीं हैं? भले घरों की औरतें इतनी देर तक बाहर रहती हैं? छोड़ दे ये नौकरी।

उसने नौकरी छोड़ने का इरादा कर लिया था। लेकिन उसके पहले शिप्रा दीदी के पास पहुँच गयी। शिप्रा दीदी ने उसे जमकर झाड़ पिलायी। रग्घू गरजता है तो तू क्यों नहीं चिल्लाती है। पूछती क्यों नहीं, शरीफ़ घरों में मर्द क्या दारू पीकर आते हैं? वो क्यों नहीं देख सकता बच्चों को?

शीला रग्घू पर चिल्ला तो नहीं पायी, लेकिन उसने नौकरी भी नहीं छोड़ी। धीरे–धीरे सिलसिला जमता चला गया। बच्चों ने पास के स्कूल में जाना शुरू कर दिया था। उसकी नौकरी परिवार के लिए बड़ी राहत थी। रग्घू भले कभी–कभी बौखला जाता।

लेकिन कल जो हुआ, वह पहले कभी नहीं हुआ था। तूफ़ान एक्सप्रेस की जनरल बोगी की एक सीट में अपने तीनों बच्चों के

साथ ठुँसी हुई–सी बैठी शीला के सामने जैसे पूरी रील घूम रही थी। जब वह कम्पनी की गाड़ी में बैठी तो गोद में सुलभा दीदी का बच्चा था। दूध की बोतल ख़त्म करके वह खेलने लगा था। गाड़ी में चार लोग और थे। ड्राइवर के बगल में बैठा कैमरामैन राम सिंह उसे पहचानता था। उसने मज़ाक़ भी किया– 'तुझे पुलिस देख लेगी न तो सोचेगी, बच्चा किडनैप करके भाग रही है। अपने साथ–साथ हम सबको फँसवायेगी।'

कैब में बैठे बाक़ी लोग इतने थके हुए थे कि इस मज़ाक़ पर मुस्कुरा भी न पाये। या मुस्कुराये भी होंगे तो गाड़ी के अँधेरे में किसे पता चला होगा? राम सिंह मदर डेयरी के पास उतर गया। जिस मैम ने कैब वाले को डाँटा था, उसने पीछे का दरवाज़ा खोला और आगे जाकर बैठ गयी। वह भी पटपड़गंज उतर गयी थी। गाड़ी में अब ड्राइवर के अलावा एक और मैम थीं जिन्हें शीला पहचानती नहीं थी। सुलभा दीदी का बच्चा जो सोने–सोने को था, अचानक बगल से गुज़रते एक ट्रक के हॉर्न से चिहुँककर जाग गया और रोने लगा। उसने बच्चे को चुप कराने की कोशिश की– चुप, चुप बाबू, चुप–चुप। तभी बगल वाली मैम ने कहा, "इसे मुझे दे दो।" उन्होंने दो–तीन बार कैब में बैठे–बैठे उसे उछालने का उपक्रम किया, एक–दो बार पुचकारा और चूमा। बच्चा शान्त हो गया था। शीला को मालूम था कि बच्चे को ये पुचकार चाहिए थी। लेकिन वह अपनी हैसियत देखते हुए इस हालत में नहीं थी कि उसके गाल भी चूम पाती। अच्छा हुआ, यह मैम साथ हैं।

'सुलभा का बेटा है न। वह मुम्बई अटैक में फँस गयी।' उस मैम ने कहा था।

शीला ने बस सिर हिलाया था, "रात को रखोगी कहाँ, सुलाओगी कैसे?"

'वही तो हम भी सोच रहे हैं।' इस बार शीला ने बेचारगी से मुँह खोला– 'मेरे तीन बच्चे हैं। हम लोग बस एक बिछावन में आ जाते हैं। ई बाबू को तो पालना की आदत होगी। हमारे यहाँ तो मच्छड़

भी बहुत काटेगा। मेरा बच्चा लोग तो बड़ा हो गया है।' उसने अपनी सारी परेशानी एक साथ रख दी।

'हूँ...', एक लम्बे हुँकार के बाद वह मैम देर तक सोचती रहीं। फिर कहा, ''चाहो तो इसे मैं अपने घर ले जाती हूँ। कल सुलभा को फ़ोन कर दूँगी। दो बजे ऑफ़िस लेती आऊँगी?''

'आपको दिक्क़त नहीं होगी?' शीला ने सकुचाते हुए पूछा। यह सच था कि मैम के प्रस्ताव ने उसे बड़ी राहत दे दी थी। 'अरे नहीं, दिक्क़त कैसी? एक ही ऑफ़िस में काम करते हैं हम लोग। इतना तो एक–दूसरे के लिए कर ही सकते हैं।'

मैम वैशाली के पास उतर गयीं। सुलभा मैम के बेटे को साथ लिए। शीला ने उसका बैग भी उन्हें पकड़ा दिया।

'ये कौन मैम हैं– इन्हें इस रूट पर कभी देखा नहीं?' ड्राइवर के इस सवाल पर शीला को ख़याल आया कि उसने उनका नाम तो पूछा ही नहीं। लेकिन तब भी वह बहुत परेशान नहीं हुई। आख़िर वे ऑफ़िस से ही बैठी हैं। हालाँकि वे उसके पहले से गाड़ी में बैठी हुई थीं, इसलिए उनका चेहरा उसने बहुत साफ़ नहीं देखा था, लेकिन फिर भी वह आश्वस्त थी।

'नाम तो नहीं जानते हैं। लेकिन देखा है ऑफ़िस में।' कुछ अनिश्चय के साथ शीला ने कहा।

'अरे नाम तो पूछ लेती। कल सुबह–सुबह कोई तुझे पकड़ेगा तो क्या बतायेगी, किसके पास बच्चा छोड़ आयी है।'

शीला का जी एक बार धक् से रह गया। इतनी समझदारी तो उसे दिखानी चाहिए थी। लेकिन फिर भी उसने ड्राइवर को समझाने वाले अन्दाज़ में कहा– 'अरे रोज़ देखते हैं उनको। सोचतीं कि इसे हमारा नाम भी नहीं मालूम।'

कनावनी आ गयी थी। गाड़ी का दरवाज़ा खोलते हुए शीला ने सोचा था कि ऑफ़िस में फ़ोन करके कम–से–कम गार्ड लोगों को वह बता देगी। रग्घू के मोबाइल से कर देगी फ़ोन। इसी महीने रग्घू ने उसकी तनखा से ही ये नया मोबाइल ख़रीदा था।

लेकिन घर में दाख़िल होते ही नज़ारा बदल गया था। रग्घू ने बात बाद में की, दाँत पीसते हुए उसके बाल पहले पकड़े, 'एक बजे कहाँ से आ रही है साली। बच्चे भूखे बैठे हैं। हम सब हैरान–परेशान। पर निकल आये हैं तेरे।'

बच्चे भूखे ही रह गये थे। सोना, सीमा और राजू तीनों रो रहे थे और वह पिट रही थी। रोते–रोते उसने कहा था, वह सबेरे घर छोड़कर चली जायेगी।

और वाक़ई सुबह छह बजे उसने तीनों भूखे–उनींदे बच्चों को उठाया, गाँव के बाहर खुली हुई चाय गुमटी पर मठरी चाय खिलायी और ऑटो पर बैठकर आनन्द विहार पहुँच गयीं। रग्घू सोया हुआ था। बस से कनॉट प्लेस, और फिर वहाँ से पैदल चलकर ही वे नयी दिल्ली रेलवे स्टेशन पहुँच गये थे। सात बजे आने वाली तूफ़ान एक्सप्रेस लेट थी। यही एक गाड़ी थी जिससे पहले भी दो–तीन बार शीला आसनसोल गयी थी। लेकिन हर बार रग्घू साथ रहता था। इस बार वह अकेली थी और रुआँसी थी। यह क्या किया, बच्चों को लेकर कहाँ चली आयी। बच्चों की हालत ऐसी थी कि वे कुछ बोल नहीं पा रहे थे। किसी तरह शीला ने टिकट लिया और एक घण्टे लेट ट्रेन आयी तो धँसती–फँसती उसमें घुस ही गयी। ट्रेन चल दी तो शीला को अपने फ़ैसले की गम्भीरता का एहसास हुआ। उसका दिल घबराने लगा था। स्टेशन पर उसने केले ख़रीद लिए थे जो बच्चे खा रहे थे। चारों तरफ़ की चिल्लपों से दूर उसका मन सन्नाटे में था। रग्घू को पता भी नहीं होगा कि उसने क्या किया है। 'वह अपने साथ रग्घू का नया ख़रीदा मोबाइल भी ले आयी थी। रग्घू के पास पुराना मोबाइल पड़ा हुआ था।' उसने अचानक मोबाइल निकाला। बेटे को दिया कि वह पिता को फ़ोन कर ले। बेटा पहले हिचक रहा था–डरा हुआ था। फिर माँ की घुड़की पर उसने फ़ोन मिलाया। बोगी में अगल–बगल बैठे लोग कुछ अजीब ढंग से इस परिवार को देख रहे थे। हो क्या रहा है वाले भाव से। तब तक बेटा सहमी हुई आवाज़ में बात करने लगा था– 'बाबा, हम लोग

रेलगाड़ी में हैं...हाँ...माँ ले लायी...आसनसोल। ...हाँ।' फ़ोन काटकर उसने शीला को बता दिया, बाबा सब सुन लिए, बोले कुछ नहीं। फ़ोन काट दिये।

उधेड़बुन में शीला के कुछ घण्टे और गुज़र गये। बच्चों को भूख लगने लगी थी। रेलगाड़ी आगरा पहुँचने वाली थी। बेटा–बेटी आपस में कुछ खेलने से लगे थे। बच्चों को देखकर शीला को कुछ राहत–सी हुई। रेलगाड़ी अपनी रफ़्तार से चली जा रही थी।

वह कुछ ऊँघने लगी थी। तब तक उसका फ़ोन बजने लगा। उसने फ़ोन देखा, अनजान नम्बर था। वह पहले कुछ हिचक गयी, फिर उसने फ़ोन उठा लिया– "हलो...हलो...हाँ। हाँ बोलिए, सुन रहे हैं।"

रेलगाड़ी के उस शोर में आवाज़ सुनना मुश्किल था। लेकिन सहसा उसे समझ में आ गया यह फ़ोन रग्घू के ठेकेदार का है– वह कुछ घबराया हुआ है।

'क्या हुआ, क्या हुआ रग्घू को।'

ठेकेदार की बात सुनकर वह सन्नाटे में रह गयी– रग्घू को पुलिस अपने साथ ले गयी है– बोल रही है, तुम लोगों ने कोई बच्चा चुराया है।

"आप जल्दी लौटो जी। क्या बात है, हम लोग कुछ नहीं समझ पा रहे।"

आगरा आ गया था। खेलते बच्चों को शीला ने झिंझोड़ा। यहीं उतरना है, हम लोग तुरन्त दिल्ली जा रहे हैं।

बच्चे हैरान भी थे। कुछ ख़ुश भी।

और शीला के दिमाग़ में एक ही सवाल बवण्डर की तरह घूम रहा था– वह कौन थी जो सुलभा मैम के बच्चे को अपने साथ ले गयीं?

# ये कहाँ आ गयी वह

सुलभा की नींद टूटी तो उसने आदतन बगल में हाथ बढ़ाया– सोये हुए अभि को देखने के लिए। लेकिन हाथ बढ़ाते–बढ़ाते उसकी तन्द्रा टूट चुकी थी– अभि तो है ही नहीं। कहाँ होगा अभि? क्या खाया होगा उसने? वह बिस्तर से उठी। यह माँ का कमरा है जहाँ उसे दोपहर को लगभग जबरन लिटा दिया गया था। खिड़की के बाहर अँधेरा था। उसके भीतर फिर रुलाई उमड़ने लगी। आख़िर किसके पास है अभि? हो सकता है, शीला उसे उसकी किसी कुलीग को देकर गयी हो। अभि को ठीक से रखना। वह दूध बहुत पीता है। मन–ही–मन उसने उस अनजान शख़्स से इल्तजा की।

"उठ गयी तू?" माँ कमरे में चली आयी थी, "विशाल आ रहा है। मुम्बई से चल दिया है। बहुत नाराज़ हो रहा था। अरुण को उसने बहुत डाँटा कि उसे बताया क्यों नहीं?"

सुलभा चुपचाप सुनती रही। हाँ, विशाल अभि के लिए जान देता है। उसे मालूम रहना चाहिए था। लेकिन उसने फ़ोन उठाया कब? वह हर मौक़े पर ग़ायब कैसे हो जाता है?

नहीं। हर मौक़े पर तो नहीं। विशाल ने उसका बहुत साथ दिया है। तब से, जब वह ठीक से उसे जानती भी नहीं थी। वह नहीं होता तो वह टीवी की नौकरी छोड़कर भाग खड़ी हुई होती। कौन था उसे जो टीवी में नौकरी करने देता? पापा एमए कराने को तैयार थे, मास कॉम का आइडिया उन्हें जँच नहीं रहा था। लेकिन मास कॉम के बाद जब 'असली ख़बर' में जॉब की बात आयी तो वे एक बार तो बिल्कुल अड़ गये थे– 'अरे लड़कियों को जीवनभर के लिए सोचना होता है। परिवार होगा, पति होगा, बाल–बच्चे होंगे, ऐसे में टीवी चैनल की नौकरी कैसे करेगी? वह भी जिसमें शिफ़्ट लगती हो? और मैंने तो सुना है कि लड़कियों के लिए माहौल अच्छा नहीं होता।'

अक्सर पापा की सख़्ती के ख़िलाफ़ उसकी आज़ादी की वकालत करने वाली माँ भी इस मामले में पापा के साथ थीं। सुलभा ने बहुत

मान–मनुहार करके इस वादे के साथ नौकरी ज्वाइन की थी कि जहाँ भी दिक्क़त होगी, एक झटके में छोड़ देगी। दिक्क़त हुई भी थी। पापा और माँ के अन्देशे पूरी तरह सही नहीं थे, लेकिन कुछ बातें ऐसी हो रही थीं जो उसे सदमे में डालने वाली थीं। ऑफ़िस में अपने इमिडिएट बॉस का रुख़ उसे कहीं से प्रोफ़ेशनल नहीं लग रहा था। वह जैसे छूट लेने की कोशिश कर रहा था। एकाध बार उसने गपशप करते हाथ पकड़ा, फिर बात–बात पर उसके कन्धे थपथपाता। उसे धौल भी मारने की कोशिश करता। ऐसे मौक़ों पर सुलभा भीतर से कुछ सहम और कुछ अकड़ जाती। एक बार उसने हग करने की भी कोशिश की– लेकिन इस तरह कि वह सीधा आरोप न लगा सके। वह छुट्टी से लौटी थी और बॉस दोनों हाथ फैलाये उसकी ओर बढ़ा था– वेलकम बैक।

सुलभा बॉस के इस रवैये से बेहद परेशान थी। समझ नहीं पा रही थी कि किससे शिकायत करे। उसे मालूम था कि यौन उत्पीड़न के ख़िलाफ़ क़ानून बनने वाला है और दो–तीन साल पहले सुप्रीम कोर्ट ने दफ़्तरों में महिलाओं की सुरक्षा के लिए विशाखा गाइडलाइंस बनायी हैं। लेकिन उसे ठीक से यह भी पता नहीं था कि उसके दफ़्तर में इन गाइडलाइंस के तहत कोई कमिटी बनी भी है या नहीं। वह इस बात पर भी हैरान थी कि लड़कियों से भरे उसके ऑफ़िस में कोई शख़्स ऐसी हिम्मत कैसे कर सकता है? वह एक बार कम्प्लेन कर दे तो साले एसके सिंह की नौकरी चली जायेगी। लेकिन कम्प्लेन करने का दूसरा नतीजा भी हो सकता था। एसके की नौकरी दफ़्तर वाले छुड़ाते, उसकी नौकरी घरवाले। बाक़ी अनाप–शनाप चर्चा शुरू होती सो अलग।

एसके सिंह के रवैये ने अचानक सुलभा को अतिरिक्त कॉन्शस भी बना दिया था। वह किसी लड़के के साथ बात करने को तैयार नहीं होती थी। उसे यह भी एहसास हो रहा था कि दफ़्तर में उसकी छवि कुछ अजब–सी बन रही है। कोई उसे नकचढ़ी बता रहा है, कोई घमण्डी और कोई नर्वस।

इन सबके बीच अचानक एक दिन उसे अहमदाबाद जाने का आदेश दिया गया। वहाँ आतंकवादी स्वामीनारायण सम्प्रदाय के अक्षरधाम मन्दिर में दाख़िल हो गये थे। 'उन्होंने कई लोगों को मार डाला है। उन्हें निकालने के लिए एनएसजी के कमांडो जा रहे हैं। तुम रात नौ बजे तक पहुँच जाओगी।' बॉस ने कहा कि ट्रैवेल डेस्क 7:05 की फ्लाइट से उसका टिकट ले रहा है। 'और हाँ, विशाल भी जा रहा है तुम्हारे साथ, कोई दिक्क़त नहीं होगी।' बॉस ने आश्वस्त किया।

सुलभा नहीं समझ पा रही थी कि वह रोमांचित है या घबरायी हुई है। विशाल जब जा ही रहा है तो फिर उसे भेजने की क्या ज़रूरत है। लेकिन यह सवाल पूछने की हिम्मत नहीं थी। उसका दिमाग़ सुन्न था और हाथ–पाँव फूले हुए थे। अचानक उसके सामने कई पहले मौक़े आ खड़े हुए थे। पहली बार वह विमान में सफ़र करने जा रही थी। इसके पहले जीवनभर बसों और ट्रेनों में चली। ज़्यादा दिन नहीं हुए जब वह स्लीपर क्लॉस छोड़कर थ्री एसी में सफ़र करने लगी थी। उसने तो क़ायदे से एयरपोर्ट भी नहीं देखा था।

यही नहीं, अहमदाबाद भी वह पहली ही बार जा रही थी। वह भी इतनी ख़तरनाक क़िस्म की रिपोर्टिंग के लिए। उसने पापा को फ़ोन किया तो वे भड़क गये थे–'जाने की ज़रूरत नहीं। तुरन्त नौकरी छोड़ो। जिन लोगों को ये अकल नहीं कि कहाँ लड़कों को भेजें और कहाँ लड़कियों को, उनके यहाँ काम करने की ज़रूरत नहीं है। कोई और लड़की जा रही है तुम्हारे साथ? सोचा है, रात को कहाँ रुकोगी?'

सोच तो सुलभा भी सब रही थी। लेकिन वह इनकार नहीं कर पायी। उसने एयरपोर्ट से घबराते हुए मम्मी से बात की– 'मम्मी, मैं निकल गयी हूँ।' मम्मी भी बहुत नाराज़ दिखी, उनका वश चलता तो चोटी पकड़कर खींच लातीं, लेकिन सुलभा इतनी दूर जा चुकी थी कि उसे वापस लाना सम्भव नहीं था। सुलभा ने बस भरोसा दिलाया था, अहमदाबाद पहुँचकर बात करती हूँ।

लेकिन अहमदाबाद पहुँचकर बात करने का मौक़ा कहाँ मिला था? अक्षरधाम को चारों तरफ़ से घेरे पुलिसवालों के बीच अपने कैमरामैन के साथ जगह बनाती हुई वह अचानक सबकुछ भुला बैठी थी। उसे अपने भीतर एक नयी ताक़त का एहसास हो रहा था। उसने देखा कि जितनी वह घबरायी हुई है, उतना घबराने की भी बात नहीं है। यह रात 9 बजे के आसपास का समय था। दिल्ली से एनएसजी कमांडो कभी भी पहुँचने वाले थे। पुलिसवाले उसे बता रहे थे कि लोगों को सुरक्षित जगहों पर पहुँचा दिया गया है, लेकिन टेररिस्ट अभी भीतर ही हैं। तब तक शायद यह भी पता चल गया था कि दो ही टेररिस्ट हैं।

'लेकिन आप कैसे कह सकते हैं कि वे टेररिस्ट ही हैं?' सुलभा को अपने बॉस की दी हुई ट्रेनिंग याद आयी कि हम किसी को टेररिस्ट नहीं कह सकते। वह सन्दिग्ध या आरोपी हो सकता है।

जवाब देने वाला अफ़सर बस मुस्कुराया था। दूसरे जवान हँसने लगे थे। एक ने कहा– 'मैडम जो एके–47 से गोलियाँ बरसायें वो टेररिस्ट नहीं तो और क्या होंगे?'

उसे विशाल ने रोका था– समझाया कि अभी क्या सवाल पूछे जा सकते हैं। ये आज की तरह के दिन नहीं थे कि हर तरफ़ टीवी चैनलों के ओबी वैन हों और रिपोर्टर बिल्कुल मधुमक्खियों की तरह किसी पर टूट पड़े हों। 24 घण्टे के कुल जमा तीन न्यूज़ चैनल थे और सिर्फ़ उसकी ओबी वैन मुम्बई से अहमदाबाद पहुँच पायी थी। नौ बजे के समाचारों में कोई दूसरी ख़बर नहीं जानी थी– यह फ़ैसला बॉस का था। सुलभा बताती रही थी कि कुछ देर बाद एनएसजी की टीम पहुँचने वाली है, कि आतंकवादी घेर लिए गये हैं, वे बचकर निकल नहीं पायेंगे।

उसके पीछे घायलों को स्ट्रेचर पर लाने–ले जाने का सिलसिला जारी था। चीख़–चिल्लाहट, रुलाई–पुकार सब जारी थी। इन घबराये–भागते लोगों के बीच एक ओबी वैन के सामने खड़े होकर बोलते जाना भी सुलभा को अशालीन लग रहा था, लेकिन उसके

सामने कोई और रास्ता नहीं था। उधर विशाल लगातार शूटिंग में लगा था। उसने मुख्य पुजारी से बात की, सुरक्षाकर्मियों से बात की, अहमदाबाद के बड़े अधिकारियों से बात की और मुख्यमन्त्री की भी बाइट ले ली। वह सन्तुष्ट था। वे अगले तीन घण्टे तक लगातार ख़बरें बताते रहे थे। इस दौरान एनएसजी की टीम आयी, उसने पोज़ीशन ली, रुक–रुक कर फायरिंग होती रही थी। दो आतंकी कभी किसी दीवार के पार दिखायी देते, कभी कोई छत फलाँगते नज़र आते। एनएसजी वालों ने भी मोर्चा ले रखा था। वह और विशाल रातभर शूट करते रहे।

मुम्बई हमलों के पहले वाक़ई अक्षरधाम मन्दिर की वह रात उसके लिए बेहद ख़ौफ़नाक और रोमांचक रात थी। आम तौर पर सड़क के झगड़ों से भी वह दूर भागती थी। ख़ून देखकर उसका ख़ून सूख जाता था। क्लास टेन के बाद उसने बायोलॉजी इसीलिए नहीं ली थी कि उसमें मेढक काटने पड़ेंगे। एक ऊँची चीख़ उसे घबरा देने के लिए काफ़ी होती थी।

लेकिन उस रात वह कुछ दूर से ही, मगर सबकुछ देखती–झेलती रही। सुबह ही दोनों आतंकवादी मारे जा सके। उसके पहले उन्होंने एनएसजी के एक कमांडो को मार गिराया। ज़िन्दगी इतनी सस्ती हो सकती है, यह उसकी आँखों के सामने पहली बार खुल रहा था। रात 12 बजे उसने काँपते हुए विशाल से पूछा था, 'विशाल, हम इतनी ख़बरें क्यों दिखाते हैं?' विशाल के पास कोई उत्तर नहीं था। वह हँसने लगा था। क्योंकि हम चौबीस घण्टे न्यूज़ देने का वादा करते हैं। इसी से हमारी सैलरी आती है, जैसा कुछ उसने कहा था।

अगले कई दिन दोनों अहमदाबाद में साथ रहे थे। और हर दिन जैसे बार–बार काँपते हुए लम्हे आये। अहमदाबाद सिविल अस्पताल में जब सुलभा ने घायलों का हाल देखा तो वह रोने लगी। वहाँ उसे 31 साल का राजू मिला, जिसके बदन पर 35 छर्रे लगे थे। वह अपने घर के 11 लोगों के साथ अक्षरधाम आया था। उस अस्पताल में हर तरफ़ उसके रिश्तेदार थे। वह बता रहा था कि उसकी 4 साल

की बच्ची कैसे उससे चिपकी रही और कैसे दोनों आतंकियों ने उन लोगों को निकलने दिया। उसे वहीं अपना प्लास्टर वाला हाथ लिए एनएसजी के सूबेदार दशरथ सिंह मिले, जिन्हें नहीं मालूम था कि उनका एक और दोस्त सुरेश यादव आतंकियों के हाथों मारा गया है। उसे वहाँ ढाई साल की सिब्ती मिली, जिसका पेट एक बम ने चीर दिया था। वह भी अपनी साँसों के लिए लड़ रही थी। ज़ख़्मी और मरते और रोते हुए लोग उसने बाद में भी देखे, लेकिन वह पहला मौक़ा था जब वह त्रासदी को अस्पताल की गन्ध, घुटन, गन्दगी, अफ़रातफ़री के बीच इस तरह दहशत भरी निगाहों से देख रही थी।

सुलभा ने सोचा भी नहीं था कि एक दिन उसे यह सब देखने की नौबत आयेगी। इन सिहरते–काँपते लम्हों में विशाल जैसे उसे हमेशा सहारा देता रहा। अच्छी बात यह थी कि वह अपने–आपको थोपता नहीं था। बस देखता रहता था और कभी–कभी मुस्कुरा देता था। वह जीनियस नहीं था, लेकिन शार्प था। वह बड़ी तेज़ी से कोई फ़ैसला करता था। इसके अलावा वह चारों तरफ़ नज़र रखता था। वह बड़ी तेज़ी से दूसरी चीज़ों से प्रभावित नहीं होता था। उसने सुलभा को बताया था कि अक्षरधाम का यह हमला यहीं सिमटकर नहीं रह जायेगा, इसके राजनीतिक नतीजे भी हो सकते हैं।

कुछ ही महीने पहले गुजरात में दंगे हुए थे और मुसलमान घरों से ज़्यादा जैसे राहत शिविरों में थे। एक टूटे हुए समाज के भीतर एकता की कोशिशें जारी थीं। अक्षरधाम के हमले ने अचानक नये अन्देशे पैदा कर दिये थे। पुराने अहमदाबाद की मुस्लिम बस्तियों में अक्षरधाम हमले की निन्दा करते हुए पोस्टर दिखने लगे थे। काँग्रेस और बीजेपी अपने–अपने ढंग से बन्द का आयोजन कर रही थीं। वे लोग शाह आलम कैंप भी गये थे। वहाँ भी यह मायूसी थी कि अहमदाबाद में फिर एक तनाव बोया जा रहा है। इस हमले को सब ग़लत ठहरा रहे थे, लेकिन सबको एहसास था कि इस बार प्रशासन ने चुस्ती से काम किया। इसी कैंप में मिली एक बुढ़िया ने उसके माइक पर कहा था कि अक्षरधाम में तो पाँच घण्टे में एनएसजी चली आयी,

जब पूरा गुजरात मारा जा रहा था तब उसे बचाने के लिए किसी को बुलाया नहीं गया। बोलते–बोलते वह रोने लगी।

सुलभा को पहली बार पत्रकारिता का मतलब ठीक से समझ में आ रहा था। इसके पहले जो असाइनमेंट उसे मिलते रहे थे, वे बड़े आसान क़िस्म के थे। सीबीएसई की टॉपर छात्राओं के इंटरव्यू, यूनिवर्सिटी कैंपस में पहला दिन, कुछ सक्सेस स्टोरीज़ और कुछ कहानियाँ करुणा की भी– लेकिन वे इतनी रुलाने वाली नहीं थीं।

अहमदाबाद में तीसरी रात पता नहीं सुलभा को क्या हो गया। उसने रट लगा ली, वह घर लौटेगी। विशाल ने उसे समझाने की कोशिश की तो उसे डाँट दिया– वह उसके मामले में न बोले। विशाल ने दिल्ली में बॉस से बात की। बॉस नाराज़ हुए। अचानक रात नौ बजे कौन–सी फ्लाइट अहमदाबाद से दिल्ली ले जायेगी? 'वह बच्ची नहीं है, उसे समझाओ यार,' बॉस ने उसे भी डाँट पिला दी, 'लड़कियों को देखकर तुम भी नरम पड़ जाते हो। डाँटो उसको सख़्ती से।'

सख़्ती से तो नहीं, चिड़चिड़ाहट से विशाल ने कहा, 'देखो सुलभा, बच्चों की तरह मत करो। तीन दिन से तुम्हें देख रहा हूँ। जब यही नाटक करने थे तो पत्रकारिता में क्यों आ गयी। क्या मेकअप करके स्टूडियो में बैठने के लिए?'

उन दिनों सुलभा ऐंकर नहीं बनी थी, लेकिन यह चर्चा आम थी कि उसकी स्क्रीन अपीयरेंस देखते हुए उसे ऐंकर बनाया जा सकता है। शायद विशाल का इशारा इस चर्चा की तरफ़ भी था। लेकिन अब तक ख़ुद को सँभाले बैठी सुलभा फूट–फूट कर रोने लगी, 'हाँ नहीं करूँगी जर्नलिज़्म। पढ़ा लूँगी कहीं। मुझसे नहीं होगा। रोते हुए बच्चे से पूछना, माँ कहाँ है? रोती हुई माँ से पूछना, कैसा लग रहा है आपको? हम किस बात के जर्नलिस्ट हैं? कर लो तुम पत्रकारिता।'

तीन दिन से सुलभा के डबडबाये चेहरे को तो विशाल ने कई बार देखा था, लेकिन इस तरह रोते नहीं देखा था। वह कुछ

स्तब्ध–सा हो गया। इस वक़्त वे दोनों सुलभा के ही कमरे में थे। कैमरामैन दूसरे चैनलों के अपने दोस्तों के साथ कहीं पीने–शीने गया हुआ था। पहली बार उसने सुलभा के कन्धे पर हाथ रखा– 'सुलभा।' हमेशा तेज़ी से बोलने वाले विशाल के गले से यह नयी आवाज़ निकली थी– बहुत ही मुलायम और कोमल– जैसे आवाज़ ही उसका चेहरा सहला रही हो। सुलभा ने उसे देखा। पहली बार उसे लग रहा था कि कोई उसे हग कर ले। उसने बहुत हल्के से अपना सिर विशाल के कन्धे पर टिका दिया।

विशाल के लिए यह नयी सुलभा थी। वह उसे देखता रहा। उसने बहुत हल्के से उसे अंकवार भर लिया।

उस रात दोनों ने बहुत देर बात की। सुलभा के भीतर जैसे कोई बाँध टूट गया हो और बातें उससे बह–बह कर निकल रही थीं। सुलभा के भय, सुलभा के संशय, वे भिंची–भिंची मुस्कुराहटें जो सुलभा अपने पीछे सुना करती थी, वे व्यंग्य जो उसके मुँह पर हुआ करते थे, वे दुस्साहस जो एसके सिंह ने उसको लेकर किये थे।

विशाल बस सुनता रहा था। कभी कोमलता से, कभी ग़ुस्से में, कभी फट पड़ता हुआ। उसने कहा कि सुलभा ख़ुद को बदले। इस मीडिया में रहना है तो इतना टिमिड होकर रहने से नहीं चलेगा।

सुलभा वाक़ई बदल गयी थी। उस रात विशाल भी कुछ बदल गया था।

और दोनों का रिश्ता भी बदल गया था।

लेकिन यह छह साल पुरानी बात थी। छह साल कभी–कभी बहुत लम्बे लगते हैं। दोनों बेहद क़रीब आये– इतने क़रीब कि सबको हैरान करते हुए शादी का फ़ैसला कर लिया। फिर एक बार इतने दूर हो गये कि लगा कि सारे तार टूट जायेंगे। लेकिन सुलभा के भीतर एक तार हिल रहा था। वह बड़ा होता गया, एक दिन बाहर आ गया और सुलभा और विशाल को जैसे इस तरह बाँध गया कि अब अलग होने की सोचना मुश्किल है।

लेकिन अभि कहाँ है? और विशाल कहाँ है?

उसकी नींद पूरी तरह टूट चुकी थी। लेकिन दवाओं का असर था या दबाव का– उसे लग रहा था कि वह छह बरस पहले दिल्ली से क़रीब हज़ार किलोमीटर दूर के एक शहर में बैठी हुई है, जहाँ तीन दिन पहले एक मन्दिर में गोलियाँ चली थीं और जहाँ उसने परिवारों को रोते–बिलखते, लोगों को अपने दर्द से लड़ते देखा था। वह बुरी तरह चाह रही थी कि एक लड़का आये और सुबकती हुई उस लड़की को बाँहों में भर ले।

अचानक बाहर एक कार रुकने की और एक शख़्स के लगभग दौड़ने की सी आवाज़ सुनाई दी। इसी के साथ घण्टी बजने लगी थी।

बिना जाने सुलभा समझ गयी थी। विशाल आ गया है।

## इसे कहाँ तक ले जायेगी वह?

चारु का पूरा दिन बहुत ही ख़राब गुज़रा था। सुबह–सुबह उसकी गायनेकॉलॉजिस्ट ने वह रिपोर्ट दे दी थी जिसका उसको बेसब्री से इन्तज़ार था। डॉक्टर ने उसकी ओर कुछ सहानुभूति से देखते हुए कहा था, ''चारु, इट इज नॉट इज़ी फ़ॉर यू टू कंसीव। फिर तुम्हारा प्रेग्नेंसी टेस्ट निगेटिव है।''

"मतलब?" क्या वह कभी माँ नहीं बन सकती? यह सवाल पूछने से पहले उसकी आँखों में आँसू उमड़ आये थे।

बिना पूछे, डॉक्टर ने कहा था– "ऐसा नहीं कि तुम माँ नहीं बन सकती। लेकिन तुम्हारे लिए आसान नहीं है।"

लेकिन इतनी मुश्किल क्यों हैं डॉक्टर। सब माँ बन जाती हैं। सड़क पर कूड़ा बीनती, भीख माँगती औरतें। हमारे यहाँ काम करने वाली बाइयाँ, इमारतों में काम करने वाली रेजायें, वे औरतें जिनको पूरा खाना नहीं मिलता, वेश्याएँ तक और कई मामलों में बुढ़ियाएँ भी। जब सब बन जाती हैं तो मैं क्यों नहीं बन सकती माँ? चारु चीख़ना चाहती थी, लेकिन उसे एहसास था कि डॉक्टर के इस चैंबर में वह

छूट नहीं ले सकती। इसलिए मुँह से आख़िरी शब्द एक घुटी हुई चीख़ की तरह निकले थे– जैसे वह डॉक्टर से बोलते–बोलते अपनी माँ को कातरता से पुकार उठी हो।

"सब नहीं बनती हैं माँ," डॉक्टर की पेशेवर तैयारी पूरी थी। उसे ऐसे पेशेंट्स को समझाना सीखना पड़ा था, ''चारु, दुनियाभर में हर साल तीन–चार करोड़ औरतें ऐसी होती हैं जो माँ नहीं बन पातीं। इनमें क़रीब एक करोड़ औरतें अपने देश की होती हैं। इसलिए तुम मत सोचो कि तुम अकेली या अनूठी हो। ये कॉमन प्रॉब्लम है। कई बार ठीक हो जाती है, कई बार मुश्किल होती है।''

"लेकिन डॉक्टर साहब, मैं बाक़ी की नहीं जानती। मैं क्यों नहीं बन सकती माँ"?

"देखो, इसके लिए तो टेस्ट करना होगा। जो चार–पाँच कॉमन वजहें हैं, वे तुम्हें मैं बता देती हूँ। कई बार तुम्हारे एग्स हेल्दी नहीं होते। कई बार तुम्हारे पार्टनर की ओर से प्रॉब्लभ होती है। कई औरतों में पोलिसिस्टिक ओवरी सिंड्रोम होता है जिसकी वजह से साइकिल गडबड़ा जाती है और कुछ मेल हार्मोन भी पैदा होने लगते हैं। तुम्हारे साथ ये प्रॉब्लम तो नहीं लगती। मुझे लग रहा है, तुम्हारे एग्स पूरे नहीं बन रहे। लेकिन क्यों, यह चेक किये बिना मैं नहीं बता सकती। अगर तुम नेक्स्ट मंडे आ जाओ तो चेक करते हैं।'

चारु और डॉक्टर की यह बातचीत पूरी सुन रहे अमित ने चारु को उठने का इशारा किया। उसका चेहरा भावहीन था। यह बात भी चारु को कचोटने वाली थी– उसे जैसे बच्चा नहीं चाहिए। या फिर इस बात से मतलब ही नहीं है कि वह पूरी सेहतमन्द है या नहीं। जैसे वह बाँझ हो या प्रसूता, इससे उसको कोई मतलब ही नहीं।

हालाँकि अमित को एहसास था कि चारु भीतर से बुरी तरह टूटी हुई है। वह 32 साल की हो चुकी है। माँ न बनने को वह अपनी नाकामी की तरह देख रही है– जैसे अपने किसी अपराध की तरह। बाहर आकर मोटरसाइकिल पर बैठते हुए उसने उसे तसल्ली देनी चाही– "अरे जाने दे यार, ऐसा भी क्या करना बच्चे का। बहुत मन करेगा तो बाद में किसी को गोद ले लेंगे। टेंशन मत ले।"

चारु अनमने भाव से शीशे के बाहर देखती रही। फिर अचानक बोली, ''आज छुट्टी ले ले रही हूँ। मन नहीं कर रहा ऑफ़िस जाने का।''

उसने शीबा को फ़ोन मिलाया जो 'असली ख़बर' के मेकअप रूम में उसकी हेड थी– "शीबा, आज नहीं आ रही हूँ यार," उसने थकी हुई आवाज़ में कहा। वह कुछ और भी जोड़ती, लेकिन शीबा सुनने के मूड में नहीं थी– उसकी झनझनाती आवाज़ आयी– "यार, तुझे मालूम है, आज झरना का ऑफ़ है और हैदर ने भी छुट्टी ले रखी है। तू नहीं रहेगी तो शाम के मेकअप अकेले मैं कैसे सँभालूँगी। किसी भी तरह आ जा। दो की जगह चार बजे आ जा, लेकिन आ ज़रूर जा।"

चारु चिड़चिड़ा गयी, उसने बिना कुछ कहे फ़ोन इस तरह काटा जैसे कोई सामान पटक रही हो। उसके अन्दाज़ से अमित को समझ में आ गया कि उसे छुट्टी नहीं मिली है। उसने मोटरसाइकिल चलाते–चलाते उसे हल्का–सा मुड़कर देखा– "यार तू टेंशन न लिया कर।"

चारु चुप हो गयी। यह उसके पति का तकियाकलाम था, यह वह जानती थी। लेकिन यह भी जानती थी कि वाक़ई वह कुछ ज़्यादा जल्दी टेंस हो रही है। शायद अपने भीतर के किसी रंज का असर है। वरना वह तो ख़ुशमिज़ाज हुआ करती थी। अब भी ख़ुशमिज़ाज ही है। बस आज स्टुपिड डॉक्टर ने सीधे–सीधे बोल दिया तो उसके दिल को लग गया।

लेकिन चारु को नहीं मालूम था कि दिल को लगने वाली बातें उस दिन और होने वाली हैं। शीबा के कहे मुताबिक़ वह चार बजे नहीं, पौने पाँच बजे ऑफ़िस पहुँची तो मेकअप रूम में उसका इन्तज़ार हो रहा था। शीबा इंग्लिश की चैनल हेड शुभ्रा मैम के मेकअप में जुटी थी, जबकि हिन्दी की ऐंकर सुलभा थी। सुलभा ने उसे देखते कहा, "चारु, तुम कहाँ ग़ायब हो जाती हो? पाँच बजे बुलेटिन है और तुम्हारा पता ही नहीं।"

चारु का एक मन हुआ कि वह सुलभा को याद दिला दे कि उसकी बॉस शीबा है सुलभा नहीं। लेकिन मेकअप आर्टिस्ट के तौर

पर अपनी हैसियत और ऐंकर के तौर पर सुलभा की हैसियत से वह ख़ूब परिचित थी। उसने बिना कुछ कहे कँघी उठाकर सुलभा के केश एक तरफ़ किये तो सुलभा चिहुँक उठी, ''अरे यार, अब हड़बड़ाओ मत, बाल तोड़ोगी क्या। और तुम लोगों का हेयर ड्रेसिंग सेंस मुझे समझ में नहीं आता। मेरे बाल मेरी तरह से रहने दो।''

सुलभा की झाड़ सुनते चारु को शीबा भी देख रही थी और शुभ्रा मैम भी। आम तौर पर झगड़ालू मानी जाने वाली चारु चुप रही। उस शाम वह देर तक काम करती रही। स्नैक्स या चाय लेने भी नहीं गयी। शीबा ने वजह पूछी भी तो चारु टाल गयी। शीबा वैसे उसकी बड़ी अच्छी दोस्त है, लेकिन आज उसने उसे छुट्टी न देकर जो चोट पहुँचाई थी, उसके बाद वह ज़्यादा बोलना नहीं चाहती थी।

रात आठ बजे के आसपास चारु की माँ का फ़ोन आया। अमित उन्हें प्रेग्नेंसी टेस्ट और डॉक्टर से हुई बातचीत के बारे में बता चुका था। "तू आज वैशाली चली आ। परेशान होने की बात ना है। सब ठीक हो जायेगा।" चारु को भी लगा, आज फ़रीदाबाद न जाकर वैशाली ही चली जाये। दफ़्तर की गाड़ी से ही जाना है। उसने अमित को फ़ोन कर दिया कि वह वैशाली चली जायेगी– "तुम भी नोएडा से लौटते हुए यहीं आ जाना," उसने कहा था।

लेकिन चारु को नहीं मालूम था कि रात 10 बजे वह निकल भी नहीं पायेगी। पौने दस के आसपास वह नीचे उतरी, तब गाड़ियाँ ड्रॉप की तैयारी के लिए लगाई जा चुकी थीं। लेकिन ऊपर से बार–बार फ़ोन आ रहे थे– कुछ देर रुकने के लिए। थोड़ी देर बाद समझ में आया, 11 बजे से पहले कोई निकल नहीं पायेगा।

इस पूरे दौरान चारु चुपचाप एक नम्बर रूट के ड्रॉप वाली गाड़ी में बैठी रही। बाक़ी लोग उतरकर चले गये, लेकिन उसका मन नहीं हुआ कि वह नीचे उतरे। वैसे भी मेकअप के लिए ज़्यादा कुछ नहीं था। 11 बजे फिर हलचल शुरू हुई और गाड़ी भरने लगी। लेकिन जब एक–एक कर कुछ गाड़ियाँ निकल रही थीं, तब सुलभा

मैम के बच्चे को लेकर उसकी गाड़ी रुकी रही। बुरी तरह झल्लायी चारु ने तब भी एक शब्द नहीं कहा। वह पीछे की सीट पर दायीं खिड़की से लगकर बैठी रही। तभी क्रेच में काम करने वाली शीला एक बच्चे को लेकर हड़बड़ायी–सी पहुँची। उसके पहले की चर्चा में चारु को मालूम हो चुका था कि यह सुलभा का बच्चा है। उसने बस खिसककर शीला के लिए जगह बना दी।

बहुत मामूली–सी दिखने वाली शीला की गोद में यह गोल–मटोल गोरा बच्चा अजब बेमेल–सा लग रहा था। इस पर ड्राइवर ने कुछ मज़ाकिया लहजे में कहा भी था जिस पर किसी ने ध्यान नहीं दिया था। बच्चे की हँसती–हिलती–डुलती काया देखकर चारु का मन भी कुछ हिला। एकाध बार बच्चे का कोमल हाथ उसके कन्धे और सिर पर टकराता। पूरे दिन में पहली बार चारु के भीतर एक कोमलता उगी– हालाँकि फिर इस हूक से भरी हुई कि उसका अपना कोई बच्चा नहीं है। वह बच्चे की ओर देखकर मुस्कुरायी तो बच्चा मुस्कुरा दिया। फिर वह एकटक उसे देखने लगा। चारु को लगा, जैसे वह उसे पुकार रहा हो। उसने एकाध बार उसे पुचकार भी दिया। उसे गोद में लिए बैठी परेशान हाल–सी शीला पहली बार कुछ खुली, ''सुलभा मैम का बेटा है। आप जानती हैं न उनको? वे न्यूज़ पढ़ने में लगी हुई हैं।'' वह जोड़ना चाहती थी कि उन्हें तो अपने बच्चे का ख़याल ही नहीं है, लेकिन रुक गयी क्योंकि उसे अचानक याद आया कि गाड़ी में सुलभा के साथ काम करने वाली महिलाएँ हैं। चारु ने मुस्कुराकर बस सिर हिला दिया था।

गाड़ी एक–एक कर ख़ाली हो रही थी। अब वैशाली आने वाली थी और चारु को उतरना था। लेकिन अचानक उसके पहले ही बच्चा ज़ोर–ज़ोर से रोने लगा था। वह समझ नहीं पायी, यह माँ की याद है या अनजान लोगों की मौजूदगी या बाहर का शोर, लेकिन वह देख रही थी कि क्रेच वाली औरत इस बच्चे को ठीक से दुलार भी नहीं पा रही है। चारु को अपनी ओर देखते देखकर उस औरत ने कहा था, ''बाहर गाड़ी का ज़ोर से हॉर्न बजा उसी से रोने लगा है।''

चारु ने बच्चे को अपनी गोद में ले लिया था और उछालने–पुचकारने लगी थी। इत्तिफ़ाक़ से बच्चा बिल्कुल चुप हो गया था– वह उसे ग़ौर से देख रहा था। फिर चारु का दिल भर आया। एक बच्चा उसकी गोद में है, लेकिन एक बच्चा उसकी कोख में नहीं आ पा रहा।

तब तक वैशाली आ गयी थी। उतरते–उतरते अचानक उसे ख़याल आया कि यह क्रेच वाली औरत कैसे इस बच्चे को अपने घर में रख पायेगी। क्या ही अच्छा हो, कम–से–कम एक रात वह इसे अपने पास रख ले। उसने औरत से पूछा और वह तैयार हो गयी, जैसे अपनी बला टाल रही हो। यही नहीं, उसने उस बच्चे का बैग भी उसे पकड़ा दिया जिसमें दूध की बोतलें थीं, डाइपर थे, एक छोटा–सा टॉवेल था, पाउडर था और पता नहीं क्या–क्या था।

तो नवम्बर की हल्की सर्दियों वाली उस रात क़रीब साढ़े बारह बजे चारु की गोद में एक बच्चा था। उसने अचरज से सोचा, सुबह डॉक्टर ने उसे बच्चा न होने की ख़बर दी, और शाम को एक बच्चा उसकी गोद में है।

लेकिन यह उसका बच्चा तो नहीं है। फिर भी क्या हुआ? कम–से–कम एक रात तो वह इसकी माँ बन जायेगी।

## 'मैं तुम सबसे- इस दुनिया से- बेहद प्यार करती हूँ'

होटल ताज के छठे माले पर बने इस सुइट से मुम्बई का नज़ारा देखती सबा अपनी क़िस्मत पर हैरान थी। हिन्दुस्तान में कितने लोग होटल ताज के भीतर आ पाते होंगे और उनमें भी कितनों को ऐसा शानदार सुइट नसीब होता होगा? यह एक अलग दुनिया थी जहाँ वह अनायास दाख़िल हुई थी।

हालाँकि वह थकी हुई थी। पिछले कुछ दिन बेहद भागदौड़ और तनाव में बीते थे। उस तनाव से बचने के लिए ही वह मुम्बई

चली आयी थी। वरना उसने यह न्योता पहले नामंज़ूर करने का मन बनाया था। अपने पति इफ़्तिख़ार को लेकर जो सच सामने आया था, उससे वह बेहद दुखी थी। उसे अब भी यक़ीन नहीं हो रहा था कि उसका पति उससे बेवफ़ाई कर सकता है। लेकिन वे मेसेज? उसने इफ़्तिख़ार से झगड़ा भी किया।

तो मुम्बई का न्योता उसने मन बदलने के लिए क़बूल किया था। इस उम्मीद में भी कि कई लोगों से मुलाक़ात भी होगी। होटल ताज में ठहरने का आकर्षण अलग से था। सच तो ये है कि जब उसे यह न्योता मिला तो वह कुछ उलझन में पड़ गयी। एक इंटरनेशनल एजेंसी वर्किंग वीमेन पर एक सेमिनार कर रही थी और भारत में लड़कियों के लिए बदलते हालात पर उसे एक पेपर पढ़ना था।

हालाँकि उसने सुलभा को भी इफ़्तिख़ार के साथ अपने झगड़े के बारे में नहीं बताया। बस पता नहीं, क्यों पहले दिन वह प्रशान्त सर के पास चली गयी। सुलभा को उसने बस इतना बताया था कि वह हिन्दुस्तान में लड़कियों के बदले हुए हालात पर भाषण देने जा रही है। वह हँसने लगी थी– 'बता देना कि हालात बिल्कुल नहीं बदले हैं। लड़की सड़क पर नहीं चल सकती, बस में नहीं बैठ सकती, अकेले घर लेकर नहीं रह सकती, ऑफ़िस में चैन नहीं ले सकती– शोहदों से लेकर बॉसेज़ तक उससे एक मौक़ा खोजने में लगे रहते हैं।'

'हाँ, लेकिन वह होटल ताज में ठहर सकती है,' सबा ने अपनी जानी–मानी खिलखिलाहट के साथ कहा था और सुलभा ने कहा, 'वाऊ, चल मैं भी चलती हूँ तेरे साथ। मान लूँगी कि लड़कियों के लिए हालात बदल गये हैं।'

लड़कियों के लिए वाक़ई हालात बदले हैं। देश के अलग–अलग हिस्सों से आयी लड़कियों के अनुभव सबा को बताते रहे थे। वह तीन घण्टे सुनती रही– किस तरह लड़कियाँ कहीं अपना अख़बार निकाल रही हैं, कहीं अपने बूते सहकारिता बैंक चला रही हैं, कहीं एनजीओ खोले बैठी हैं– हालाँकि हर जगह चुनौतियाँ बाक़ी हैं। वाक़ई सबा के लिए बहुत रिफ्रेशिंग सेशन था। वह लौटकर सुलभा को बतायेगी। और इफ़्तिख़ार से भी नये सिरे से बात करेगी।

सबा ने कमरे में ही खाना मँगा लिया था और खाने के बाद टीवी खोलकर बैठ गयी थी। स्क्रीन पर सुलभा न्यूज़ पढ़ती नज़र आयी। कटक में भारत और इंग्लैंड के बीच चल रहे वनडे की रिपोर्ट चल रही थी। मैच ख़त्म नहीं हुआ था, लेकिन रिपोर्टर जैसे आश्वस्त थी कि भारत ही जीतेगा। सबा हँसी– क्रिकेट को लेकर यह दीवानगी उसे कभी समझ में नहीं आयी। वह अक्सर सुलभा से बात करती है कि न्यूज़ चैनलों की दुनिया मूर्खता में यह सब करती है या समझदारी में? पिछले साल वर्ल्ड कप में जब पूरा मीडिया भारतीय क्रिकेट टीम के महारथियों का गुणगान करते हुए बता रहा था कि इस बार वर्ल्ड कप उसी का है, तब भारत बांग्लादेश जैसी टीम से हारकर पहले ही राउंड में बाहर हो गया था। सुलभा का कहना है, हम लोगों का काम हमेशा लोगों में जीत की उम्मीद जगाना है। वे ऐसा मैच क्यों देखेंगे जिसमें वे हार रहे हों? उन्हें यक़ीन दिलाना है कि वे एक जीतते हुए भारत के नागरिक हैं।

इस जीतते हुए भारत का एक छोटा–सा बच्चा पूर्णिया का प्रशान्त अब कुछ श्लोक सुना रहा था। सबा ने सोचा कि टीवी बन्द कर दे– बाहर से कुछ शोर–शराबे की आवाज़ें आ रही थीं– लेकिन अचानक थम गयी। ख़बर बीच में रोककर सुलभा फिर स्क्रीन पर थी– मुम्बई में किसी गैंगवार की ख़बर देती हुई। सबा कुछ रोमांचित हुई। अरे, सुबह से वह इस शहर में है, और अब गैंगवार की भी ख़बर आ गयी?

लेकिन यह रोमांच पहले हैरानी में बदला और फिर कुछ घबराहट में। और अगले आधे घण्टे में ही सबा दहशत से भरी हुई थी। बाहर से ज़ोरदार धमाकों की आवाज़ आ रही थी। क्या यह सब होटल ताज के भीतर हो रहा है? कमरे में लगा फ़ोन अचानक बजने लगा था और जब उसने फ़ोन उठाया तो एक घबरायी हुई आवाज़ ने बस इतना कहा कि वह कमरे से न निकले, होटल में टेररिस्ट घुसे हुए हैं।

सबा अवाक् थी। उसकी साँस जैसे रुक गयी थी। आतंकवादी? इस होटल ताज में? यहाँ भी आ सकते हैं? टीवी अब तक ऑन था।

सुलभा अब वह ख़बर दे रही थी जो उसे फ़ोन पर मिल चुकी थी– मुम्बई में होटल ताज सहित कई अहम ठिकानों में आतंकवादी दाख़िल हो चुके हैं। उसने झपटकर टीवी बन्द करना चाहा– जैसे इससे ख़बर झूठी हो जायेगी, लेकिन उसके पहले ही टीवी ऑफ़ हो चुका था।

उसे लग रहा था जैसे वह कोई फ़िल्म देख रही है। ऐसा तो फ़िल्मों में होता है कि आतंकवादी किसी बड़े होटल में घुस जायें। लेकिन उसे ऐसी कोई फ़िल्म भी याद नहीं आ रही थी। वह बिल्कुल पसीने–पसीने थी। उसे अपने पति इफ़्तिख़ार का ख़याल आया। कल ही दो साल की हो रही बेटी गुल का ख़याल आया। उसके लिए तो उसने बर्थडे पार्टी अरेंज कर रखी है।

सुबह ही मुम्बई के लिए रवाना होने से पहले उसने सारे अरेंजमेंट किये थे और सुलभा को फ़ोन करके याद दिलाया था– '27 को छुट्टी ले लेना। विशाल को भी बोलना छुट्टी ले लेगा। अभि के साथ सुबह ही तुम दोनों आ जाना। दोपहर में फ्लोरा फार्महाउस में एक छोटी–सी गैदरिंग रखी है।'

लेकिन क्या वह आज की रात बचेगी? एक ढाढस बस यह था कि वह होटल के छठे माले पर एक सुइट में है। यहाँ तक तो टेररिस्ट आसानी से नहीं पहुँच पायेंगे। उसके पहले पुलिस उन्हें रोक लेगी। उसने फ़ोन करने की कोशिश की। लेकिन फ़ोन लग नहीं रहा था। उसका हाथ इस तरह काँप रहा था जैसे उसे बुख़ार हो गया हो। सबा, क्या ये तेरा आख़िरी दिन है? तेरे बिना गुल को कौन देखेगा? वह फूल–सी बच्ची...। क्या इफ़्तिख़ार इस बच्ची का ठीक से ख़याल रख पायेगा?

वह रोने लगी थी। लेकिन रोने से कुछ नहीं होना था। उसने ख़ुद को सँभालने की कोशिश की। मेज़ पर पड़े जग से पानी पिया। लेकिन घबराहट थी कि कम नहीं हो रही थी। क्या ये मौत की घड़ी है?

उसे अचानक लगा कि उसकी लॉबी में भागदौड़ हो रही है। उसने झपटकर फ़ोन उठाया। किसी को फ़ोन करते भी उसे दहशत

हो रही थी। उसे लगा कि कोई उसकी आवाज़ न सुन ले। उसने फ़ोन को साइलेंट मोड पर डाल दिया। काँपती उँगलियों से उसने सुलभा को एसएमएस किया– 'फायरिंग गोइंग ऑन। दे आर इन माई लॉबी।' उसका दूसरा एसएमएस इफ़्तिख़ार के लिए था– 'इफ़्ति...टेक केयर।' वह समझ नहीं पा रही थी कि क्या लिखे। ख़ुद को बचाने की गुज़ारिश करे या अपना ख़याल रखने को कहे। उसे लग रहा था, वह गश खाकर गिर पड़ेगी। वह बिस्तर पर बैठी हुई बिल्कुल जाड़े के बुख़ार से ग्रस्त किसी बीमार की तरह थरथरा रही थी। उसने एक और एसएमएस टाइप करने की कोशिश की। उसके हाथ से फ़ोन बिस्तर पर गिर पड़ा। उसने इस दहशत के बीच अपना पूरा बल लगाकर फ़ोन हाथ में लिया। वह क्या करे, क्या करे। क्या कमरा खोलकर निकल भागे?

लेकिन एक धमाके में जैसे यह सवाल भी उड़ गया। यह बहुत ही ज़ोरदार धमाका था। जैसे उसके कमरे में ही हुआ हो। कमरा बिल्कुल अँधेरे और धुएँ से भर गया। वह चीख़ पड़ी। इस घुटते अँधेरे में भी उसे समझ में आ गया कि उसके कमरे की दीवार टूट चुकी है। दो–तीन लोग जैसे उसके बाथरूम में दाख़िल हैं।

यह आख़िरी लम्हा है। न जाने किन अनजान लम्हों की मिली सीख का– बचपन में खेले हुए खेल का– इन्सानियत की सबसे पुरानी समझ का– आख़िरी इस्तेमाल करते हुए उसने छुपने की कोशिश की। वह अपने बिस्तर के नीचे छुप गयी– वह हाँफ–सी रही थी, लेकिन अपने हाँफने को छुपाने में जुटी थी। वह जान गयी थी कि वह अब नहीं बचेगी। उसे कुछ याद नहीं आ रहा था– न भगवान, न अपना बचपन, न अपना पति, न उसकी बेवफ़ाई, न अपनी बेटी, न उसकी मासूमियत– बस एक डर था जो उसे दबोचे हुए था। बस, एक डर।

वह बस बत्तीस बरस की थी। अलीगढ़ से भी दूर एक गाँव में पैदा हुई थी जिसके कुछ पेड़ और पगडण्डियाँ उसकी स्मृति में बचे थे, उसने अलीगढ़ मुस्लिम यूनिवर्सिटी से बीए किया था,

जहाँ लड़कियों की संगत में तेज़ बोलना और ज़ोर–ज़ोर से हँसना सीखा था, उसने लेडी श्रीराम कॉलेज से पत्रकारिता की पढ़ाई की थी, जहाँ उसने पहली बार जींस पहनी और फिर सुलभा से दोस्ती की थी, उसने 'बड़ी ख़बर' में पहली नौकरी की थी, जहाँ उसे बॉस ने पहले दिन डाँटा था और अगले दिन सराहा था, उसी चैनल की सीढ़ियों पर फिसलकर उसने हाथ तुड़वा लिया था और इफ़्तिख़ार से मिली थी, पाँच साल पहले न्यू ईयर पार्टी में पहली बार उसने बहुत सकुचाते और सहमते हुए रेड वाइन टेस्ट की थी और उसके बाद उल्लास और उमंग से चीख़ती रही थी, चार साल पहले उसने इफ़्तिख़ार से शादी की थी और दो साल पहले गुल– कैसी होगी गुल, कैसे रहेगी– को जन्म दिया था, तीन दिन पहले उसने नसीरुद्दीन शाह और अनुपम खेर की फ़िल्म 'अ वेडनेसडे' देखी थी और इस बात पर बहुत नाराज़ हुई थी कि निर्देशक ने एक कसी हुई फ़िल्म तो बनाई है, लेकिन अपनी कम्युनल सोच से बाहर नहीं आ पाया है, दो दिन पहले उसने बेटी के दूसरे जन्मदिन के लिए एक बड़ी अच्छी ड्रेस ख़रीदी थी, एक दिन पहले उसकी पार्टी प्लान की थी और दोस्तों को न्योता दिया था, सिर्फ़ 18 घण्टे पहले वह दिल्ली से मुम्बई के लिए उड़ी थी, पाँच घण्टे पहले वह इस सुइट की शानदार खिड़की से मुम्बई की धज देखती अपनी क़िस्मत पर इतरा रही थी, तीन मिनट पहले उसने अपने पति को एक एसएमएस भेजकर बताया था कि आतंकवादी उसके बाथरूम में घुसे हुए हैं और वह बिस्तर के नीचे छुपी हुई है– एक मिनट पहले उसने अपना आख़िरी एसएमएस किया था– कि वह उसे बहुत प्यार करती है– उसे भी और गुल को भी– और डर के इस घनघोर अँधेरे के बीच भी– जाने–अनजाने– आख़िरी लम्हे में अपनी बेटी के बारे में सोचा था।

फिर वह आख़िरी धमाका सुन पायी या नहीं, पता नहीं। उसे किसी बम का छर्रा लगा था या गोली लगी थी, यह भी उसे समझ में नहीं आया– उसे बस अपना शरीर अपना नहीं लग रहा था।

उसने आख़िरी बार उस अँधेरे में आँख खोली थी, और फिर तीन दिन बाद वह सेना के जवानों को मिली थी– इस तरह कि उसे तत्काल पहचाना नहीं जा सका था।

## ख़तरा था ख़तरे की घण्टी थी, जिसे राजा बजा रहा था

'ख़तरा होगा, ख़तरे की घण्टी होगी और उसे राजा बजायेगा रमेश।' 'बड़ी ख़बर' के न्यूज़ एडिटर प्रशान्त को पता नहीं क्यों बार–बार रघुवीर सहाय की यह कविता याद आ रही थी। यह 27 तारीख़ की दोपहर थी और यह साफ़ होता जा रहा था कि दस आतंकवादियों ने मिलकर मुम्बई को तहस–नहस कर दिया है। सीएसटी, चबाड हाउस, ओबेरॉय और ताज के हौलनाक दृश्य बार–बार टीवी चैनलों पर आ–जा रहे थे और रिपोर्टर से लेकर जानकार तक यही पूछ रहे थे कि भारत आख़िर कब तक ऐसे हमले झेलता रहेगा, वह इनका जवाब कब देगा।

रोज़ बहुत बोलने वाला प्रशान्त आज चुप था। उसे मालूम था कि हमला हुआ है, चोट है, लेकिन किसको जवाब और कैसे जवाब? यह सवाल उसे तंग कर रहा था। कल्पनाशील अख़बारों और चैनलों ने मुम्बई पर हुए इस हमले को 26/11 का नाम देने में देरी नहीं थी। ज़ाहिर है, सबके ज़ेहन में सात साल पहले अमेरिका के ट्विन टावर पर हुआ हमला घूम रहा था। उस 9/11 के बाद अमेरिका के नितान्त अलोकप्रिय राष्ट्रपति जॉर्ज डब्ल्यू बुश ने आतंकवाद के ख़िलाफ़ युद्ध का ऐलान किया, इराक और अफ़ग़ानिस्तान पर हमला किया और अपना राजनीतिक संकट हल कर लिया। अमेरिका से कौन पूछता कि इराक और अफ़ग़ानिस्तान में उसे कहाँ नाइन इलेवन के हमलावर मिले? और उनकी तलाश के लिए दो मुल्कों को तबाह कर देना कितना जायज़ था? लेकिन ताक़तवर से जायज़–नाजायज़

की बात पूछता कौन है। अमेरिका अब भी ओसामा बिन लादेन को तलाश रहा है। अगर वह अफ़ग़ानिस्तान या इराक में न मिला और कहीं और मिला तो क्या अमेरिका इन मुल्कों से माफ़ी माँगेगा, क्या वह उन्हें मुआवज़ा देगा?

लेकिन प्रशान्त आज यह सब नहीं पूछ सकता। माहौल में ख़तरा है और उस दुश्मन की तलाश जारी है जिसने मुम्बई पर हमला किया था। बल्कि तलाश पूरी हो गयी है। यह मान लिया गया है– जो हो सकता है कि सही भी हो– कि हमलावर पाकिस्तान है। पाकिस्तान को सबक सिखाना होगा। लेकिन क्या भारत ऐसा कर सकता है? क्या भारत के पास इतनी ताक़त है? तमाम टीवी चैनलों पर यह बहस चल रही थी। क्या भारत पाक अधिकृत कश्मीर के आतंकी शिविरों पर प्रेसाइज़ हमले कर सकता है? सारे जानकार कहते थे कि यह आसान नहीं है, लेकिन सारे जानकार चाहते थे कि यह हमला हो। आतंकवादियों ने मुम्बई पर नहीं, जैसे भारतीयों के आहत अभिमान पर हमला किया था और इसके लिए पाकिस्तान को सबक सिखाया जाना था।

डेस्क पर मौजूद समीर पाठक ने उसे चिढ़ाने की कोशिश की– "प्रशान्तजी, अब आतंकवादी चलायें या सन्दिग्ध आतंकवादी?" प्रशान्त मुस्कुराकर रह गया। हालाँकि वह तत्काल इशारा समझ चुका था। अक्सर उसका आग्रह होता था कि जैश या लश्कर या आईएम के नाम पर जो लोग पकड़े जाते हैं, उन्हें सीधे आतंकवादी लिखने की जगह सन्दिग्ध आतंकवादी या आतंकवाद के आरोपी लिखा जाये। शुक्र है कि इस मामले में सम्पादक भी उसके साथ थे, वरना दफ़्तर में सबको लगता कि यह आतंकवादियों का तुष्टीकरण हो रहा है।

"अब आगे का होगा?" कई बार समीर पाठक अपनी बिहारी हिन्दी को हथियार की तरह इस्तेमाल करते हुए आनन्दित होते थे, "जान लीजिए, जल्दी ब्रेकिंग न्यूज़ चलायेंगे कि पाकिस्तान पर हमला, कराची साफ़।"

प्रशान्त इस युद्धवादी तेवर के आगे घुटने टेकने को तैयार नहीं था– “समीरजी, बहुत ख़ुश मत होइए। भारत बाँह बहुत मोड़ेगा, लेकिन हमला नहीं करेगा। उसको मालूम है कि वह अमेरिका नहीं है और न ही पाकिस्तान अफ़ग़ानिस्तान है।”

‘आप पाकिस्तान काहे नहीं चले जाते हैं सर,’ बोलते–बोलते समीर पाठक को लग गया कि उसने सरहद पार कर ली है– फ़ौरन क़दम खींचे और सुधारा, ‘‘नहीं, मतलब पाकिस्तान की इतनी वकालत तो आज मुसलमान लोग भी नहीं कर सकता है। कौन मुम्बई हमला को जायज़ ठहराने की हिम्मत करेगा?’’

“कौन किसी भी आतंकवादी हमले को जायज़ ठहरा सकता है समीरजी,’ प्रशान्त की आवाज़ ऊँची और तल्ख़ हो गयी। “लेकिन पहले ठीक से पता तो कर लीजिए कि ये आये कैसे और आपकी पुलिस और सुरक्षा व्यवस्था क्या कर रही थी? मुम्बई जैसे शहर को चन्द आतंकवादी तबाह कर डालते हैं– एटीएस के चीफ़ को मार डालते हैं, होटल–अस्पताल सब पर हमला करते हैं। यहाँ तो आप बचाव कर नहीं पा रहे हैं, पाकिस्तान जाकर हमला कीजिएगा?”

“आप जैसे लोगों की वजह से ही इस देश का ये हाल है सर। थोड़ी ताक़त होती तो कोई आँख उठाकर देख पाता। ये ढीली–ढाली मनमोहन सरकार है, इसलिए ये नौबत है। बीजेपी वाले होते तो पाकिस्तान हिम्मत नहीं करता।”

प्रशान्त को अब अपने हमले के लिए ज़मीन मिल गयी थी। उसने तुरन्त समीर पाठक को घेरा– “पाठकजी, वाजपेयीजी के समय पार्लियामेंट पर हमला किसने किया था? अक्षरधाम और रघुनाथ मन्दिर पर हमला हुआ था। और वाजपेयीजी के विदेश मन्त्री आतंकवादियों को कन्धार छोड़ने गये थे। सब भुला गये?”

समीर पाठक को इस ताने का फ़ौरन जवाब नहीं सूझा। उसने कहा, “बोलते रहिए सर, बोलते रहिए। इस सरकार के पाप का घड़ा भर चुका है। जल्दी ही फूटेगा।”

अब प्रशान्त हँसने लगा था– "पाठकजी, वाक़ई ये घड़ा फूटता। लेकिन मुम्बई हमले से इस सरकार को नयी जान मिल गयी है। जैसे न्यूयॉर्क के हमले से बुश को मिल गयी थी।"

डेस्क के दूसरे साथी अब तक इस बहस से दूर थे। बीती रात से चले आ रहे लगातार बुलेटिन का दबाव सबके चेहरों पर था। प्रशान्त के पास अपनी स्क्रिप्ट लेकर पहुँचे विमल ने कहा– "छोड़िए न सर। अभी तो अपने नागरिकों का सवाल है न। उन्हें तो बचाना होगा।"

प्रशान्त ने जोड़ा, ''बिल्कुल विमल, मेरा भी यही कहना है। पहले अपने नागरिकों का ख़याल कीजिए। लेकिन आपके लिए नागरिकों से ज़्यादा बड़ी राजनीति है। इस बार तो ये मामला भारत–पाकिस्तान का भी नहीं है। दुनिया के कई देशों के नागरिक होटल ताज में फँसे हुए हैं। अमेरिका और यूरोप तक परेशान हैं। और आप हैं कि अभी से पाकिस्तान पर हमला कर देने के रास्ते खोज रहे हैं।''

"लेकिन आप ये कैसे कह रहे हैं कि इससे मनमोहन सरकार को फ़ायदा होगा?"

"फ़ायदा इस मायने में कि हाल के दिनों के सारे विवाद अब सब भूल जायेंगे। सरकार का रिकॉर्ड देखिए। जुलाई में लेफ्ट ने सपोर्ट वापस लिया, सरकार अल्पमत में चली गयी। विश्वास मत में पार्लियामेंट में कैसी शर्मनाक तस्वीर दिखायी पड़ी। बीजेपी के सांसद नोट उछाल रहे थे– कि उन्हें ख़रीदने की कोशिश हुई है। याद है न? आपको पता है, उसकी पहली जाँच रिपोर्ट अक्टूबर में ही तैयार हो गयी है। उस पर सरकार घिर सकती थी। लेकिन घिरेगी नहीं, क्योंकि अब पाकिस्तान को घेरना है। अच्छा है, बीजेपी भी चुप रहेगी। क्योंकि ये बात सामने आ रही है कि कैश फ़ॉर वोट स्कैम उसके नेताओं की कोशिश से ही शुरू हुआ। आडवाणीजी के एक सलाहकार इसके पीछे थे।"

डेस्क पर बैठे बाक़ी लोग भी जैसे सहमत थे। ये एहसास सबको था कि मुम्बई की बड़ी ख़बर ने बाक़ी ख़बरों को पीछे छोड़ दिया है। आने वाले कई दिनों तक यही ख़बर हावी रहेगी।

अभी एक आतंकी पकड़ा गया है, उसके तरह–तरह के राज़ उजागर किये जायेंगे। उसका नाम–पता, ठिकाना, उसका खाना–पीना सब ब्रेकिंग न्यूज़ होगा।

"लेकिन जो कहिए, आतंकवादियों ने बता दी आपको औकात।" सुरेश ने हँसते हुए कहा– "एटीएस की कमान को ही साफ़ कर दिया।"

समीर पाठक दुखी थे। काँग्रेसियों और कम्युनिस्टों ने मिलकर देश का नाश कर दिया, यह उनकी पुरानी मान्यता थी। बहुत सारे संघियों की तरह वे भी विश्वास करते थे कि अगर नेहरू की जगह पटेल देश के प्रधानमन्त्री होते तो देश की दिशा कुछ और होती। वे गाँधीजी का सम्मान करते थे, लेकिन गोडसे से वैसी नफ़रत नहीं करते थे जैसी कई और लोग करते हैं। वे कुल मिलाकर देशभक्त थे। उन्हें लगता था कि आतंकवाद से कोई समझौता नहीं किया जा सकता। इस नाते वे मुसलमानों से भी चिढ़ते थे क्योंकि उन्हें लगता था कि मुसलमान न होते तो आतंकवाद की यह समस्या नहीं होती। मुश्किल यह थी कि जिस दफ़्तर में वे काम करते थे, वह काँग्रेसियों और कम्युनिस्टों से भरा पड़ा था। उनकी यह भी मान्यता थी कि ये कम्युनिस्ट पाखण्डी हैं– ग़रीब की बात करेंगे, सर्वहारा की बात करेंगे, लेकिन बड़ी–बड़ी गाड़ियों में घूमेंगे, एसी वाले घरों में रहेंगे। इनके लिए नारी मुक्ति का मतलब एक्स्ट्रा मैरिटल और प्री–मैरिटल सेक्स को बढ़ावा देना होता है। देखिए, प्रशान्त की सर्वहारा चेतना फिर जाग रही है।

"समझे, आतंकियों ने भारत के दिल पर हमला किया है। सीएसटी में ज़्यादा लोग मरेंगे, लेकिन वह रेलवे स्टेशन है, ग़रीब आते–जाते रहते हैं, उनको कोई नहीं पूछेगा। यहाँ होटल ताज और होटल ओबेरॉय पर हमला असल हमला है। देश के सबसे बड़े लोगों की वह दुनिया है। इसलिए इस बार रिऐक्शन बड़ा होगा।"

प्रशान्त शायद कुछ और भी बोलता, लेकिन तभी रेवा भागी–भागी आयी– "आप लोगों को कुछ आइडिया है? सबा के बारे में कोई ख़बर है?"

प्रशान्त अचानक सन्न रह गया। उसे अब याद आया कि सबा तो मुम्बई गयी है और होटल ताज में ठहरने वाली है। इस बात को परसों ही तो वह बहुत हुलस–हुलस कर बता रही थी। उसने सबा को छेड़ा था, ''अमीरों के होटल में ग़रीबों की बात?'' और सबा ने मुँह चिढ़ाते हुए पलटकर जवाब दिया था, ''पूँजीवादियों की पत्रकारिता और ग़रीबों की कहानी? आप लोगों के लिए ग़रीब लोग बस कच्चा माल हैं– उनकी स्टोरी करो और तरह–तरह की फ़ेलोशिप और अवार्ड ले लो।''

"सबा को कुछ नहीं होगा। उससे तो आतंकी भी डरेंगे", कहते हुए प्रशान्त ने माहौल हल्का करने की कोशिश की थी। सबको मालूम था कि इफ़्तिख़ार और सबा से प्रशान्त सबसे ज़्यादा खुला हुआ है। लेकिन उसके इस मज़ाक़ को साझा करने की जगह रेवा गम्भीर थी– "प्रशान्त सर, लगता है, सबेरे से इफ़्तिख़ार से आपकी बात नहीं हुई है।"

"नहीं।"

"इफ़्तिख़ार सुबह से परेशान है। रात को उसके पास सबा के एसएमएस आते रहे। वह होटल में ही थी। उसके पास ही कहीं गोली चल रही थी। उसने शायद यहाँ तक लिखा कि आतंकवादी उसके बाथरूम तक पहुँच गये हैं। इसके बाद उसका कुछ पता नहीं है।"

प्रशान्त का चेहरा स्याह हो गया था। इफ़्तिख़ार ने उसे बताया क्यों नहीं? उसे ख़याल आया, आज तो सबा और इफ़्तिख़ार ने पार्टी रखी है। गुल दो साल की होने जा रही है। उसे तो पार्टी की भी याद नहीं रही थी। वह सुबह से ऑफ़िस में है। लगातार मुम्बई से आ रही ख़बरों से जूझता हुआ। वह सुबह आठ बजे ही आ गया था।

उसने आगे बात नहीं की, सीधे इफ़्तिख़ार को फ़ोन मिलाया। देर तक घण्टी जाती रही। वह फ़ोन काटने ही वाला था कि अचानक एक थकी हुई आवाज़ ने कहा, "हाँ प्रशान्त सर।"

"तुम कहाँ हो इफ़्तिख़ार? मुझे फ़ोन भी नहीं किया।"

"मौक़ा ही नहीं मिला। रात से ही बहुत परेशान हूँ।"

"क्या ख़बर है सबा की?"

"कोई ख़बर नहीं। आख़िरी एसएमएस रात 12:54 का है। उसके बाद फ़ोन करो तो टूँ–टूँ की आवाज़ होती है, कट जाता है।"

"हो सकता है, फ़ोन बन्द हो गया हो। उसके कमरे में बिजली नहीं हो, वह चार्ज नहीं कर पायी हो।"

"प्रशान्त सर, मैंने मुम्बई में हर किसी से बात की। पुलिसवालों से। अफ़सरों से। दोस्तों से। जो भी मिला, सबको फ़ोन कर लिया। होटल के स्टाफ़ से भी बात की। कोई कुछ बताने को तैयार नहीं है। बताने की हालत में ही नहीं है। बस इतना बोल रहे हैं कि जल्दी ही आर्मी सबको सुरक्षित निकाल लेगी।"

"तो हो सकता है, शाम तक कोई ख़बर मिले।"

"सर, आपको पता है, उसका आख़िरी एसएमएस क्या था? टेररिस्ट उसके कमरे में हैं। उसने कहा कि मैं याद रखूँ कि वह मुझे बेहद प्यार करती है।" प्रशान्त सुन रहा था और फ़ोन के दूसरी तरफ़ इफ़्तिख़ार के सुबकने की आवाज़ आ रही थी– "सर, ये क्या हो रहा है? हमारी ज़िन्दगी में? कभी हम शक के घेरे में रहते हैं और कभी मारे जाते हैं।"

प्रशान्त को समझ में नहीं आ रहा था, वह क्या कहे। इफ़्तिख़ार का इशारा कुछ दिन पहले बटला हाउस एनकाउंटर की तरफ़ था जहाँ उसकी रिपोर्टिंग पर ढेर सारे सवाल खड़े किये गये थे। समीर पाठक जैसे लोग पीठ पीछे दबी ज़ुबान नहीं, ज़ोर–शोर से बोल रहे थे कि एक मुसलमान को ऐसे मौक़ों पर रिपोर्टिंग के लिए नहीं जाना चाहिए।

"गुल अभी कहाँ है इफ़्तिख़ार?"

"इफ़्तिख़ार की आवाज़ कुछ और रुलाई के पास पहुँच गयी– "यहीं है अपनी नानी के पास। पता नहीं, गुल का क्या होगा?"

प्रशान्त के पास कोई जवाब नहीं था। इफ़्तिख़ार उधर से बोल रहा था– "प्रशान्त सर, मैं क्या करूँ? वह मेरी ही वजह से

मुम्बई गयी थी। आपको तो पता ही है। मैं सबकुछ सुधारना चाहता था, दुरुस्त करना चाहता था। मैं उससे बैठकर बात करता। यक़ीन दिलाता। लेकिन अब?"

फ़ोन के उस पार की रुलाई हिचकियों में बदल गयी थी और फ़ोन कट गया था। प्रशान्त ने गहरी साँस ली। दोनों के बीच झगड़ा उसने भी सुलझाने की कोशिश की थी। काश कि उसने सबा को रोका होता।

ये मुम्बई अटैक– प्रशान्त को फिर ख़याल आया– उसकी आँच में उसका न्यूज़रूम भी झुलसा हुआ है। रात एक बच्चा लापता हो गया। अब एक माँ के ग़ायब होने की ख़बर मिल रही है।

या दोनों साथ–साथ घटे थे। ख़बर बाद में मिली। त्रासदियों के इस फैलाव पर क्या कोई सोचता भी है? प्रशान्त ने नम आँखों से सोचा और फिर सोचना झटककर मुम्बई की ख़बरें जुटाने में लग गया। अलग–अलग टीवी चैनलों पर मुम्बई के विजुअल्स के अलावा नेताओं के बयान भी जारी थे– संकट और ख़तरे की इस घड़ी में हम साथ हैं। यह राजनीति का नहीं, देश को बचाने का समय है।

प्रशान्त का मन हुआ– वह सारे टीवी चैनल बन्द कर दे, एक बम अपने न्यूज़रूम में भी लगा दे, लेकिन वह एक पत्रकार था, किसी फ़िदाईन दस्ते का सदस्य नहीं।

लेकिन फ़िदाईन दस्ते का एक सदस्य एक टीवी चैनल पर था।

## वह बोल रहा था, सब सुन रहे थे, वह रोती हुई चली गयी

'असली ख़बर' के न्यूज़रूम में सबकी नज़र 'भारत टीवी' पर टिकी हुई थी। वहाँ नरीमन हाउस में घुसे बैठे एक आतंकी का फ़ोनो चल रहा था। वह हिन्दी बोल रहा था, लेकिन लहजा उसका अलग था। समझना मुश्किल नहीं था कि इन आतंकियों को

हथियारों की ही ट्रेनिंग नहीं दी गयी है, उसके पहले उनका पूरा डॉक्ट्रिनेशन हुआ है। वह बड़ी ठण्डी आवाज़ में बोल रहा था, "हम सबक सिखाने आये हैं, डराने नहीं आये हैं, ऐसी बात नहीं है। हम आपको हुकूमत की दोहरी पॉलिसी बताना चाहते हैं। मुसलमानों को दोनों तरफ़ से घेरा जाता है। मस्जिदों में ब्लास्ट होता है, मुसलमानों को ही फिर पकड़ा जाता है।'

यह लम्बा इंटरव्यू था। वह हर सवाल के जवाब में मुसलमानों का हवाला दे रहा था– 'आप कैसी बात करते हैं। देखा नहीं आपने। बाबरी मस्जिद को अब तक किसी ग़ैरतमन्द मुसलमान का इन्तज़ार है।'

"ये तो बहुत जानता है सर। साला एटीएस और सच्चर कमिटी तक की बात कर रहा है।" विमल ने प्रशान्त से हँसते हुए कहा।

समीर पाठक ऐसी बहस में पीछे कैसे रहते, ''देखिए सर, शोषित–पीड़ित जनों की भाषा बोल रहा है। आन्दोलनकारी है बेचारा, आतंकवादी थोड़े है। साला मानवाधिकार की बात कर रहा है। वो भी जलते हुए ताज के बैकग्राउंड में।''

प्रशान्त चुप रहा। उसके भीतर यह सवाल उठ रहा था कि क्या किसी आतंकवादी से ऐसी सीधी बातचीत दिखानी चाहिए? ख़बरों का जो व्यावहारिक व्याकरण उसने दुनिया से हासिल किया था, उसके मुताबिक़ तो पत्रकार का काम हर ख़बर दिखाना है– उसके नतीजों से बेपरवाह। लेकिन क्या हर घटना, हर बात, हर बयान को ख़बर माना जा सकता है? क्या यह आतंकी जो कुछ बोल रहा है, उसे एक परिप्रेक्ष्य में देखने की ज़रूरत नहीं है? क्या यह सीधे–सीधे मुसलमानों के ख़िलाफ़ नहीं जा रहा है?

ख़ुद को इमरान बता रहा ये शख़्स अब गुजरात का हवाला दे रहा था, अहमदाबाद और दूसरे शहरों की याद दिला रहा था। समीर पाठक क्षणभर को उत्तेजित हुए– "साला छह साल पुराना गुजरात याद कर रहा है। मोदी वहाँ से दो बार चुनकर आ गये। दुनिया बोल

रही है कि गुजरात में बहुत विकास हुआ है। और इन लोगों को गुजरात और अहमदाबाद में ख़ून दिखता है।"

प्रशान्त ने ठण्डी साँस ली। यह मसाला तैयार तो हमने ही किया है। अगर यह बातचीत लम्बी चली तो पता नहीं, भारत के सामाजिक परिधान को कहाँ–कहाँ तार–तार करेगी।

"आने दीजिए सर, आने दीजिए, मोदी को दिल्ली आने दीजिए। तब ऊ बतायेगा कि आतंकवाद से कैसे निबटते हैं।" समीर अपनी उत्तेजना पर कुछ क़ाबू पा रहे थे।

"भूल जाइए समीरजी कि मोदी दिल्ली आ रहा है। बीजेपी के दिन अब लद गये। अब मन्दिर–मस्जिद के झगड़े पर वोट नहीं मिलेगा। वैसे बीजेपी ही मोदी को दिल्ली नहीं आने देगी।" प्रशान्त से रहा नहीं गया तो उसने कह दिया।

"आयेगा सर आयेगा। जो उसको आने नहीं देगा, उसको हटा के आयेगा। और इस बार विकास के नाम पर आयेगा।" समीर की आवाज़ जैसे भरोसे से छलक रही थी।

'भारत टीवी' पर आतंकवादी का इंटरव्यू जारी था। ऐंकर उससे सवाल पर सवाल पूछने में लगे थे, लेकिन वह कुछ सुन नहीं रहा था, न उनकी बात का जवाब दे रहा था। बस वह बोले जा रहा था– 'ऐसे ही हम मर रहे हैं। हमारे मुसलमानों को मारा जा रहा है। जब हम हक़ की लड़ाई लड़ते हैं तो आप इसे दहशतगर्दी बताते हैं। हमारे मुसलमानों को तबाह और बर्बाद करने के लिए...ख़ून की होली खेलने के लिए...इजराइल से आते हैं...। ये मत समझिए कि...। हमें जीना आता है, हमें अपना हक़ छीनना आता है।'

समीर पाठक पूरा रस ले रहे थे, "देखिए सर, कम्युनिस्टों की भाषा बोल रहा है। हक़ की बात, जीने की बात– आप तो सपोर्ट कीजिए।" फिर उन्हें लगा कि बात हद से आगे न निकल जाये। इसलिए उन्होंने फ़ौरन जोड़ा, "वैसे ई तो मानिएगा सर कि भारत टीवी कमाल कर दिया। बिल्डिंग में घुसे आतंकवादी तक पहुँच गया। उससे बात कर रहा है।"

प्रशान्त ने अब कुछ हँसने की कोशिश करते हुए कहा, ''समीरजी, ये टेररिस्ट तो आपके टीवी ऐंकरों से ज़्यादा सयाना साबित हो रहा है।''

"कैसे सर?"

'वो ऐसे कि वह ऐंकरों की किसी बात का जवाब नहीं दे रहा है। जैसे एक भाषण जो उसने सुना है, उसे तोते की तरह दुहराये जा रहा है। उसे नहीं मालूम कि पाकिस्तान के मुसलमानों की हालत भारत के मुसलमानों से बेहतर नहीं है। उसे नहीं मालूम कि मुसलमानों की बदहाली की जिस रिपोर्ट का वो हवाला दे रहा है, वो राजेन्द्र सच्चर ने बनायी है। उसे बस इतना मालूम है कि मुसलमान भारत में मारे जा रहे हैं और वह बोले जा रहा है। ऐंकर जानना चाह रहे हैं, वह कहाँ से आया है। वह इसका कोई जवाब ही नहीं दे रहा। उसने बहुत चालाकी से अपने बारे में कोई ख़बर नहीं बतायी। भारत टीवी को अपना भोंपू बना लिया, अपनी बात दुनियाभर में पहुँचाने के लिए।"

"लेकिन ई तो देखिए सर कि 'भारत टीवी' को टीआरपी कितना मिलेगा। अभी सब लोग कुछ और नहीं देख रहा होगा। बस इसी पर नज़र गड़ाये होगा। भारत टीवी इस खेल को ख़ूब समझता है। बाक़ी बात बेकार है। याद है, दो साल पहले प्रिंस जब गड्ढा में गिरा था और जी न्यूज़ उसके पीछे खड़ा हो गया था, तब उस हफ़्ते वो टीआरपी में चौथे से पहले नम्बर पर चला आया था।"

'लेकिन इस बार वैसा नहीं होगा,' विमल बोल रहा था, "देखिए, मुम्बई अटैक अपने–आप में बहुत बड़ा है। इसमें जितना ड्रामा है, उसमें सब टीआरपी बाँटेंगे। एक इंटरव्यू से थोड़े कुछ होगा। और प्रिंस के बाद बहुत बच्चा लोग बोरिंग में गिरा था। लेकिन वो हाइप नहीं बना न। टाइम–टाइम की बात होती है।"

यह टीआरपी का खेल दिमाग़ से निकलता ही नहीं है। प्रशान्त सोच रहा था। दो दिन से वे लोग जो कुछ दिखा रहे हैं, उसमें ख़बर कम, टीआरपी का तमाशा ज़्यादा है। अभी तक पता नहीं चला है

कि कितने आतंकवादी मुम्बई में कहाँ–कहाँ घुसे हैं। कोई आठ बता रहा है, कोई दस, कोई बारह–चौदह तक। कम–से–कम चार ग्रुप तो दिख ही रहे हैं– एक ताज में, एक ओबेरॉय में, एक नरीमन हाउस में, और एक ग्रुप जो लियोपोल्ड कैफ़े से निकला, कामा अस्पताल, सीएसटी में तबाही मचाता हुआ, गिरगाम चौपाटी तक चला गया। कमाल ये है कि एक आतंकवादी पकड़ा गया है।

लेकिन टीवी चैनलों को बस हेलीकॉप्टर दिखाना है, कमांडो जवान उतरते हुए दिखाने हैं– ये सब अट्रैक्टिव विजुअल हैं, इनसे पब्लिक चिपकी रहती है। इतनी बड़ी घटना है, लेकिन हम लोग सनसनी से आगे नहीं जा रहे हैं। लानत है।

भारत टीवी पर टेररिस्ट का फ़ोनो ख़त्म हो चुका था। अब ऐंकर ज़ोर–शोर से बता रहे थे कि कैसे उनके रिपोर्टर्स ने ये एक्सक्लूसिव बातचीत करायी है। मुम्बई जैसे त्रासदी नहीं, एक तमाशा थी और ये दोनों जोकरों की तरह उसमें अपना किरदार अदा कर रहे थे।

विमल ने जैसे प्रशान्त की ख़ामोशी में उनका मन पढ़ लिया था, "सच में हम लोग जैसे तमाशा ही करते हैं न सर। इस तरह टीवी पर आतंकवादी का फ़ोनो दिखाना जायज़ है? हम तो मानते हैं कि होटल ताज के सामने से रिपोर्टर भी हटा लेना चाहिए। इससे किसी को न्यूज़ नहीं मिल रही है। अगर हो रही है तो आतंकवादियों की मदद हो रही है।"

प्रशान्त ने लगभग सहमति में सिर हिलाया। हालाँकि वह इस बात से पूरी तरह सहमत नहीं था कि आतंकवादियों को कोई मदद मिल रही होगी। एक तो वे लोग पन्द्रह मिनट की देरी से फुटेज दिखा रहे हैं। दूसरे एक ही दृश्य के बार–बार रिपीट होने से दर्शकों को ठीक से समझ में नहीं आता है तो आतंकवादियों को क्या पता चल रहा होगा। लेकिन वह जानता था कि इसकी आलोचना होगी। बताया जायेगा कि पाकिस्तान में बैठे आतंकियों के आका टीवी पर देख–देखकर उन्हें जानकारी दे रहे थे।

हो सकता है, वे ऐसा कर रहे हों। कम–से–कम टीवी फुटेज से ये मोटा अन्दाज़ा तो मिल ही जाता है कि कितने हेलीकॉप्टर या जवान किसी बिल्डिंग को घेरे हुए हैं। कुल मिलाकर यह एक वाहियात काम है।

लेकिन हम तमाम लोग इस वाहियात काम में क्यों लगे हुए हैं, प्रशान्त ने मन–ही–मन सोचा। शायद इसलिए कि दूसरे काम ज़्यादा वाहियात हैं? क्या एक प्रोफ़ेसर, इंजीनियर, डॉक्टर या ऐसी कोई भी मध्यवर्गीय ख़ुशहाल ज़िन्दगी जीकर वह ज़्यादा ख़ुश नहीं रहता?

शायद नहीं। उसने ख़ुद से उत्तर दिया। वह पत्रकारिता के लिए ही बना था। ख़ूब लिखना, हर विषय पर लिखना, अपने आसपास की तात्कालिकता से प्रभावित होना उसका स्वभाव रहा है। ठीक है, इस पेशे में कई बार समझौते करने पड़े– लेकिन वे समझौते ऐसे गर्हित या भ्रष्ट नहीं रहे जो दूसरे पेशों में दिखायी पड़ते हैं।

अचानक उसका ध्यान गया, उसके पीछे रेवा खड़ी है– "क्या है रेवा?"

"सर, तबीयत ठीक नहीं लग रही है', इस तरह सिर झुकाकर रेवा पहले तो कभी बात नहीं करती रही थी।

"अरे, तुम सुबह से हो न। शायद उसी का स्ट्रेस होगा। चाहो तो थोड़ी देर कहीं बैठकर आराम कर लो। आँख मूँदकर पड़ी रहो, अच्छा लगेगा। कॉफ़ी मँगवा दूँ?"

"नहीं सर, मैं घर जाना चाह रही हूँ। माथा बुरी तरह पकड़े हुए है।"

"अरे, दो घण्टे पहले तक तो तुम ठीक थी। चलो निकलो। कैसे जाओगी? ख़ुद ड्राइव कर पाओगी?"

रेवा ने जवाब देने की जगह सिर हिलाया।

"तबीयत ज़्यादा ख़राब है क्या रेवा? तुम अकेले मत जाओ, मैं बोलता हूँ, वैशाली तुम्हारे साथ चली जायेगी।"

"नहीं सर," बोलते–बोलते रेवा की आँखों में आँसू आ गये, ''मैं निकल जाऊँगी। मैं जा रही हूँ।'' वह लगभग दौड़ती हुई–सी निकल गयी।

एक ही झटके में प्रशान्त को माजरा समझ में आ गया। उसकी तबीयत को कुछ नहीं हुआ है। यह सबा के ग़ायब होने की ख़बर है जो रेवा को खाये जा रही है।

क्या रेवा को पता है कि उन्हें भी इसके बारे में कुछ पता है? किस जंजाल में फँस गयी यह लड़की।

प्रशान्त ने ठण्डी साँस ली और फिर डेस्क पर पहुँचकर वैशाली से कहा, रेवा निकल गयी है, उसका बुलेटिन तुम सँभाल लेना।

## वह गुनहगार की तरह सबके बीच खड़ी थी

वसुन्धरा पहुँचते–पहुँचते शीला को सात बज गये थे। रास्ते में चार बार उसके पास फ़ोन आ गया था। दो बार ठेकेदार का, और दो बार किसी पुलिसवाले का। वह बार–बार एक ही बात पूछ रहा था– कितनी देर में पहुँच रही है तू? बच्चा तेरे पास है न?

शीला ने बताने–समझाने की कोशिश की थी– कि बच्चा उसके पास नहीं है। एक मैम रात को ले गयी थीं। फ़ोन पर समझाना आसान काम नहीं था। वह भी किसी पुलिसवाले को। फिर भी वह कोशिश करती रही– 'मतलब गाड़ी से उतरने के बाद नहीं, उतरने के पहले ही। ...क्या?...हमको घर लौटना था, इसलिए ले लिए थे...सबको बताये थे...कोई देखने वाला नहीं था...हमको घर लौटना ज़रूरी था...सुबह भागे नहीं थे...बता रहे हैं न, झगड़ा हुआ था...बस पहुँचते हैं। घर नहीं जायेंगे, सीधे थाना आयेंगे। हाँ, हाँ।'

वह बुरी तरह घबराई हुई थी। तीनों बच्चे उसको देखकर फिर रोने लगे थे। डर से ज़्यादा शायद यह भूख और थकान का भी असर था। पास के केले ख़त्म हो चुके थे। गाड़ी एक स्टेशन पर रुकी तो उसने इनके लिए पूड़ी सब्ज़ी के तीन पैकेट ख़रीदे। ख़ुद उसका खाने का मन नहीं हुआ। बच्चे उसे कुछ शिकायती निगाह से भी देख रहे थे। रात को देर से आयी। सुबह उठाकर सीधे ट्रेन में ले आयी।

और अब आधे रास्ते से लौटाकर घर ले जा रही है। घर में बाबा फिर पीटेगा। वे अपने पिता को बाबा ही बोलते थे। हालाँकि कई बार उसने कोशिश की थी कि इनसे पापा बुलवाये। लेकिन उसकी मज़दूर वाली धज पर वह पापा! सूट नहीं करता था, ये बच्चे भी समझते थे और पिता भी।

स्टेशन पर उतरकर एक बस से आनन्द विहार और फिर वहाँ से दूसरी बस से वसुन्धरा। वसुन्धरा से सीधे थाने। बुरी तरह नींद, भूख और थकान के बावजूद शीला पूरी तेज़ी से चल रही थी। पीछे–पीछे बच्चे घिसटते हुए चल रहे थे। सबके कन्धे पर बोझ। दूसरा समय होता तो शीला दो घड़ी रुक जाती। बच्चों को कहीं कुछ खिला–पिला देती। लेकिन आज नहीं। आज उसे तुरन्त घर पहुँचना है। घर नहीं थाने। वह लगभग नीम बेहोशी में दौड़ती–सी वहाँ पहुँची थी। पीछे–पीछे बच्चे भी।

एक हवलदार उसे एसआई के पास ले गया। एसआई सुमेर सिंह बुरी तरह भन्नाया हुआ था। सुबह से साला फ़ोन पर फ़ोन आ रहा है। एसपी, सीनियर एसपी, आईजी– सब पता कर रहे हैं। दो साल का बच्चा ऐसी मैली–कुचैली, ग़रीब घरों वाली औरतों के सहारे छोड़कर ये रईस लड़कियाँ नौकरी करती हैं और झेलना पुलिसवालों को पड़ता है। यह झल्लाहट वह पहले रग्घू पर निकाल चुका था। उसकी उसने तीन बार कुटाई की थी। उसे समझ में आ गया था कि रग्घू ठीक बोल रहा है, कि उसकी बीवी कोई बच्चा लेकर अपने घर नहीं आयी थी। लेकिन इससे भी उसकी झल्लाहट बढ़ गयी थी। ये बहुत आसान–सा लगता केस क्रैक करके कहाँ वह सबकी वाहवाही लेने की सोच रहा था और कहाँ बच्चा ही ग़ायब है। औरत आसनसोल भाग रही थी।

शीला को देखते ही वह दाँत पीसता हुआ बढ़ा। शीला के मुँह से एक घुटी हुई चीख़–सी निकली। तीनों बच्चे इतनी बुरी तरह सहम गये कि रोने की भी उनकी हिम्मत नहीं पड़ी। लेकिन सुमेर सिंह को अचानक याद आ गया कि मामला मीडिया वालों का है। जब उसने

रग्घू को पहली बार एक थप्पड़ लगाया था तो उसे कितनी बात सुननी पड़ी थी। उसने अपने ग़ुस्से को चीख़–चिल्लाहट में बदला– 'मेला लगा रखा है। बच्चों को लेकर पहुँच गयी है। जो असली बच्चा है, उसको तो ग़ायब कर दिया है।' उसने दायें–बायें देखा, कहाँ गयी वह महिला कांस्टेबल जिसको रोक रखा था। पता नहीं, अभी वह कहाँ निकल गयी, वरना उससे दो–तीन थप्पड़ लगवाता ज़ोर से। बहरहाल उसने हवलदार को कहा कि वह रग्घू को लेकर आये।

शीला सहमी–सहमी सब देख रही थी। बच्चे बिल्कुल इस तरह दुबके हुए थे जैसे उसकी साड़ी से हमेशा से चिपके हुए हों। अँधेरे से गलियारे से उसने किसी को लँगड़ाकर आते हुए देखा। वह पास आया तो शीला वाक़ई चीख़ पड़ी।

यह रग्घू था–या रग्घू का तुड़ा–मुड़ा चेहरा और जिस्म। दोनों आँखें सूजी हुई थीं। एक तरफ़ होंठ कटा हुआ था। एक तरफ़ सिर के बाल जैसे उखाड़ लिए गये हों। पेट, पीठ, हाथ सब जैसे लाल–नीली धारियों से रँग दिये गये हों। यह काँपता हुआ रग्घू तो बिल्कुल पहचान में नहीं आ रहा था। शीला उसे देखकर रोने लगी। उसने छोड़कर जाना चाहा लेकिन एक ज़ोरदार डाँट ने जैसे पाँव पर ज़ंजीर डाल दी– जाती कहाँ है, तेरा और तेरे बच्चों का भी यही हाल कर देंगे। क्या समझ रखा है। बच्चा ग़ायब करना बिस्कुट ग़ायब करने जैसा है? तू तो जेल में सड़ेगी।

शीला अब वाक़ई फूट–फूटकर रो रही थी। अपने किसी डर से नहीं, रग्घू की इस हालत से। ठीक है कि बीती रात रग्घू ने उसके साथ मारपीट की थी, लेकिन यहाँ तो बिल्कुल जानवर की तरह उसे पीटा गया है। जैसे वह आदमी है ही नहीं। वह भी बेक़सूर। उसे तो बच्चे का कुछ पता ही नहीं है। यह भी नहीं मालूम था कि वह बच्चा अपने साथ लेकर चली है।

"उनको छोड़ दीजिए, उनको तो कुछ पता नहीं है, वो तो बिल्कुल बेक़सूर हैं," वह सुमेर सिंह के पैर पड़कर बिल्कुल गिड़गिड़ा रही थी और बच्चे भी हाँव–हाँव करते रोने लगे थे।

सुमेर सिंह कुछ बोलता, तब तक पीछे से किसी औरत के हाथ ने उसे खींचा। यह वह कांस्टेबल थी जिसे सुमेर सिंह ने उससे निबटने के लिए तैनात रखा था। वह उसके बाल पकड़े हुए थी, ''तो किसका क़सूर है। कौन बच्चे को ले भागा?''

तब तक एक हवलदार बताने आया कि सुमेर सिंह के पास एसपी का फ़ोन आया है। "जी–जी सर, हाँ, जा रहे हैं सर। पता कर रहे हैं। हाँ, ई औरत तो आ गयी है। लेकिन बदजात कुछ बताने को तैयार नहीं है। उसके पति से भी इंटरोगेशन किये। हाँ, थोड़ा–बहुत सर, थोड़ा–बहुत। लेकिन छोड़ देंगे।"

वह दुबारा सीन में लौटा तब तक सीन रुका हुआ था। उसने कांस्टेबल को इशारा किया कि अब उसे छोड़ दे। फिर वह शीला से मुख़ातिब हुआ, ''सुन तू बोल रही है न– कोई और ले गया है बच्चे को। कौन ले गया है, बता।''

"सर, नाम नहीं जानते हैं, लेकिन ऑफ़िस में ही काम करती हैं। हम तुरन्त पहचान लेंगे। गाड़ी का ड्राइवर भी देखा है ले जाते हुए।" सब–इंस्पेक्टर ने सिर हिलाया। एसपी साहब ने उसे यही कहा था– इन लोगों से ज़्यादा सख़्ती की ज़रूरत नहीं है। वैसे भी बच्चा ग़फ़लत में किसी के पास होगा। मीडिया वालों का मामला है। कब कहाँ ह्यूमन राइट का इश्यू बन जाये, आजकल कोई नहीं जानता है। हाँ, शीला को साथ ले जाकर वह ऑफ़िस में ज़रूर उस दूसरी औरत को खोजे।

सब–इंस्पेक्टर ने गाड़ी निकालने का आदेश दिया। हवलदार फिर रग्घू को हाजत में बन्द करने जा रहा था। शीला फिर गिड़गिड़ाने लगी– "इनको जाने दीजिए। इनका कोई ग़लती नहीं है।" सब–इंस्पेक्टर ने एक उड़ती हुई नज़र रग्घू पर डाली, हवलदार को इशारा किया, जाने दे। हवलदार ने रग्घू का पकड़ा हुआ कॉलर छोड़ दिया। रग्घू को सीधा खड़ा होने में मुश्किल हो रही थी। लेकिन वह आगे बढ़ा और उसने बच्चों का हाथ थामा। कहना मुश्किल है, वह अपने लिए सहारा ले रहा था या इन बच्चों को सहारा देने की कोशिश कर रहा था। शीला पुलिस की जीप में बैठने से पहले

झपटती हुई–सी आयी– "घर ले जाइए बच्चा लोग को। हम जल्दी आ जायेंगे।" फिर वह रग्घू की आँखें देखकर चुप हो गयी। इन आँखों में डर था, दर्द था, ग़ुस्सा था, चिड़चिड़ाहट थी, रूखापन था– या सब मिला–जुला था, शीला को कुछ समझ में नहीं आया। बस वह यही समझ पायी कि इस दिक्क़त से उबरने के बाद भी उसकी दिक्क़त कम नहीं होगी। रग्घू की जो बेइज़्ज़ती और पिटाई हुई है, उसका बदला वह उसी से लेगा। और अब नौकरी तो करने नहीं देगा। लेकिन वह ख़ुद ऐसी नौकरी से कान पकड़ती है। दूसरा का बच्चा खेलाओ, उसके लिए अपना बच्चा को भूल जाओ और फिर चोर कहाओ। उसे फिर रोना आया– ग़रीब लोग के साथ ये होता है। किसी बड़े आदमी को छूने की हिम्मत नहीं होती।

"जल्दी कर," पुलिसवाले की कर्कश आवाज़ सुनकर शीला गाड़ी में बैठ गयी। बैठते समय कुछ महसूस नहीं हुआ, लेकिन बैठने के बाद अचानक वह सहम गयी। गाड़ी में वह ज़्यादा बार नहीं बैठी थी। जब क्रेच की नौकरी की तो रात को लौटते हुए पहली बार जीवन में कार में बैठी थी। दिल धकधक कर रहा था। कार में बैठने की जितनी ख़ुशी हुई थीं, उतनी ही कार से उतरने की हुई थी। 10 बजे रात को उसका पूरा मुहल्ला देख रहा था, एक बड़ी–सी गाड़ी से वह अकेली उतरी है। वह नौकरी करने जा रही है, यह बात छुपी हुई नहीं थी, लेकिन यह इतनी बड़ी नौकरी है, यह किसी ने नहीं सोचा था। क्रेच की नौकरी की वह थरथराती हुई ख़ुशी धीरे–धीरे रोज़ का क़िस्सा बन गयी। लेकिन कम्पनी की इस सुविधा का बखान उसने पता नहीं किस–किस से किया था। आसनसोल तक ख़बर पहुँच गयी थी। अब उसे गाड़ी में बैठने में डर नहीं लगता था। लेकिन यह पहली बार था, जब वह पुलिस की गाड़ी में बैठी थी। उसके अगल–बगल बस पुलिसवाले थे। सब कर्कश आवाज़ में एक–दूसरे से बात कर रहे थें। बीच–बीच में गाली भी। और वायरलेस से लगातार कटी–फटी आवाज़ आ रही थी। उसे अचानक वे बहुत सारे क़िस्से याद आ गये, जब पुलिसवाले औरतों के साथ गन्दा काम

करते हैं– थाने में बलात्कार जैसा। राहत की बात बस यही थी कि गाड़ी में एक लड़की पुलिसवाली भी बैठी हुई है। वह तो अपनी आँख के आगे ऐसा कुछ नहीं होने देगी। उसे ख़याल आया, अच्छा हुआ। मुहल्ले से पुलिस उठाकर नहीं ले गयी, नहीं तो बहुत बदनामी होती। लेकिन रग्घू को तो ऐसे ही ले गयी होगी, उसने सोचा और उसका कलेजा मुँह को आ गया। रग्घू का घायल चेहरा फिर उसकी आँखों के आगे घूमने लगा था। क्या उसे मारते हुए ले गये होंगे? इसके आगे वह कुछ सोच नहीं सकी।

पुलिस की गाड़ी आठ बजे के आसपास चैनल 'असली ख़बर' के अहाते में घुसी। अहाते में इतनी गाड़ियों के बीच आती एक और गाड़ी की तरफ़ किसी ने ध्यान नहीं दिया। पुलिसवाले उतरे तब भी लोगों को लगा कि चैनल में कोई वीआईपी आया होगा। लेकिन जब गाड़ी से शीला उतरी तो अचानक तीन–चार गार्ड भागे–भागे आये– "कहाँ हैं जी आप। सुबह से खोजाई हो रहा है। आप ले गयी थीं न सुलभा मैम का बच्चा।" ये वही गार्ड लोग थे जो कल उस पर ही ही कर रहे थे कि दूसरा का बच्चा को लेकर इतना परेशान है।

पुलिसवालों ने उतरते ही आदतन जैसे पोज़ीशन ले ली। लेकिन किसी पर असर पड़ता न देखकर वे सहज हो गये। उन्हीं में एक ने गार्ड से कहा, ''हेड को बुलाइए।'' हेड को बुलाने की ज़रूरत नहीं थी। वह दौड़ा–दौड़ा चला आया था, ''कुछ पता चला?''

सब–इंस्पेक्टर सुमेर सिंह का मन हुआ कि उसे गाली दे। इन्हीं लोगों की लापरवाही के चलते बच्चा भुला गया है और ये अब पूछ रहे हैं कुछ हुआ। लेकिन मीठे बनकर बोले, ''अरे, आप लोग का मदद रहेगा तो बच्चा मिल जायेगा। उसको तो हम पकड़ लिए हैं जो बच्चा ले गयी है। आसनसोल भाग रही थी। बीच में उतरवा लिए।''

सब–इंस्पेक्टर के इस सरासर झूठ के बावजूद घिघियाती हुई शीला का ध्यान अपने ऊपर लगे इल्जाम पर ज्यादा था– "न, न, बच्चा हम नहीं ले गये हैं। ड्राइवर साहब से पूछिए, ऊ बता देंगे। हमसे एक ठो मैडम गाड़िए में बच्चा ले ली थीं।'

यहाँ भी पूछने की ज़रूरत नहीं पड़ी। ड्राइवर श्याम दौड़ा–दौड़ा आया– “अरे, तुमको बोले थे, नाम पूछ लो, कौन मैडम ले गयी हैं। तुम नाम भी नहीं पूछीं। अब उनका पता ही नहीं चल रहा है।”

“मतलब?” ड्राइवर श्याम को देख शीला को कुछ राहत मिली थी।

“मतलब पूरे ऑफ़िस में उनका पता नहीं चल रहा है।”

“दोनों मिली होंगी।” सुमेर सिंह ने नतीजा निकालने में देरी नहीं की।

श्याम ने हिम्मत दिखायी– नहीं, नहीं ऐसा नहीं है। हम देखे थे। ये बार–बार बच्चा को पहुँचाने ऑफ़िस जा रही थीं, लेकिन कोई लेने वाला नहीं था। ऑफ़िस की ही मैम होंगी। नहीं तो गाड़ी में कैसे बैठ जातीं।

अगला सवाल बहुत साफ़ था। कल रात दस बजे के ड्रॉप में गाड़ी में कौन–कौन बैठा था। सुमेर सिंह के पूछने से पहले एक गार्ड रजिस्टर लेकर आ पहुँचा– “कल एक नम्बर के रूट में...”

“ये एक नम्बर का रूट क्या है?” सुमेर सिंह ने टोकते हुए कुछ रुखाई से पूछा। उनको ये मलाल बार–बार घेर रहा था कि एक पुलिसवाले को जितना भाव देना चाहिए उतना ये टीवी चैनल वाले नहीं दे रहे हैं।

“जी, ड्रॉप के लिए अलग–अलग रूट पर गाड़ियाँ जाती हैं। एक नम्बर के रूट पर मयूर विहार, पटपड़गंज, वैशाली, वसुन्धरा या इसके आगे के भी लोग जाते हैं। शीला इसी रूट में बच्चे को लेकर गयी थी।”

“हूँ...।” सुमेर सिंह ने जैसे अपनी लम्बी हूँ से पूरा रूट तय कर लिया। तो बच्चे को भगाने का रूट मालूम हो गया।

“गाड़ी में ड्राइवर के अलावा चार लोग और थे। सबसे आगे राम सिंह बैठा हुआ था। वह मदर डेयरी के पास उतरता है।”

“कहाँ है राम सिंह?”

“जी यहीं पे हूँ।” “असली ख़बर” के बड़े–बड़े रिपोर्टरों के साथ बड़ी–बड़ी जगहों पर जाने वाला राम सिंह चिड़चिड़ाया हुआ था।

उसे ऑफ़िस ने पुलिस के आने तक रुकने को कहा था। वह अब भी यह मानने को तैयार नहीं था कि बच्चा ग़ायब हुआ है। किसी के पास होगा जो देर–सबेर पहुँचा जायेगा। वह अपनी ओर से बोल पड़ा, ''जब तक मैं उतरा तब तक तो बच्चा इसी के पास था। हो सकता है, उसे निधि मैम ले गयी हों या फिर चारु।''

"निधि मैम तो पटपड़गंज उतर गयी थीं।" इस बार श्याम ने कहा। उसके बाद जो वैशाली उतरी, वह बच्चे को ले गयी थी। उसका नाम मैं नहीं जानता। उसे तो एक नम्बर रूट पर देखा भी नहीं।'

"अरे, वह चारु होगी, मेकअप सेक्शन में है। भूली–भटकी–सी रहती है। वही भूल गयी होगी।"

"फ़ोटो होगा तो हम पहचान लेंगे।" हालाँकि शीला ने अँधेरे में देखा था, लेकिन उसे अन्दाज़ा था कि पहचान लेगी।

"फ़ोटो अब कहाँ से ले आयें।" यह बेबसी से ज़्यादा चिड़चिड़ाहट के साथ बोल रहा सुमेर सिंह था जिसे लग रहा था कि इस एक औरत की वजह से ये सारा बखेड़ा खड़ा हुआ है।

"फ़ोटो तो ऑफ़िस के कम्प्यूटर में होगा।"

सब फ्रंट ऑफ़िस पहुँच गये। ऑफ़िस के फ़ाइल पर फ़ोटो निकाली तो शीला को पहचानने में देरी नहीं हुई, "हाँ–हाँ, यही हैं, यही हैं। यही ले गयी थीं बच्चा मुझसे।"

"लेकिन ये तो फ़रीदाबाद में रहती है। वैशाली क्यों चली गयी?"

तब तक फ्रंट ऑफ़िस के पास कई और लोग इकट्ठा हो गये थे। इनमें चारु की दोस्त शीबा भी थी। उसने बताया कि चारु की माँ वैशाली में रहती हैं– "कल देर हो गयी थी तो हो सकता है, माँ के घर चली गयी हो।"

"लेकिन बच्चा ले गयी तो सबेरे ले आती न। आज तो वह आयी होगी न।"

शीबा ने बताया कि आज उसका ऑफ़ था। और बताते–बताते उसे ख़याल आया, कल बहुत अपसेट थी चारु। और अचानक वह चिहुँक गयी। उसे याद आया, कल सुलभा ने उसे डाँटा था,

लेकिन क्या वह यह बात इन लोगों को बताये? सब उसे देख रहे थे। वह भीतर से डर गयी। मामला सुलभा मैम के बेटे का है। उसने धीरे से कहा, "कल चारु को सुलभा मैम ने डाँटा भी था।"

"अरे, डाँटा था तो बच्चा किडनैप कर लेगी?" सुमेर सिंह गरजना चाहता था, लेकिन यहाँ गरज नहीं सकता था। वह बुदबुदाते हुए बोला।

"किडनैप नहीं, ऐसे ही ले गयी होगी।" बोलते–बोलते शीबा चुप हो गयी।

लेकिन अब यह सब सुनने की फ़ुरसत सुमेर सिंह को नहीं थी। उसने बस चारु का एड्रेस माँगा। वैशाली का पता तो नहीं मिला, फ़रीदाबाद का मिल गया। उसने फटाफट नोट किया और बच्चा बरामद करने निकल पड़ा।

फिर उसने शीला पर उड़ती हुई नज़र डाली, साथ खड़े सिपाहियों से कहा, इसको छोड़ देना रे घर तक। और हाँ, इस पर नज़र रखना। बोलते–बोलते उसने शीला को कुछ इस तरह घूरा, जैसे निगाहों से ही उसका पूरा बदन टटोल रहा हो।

शीला सिहर गयी। वह किसी को कुछ कह भी नहीं सकी। बस वह जैसे अपने ही ऑफ़िस में अपराधी की तरह खड़ी थी।

## एक खो गया, दूसरे को खोज रही है माँ

विशाल कमरे में दाख़िल हुआ और सुलभा से उसकी आँख मिली।

एक लम्हे के लिए जैसे एक बहुत बड़ा ज्वार–सा उठा जिसमें आँखों में बहुत सारा कुछ कौंध गया– शिकायत, सवाल, ग़ुस्सा, दर्द, बेबसी, डर, पता नहीं क्या–क्या। जैसे दोनों को एक–दूसरे से बहुत कुछ कहना हो– शिकायत से लेकर सवाल तक, लेकिन कह कोई नहीं पाया। दोनों बस एक–दूसरे से चिपट गये। एक–दूसरे के जिस्म

के भीतर यातना की ऐंठन को महसूस करते हुए, दूसरे के सिहरने में अपना डरना छुपाते हुए। बेहद थके हुए, पूरी तरह लुटे हुए दो लोग, और दोनों के भीतर बिल्कुल एक ही ख़याल था– अभि, अभि, अभि।

सुलभा ने विशाल की बेहद थकी हुई आँखें देखीं। विशाल ने सुलभा का बेनूर चेहरा देखा। धीरे–धीरे सुलभा ने बताया, कैसे बिल्कुल आख़िरी लिंक में जाकर मुम्बई की ख़बर चली आयी, कैसे अफ़रातफ़री मच गयी, कैसे वह सब भूल गयी, कैसे सुबह याद आया, कैसे वह भागती हुई क्रेच पहुँची।

"लेकिन क्रेच बन्द था विशाल, और कोई अभि के बारे में बताने वाला नहीं था।" वह फिर रोने लगी थी, ''सब मेरा क़सूर है, सब मेरा क़सूर है, तुम ठीक कहते हो, नौकरी में ज़्यादा खो गयी हूँ। छोड़ दूँगी नौकरी, बस अभि मिल जाये। मेरा बेटा मिल जाये।''

डबडबाया हुआ विशाल बस सुलभा की पीठ थपथपा रहा था। वह समझ नहीं पा रहा था, क्या कहे। अगर क़सूर है तो सिर्फ़ सुलभा का नहीं है, उसका भी है। उसे क्यों नहीं ख़याल आया कि सुलभा न्यूज़ पढ़ रही है तो बेटे को कौन देख रहा है। वह तो आधी रात के बाद मुम्बई गया था। उसने क्यों नहीं एक बार फ़ोन करके पता किया। दरअसल टीवी की नौकरी ही जानलेवा है। किसी भी दूसरे धन्धे में ऐसी भागदौड़ नहीं होती।

लेकिन यह सब सोचने का समय नहीं था। वह सुलभा को दिलासा दे रहा था– मिल जायेगा अभि। ऑफ़िस में ही किसी के पास होगा। आख़िर सबको मालूम है, वह सुलभा का बच्चा है। अभी तो 24 घण्टे भी नहीं हुए हैं। हम लोग बेकार इतना घबरा रहे हैं।

लेकिन बोलते–बोलते उसका अपना गला भर आने को था। 24 घण्टे में कितनी तरह की ज़रूरतें होती हैं अभि की। हर तीन घण्टे पर उसे भूख लग जाती है। वह दूध पीता है। क्या वह भूखा होगा? क्या उसको पैंट में पॉटी हो गयी होगी तो कोई साफ़ करने वाला होगा? क्या वह रो रहा होगा?

दरअसल यह अभि के ग़ायब होने के डर से ज़्यादा उसके दूर होने की यातना थी जो दोनों को खाये जा रही थी। यह ख़याल कि कौन अभि का ख़याल रख रहा होगा।

"जीजाजी," सुलभा का भाई अरुण कमरे में हिचकता हुआ आया था, "तन्मय आये हुए हैं– आपके दोस्त।"

विशाल ने सिर हिलाया। सुलभा बोली, "ज़रूर तन्मय को पता चल गया होगा।"

दोनों निकले, और ड्राइंग रूम में बैठे तन्मय का चेहरा देखकर जान गये कि अभी तक उसे अभि की पूरी ख़बर नहीं है। विशाल को देख तन्मय खड़ा हो गया था– एक बार लगा कि वह गले मिलने आ रहा है, लेकिन फिर विशाल के कन्धे थपथपाकर रह गया।

"मेरी अभी सुमेर सिंह से बात हुई है।" तन्मय ने कहा और विशाल और सुलभा के चेहरे पर प्रश्न देखकर बोला, "वह पुलिसवाला जो अभि के मामले को देख रहा है। उसका कहना है, अभि शीला के पास नहीं है। उसे ऑफ़िस की ही एक लड़की ले गयी है।"

"कौन?" सुलभा की आवाज़ अचानक उत्तेजना से भर गयी।

"कोई चारु नाम की लड़की काम करती है, तुम्हारे ऑफ़िस में?"

"हाँ", सुलभा को अचानक कल दोपहर का वाक़या याद आ गया। उसे पाँच बजे का बुलेटिन पढ़ना था। वह मेकअप रूम में पहुँची तो कोई मेकअप करने वाला नहीं था। शीबा किसी और के मेकअप में लगी हुई थी। उसने बताया, चारु की दो बजे ड्यूटी है, लेकिन अभी तक आयी नहीं है। तभी चारु हड़बड़ाती हुई घुसी थी और सुलभा ने उसे ग़ुस्से में डाँट भी दिया था। तो क्या चारु उससे बदला ले रही है?

"हाँ, चारु मेकअप में है। थोड़ी अजब–सी है। अपने में भन्नाई रहती है। लेकिन ऐसा तो नहीं करेगी कि अभि को लेकर ग़ायब हो जायेगी।" अभि शीला के पास नहीं, चारु के पास है, इस ख़बर से वैसे सुलभा को थोड़ी–सी राहत भी मिली थी। आख़िर कहीं–न–कहीं उसके भीतर यह ख़याल था कि अगर वह क्रेच वाली औरत अभि को

अपने साथ ले भी गयी होगी तो कहाँ सुला रही होगी, क्या खिला रही होगी।

"कौन है ये चारु?" विशाल ने पूछा। "कोई नयी आयी है?"

"नयी तो नहीं है, दो–तीन साल ज़रूर हो गये होंगे। शादीशुदा है। लेकिन बच्चे नहीं हैं शायद।" सुलभा को याद आया, कभी शीबा ने उसे बताया था कि चारु इस बात से बेहद परेशान है कि वह माँ नहीं बन पा रही।

"कहाँ रहती है वो, चलो चलते हैं उसके घर।" विशाल बिल्कुल जाने को तैयार हो गया।

"मुझे घर नहीं मालूम, लेकिन शीबा से पता चल जायेगा। चलो अभी चलते हैं।"

पति–पत्नी दोनों को इस तरह तैयार देख तन्मय ने टोका, "सुनो, वह फ़रीदाबाद में कहीं रहती है। सुमेर सिंह ने सारी ख़बर जुटा ली है। वैसे हो सकता है, वैशाली में ही हो। यानी तुम्हारे ही इलाक़े में। यहाँ उसकी माँ रहती है। यहीं आ रहा है। वह एड्रेस मैं भी ले लेता हूँ और चलते हैं हम लोग भी।"

सुलभा का दिल ज़ोर से धड़कने लगा। यानी अभि वैशाली में है। इतने पास। वह जल्द ही मिल सकता है। उसे चारु पर बहुत तेज़ ग़ुस्सा आया। एक फ़ोन तो कर सकती थी। फिर उसने सोचा, अगर अभि को उसने ठीक से रखा होगा तो वह ज़िन्दगी भर उसका एहसान मानेगी। आख़िर जब अभि के माँ–बाप अभि को भूल गये तो उसी ने उसका ख़याल रखा। जाने दो, समय पर बता नहीं पायी तो।

तब तक सुलभा की माँ चाय बनाकर ले आयी थीं। साथ में कुछ स्नैक्स भी। उन्हें मालूम था, सुबह से बेटी ने कुछ नहीं खाया है। विशाल भी भूखा ही होगा। चारु के पास बच्चा होने की ख़बर से जो थोड़ी–सी राहत मिली, उसका वह इस्तेमाल कर लेना चाहती थीं।

"तुम लोग पहले चाय पी लो, फिर निकल जाना।" इस अनुरोध में बहुत हल्की–सी याचना भी शामिल थी, जिसके बावजूद सुलभा चिड़चिड़ा गयी, "मम्मी, चाय ज़रूरी नहीं है, अभि ज़रूरी है।"

लेकिन बोलते–बोलते ख़याल आ गया कि चाय भी ज़रूरी है। उसके सामने विशाल का बहुत–बहुत क्लान्त चेहरा था। वह बुरी तरह थका हुआ दिख रहा था। तन्मय भी परेशान था। ख़ुद उसे भी लगा, चाय पीकर निकलते हैं। तब तक तन्मय पुलिसवाले से पता ले लेगा। उसने तुरन्त कहा, ''अच्छा पी लेते हैं चाय।''

चाय के दौरान तन्मय पुलिसवाले से फ़ोन कर पता नोट करता रहा। इधर विशाल के फ़ोन पर एक और घण्टी बजी। विशाल ने नाम देखा– 'प्रशान्त सर हैं।' उसने सुलभा को बताया और फ़ोन उठाया, 'हाँ सर। ...नहीं सर, पता चल जायेगा...क्या...क्या कह रहे हैं आप? नहीं, ऐसा नहीं हो सकता। ओह, नहीं...हाँ बता दूँगा सुलभा को...हाँ, ठीक है सर। करता हूँ फ़ोन।"

फ़ोन काटकर विशाल ने माथा पकड़ लिया। सुलभा, तन्मय, अरुण, सब खड़े हो गये। "क्या हुआ अभि को? क्या बता रहे हैं प्रशान्त सर?" सुलभा फिर रोने–रोने को हो आयी।

विशाल ने धीरे से सिर उठाया, ''अभि को कुछ नहीं हुआ है। सबा को हो गया है। वो कल रात होटल ताज में थी। टेररिस्ट उसके कमरे में घुस गये थे।''

सुलभा सिहर गयी। उसे अचानक याद आया, रात को सबा ने कोई एसएमएस किया था। वह देख भी नहीं पायी थी। उसे लगा था, उसकी ऐंकरिंग पर कुछ कह रही होगी। वह झपटकर उठी और भीतर के कमरे में जाकर चार्ज हो रहा फ़ोन ले आयी। वह पुराने एसएमएस स्क्रॉल कर रही थी, ''विशाल, उसने मुझे एसएमएस किया था– होटल में टेररिस्ट घुस गये हैं। आतंकवादी गोलियाँ चला रहे हैं। ओ गॉड। उसे तो सुबह ही लौटना था। आज तो गुल की पार्टी थी?''

सुबह के बाद यह पहली बार था जब सुलभा ने अभि के अलावा किसी और की बात की थी। तन्मय और विशाल चुप थे। विशाल ने बताया कि प्रशान्त सर बता रहे हैं, सबा के बचने का कोई चांस नहीं है। रात एक बजे के आसपास उसने आख़िरी एसएमएस इफ़्तिख़ार को किया था। उसके बाद से उसके फ़ोन पर कोई रिस्पॉन्स नहीं है।

पुलिसवाले कुछ बताने की हालत में नहीं हैं। जब टेररिस्ट मार दिये जायेंगे तब कुछ पता चल सकेगा।

"अभी तक आतंकवादी ताज में घुसे हुए हैं?" सबेरे से ख़बरों से दूर रही सुलभा को यक़ीन नहीं हो रहा था। "एनएसजी चीफ़ तो बोल रहा था कि तुरन्त कार्रवाई ख़त्म हो जायेगी?"

"उसे मैं जानता हूँ। वह बोलता ज़्यादा है, समझता कम है।" कुछ हिकारत से विशाल ने कहा– हालाँकि उसे कुछ पछतावा–सा हुआ कि इसी एनएसजी चीफ़ ने बीती रात उसे बताया था कि कमांडो मुम्बई भेजे जा रहे हैं।

लेकिन यह राजनीतिक चर्चा का वक़्त नहीं था। सुलभा अब सबा और गुल को लेकर खोयी हुई थी, ''आज ही तो गुल के दो साल पूरे हुए हैं। और अगर सबा नहीं रही तो? गुल कहाँ है अभी?''

विशाल ने बताया कि गुल अपनी नानी के पास है। इफ़्तिख़ार मुम्बई जा रहा है– या चला गया होगा। ये प्रशान्त सर ने बताया है।

लेकिन सुलभा जैसे कुछ सुन नहीं रही थी। उसे अपने साथ लेडी श्रीराम में पढ़ने वाली और पहली नज़र में वह बेढंगी नज़र आने वाली लड़की याद आ रही थी जो ज़ोर–ज़ोर से हँसती थी, दूसरों के गॉसिप में ख़ूब शामिल होती थी, पाँच टाइम नमाज पढ़ती थी लेकिन मुल्लों से चिढ़ती थी, जो हर मामले में बहुत ग़ैर–संजीदा थी– अपने पहले प्रेम के सिवा जिससे धोखा खाने के बाद वह बहुत रोयी थी, जो उससे पहले से 'असली ख़बर' में थी, जिसके भीतर अनायास एक तरह का अलगाव भी पैदा होने लगा था, जिससे कुछ लोग चिढ़ते भी थे, लेकिन जो सुलभा की बड़ी अन्तरंग सहेली बन गयी थी– ये तक बताती हुई कि इफ़्तिख़ार उस पहले प्रेम का क़िस्सा सुनकर कैसे नाराज़ और फिर उदास और फिर चिड़चिड़ा हो गया था। वह लड़कियों को लेकर बदलती दुनिया पर एक सेमिनार में गयी थी– अगले दिन एक जलसे का प्लान करके गयी थी– लेकिन यह बताये बिना गयी थी कि जब वह नहीं लौटेगी तो उसका जलसा कैसे होगा।

"गुल का जन्मदिन मना?" सुलभा के इस सवाल का जवाब न तन्मय ने दिया, न विशाल ने। ख़ुद सुलभा को समझ में आ गया कि यह एक ग़लत सवाल था। अचानक वह भीतर से भर आयी– 'विशाल गुल को हम गोद ले लेंगे। तुम कहते हो न, अभि अकेला बच्चा है। उसे एक बहन मिल जायेगी। विशाल बोलो न, इफ़्तिख़ार हमें दे देगा। वह दूसरी शादी कर ले। गुल को हम पाल लेंगे।"

विशाल चुप था। वह देख रहा था एक माँ को, जिसका अपना बच्चा अभी ग़ायब है, लेकिन जो दूसरे बच्चे को गोद लेने को तैयार है। माँएँ ऐसी होती हैं क्या?

लेकिन तभी तन्मय का फ़ोन बजा। हाँ, हाँ, हूँ, हूँ, देखिएगा, करते हुए तन्मय ने फ़ोन काटा और फिर बताया कि सुमेर सिंह का फ़ोन है, कि चारु वैशाली में अपनी माँ के घर से बच्चे को लिए चार बजे के बाद निकली है, लेकिन फ़रीदाबाद वाले घर में नहीं पहुँची है। वहाँ ताला लगा है। चारु और उसके पति– दोनों के फ़ोन बन्द आ रहे हैं।

## यह रास्ता कहाँ ले जायेगा?

अभि को गोद में लिए और दूसरे हाथ से उसके सामान का बैग पकड़े चारु बहुत एहतियात से सीढ़ियाँ चढ़ी। तीसरी मंज़िल पर बने अपनी माँ के फ्लैट में पहुँचते–पहुँचते वह कुछ हाँफने भी लगी। उफ़, इतनी ऊँचाई पर लोग फ्लैट क्यों लेते हैं? लेकिन जवाब उसे मालूम था। सीलमपुर का तंग मकान बेचकर यहाँ यह फ्लैट लेते हुए पिता ने बताया था कि तीसरी मंज़िल के फ्लैट सस्ते पड़ेंगे। ख़ुद फ़रीदाबाद में उसने ऊपरी मंज़िल का ही फ्लैट लिया है।

ख़ैर, उसने किसी तरह एक हाथ ख़ाली करके घण्टी बजायी। तब तक रात के क़रीब पौने एक बज चुके थे। माँ को मालूम था कि चारु आ रही है। उनींदी–सी उसने दरवाज़ा खोला और चौंक गयी–

"ये किसका बच्चा ले आयी है तू?" "मेरा है", लहराती–सी चारु बोली, फिर संजीदा होकर उसने बताया, ''हमारी ऐंकर है न–सुलभा। वही जो तुम्हें बहुत सुन्दर लगती है। उसी का बेटा है।'' माँ हैरान हुई। अभि गोद में सो गया था। यह गोल–मटोल प्यारा–सा बच्चा। "इसे कहाँ सुला दूँ?" चारु ने पूछा। माँ ने जल्दी से अपने कमरे में उसके लिए जगह बना दी। अभि कुछ कुनमुनाया, लेकिन फिर सो गया। माँ ने मच्छरदानी भी लगा दी। फिर चिन्तित होकर बोली, "लेकिन इसकी माँ है कहाँ?"

"न्यूज़ पढ़ रही है। दुनिया को बता रही है कि मुम्बई पर बहुत बड़ा अटैक हुआ है।"

"हैं...", चारु की माँ कुछ समझ नहीं पायीं।

"न्यूज़ नहीं देखा? मुम्बई पर अटैक हुआ है– टेररिस्ट अटैक।" चारु ने फिर बताया कि किस तरह ये बच्चा क्रेच में था। माँ को परवाह ही नहीं थी और क्रेच चलाने वाली औरत अपने घर ले जा रही थी। 'मुझे लगा कि उसकी झुग्गी में तो बच्चे की रात ही हो जायेगी। इसलिए मैं ले आयी।' चारु की आँखें अजब ढंग से चमक रही थीं।

"सुलभा को बताया है या नहीं? कि तेरे पास है बच्चा?"

"अभी कहाँ बताऊँगी। सबेरे बता दूँगी। आज तो मेरा उससे झगड़ा भी हुआ था।" चारु ने यह नहीं बताया कि झगड़े का मतलब सिर्फ़ उधर से मिली फटकार भर था। उसे याद कर उसका मन कुछ भन्ना गया। उसने तय किया कि सबेरे भी नहीं बतायेगी कि बच्चा उसके पास है। दोपहर बाद कभी बता देगी। कम–से–कम परेशान होने दो उसको। बोल देगी, सबेरे देर तक सोयी रह गयी थी।

लेकिन असल में सबेरे बहुत जल्दी उठ गयी थी चारु। उठ नहीं गयी थी, उठा दी गयी थी। सुबह छह बजे ही बच्चा रोने लगा था। बहुत गहरी नींद में सोयी चारु हड़बड़ाकर उठी। पहले तो वह कुछ समझ नहीं पायी, फिर उसे याद आया कि वह अपने साथ सुलभा के बच्चे को ले आयी है। अभि, हाँ अभि नाम है उसका। उसने फिर उसे पुचकारने की कोशिश की। लेकिन बच्चा चुप नहीं हो रहा था।

उसे समझ में आ गया कि वह भूखा है। वह जल्दी से किचन में पहुँची कि दूध गरम करके दे देगी। लेकिन फ्रिज़ खोला तो पाया कि दूध नहीं था। उसे याद आया, यहाँ तो सात बजे के बाद आयेगा दूध।

अचानक उसे एक और ख़याल आया। एक पल को उसने सोचा, फिर कमरे में पहुँच गयी। उसने आलथी–पालथी मारकर अभि को गोद में लिटाया, फिर बहुत धीरे से अपनी स्कर्ट हटायी। अभि का मुँह अपने वक्ष से लगा दिया। यह एक नया एहसास था। बहुत कोमल–सा। चारु को अपने पुराने प्रेम प्रसंग याद आये। याद आया, जब वह पहली बार किसी के सामने खुली थी। लेकिन यह बिल्कुल अलग तरह का एहसास था। अभि के नन्हे होंठ अपने हिस्से का पोषण खोज रहे थे। इस लम्हे में वह अभि की माँ है। सुलभा पढ़ती रहे न्यूज़। छोड़ दे अपने बेटे को। वह उसे पाल लेगी।

लेकिन दो मिनट बाद अभि फिर रोने लगा। चारु को भी समझ में आ गया कि उसको दूध नहीं आया है। वह कुछ निराश हुई। मगर तब तक उसकी माँ कमरे का दरवाज़ा खटकाती हुई भीतर थी। चारु ने जल्दी से स्कर्ट नीचे करने की कोशिश की, लेकिन माँ ने देख लिया था– "क्या कर रही है तू? इसे अपना दूध पिलाने की कोशिश कर रही है?" वह इससे ज़्यादा बोल नहीं पायीं। सच तो ये है कि वे अपनी बेटी के सनकी स्वभाव से बहुत घबराती थीं। उन्होंने कहा, वे दस मिनट में दूध लेकर आती हैं– 'मदर डेयरी से।' तभी बच्चा चुप होगा।

वे हड़बड़ाई थी हुई सीढ़ियाँ उतरते हुए सोच रही थीं कि चारु आज दिनभर बेहद ख़ुश रहेगी। लेकिन शाम को? जब बच्चा वापस अपनी माँ के पास जायेगा तो? चारु बचपन से अचानक बहुत ख़ुश और अचानक बहुत उदास हो जाने वाली लड़की रही। जैसे एक तिनका छू ले तो वह आकाश पर चढ़ जाये और एक तिनका छूट जाये तो वह पाताल में जा धँसे। उसका पूरा जीवन ख़ुशी और उदासी के इन दो झूलों के बीच झूलता रहा है। उसकी शादी में भी कितनी मुश्किलें आयी थीं। वह 18 बरस की होते–होते प्यार कर बैठी थी।

वह लड़का दूसरी जाति का और सिर्फ़ 19 बरस का था। उसी से शादी की ज़िद ठान बैठी थी। साल भर समझाने के बाद जब वे लोग मान गये तो लड़का नट गया। उसने कहा, उसे अभी शादी करनी ही नहीं है। इन लोगों ने बाद के लिए हामी भराने की कोशिश की तो उसने असली बात खोल दी। साल भर में वह चारु को समझ गया है। ऐसी सनकी लड़की के साथ वह नहीं रह सकेगा।

तब चारु जैसे बिल्कुल आत्महत्या करने पर तुल गयी थी। तीन महीने बीमार रही बच्ची। अगले पाँच साल तक मुँह सुजाये घूमती रही। इस दौरान उन लोगों ने उसकी शादी की कई कोशिशें कीं, लेकिन नाकाम रहे। एक नाकाम प्रेम की बदनामी पूरे मुहल्ले में फैली हुई थी और सबके छुपाने के बावजूद लड़के वालों तक पहुँच जाती थी। उसी के चलते वे लोग सीलमपुर का घर बेच, दिल्ली छोड़कर, ग़ाज़ियाबाद के इस बस रहे मोहल्ले में चले आये। अब तो ठीक है– मॉल–शॉल भी खुल गये हैं। बता रहे हैं कि दो साल में मेट्रो भी चली आयेगी। लेकिन तब इस लड़की की वजह से आना पड़ा था।

आख़िरकार चारु की शादी हो गयी। हालाँकि वे लोग जैसा लड़का चाहते थे, नहीं मिला। वैसे अमित बुरा नहीं है– उसने सिविल इंजीनियरिंग कर रखी है, चारु का ख़याल भी रखता है। लेकिन बहुत पैसे नहीं कमाता। एक छोटे से बिल्डर के यहाँ काम करता है। बताता है कि अगले कुछ साल में नोएडा और ग्रेटर नोएडा की कॉलोनियों के लिए नयी ज़मीन निकलेगी तो बहुत कमाई होगी। हाल–हाल तक उसका बिल्डर घाटे में था। लेकिन अब यूपी में कुछ नेताओं को पटाकर उसने कई प्रोजेक्ट लिए हैं। चारु बता रही थी कि वह एक प्रोजेक्ट अमित को देने की बात भी कर रहा था।

असल में अमित का हाल देखकर उन लोगों ने ही परिवार के लिए कई इन्तज़ाम किये। फ़रीदाबाद का फ्लैट लेने में मदद की। चारु ने ब्यूटीशियन का जो कोर्स किया था, वह भी इसी बीच काम आ गया जब पड़ोस में काम कर रहे 'असली ख़बर' के एक पत्रकार

ने वहाँ उसकी बात करा दी। बस एक ही क़सर रह गयी थी– बच्चे की, जिसने चारु को कुछ और चिड़चिड़ा बना डाला था।

दूध के दो पैकेट सँभाले सीढ़ियाँ चढ़ती हुई चारु की माँ यही सोच रही थीं कि ये लड़की अपने ऑफ़िस में कोई गुल न खिला दे। बच्चे के रोने और चारु के उसे बहलाने की कोशिश की आवाज़ नीचे से ही सुनाई पड़ रही थी। तेज़ी से ऊपर पहुँचकर उन्होंने दूध गर्म किया। फिर असमंजस में पड़ गयीं। याद आया, इसे ठण्डा भी करना होगा। और फिर उसे पिलायेंगी कैसे?

अचानक उनकी नज़र बच्चे के साथ आये बैग पर पड़ी। उन्होंने जल्दी से बैग खोला। दूध की दो–तीन बोतलें मिल गयीं। उन्हें याद आया, इन बोतलों को पानी में खौलाकर ही इस्तेमाल करना होगा। इन सब में आधा घण्टा और लग गया। बच्चा बीच–बीच में चुप होता और रोता जाता।

आख़िरकार सात बजे बच्चे के पेट में दूध गया और उसका रोना ख़त्म हुआ। थोड़ी देर में वह खेलने भी लगा। अगले तीन घण्टे माँ–बेटी इस बच्चे में लगे रहे। बच्चे के धुले हुए कपड़े भी बैग में पड़े थे। चारु की माँ ने मन–ही–मन सोचा, ये सुलभा बच्चे का पूरा ख़याल रखती थी। उसकी ज़रूरत का एक–एक सामान पड़ा है। और तो और, एक फूड चार्ट भी मिल गया जो क्रेच वालों के लिए था। बच्चा माँ को खोज रहा था, लेकिन अब उस तरह नहीं, जैसे हालत सुबह थी।

लेकिन बच्चा माँ को भले न खोज रहा हो, एक माँ बच्चे को खोजने में लगी थी। चारु जैसे सब भूलकर इस बच्चे की माँ हो जाने पर तुली थी। चारु की माँ बार–बार इस कोशिश में थीं कि वह चारु को दूसरे कामों में उलझाये रखें और बच्चे से दूर रखें। लेकिन चारु को जैसे कुछ और सूझ ही नहीं रहा था।

उस दोपहर वह लगातार बच्चे में रमी रही। बस बच्चे को पॉटी हुई तो माँ को बुला लायी। माँ ने ओह, आह करते हुए सफ़ाई की– "समझ चारु, मुझ भी तो यह सब किये ज़माना हो गया।"

बच्चा टुकुर–टुकुर देख रहा था। चारु हँसने लगी, ''देखो तो कैसे मासूम की तरह देख रहा है। मम्मी, है प्यारा बच्चा।''

इस प्यारे बच्चे को नहलाया गया, दूध पिलाया गया और फिर सुलाया भी गया।

दो बजे के आसपास चारु का पति अमित पहुँचा। वह भी चारु की गोद में बच्चा देखकर हैरान हो गया, ''ये कौन है, इसे कहाँ से उठा लायीं।''

"ये अभि है। अभि। अभी–अभी मेरा हो गया है। मेरा बच्चा।" चारु बिल्कुल मगन थी। चारु की माँ ने अमित को पूरा माजरा समझाया। आम तौर पर सारी बातें हाँ–हूँ करके मान लेने वाला अमित बुरी तरह बौखला गया, ''क्या पागलपन है चारु। इसकी माँ कितनी परेशान होगी। उसे फ़ोन तो कर दे, या चल पहुँचा देते हैं हम लोग। तू समझती है, प्रेस वाले हैं, पुलिस तक बात जायेगी और बिना बात के तेरी नौकरी भी चली जायेगी।''

लेकिन चारु अभी कुछ भी सुनने को तैयार नहीं दिख रही थी। वह बच्चे के साथ खेलती रही।

"चारु, ये क्या कर रही है तू? क्यों अपने को लफड़े में डाल रही है?" अमित अब मनुहार कर रहा था।

"नहीं, मैं नहीं देती। किसी को पता नहीं चलेगा। मैं तो जिस औरत से लेकर आयी, वह मेरा नाम तक नहीं जानती थी। और मैं इस रूट पर आती–जाती कब हूँ। वे कहीं खोज नहीं पायेंगे।"

"पागल मत बन। पूरा मुहल्ला देखेगा। पड़ोसी देखेंगे। फिर जब बच्चा शाम तक नहीं मिला तो वो लोग पुलिस में जायेंगे। अख़बार में ख़बर छपेगी। तू भी मरेगी, मुझे भी मरवायेगी।"

अब चारु चिड़चिड़ाने लगी थी। उसे यह सब मालूम था जो अमित बता रहा था। उसे मालूम था कि यह ख़ामख़याली बहुत देर तक नहीं चलेगी। उसे बच्चे को लौटाना ही होगा– वह भी शाम तक। लेकिन ये लोग कुछ देर के लिए भी उसका सपना क्यों तोड़ने

में लगे हैं। क्या वाक़ई कोई तरीक़ा नहीं है कि वह इस बच्चे को अपने पास रख ले?

"अमित, अगर बच्चे के बाल काट दें और उसे लड़कियों वाले कपड़े पहना दें तो कौन पहचानेगा? बता देंगे, हमारे एक रिश्तेदार की बेटी है जो अनाथ हो गयी है। रख लेंगे अपने पास।"

चारु की माँ का कलेजा मुँह को आ गया– "चारु, तू कैसे किसी का बच्चा छीन सकती है? बाक़ी बातें छोड़ दे, क्या ये बात ठीक होगी कि इस बच्चे को उसकी माँ से अलग कर दें? छी–छी! मैं तो सोच तक नहीं सकती।"

चारु चुप हो गयी। वह भी इस सपने को बहुत देर खींच नहीं सकती थी। वह तैयार हो गयी। चलो, बच्चे को छोड़ आते हैं। "पहले फ़ोन तो कर दे उसे", माँ ने फिर याद दिलाया। चारु के पास सुलभा का फ़ोन नम्बर नहीं था। उसने कहा, अब छोड़ने ही जा रहे हैं। थोड़ी देर और हो लेने दो परेशान।

लेकिन निकलते–निकलते भी साढ़े चार से ऊपर हो गये। पहले सबने खाना खाया। फिर अमित के लिए चाय बनी। फिर हुआ कि इस बच्चे को छोड़ आया जाये। मगर अमित ने घड़ी देखी और बताया कि पहले ग्रेटर नोएडा जाना होगा। पाँच से छह बजे के बीच उसे बिल्डर ने आने को कहा है। बिल्डर से मिलकर वह चारु के ऑफ़िस लौटेगा।

आख़िरकार अमित और चारु नीचे उतरने लगे। अमित हाथ में मोटरसाइकिल की चाबियाँ झुलाता और चारु गोद में बच्चे को सँभाले।

"रुक–रुक", अचानक चारु की माँ ने कहा, ''बच्चे को काला टीका लगा देती हूँ। हमारे यहाँ से छोटे बच्चे निकलते थे तो हम उन्हें काला टीका लगा देते थे। नज़र न लगे, इसलिए।''

अमित झल्लाने लगा था, लेकिन मामला सास का था, इसलिए चुप रहा। उसने घड़ी देखी। यहीं पाँच बज गये हैं। अब सड़क पर जाम मिलेगा। अमित की सास काजल की डिबिया ले आयी थीं।

बहुत कोमल हाथों से उन्होंने बच्चे के ललाट के बायीं तरफ़ टीका लगा दिया।

अब निकलने की तैयारी हो चुकी थी। सब नीचे उतरे। अमित ने मोटरसाइकिल स्टार्ट की, चारु ने एक हाथ में बैग और दूसरे में बच्चे को सँभाला और कुछ अस्थिर–सी बैठ गयी।

"ठीक से बैठी है न। और बच्चे को कस के पकड़ना।" मोटरसाइकिल बढ़ाने से पहले अमित ने तस्दीक की।

चारु ने सिर हिलाया। फिर वह बिन बच्चे वाली होने जा रही है। उसने अभि को देखा– एक लम्हे के लिए उसका दिल हिल गया। इस छोटे से बच्चे को उसकी माँ से दूर किये रखा उसने।

कोई बात नहीं। सुलभा से सच्चे दिल से माफ़ी माँग लेगी। बता देगी– उसके बेटे को कितने क़ायदे से रखा। अपना दूध तक पिलाने की कोशिश की...नहीं, यह नहीं बतायेगी।

लेकिन चारु को कहाँ पता था, यह रास्ता जल्दी ख़त्म नहीं होगा।

## बुरी ख़बरें जैसे ख़त्म नहीं होतीं

प्रशान्त का सिर बुरी तरह दुख रहा था। बुधवार रात को मुम्बई में आतंकी घुसपैठ की जो ख़बर शुरू हुई थी, वह शुक्रवार दोपहर तक जारी थी। इस बीच कितने लोग मारे गये– इसका कोई हिसाब नहीं था। डेढ़ सौ, दो सौ, पाँच सौ– ये सब जैसे संख्याएँ थीं जो उसके मुँह पर हँस रही थीं। होटल ताज, होटल ओबेरॉय, सीएसटी, चबाड हाउस, कामा अस्पताल– जैसे ये किसी शहर के बसे–बसाये इलाक़े नहीं हों, जंग के मोर्चे हों जहाँ से सिर्फ़ गोलियों, धमाकों और गिरती लाशों की ख़बर आ रही थी।

कितने लोग मारे गये? इसे बार–बार अपडेट किया जाना था। अपने सहयोगियों को प्रशान्त की सख़्त हिदायत थी कि मरने वालों

की संख्या वे दुबारा चेक करने के बाद ही डालें। टीवी चैनलों में मृतकों की तादाद बताने की जो हड़बड़ी होती है, वह कैसे–कैसे नतीजे पैदा करती है, यह उसने देखा हुआ था। 'असली ख़बर' के कुछ रिपोर्टर बता रहे थे होटल ताज के रेस्टोरेंट में ही 100 से ज़्यादा लोग मारे गये होंगे, कि यह वहाँ से बचकर निकले लोगों का बयान है।

लेकिन प्रशान्त को इस पर यक़ीन नहीं था। एक रेस्टोरेंट के भीतर आतंकियों की अन्धाधुन्ध फायरिंग के बावजूद इतने लोग नहीं मर सकते। उसने कहा था, जब तक सेना के अधिकारी इसकी पुष्टि न करें, कुछ न चलाया जाये। अपने अनुभव से उसने जाना था, ज़िन्दगी अक्सर बहुत ढिठाई से अपने को बचाये रखती है।

मगर मुम्बई में तो जो हो रहा था, वह मासूम ज़िन्दगियों का बेसबब मारा जाना था। न जाने कहाँ से कहाँ जा रहे लोग एक स्टेशन पर भून दिये गये, न जाने कहाँ–कहाँ से आकर ठहरे लोग दो–दो होटलों में मारे गये। जिन पर आतंकवादियों से लड़ने की ज़िम्मेदारी थी, वे भी नहीं बचे। टीवी पर मौत सिर्फ़ संख्याओं की सनसनी बनाती है. लेकिन असल जीवन में यह त्रासदी कितनी बड़ी होती है, हम कहाँ जान पाते हैं।

उसे बार–बार सबा का ख़याल आ रहा था। किस ख़ुशी से वह मुम्बई गयी थी। किन हालात में उसने अपने आख़िरी लम्हे काटे होंगे। किस दहशत से थरथराती रही होगी। उसे याद आया, तनाव के समय उसका चेहरा अजब ढंग से स्याह हो जाता था। थोड़ी–सी डाँट पर वह सुबकने लगती थी। तीन दिन पहले ऐसा ही स्याह चेहरा लिए वह उससे मिली थी। दफ़्तर में नहीं, प्रशान्त के घर पर। वह फ़ोन करके आयी थी, और अकेले रह रहे प्रशान्त ने ऑफ़र किया था कि घर से ही खाकर वे साथ दफ़्तर के लिए चलेंगे। प्रशान्त को एक ख़ुशनुमा–सी दोपहर गुज़रने की उम्मीद थी। लेकिन वह सुबकती हुई आयी थी। प्रशान्त हैरान था। यह ज़ोर–ज़ोर से हँसने वाली, उसके कन्धे पर धौल मारकर इठलाने वाली लड़की उसके फ्लैट में दाख़िल होते ही सुबकने क्यों लगी?

'सबा, क्या हुआ सबा?'

सुबकती हुई सबा कुछ देर बाद ही बोलने लायक हुई। उसने बताना शुरू किया। साफ़–साफ़ कुछ कह नहीं पायी। उसने इफ़्तिख़ार के फ़ेसबुक इनबॉक्स में रेवा के कुछ प्राइवेट क़िस्म के मेसेज देखे थे।

'प्राइवेट क़िस्म के मतलब?' प्रशान्त ने जानना चाहा।

'मतलब...मतलब जो दोनों के बीच नहीं होने चाहिए थे।'

'यानी?'

'यानी, ही इज़ नॉट लॉयल टू मी।'

प्रशान्त बहुत देर चुप बैठा रहा। उसे अन्दाज़ा था कि रेवा हँसी–मज़ाक़ करने वाली लड़की है। लेकिन यह यक़ीन नहीं हो रहा था कि वह दूसरों के जीवन में इस तरह दाख़िल हो सकती है। और इफ़्तिख़ार? दोनों तो अलग–अलग सेक्शन में हैं?

'ऐसा तो नहीं कि तुम तिल को ताड़ बना रही हो सबा। इफ़्तिख़ार थोड़ा–बहुत हँसी–मज़ाक़ कर लेगा, इससे आगे नहीं जायेगा। रेवा भी हिम्मत नहीं करेगी।'

'रेवा की मैं नहीं जानती। लेकिन इफ़्तिख़ार के मेसेज कुछ ज़्यादा ही प्रोवोकेटिव हैं। साफ़ पता चल रहा है कि वह रेवा के साथ...,' फिर फूट–फूटकर रोने लगी थी सबा।

प्रशान्त समझ नहीं पा रहा था कि वह क्या कहे। उसे अन्दाज़ा था कि सबा तूफ़ान मचा देगी। वह इफ़्तिख़ार को भी रगड़ देगी और रेवा को भी नहीं छोड़ेगी। ऑफ़िस में सीन बन जायेगा और अगले कई दिनों तक लोग चटखारे लिया करेंगे।

लेकिन रेवा और इफ़्तिख़ार क्या ऐसा कर सकते हैं? रेवा बेशक, कई मायनों में आज़ाद ख़याल लड़की है। सिंगल वूमन के राइट्स का सवाल उठाती रहती है। तीस के आसपास की हो गयी होगी, लेकिन अभी तक उसने शादी नहीं की है। लेकिन इसका मतलब यह तो नहीं कि दूसरों की ज़िन्दगी में वह इस तरह दाख़िल हो? कई बार वह बिन्दास भी हो जाती है। पिछले साल उसने गोवा से लौटकर

समन्दर किनारे की अपनी कुछ ऐसी तस्वीरें फ़ेसबुक पर सबसे शेयर कीं जो कुछ ज़्यादा ही खुली हुई थीं। बाद में खिलखिलाती रही थी–जिसे आह भरना हो, भरा करे, मेरा क्या। और इफ़्तिख़ार आम तौर पर तो बहुत संजीदा दिखता है? उसने सबा से प्रेम विवाह किया है। फिर वह किस कमज़ोरी का शिकार हो गया? वह कौन–सी टूटन है जो घरों को तोड़ रही है? और यह कैसी आज़ादी है जो इस तरह चोरी–छुपे रिश्तों से हासिल की जा रही है? या यह वाक़ई सबा का भ्रम है? बीवियाँ ऐसे ही इन दिनों शक्की हो रही हैं।

प्रशान्त के पास किसी सवाल का जवाब नहीं था। फिर वह तेज़ी से किसी नतीजे तक पहुँचना भी नहीं चाहता था। वह बस सबा से इतना भर कह सका कि वह जो भी करे, सोच–समझकर करे। बेशक, इफ़्तिख़ार से बात करे, लेकिन ख़ुद पर क़ाबू रखते हुए। उसे अन्दाज़ा था कि यह बात खुलेगी तो दफ़्तर और दफ़्तर के बाहर कैसे चटखारे लिए जायेंगे। कुछ महीना पहले एक अख़बार के अपने एक सम्पादक मित्र का हश्र वह देख चुका था। उनके सहकर्मियों ने देखा कि वे अपनी एक कुलीग से दिन में कई–कई बार बात किया करते हैं तो फ़ोन कॉल की डीटेल निकाल ली और जाकर सम्पादक जी की पत्नी को दे आये। इसके बाद पत्नी ने दफ़्तर में हंगामा कर दिया। यह पूरी किरकिरी झेलते सम्पादक महोदय अब भी बने हुए हैं और सबके मज़ाक़ के निशाने पर रहते हैं।

ऐसा कुछ सबा और इफ़्तिख़ार के साथ न हो। बस यही सोचकर उन्होंने सबा को सलाह दी थी। लेकिन सबा कैसी जो सलाह मान ले। उसने दफ़्तर में नहीं घर में हंगामा कर दिया। इफ़्तिख़ार घर लौटा ही था कि सबा जैसे उस पर टूट पड़ी। कभी ग़ुस्से में और कभी आँसुओं के बीच, वह इफ़्तिख़ार से सवाल नहीं कर रही थी, उस पर फ़ैसला सुना रही थी। वह गुल को लेकर फ़ौरन घर छोड़ने को तैयार थी।

यह सब बड़ी हिचक के साथ इफ़्तिख़ार ने ही प्रशान्त को बताया था। उसे मालूम हो गया था कि सबा ने प्रशान्त से बात की है।

उसे यह भी मालूम था कि सबा अपने ग़ुस्से के बीच अगर किसी की बात सुनेगी तो प्रशान्त की ही। हालाँकि यह बताते हुए वह बार–बार सफ़ाई देने की कोशिश कर रहा था कि सबा को ग़फ़लत हुई है, रेवा से उसकी कोई क़रीबी नहीं है। कि आगे से तो वह रेवा से बात भी नहीं करेगा।

लेकिन इफ़्तिख़ार जिस तरह निगाहें चुराकर यह सब कह रहा था, उससे प्रशान्त को एहसास था कि सबा की शिकायत सही है। लेकिन इसके बावजूद वह नहीं चाहता था कि दोनों का बसा–बसाया घर उजड़े। इफ़्तिख़ार के कहने पर उसने फिर सबा को फ़ोन किया था और समझाने की कोशिश की थी। सबा पहले कुछ सुनने को तैयार नहीं थी। प्रशान्त ने उसे गुल का वास्ता दिया, ज़माने की हक़ीक़त समझायी, कहा कि ज़िन्दगी बहुत बड़ी होती है, कि लोग बदलते हैं, कि इफ़्तिख़ार भी बदलेगा, कि सबा बहुत हड़बड़ी में कोई फ़ैसला न करे।

सबा ने प्रशान्त की बात मान ली थी। इसलिए नहीं कि उसे उन बातों पर यक़ीन था। इसलिए कि तत्काल इस अलगाव की व्यावहारिक दिक़्क़तें थीं। फिर ग़ुस्से में उसने जो कुछ भी कहा था, लेकिन ठण्डे दिमाग़ से उसे भी यह समझ में आ रहा था कि ऐसा कोई फ़ैसला दोनों की ज़िन्दगी में तूफ़ान ला देगा। अगले कई दिनों तक सबा और इफ़्तिख़ार सबका क़िस्सा बने रहेंगे। उसे गुल का भी ख़याल था। यह भी एहसास था कि इफ़्तिख़ार ने बाक़ी मामलों में कोई नाइन्साफ़ी उसके साथ नहीं की है। उसे हमेशा सम्मान दिया, हमेशा उसकी मदद की, उसकी मुश्किलों में साथ खड़ा रहा।

लेकिन इन सबके बावजूद सबा बुरी तरह आहत थी। दो दिन पहले मुम्बई के सेमिनार में जाने का जो प्रस्ताव वह इसलिए मना करने जा रही थी कि अगले ही दिन गुल का जन्मदिन पड़ेगा, उसे उसने स्वीकार कर लिया। 'मैं वहाँ रहकर सोचूँगी। गुल को भी अपने साथ ले जाऊँगी।' सबा ने फ़ैसला सुनाया था। हालाँकि इफ़्तिख़ार ने उसे गुल को छोड़ने के लिए मना लिया था। उसने कहा था कि वह छुट्टी लेकर घर पर रहेगा और गुल के जन्मदिन की तैयारी करेगा।

अच्छी बात यह थी कि सबा ने यह झगड़ा दूसरों से छुपाये रखा था। अपनी सबसे क़रीबी सहेली सुलभा से भी। उल्टे, प्रशान्त ने देखा कि वह चहक–चहक कर बात कर रही थी। उसने मान लिया था कि अब जो भी फ़ैसला करेगी, वह लौटकर करेगी।

लेकिन अब कोई फ़ैसला नहीं होगा। अब वह नहीं लौटेगी। शुक्र है कि वह गुल को अपने साथ नहीं ले गयी। वरना उस मासूम बच्ची की भी जान चली जाती। लेकिन अब भी उस बच्ची का क्या होगा? प्रशान्त इफ़्तिख़ार से बात करना चाहता था, लेकिन उसे मालूम था कि इफ़्तिख़ार मुम्बई के लिए उड़ चुका है। गुल के जन्मदिन की तैयारियों का पता नहीं क्या हुआ। पिछले साल कितनी धूमधाम से मनाया गया था यह जन्मदिन। उजले कपड़ों में गुल, टोपी लगाये सबा और बाक़ी सब हँसते–गाते, नाचते हुए। रेवा भी उस जश्न में थी और हमेशा की तरह ख़ूब नाची थी।

अचानक प्रशान्त को रेवा पर ग़ुस्सा आने लगा। उसे मालूम था कि वह रेवा से बात नहीं कर सकता। वह अपने ढंग से टेढ़ी लड़की है। हो सकता है, यह भी कह दे कि प्रशान्त अपने काम से काम रखे। दफ़्तर में रेवा को पसन्द करने वाले लोग कम हैं।

अचानक उसके फ़ोन की घण्टी बजी, यह वैशाली थी। वह तो सुबह की शिफ़्ट में थी। फिर ये फ़ोन? प्रशान्त का ध्यान अचानक अभि की ओर मुड़ा, लगता है, वह मिल गया होगा।

लेकिन उसे नहीं मालूम था कि तरह–तरह की घटनाओं से भरे इन तीन दिनों की तीसरी बुरी ख़बर उसकी राह देख रही है। वैशाली की आवाज़ बुरी तरह घबरायी हुई थी, "सर, रेवा ने सुसाइड की कोशिश की है। एक साथ नींद के कई टैबलेट्स ले लिए। किसी को समझ में नहीं आ रहा कि ऐसा क्या हुआ।"

प्रशान्त का मुँह खुला का खुला रह गया। उसने पूछा, अभी रेवा कहाँ है, किस अस्पताल में है, और फिर फ़ोन कटने पर ठण्डी साँस ली। उसे समझ में आ रहा था कि अचानक उसकी तबीयत क्यों बिगड़ी थी और ऐसा क्या हुआ है।

# वह दहशत का दिन, वह दुविधा भरी शाम

रेवा को अब भी जैसे चक्कर से आ रहे थे। उसका मुँह सूखा हुआ था, गला पूरा छिला हुआ लग रहा था। आँख हल्की खुली तो उसने ख़ुद को सफ़ेद चादर वाले बेड पर पाया। फ़ौरन समझ गयी, वह अस्पताल में है। उसे बहुत गहरी प्यास महसूस हो रही थी। उसने कहना चाहा, पानी। लेकिन बस धीरे से बुदबुदा भर सकी। होंठों की यह हरकत देखकर एक नर्स दौड़ी आयी। रेवा ने इशारा किया। नर्स तत्काल समझ गयी, ''पानी चाहिए?'' वह एक ड्रॉपर–सा ले आयी और उसके मुँह में पानी डालने लगी।

"बेड नम्बर 17 के पेशेंट को होश आ रहा है, डॉक्टर को बता दो।" पानी पिलाते–पिलाते उस नर्स ने आवाज़ लगायी। रेवा को कुछ देर में समझ आया कि बेड नम्बर 17 वही है। अचानक दो नर्सें घुसीं, "क्या हो गया था?" एक ने माथा छूते हुए कहा। रेवा चुपचाप रही। नर्सों के पीछे–पीछे अचानक आता एक चेहरा दिखा– माँ! माँ लगभग उस पर झुकी जा रही थी, ''बाबू, क्या हुआ था, बाबू, क्या कर लिया।'' बोलते–बोलते उनकी आँख भर आयी। नर्सों ने टोका, ''अभी इसको आराम करने दीजिए। कुछ देर बाद ठीक हो जायेगी।'' रेवा ने बस आँख मूँद ली। माँ उसे बाबू बुलाती हैं। रेवा को ख़याल आया, वह मर जाती तो माँ भी मर जातीं। एक शर्मिन्दगी–सी हुई कि क्या कर डाला था उसने। बिना किसी का ख़याल किये हुए।

खिंचे हुए परदों के पार बगल के बेड पर कोई ज़ोर से कराहा था। साथ में नर्स की आवाज़ आ रही थी, बस–बस हो गया। रेवा सिर उठाने की हालत में नहीं थी, बस उसने आँखें मोड़कर देखने की कोशिश की। शायद यह पुष्पांजलि अस्पताल है। दिल्ली ग़ाज़ियाबाद की सीमा पर वैशाली में बना हुआ। चार–चार पेशेंट के ऐसे जनरल वार्ड में पिछली बार वह सुमिता के बेटे को देखने आयी थी। तब उसका ऐक्सीडेंट हुआ था और उसका एक पाँव चला गया था। वह सुमिता को दिलासा दिये जा रही थी, कि ज़िन्दगी

बहुत बड़ी होती है, वह हर मुश्किल का जवाब खोज लेती है, रास्ता निकाल लेती है।

लेकिन इस बार वह ज़िन्दगी के सामने ख़ुद हार गयी। क्या जवाब देंगी वह लोगों को? क्या बतायेगी लोगों को– उसने इतनी स्लीपिंग पिल्स एक साथ क्यों ले ली थीं? अपने बच जाने पर जो राहत वह महसूस कर रही थी, वह अचानक इन सवालों के बीच एक तरह की बेबसी में बदल गयी। वह क्यों बच गयी? न बचती तो बहुत सारे सवालों के जवाब देने से बच जाती। लेकिन...उसने अपने चारों तरफ़ देखा। चाहे जितनी भी उलझी हुई हो, ज़िन्दगी तो फिर भी ज़िन्दगी है।

और इस ज़िन्दगी को उलझाया तो ख़ुद उसने है। लेकिन क्या सचमुच? उसे सबा का ख़याल आया और इफ़्तिख़ार का भी। मुम्बई जाने से पहले सबा जिस तरह उस पर उड़ती हुई नज़र डालकर गयी थी, उससे अचानक रेवा सकपकायी–सी खड़ी रह गयी थी। यह बाद में इफ़्तिख़ार ने उसे फ़ोन पर सहमे हुए ढंग से बताया कि सबा ने दोनों के बीच के मेसेजेज़ देख लिए हैं।

तभी से रेवा के दिल में तूफ़ान मचा हुआ था। वह अचानक शर्मिन्दगी से घिर गयी थी। बेहद शर्मिन्दगी से। ज़िन्दगी वह बेबाक़ ढंग से जीती रही थी। लेकिन उसने ऐसा कुछ नहीं किया था कि ऐसी शर्मिन्दगी भुगतनी पड़े। वह पूरे बुधवार सोचती रही थी कि क्या करेगी। अन्ततः उसने तय किया था कि सबा के सामने सबकुछ क़बूल कर लेगी, उससे माफ़ी माँगेगी और इफ़्तिख़ार से हमेशा–हमेशा के लिए नाता तोड़ लेगी। उसने अपने मन को तसल्ली भी देनी चाही थी– सबा को धोखा तो इफ़्तिख़ार ने दिया है, उसने थोड़े दिया है। लेकिन वह शर्मिन्दा थी। अपने ओछेपन से। फिर वह भी तो किसी को धोखा दे रही थी। उसे सबा के साथ एक पुरानी गपशप याद आयी थी। दोनों नसीर और रेखा की फ़िल्म 'इजाज़त' की बात कर रहे थे। सबा ने कहा था, फ़िल्म उसे अच्छी लगी थी, नसीर की प्रेमिका से हमदर्दी भी हुई थी। 'हालाँकि मैं कभी किसी के लिए सेकंड वूमन

नहीं हो सकती। न किसी सेकंड वूमन को पसन्द करती हूँ।' सबा ने हँसते हुए कहा और जोड़ा कि फिर भी फ़िल्म उसे अच्छी लगी थी।

'सेकंड वूमन,' रेवा यह सोचती रही थी। वह सबा की ज़िन्दगी में घुसी हुई 'दूसरी औरत' है। जबकि उसकी अपनी एक दुनिया है, जहाँ वह पहली और अकेली है। रेवा को भी सेकंड वूमन होना नामंज़ूर है। लेकिन वह कैसे होती चली गयी?

उसे घटनाओं से भरा वह दिन याद आया। सिर्फ़ दो महीने पहले की बात थी। 19 सितम्बर, 2008 की। वह डेस्क पर रोज़मर्रा के काम में लगी थी कि अचानक हलचल मच गयी। इनपुट पर बैठे सतीश सिंह की आवाज़ गूँजने लगी– बटला हाउस में एनकाउंटर हुआ है। जल्दी से सेंगर का फ़ोनो ले लो। रेवा कुछ हड़बड़ा गयी– 'ये बटला हाउस है कहाँ, हुआ क्या है?'

'ये जामियानगर का इलाक़ा है– मुस्लिम इलाक़ा। वहाँ पुलिस और आतंकवादियों में मुठभेड़ है। एक पुलिसवाले के घायल होने की बात भी बता रहे हैं, मैं सेंगर का फ़ोन ट्रांसफर कर रहा हूँ।'

रेवा सनसनी से भर गयी। दिल्ली की एक मुस्लिम बस्ती में एनकाउंटर? बस एक ही हफ़्ते पहले दिल्ली में बम फटे हैं। पाँच जगहों पर। तीस लोग मारे गये हैं। अब यह एनकाउंटर। लेकिन सोचने का वक़्त नहीं था। उसने आयी न्यूज़ पर 11 बजे के रनडाउन में एक स्लग बनाया और अंग्रेज़ी में बटला हाउस एनकाउंटर लिख दिया। साथ में लाइव फ़ोनो संजय सेंगर टाइप किया। बगल में बैठी वैशाली से कहा कि वह जल्दी से ब्रेकिंग न्यूज़ डाल दे।

'जल्दी करो।' सतीश सिंह उत्तेजित आवाज़ में बोल रहा था।

'रुको यार, समझ में आता है, किसी ख़बर को ऑन एयर करने के पहले कितने पचड़े होते हैं', काम करते–करते रेवा भुनभुनायी। स्लग में नाम के सुपर पड़ गये थे, बटला हाउस में फ़र्ज़ी मुठभेड़ के नाम से एक टॉप बैंड भी। इतना करने के बाद उसने पीसीआर को फ़ोन किया– संजय सेंगर का फ़ोन ले लो। ऐंकर को बता देना कि बटला हाउस में पुलिस और आतंकवादियों के बीच मुठभेड़ हुई है।'

ख़बर चल पड़ी थी। दो मिनट पहले दिल्ली के जामियानगर का एक अनजाना–सा पता बटला हाउस अन्तरराष्ट्रीय शोहरत हासिल कर चुका था। रेवा ने गर्दन घुमाकर न्यूज़रूम में चल रहे सारे टीवी चैनल देख डाले थे– सब पर ब्रेकिंग न्यूज़ की पट्टियाँ चीख़ रही थीं, कि बटला हाउस में पुलिस ने आतंकवादियों को घेरा, गोलीबारी में एक पुलिस इंस्पेक्टर बुरी तरह घायल और दो आतंकी मारे गये।

यह बहुत बड़ी ख़बर थी। टीवी चैनलों के सारे ओबी वैन बटला हाउस की तरफ़ दौड़ रहे थे। जामिया की सँकरी गलियों से दुनियाभर में लाइव न्यूज़ चल रहा था। एल–18 नाम की एक इमारत से पुलिस द्वारा उतारे जा रहे कुछ लड़कों के चेहरे नज़र आ रहे थे। और इन सबके बीच सनसनाती आवाज़ में रिपोर्टर बता रहे थे कि किस तरह दिल्ली पुलिस की एक टीम को मकान के चौथे माले में आतंकियों के छुपे होने की ख़बर मिली। पुलिस ने छापा मारा तो आतंकियों ने भीतर से गोली चला दी। एक पुलिस इंस्पेक्टर मोहनलाल शर्मा बुरी तरह घायल है, जबकि दो आतंकियों की मौत हुई है। एक फ़रार हो गया है।

रेवा ने वैशाली से कहा कि आज का दिन तो पूरा इस ख़बर पर कट जायेगा। वैशाली आदतन मुस्कुरायी और बोली, "भोली, पूरा दिन नहीं, पूरा सप्ताह। देखती रहना, इसकी कितनी चीरफाड़ होगी।"

ये बातचीत चल ही रही थी कि डेस्क का फ़ोन बजा और इफ़्तिख़ार का नाम चमका। 'अब ये कोई नयी सनसनी लेकर आया होगा, जामियानगर में ही रहता है न।' वैशाली ने कहा और रेवा ने फ़ोन उठाया। लेकिन इफ़्तिख़ार सनसनी नहीं, शिकायत लेकर आया था। सनसनी ज़रूर उसकी आवाज़ में थी– 'रेवा, हम कैसे बता रहे हैं कि मुठभेड़ में जो मारे गये वे आतंकवादी हैं?'

'यानी?' पहली बार रेवा की समझ में कुछ नहीं आया था।

'अरे, उन्हें कम–से–कम सन्दिग्ध तो कहो। सीधे आतंकवादी क़रार दे रही हो। ये पुलिस का वर्जन है। क्या पता, ये बेगुनाह लड़के ही हों। तुम्हें समझ में आता है कि ये कितना नाजुक मसला है?'

रेवा को समझ में आता था, लेकिन यह भी आता था कि इस हवा के ख़िलाफ़ वह कैसे जाये। फिर भी उसने इफ़्तिख़ार से कहा कि वह स्पॉट पर जाये और एक ओबी कर दे– 'तुम भी तो रिपोर्टर हो इफ़्तिख़ार, ये तुम्हारा काम है बताना।' रेवा ने ख़ुद को बचाने की कोशिश की। हालाँकि उसके पहले रेवा ने प्रशान्त को बता दिया। प्रशान्त ने कहा कि बिल्कुल इफ़्तिख़ार की बात रखनी चाहिए।

आधे घण्टे बाद इफ़्तिख़ार ओबी पर था और 'असली ख़बर' पर अपनी समझ से असली ख़बर बता रहा था। उसने बताया कि पुलिसवाले जिसे मुठभेड़ बता रहे हैं, वह स्थानीय लोगों के मुताबिक़ फ़र्ज़ी मुठभेड़ है। इन लड़कों को कहीं और पकड़ा और मारा गया है। जामियानगर वालों के हिसाब से इनमें से कोई भी आतंकवादी नहीं है। हालाँकि इस सवाल का जवाब किसी के पास नहीं था कि अगर यह फेक एनकाउंटर है तो एक पुलिसवाले को बिल्कुल जानलेवा ढंग से गोली कैसे लगी है।

इफ़्तिख़ार के इस ओबी के बाद फ़ोन कॉल्स की बरसात हो गयी। तरह–तरह की प्रतिक्रियाओं से भरे फ़ोन थे। कई लोग फ़ोन करके उसे पाँचवाँ आतंकवादी ठहरा रहे थे। दफ़्तर में भी हंगामा मचा हुआ था। सबको इफ़्तिख़ार की रिपोर्टिंग पर एतराज़ था। सम्पादक विवान ने फ़ौरन कहा कि इफ़्तिख़ार को वापस बुला लिया जाये। वह जब ऑफ़िस पहुँचा तो सब उसे सन्देह और शिकायत से देख रहे थे।

प्रशान्त भी यह महसूस कर रहा था कि एक अति के जवाब में इफ़्तिख़ार दूसरी अति पर चला गया है। डेस्क तक पहुँचते–पहुँचते इफ़्तिख़ार पस्त पड़ चुका था। उसे ताने से लेकर फटकार तक झेलनी पड़ी थीं। गुस्से में विवान ने कहा था कि तुम पत्रकार हो, जाहिलों की तरह क्यों बोल रहे थे। इफ़्तिख़ार चुपचाप दफ़्तर के एक कोने में बैठा रहा। शाम स्नैक्स के लिए निकलते हुए रेवा ने उसे देखा– 'अरे इफ़्तिख़ार, सबेरे तो मुझे डाँट दिया था, अब क्या हो गया?'

इफ़्तिख़ार चुप रहा। उसने कोई जवाब नहीं दिया, बस चेहरा घुमाने की कोशिश की। तब रेवा को समझ में आया कि इफ़्तिख़ार तो किनारे बैठा रो रहा है। वह स्तब्ध–सी हो गयी। दफ़्तर में बहुत सारे तनाव और झगड़े आम हैं। लेकिन किसी रिपोर्टर को इस तरह रोते उसने नहीं देखा। वह उसके पास पहुँच गयी। कुछ कह नहीं सकी, बस उसने उसकी हथेलियाँ पकड़कर ज़ोर से दबायीं, और बहुत धीमे से बोली– इफ़्तिख़ार, यह क्या। अरे इतने कमज़ोर मत बनो। इफ़्तिख़ार ने तब भी जवाब नहीं दिया था। बस उदास–सा दीवार को घूरता रहा।

रेवा एक लम्हे के लिए चुपचाप खड़ी रही। फिर कुछ सोचकर उसके पास बैठ गयी। उसे एहसास था कि इफ़्तिख़ार अभी भीतर से घायल है। उसे किसी के साथ का मरहम चाहिए। और यह मरहम आज उसे कोई नहीं देगा।

यही वह लम्हा था जब उसने तय किया था कि दहशत और दुविधा के बीच झूलती इस शाम को वह इफ़्तिख़ार को अकेले घर जाने नहीं देगी।

## बड़े लोगों की दुनिया, छोटे लोगों के दुख

शीला बुरी तरह डरी हुई थी। उसे ये अनजान पुलिसवाले घर छोड़ने वाले थे। जो महिला अफ़सर आयी थी, वह सुमेर सिंह के साथ निकल गयी थी। अब शीला इन सिपाहियों के साथ कैसे लौटेगी? कहीं कुछ हो गया तो? उसका मन हुआ कि वह कहे कि यहाँ से अकेले चली जायेगी। इतने गार्ड लोग पहचानते हैं, कोई–न–कोई मदद कर देगा। आठ से ऊपर हो ही गये हैं, थोड़ी देर बाद लोगों को घर छोड़ने वाली गाड़ी भी मिल जायेगी।

लेकिन वह किस मुँह से गाड़ी में बैठेगी। वह ड्यूटी पर तो है नहीं। वह गार्ड्स से भी कैसे कहेगी? उसे तो सब चोर समझ रहे हैं– बच्चा चोर। उसे रुलाई–सी आ गयी।

तब तक एक सिपाही की खरखराती हुई आवाज़ आयी– 'अरे, जल्दी करो, बैठो। ड्यूटी हम लोग का ख़त्म हो गया है, बस तुम्हारे चलते रुके हुए हैं।' डरी हुई शीला हड़बड़ाकर जिप्सी में बैठ गयी।

'अरे गोदी में बैठेगी क्या, तनिक किनारे होकर बैठ,' एक ने कहा और बाक़ी हँसने लगे। उसके साथ तीन और सिपाही थे। शीला ने किनारे सिकुड़ने की कोशिश की, लेकिन समझ में आया कि ताना मारने वाला ख़ुद उस पर बिल्कुल पसरा हुआ सा है। वह अपने कूल्हों पर उसके कूल्हे का दबाव महसूस कर रही थी। उसके हाथ कुछ लापरवाही में उसकी जाँघ पर आ जा रहे थे। फिर उसने शीशा चढ़ाने के बहाने हाथ बढ़ाकर एक तरह से अपनी कुहनी से उसकी छातियाँ दबा दीं।

शीला का दिल बिल्कुल ज़ोर–ज़ोर से धड़कने लगा था। क्या वह घर पहुँच पायेगी? घर जाने पर रग्घू उसका जो हाल करेगा, वह बाद की बात है, ये सिपाही लोग उसके साथ क्या कर गुज़रेंगे। उसने बहुत कातर आवाज़ में कहा, "दिक्क़त हो रहा है तो हमको उतार दीजिए। यहाँ बहुत लोग है, पहुँचा देगा।"

सिपाही हँसने लगे। एक ने कहा, 'और ये सुमेर सिंह पुच्छेगा कि चोरनी को कहाँ छोड़ आये तो हम के बोलेंगे?'

"चोर नहीं हैं हम", बोलते–बोलते वह सहम गयी। बगल में बैठा सिपाही उसका कन्धा थपथपा रहा था, "चिन्ता ना कर। छोड़ देंगे घर हम। लेकिन थाणे चलकर पेपरवर्क तो करना होगा ना।"

लेकिन सुमेर सिंह तो घर छोड़ने को बोले थे, वह पूछना चाहती थी, लेकिन पूछ नहीं सकी। वह चुपचाप सिकुड़ी–सी बैठी रही– पुलिसवाले की बढ़ती बदतमीज़ी को किसी तरह झेलती हुई।

"तू तो खाते–पीते घर की लगती है। यहाँ काहे को चली आयी काम करने।"

शीला से कोई जवाब नहीं दिया जा रहा था। जिसने कहा था, वह बड़ी ढिठाई से, उसके गाल, गले और बदन का मुआयना कर रहा था। शीला ने अपने–आपको और सिकोड़ लिया। उसकी आँखों में आँसू आ गये।

लेकिन आँसू भी गुनाह थे। "अरे, रोत्ती क्यों है?" एक हाथ अचानक उसके गालों पर आँसू पोंछने के बहाने रेंगने लगा।

उसने झपटकर हाथ हटा दिया। उसे लगा कि अब गाड़ी में ही उसके साथ ये लोग कोई बुरा काम न कर डालें। उसने गाड़ी के बाहर नज़र डाली। अगल–बगल दायें–बायें सब तरफ़ गाड़ियाँ पार हो रही थीं। इस बार उसने कुछ मिमियाई हुई सख़्ती से कहा, "देखिए, आप लोग हनको यहीं उतार दीजिए। नहीं तो हम चिल्लाने लगेंगे। आप लोग अच्छे आदमी नहीं हैं।"

बोलते–बोलते उसके मुँह से एक कराह निकल गयी, क्योंकि एक ने इतनी ही देर में उसकी चोटी पकड़ ली थी– "बच्चा चुराये तू और हमें ख़राब आदमी बता रही है। साली, तेरी तरह की औरतों को हम जानते नहीं हैं?"

शीला वाक़ई ज़ोर–ज़ोर से रोने लगी। यह मयूर विहार फेज टू की रेडलाइट थी। अगल–बगल की गाड़ियों में बैठे लोग अचानक अपने शीशों से ही देखने लगे थे।

यहाँ सिपाहियों की हिम्मत कुछ कमज़ोर पड़ी। अचानक शायद उनकी समझ में आ गया कि मामला बिगड़ा तो सबके जेल जाने की नौबत भी आ जायेगी। एक ने इशारा किया कि जाने दे। "ओए, चुप कर, सीधे तुझे तेरे घर पहुँचा दे रहे हैं।"

लेकिन शीला बदहवास–सी थी– "नहीं, हमको उतार दीजिए। हम असली ख़बर में काम करते हैं न। कोई–न–कोई मिल जायेगा। यहाँ बहुत लोग रहता है।"

अब पुलिसवाले बेचैन होने लगे थे। यह अन्दाज़ा उन्हें था कि मामला वीआईपी लोगों का है। दिल्ली में हर रोज़ पाँच–सात बच्चे ग़ायब हो जाते हैं। कोई पूछने नहीं जाता। कई की तो रिपोर्ट ही नहीं लिखी जाती। लेकिन इस बच्चे के पीछे कमिश्नर साहब का फ़ोन आ रहा है। सबने इशारों में बात की। हाथ आये शिकार को छोड़ने का फ़ैसला किया गया।

"ओए, अब रो मत। पहुँचा देंगे ठीक से तेरे को।" उसका गाल छूने की हिमाकत करने वाले सिपाही ने कहा।

धीरे–धीरे सुबकती हुई शीला चुप हो गयी थी। अब उसे थकान लग रही थी। बस 24 घण्टे में का से का हो जाता है। कल बच्चे को क्रेच में छोड़ आती तो नौकरी भले जाती, यह दिन देखना न पड़ता। कल रात से उसने कुछ खाया भी नहीं है। बस दोपहर को चाय पी ली थी, और बेटी के कहने पर एक केला खा लिया था। आगरा तक पहुँच गयी थी। उसे बच्चों का ख़याल आया। रग्घू का भी। उसका पूरा शरीर दुख रहा था। माथा भी। लेकिन जैसे उसे कुछ पता नहीं था। वह नींद में थी, सपने में थी, जागी हुई थी– जैसे सब भूल गयी थी।

दस मिनट बाद गाड़ी एक कच्चे रास्ते में खड़खड़ाती बढ़ने लगी तो शीला को समझ में आया कि वह कनावनी में दाख़िल हो रही है। वह सो गयी थी क्या? उसने घबराकर दायीं तरफ़ देखा तो सिपाही उसे अब भी देख रहा था– "पहुँच गयी। पहुँच गयी। छोड़ दिया तेरे को।"

"लेकिन बच्चा नहीं मिला तो सुमेर सिंह आयेगा। और जो हम नहीं किये वो सब करेगा।" दूसरे सिपाही की यह आवाज़ सुनकर उलटी जैसी आयी शीला को। लेकिन अब उसका डर कुछ घट गया था। घर पास आ रहा था।

फिर घों घों करती गाड़ी रुक गयी और बगल वाले ने कहा, "उतर जा, उतर जा।" और कहते–कहते उसकी पीठ पर बहुत इत्मीनान से पूरा हाथ फेर दिया।

शीला को लगा जैसे कोई साँप रीढ़ से गुज़र गया हो। लेकिन यह सोचने–समझने की ताक़त भी नहीं थी। उसके एक कमरे वाले घर से कच्ची पीली रोशनी बाहर आ रही थी। यानी बल्ब जल रहा है, सब भीतर हैं।

लेकिन तब तक सब बाहर निकल आये थे– रग्घू भी और बच्चे भी। और साथ में पड़ोसी भी।

लड़खड़ाती–सी शीला किसी को देखने की हालत में नहीं थी। उसने रग्घू का चेहरा देखने की कोशिश की। फिर सोना, सीमा और

राजू– सबका चेहरा देखा। यह समझ में नहीं आ रहा था कि सब उसे अपराधी समझ रहे हैं या अपने–आपको। पुलिस की गाड़ी धूल उड़ाती निकल गयी थी। अगल–बगल के लोग उत्सुकता में कुछ आगे बढ़े थे, लेकिन फिर किसी ने पूछा कुछ नहीं। शीला सिर झुकाये अपने घर में चुपचाप दाख़िल हो गयी।

उसके पीछे–पीछे चार जोड़ा पाँव और थे। और भिंची–भिंची रुलाई की आवाज़ थी। लगभग निस्पन्द–सी शीला जैसे अचानक जाग उठी– ये तो सोना और सीमा रो रही हैं– उसकी बेटियाँ। वह मुड़ी और बेटियाँ आकर गले से बिल्कुल चिपट गयीं। पीछे सहमा–सहमा सा बेटा भी आ खड़ा हुआ और रोने लगा।

यह सामूहिक रुलाई थी। कुछ अपने साझा डर, कुछ अपने साझा दुखों के रसायन से बनी हुई। इसके पीछे कोई एक वजह नहीं थी। माँ और बेटियाँ बिल्कुल जैसे एक होकर रोए जा रही थीं। थोड़ी देर बाद आँसू पोछते हुए शीला ने पूछा– "खाना खायीं तुम लोग?"

बेटे ने न में सिर हिलाया। अचानक शीला उठ खड़ी हुई। पहले कुछ पकाना होगा। कोने में पड़ा छोटा–सा गैस चूल्हा जैसे देर से जलाया नहीं गया था। कल रात से इस घर में खाना नहीं पका है। बड़ी बेटी को उसने जल्दी से सब्ज़ी काटने को कहा और ख़ुद आटा गूँथने में जुट गयी।

इन सबके बीच अब तक उसने रग्घू से आँख नहीं मिलायी थी। रग्घू भी चुप था– शायद इतना थका हुआ कि दुख या ग़ुस्सा कुछ भी महसूस करने की हालत में नहीं था। अब शीला ने मुड़कर रग्घू को देखा। रग्घू खाट पर लेटा हुआ–सा था। बेटी ने माँ को देखा, ''बाबा को पुलिसवाला पैर में ज़ोर से मारा हैं। चलने में दिक्क़त है।''

शीला सिहर–सी गयी। एक बार उठ खड़ी हुई और खाट के पास जाकर खड़ी हो गयी। आधी अपराधी की तरह, आधी ऐसी पत्नी की तरह जिसे पति की चोट की फ़िक्र है। उसने पाँव छूकर देखना चाहा। रग्घू ने झटक दिया– "छोड़ दे तू।"

लेकिन शीला ने छोड़ा नहीं। पाँव की नीली पड़ी सूजन देखकर उसकी आह निकल गयी। पुलिसवाले ने रग्घू को क्यों मारा? जो भी थी, ग़लती तो उसकी थी। लेकिन उसकी भी क्या ग़लती थी? उसकी आँख फिर भर आयी। उसने बेटी को पहले पानी गरम करने को कहा। फिर जल्दी से हल्दी पीसने लगी।

थोड़ी देर बाद शीला उसके पाँव पर हल्दी लेप रही थी। हालाँकि यह आसानी से नहीं हुआ था। रग्घू ने पहले मना किया था, फिर ग़ुस्से में उसे धक्का देने की कोशिश की थी, फिर लात भी चलानी चाही थी, लेकिन आख़िरकार यह तकलीफ़ थी जो बड़ी साबित हुई– ये एहसास भी कि उसकी मदद कोई करेगा तो शीला ही। तो अन्ततः शीला जीती, और उसने खाना बनाना मुल्तवी कर रग्घू के जख़्मी अंगों पर हल्दी लगानी शुरू कर दी।

इस बीच दोनों बेटियाँ खाना बनाने में जुट गयी थीं। हालात ने उन्हें इतना भर सिखा रखा था। पूरे दिन उजाड़ पड़ा, अपने दुखों से घिरा यह छोटा–सा कमरा अब घर लग रहा था। छोटा–सा चूल्हा जल रहा था, पत्नी पति के साथ बैठी थी, बच्चे बाक़ी चीज़ों को दुरुस्त कर रहे थे और सब मिलकर जैसे एक धूल भरे घर से दुख को धीरे–धीरे बुहार रहे थे।

इन सबके बीच खाना परोसा गया– सबने खाया और शीला बताती रही कि बीती रात क्या हुआ था। "हम सोच लिए थे कि यहाँ ले आयेंगे और तुम्हीं लोग के बीच सुला देंगे। सबेरे पहुँचा देंगे। लेकिन ऊ मैडम मिल गयीं, और अपने साथ बच्चा ले गयी।"

सब चुपचाप माँ का बयान सुनते रहे। रात के 11 बजने जा रहे थे। तभी अचानक मोबाइल बजा– सब ऐसे चिहुँके कि फिर कोई अपशकुन न हो। कहीं पुलिस तो नहीं बुला रही।

'ठेकेदार का फ़ोन है, इतनी रात को?' रग्घू ने फ़ोन उठाया। पहले अपना हालचाल बताता रहा। फिर अपनी पत्नी की बेगुनाही की बात करता रहा। फिर अचानक उसका लहजा बदल गया। हाँ, हाँ, हाँ। रग्घू की आवाज़ में हैरानी भरी पड़ी थी। 'नहीं–नहीं, अभी कैसे।

अभी तो नहीं आ सकते हैं। ...अभी ऊ कैसे आ सकती है। नहीं, नहीं, नहीं, हाँ बात करते हैं। अच्छा सबेरे देखेंगे।'

फ़ोन काटने के बाद रग्घू एक मिनट चुप रहा। बाक़ी चारों उसे देखते रहे। फिर उसने शीला से पूछा, ''कल जिसे बच्चा दिया था, उसे जानती भी थी?''

शीला फिर इतना ही बोल पायी कि नाम नहीं मालूम था, ऑफ़िस में उनको देखती रही थी।

"बच्चा अब भी उन लोगों के पास है। ठेकेदार बता रहा था कि नोएडा के एक बिल्डर ने उसे फ़ोन किया। वह बिल्डर उसको जानता है। वह चाहता है कि तू दो दिन बच्चे को और सँभाल ले।"

"मतलब?" किसी तरह ख़ुद को चीख़ पड़ने से रोक पायी शीला।

"मतलब नहीं मालूम। कल जाना होगा ठेकेदार के साथ बिल्डर के पास। पता नहीं, क्या मुसीबत आने वाली है। कहा था ये नौकरी मत कर। लेकिन तुझे तो उड़ने का शौक़ था।" रग्घू का डर और ग़ुस्सा अब उसकी नौकरी पर चला आया था। लेकिन शीला के दिमाग़ में एक ही सवाल झंझावात की तरह उठ रहा था– आख़िर वह मैडम ऐसी तो लगती नहीं थी कि बच्चे को ग़ायब कर देंगी? किस हाल में होगा बच्चा? बिल्डर को कैसे यह सब मालूम है? उसे चक्कर–सा आने लगा। यह बड़े लोगों की दुनिया कैसे–कैसे खेल खेलती है? और उसकी तरह के छोटे लोग कैसे पिस जाते हैं? उसे याद आया, ऑफ़िस से घर आते–आते पुलिसवाले उसके साथ क्या–क्या करना चाह रहे थे। अगर कुछ कर बैठते, मारकर कहीं फेंक देते और बता देते कि गाड़ी से उतरकर भाग गयी तो क्या होता? रग्घू और बच्चों को कैसे पता चलता?

## वह किसी को बचाने चली, ख़ुद घिर गयी

तो उस शाम रेवा और इफ़्तिख़ार घर के लिए एक साथ निकले। सबा एक शूट के सिलसिले में जयपुर गयी हुई थी।

रेवा ने इफ़्तिख़ार से कहा कि वह उसे ड्रॉप कर दे, उसका घर रास्ते में ही– मयूर विहार, फेज–1 में पड़ता है। इफ़्तिख़ार का मन अब भी ख़राब था। जबकि रेवा दिनभर के तनाव और थकान से मुक्त होना चाहती थी। उसने कहा था, इफ़्तिख़ार, चलो हम लोग कहीं कॉफ़ी पीते हैं। लेकिन इफ़्तिख़ार जैसे लोगों के सामने पड़ने से बच रहा था। गाड़ी में उसने बताया कि उसे रिपोर्टिंग पर मिली फटकार का बुरा नहीं लगा है। उसे ख़राब रिपोर्टर बताया जाता तो बुरा नहीं लगता। लेकिन उसके ईमान पर शक किया जा रहा है। लग रहा है, जैसे उसने मुसलमान होने के नाते आतंकियों का पक्ष लिया हो। 'जबकि मैं एक जनरल–सी बात कह रहा था, जो अक्सर विवान भी कहता है कि किसी को आतंकवादी लिख या बोल नहीं सकते। हमें उसे सन्दिग्ध ही बताना होगा'– इफ़्तिख़ार को इस बात से बहुत गहरी चोट पहुँची थी कि दफ़्तर में सबने उसका मज़ाक़ बनाया, "मैं ये नौकरी छोड़ दूँगा।" इफ़्तिख़ार बोल रहा था।

'अरे यार, ज़्यादा सेंटी मत हो। यहाँ तो तेरी बात सुन भी लेते हैं, बाहर कौन सुनेगा', रेवा ने उसे हल्के ढंग से समझाने की कोशिश की थी। फिर कार से उतरते हुए उसे अचानक फिर ऑफ़र किया, "चलो दो मिनट साथ बैठते हैं। घर पर तो कॉफ़ी पी सकते हो।" इफ़्तिख़ार फिर आनाकानी के मूड में था, लेकिन रेवा को लग रहा था कि इस मायूसी के बीच उसे न छोड़े– 'अरे, सबा भी नहीं है, गुल अपनी ननिहाल में है। तुम क्या करोगे घर जाकर इतनी जल्दी। चलो आज ससुराल में खाने की जगह मेरे यहाँ खा लेना।'

इस तरह पहली बार रेवा अपने फ्लैट में इफ़्तिख़ार को लेकर आयी थी। इफ़्तिख़ार का चेहरा बहुत मासूम था– गोरा–चिट्टा। वह मूँछें भी नहीं रखता था। इफ़्तिख़ार को ड्राइंग रूम में बैठाकर रेवा ने ड्रेस चेंज की और कॉफ़ी चढ़ा दी। ड्राइंग रूम में पहुँची तो देखा, इफ़्तिख़ार उसे कुछ हक्का–बक्का सा देख रहा है। तब रेवा को ख़याल आया कि डीप नेक वाली उसकी ढीली–ढाली स्लीवलेस नाइटी अचानक उसे कुछ अलग ढंग से पेश कर रही है। वह कुछ संकोच में

पड़ गयी, लेकिन फिर उसे लगा!, जाने दो। वह सोफ़े पर इफ़्तिख़ार के बगल में ही बैठकर कॉफ़ी डाल रही थी। उसने अब महसूस कर लिया था, इफ़्तिख़ार उसे देखे जा रहा था। 'एई, मुझे देख क्या रहे हो इस तरह।' रेवा से रहा नहीं गया तो उसने टोक दिया। इफ़्तिख़ार ने अचानक नज़रें हटा लीं और झेंप-सा गया। फिर उसकी सुबह वाली कसक निकलने लगी। रेवा ने कहा, 'छोड़ न यार, एक दिन की बात है, लोग भूल जायेंगे।'

'नहीं रेवा, ये एक दिन की बात नहीं है। कभी संसद पर हमला होता है तो हमें शक से देखा जाता है, कभी कश्मीर के मसले पर सब मेरी राय जानना चाहते हैं, कभी पाकिस्तान के जीतने पर सब टोकते हैं। जैसे इस मुल्क में...और जो आज हुआ, वह होता रहेगा। यह मुसलमान के तौर पर पैदा होने की सज़ा है।' फिर इफ़्तिख़ार की आँख भर आयी।

रेवा उसे देखती और देखती रही। फिर पता नहीं क्या हुआ, वह उसके सामने जा खड़ी हुई, दोनों कन्धे थामे और बहुत प्यार से कहा, "अब उदास मत होओ। अच्छा नहीं लग रहा है।" यह अपने ऊपर हल्के से झुकी रेवा का आकर्षण था या अपने दुख का दबाव, इफ़्तिख़ार रेवा के कुछ और क़रीब चला आया। उसने अचानक अपना चेहरा उसके वक्षों में छुपा लिया।

रेवा सिहर-सी गयी। वह इसके लिए तैयार नहीं थी। इस कोमलता पर उसने अभी किसी को अधिकार नहीं दिया है। ठीक है, पार्टियों में कभी-कभार वाइन पीकर लड़कों के साथ उसने डांस कर लिया है और कभी-कभी अपने कुछ अपीलिंग फ़ोटोग्राफ़्स लगा दिये हैं, लेकिन अपनी ज़िन्दगी में इतने क़रीब वह किसी को लेकर नहीं आयी है। बिना सोचे वह ऐसा नहीं कर सकती। इफ़्तिख़ार के साथ तो क़तई नहीं। उफ़, ये क्या कर रहा है इफ़्तिख़ार। इफ़्तिख़ार कह रहा था, "तुम बहुत अच्छी हो, बहुत अच्छी।"

लेकिन रेवा कुछ सुन नहीं रही थी। वह बस अपने वक्षों की गरमाहट और धौंकनी को महसूस कर रही थी। यह वह क्या कर रही है।

यह इफ़्तिख़ार क्या कर रहा है। ओह! उसे फ्लैट में नहीं लाना चाहिए था। लेकिन उसे कुछ अच्छा भी लग रहा था। और इसी मोड़ पर उसने एक रेखा पार कर ली। अपने हाथ से इफ़्तिख़ार का चेहरा हटाने की कोशिश करते–करते अचानक क्या हुआ कि उसने बहुत हल्के उसे चूम लिया– इधर–उधर नहीं ललाट पर। लेकिन तब तक इफ़्तिख़ार उसे बाँहों में भर चुका था। वह देख रही थी कि वह उसे दीवानावार चूम रहा है– उसके कान, गाल, गले पर। हर जगह। उफ़।

'इफ़्तिख़ार छोड़ दो मुझे,' वह कसमसाती हुई, बहुत हल्के से मनुहार कर रही थी।

इफ़्तिख़ार ने उसका चेहरा देखा, 'अच्छा नहीं लग रहा है? छोड़ दूँ।'

'नहीं, यह बात नहीं है। लेकिन यह सही नहीं है इफ़्तिख़ार', वह फुसफुसायी।

'पता नहीं, क्या सही और ग़लत है रेवा। हम किसी को नुक़सान नहीं पहुँचा रहे। किसी को चोट नहीं पहुँचा रहे। बस एक–दूसरे को सुख पहुँचा रहे हैं।

रेवा चुप थी। इसलिए नहीं कि तर्क से सहमत थी, बस शायद इसलिए कि इस सुख के आगे अवश थी। उस शाम जैसे इफ़्तिख़ार दुखों के समन्दर से निकलकर सुख के सरोवर में समा गया था। अचानक वह स्लीवलेस डीप नेक वाली नाइटी नीचे जा गिरी थी। रेवा का बेहद गोरा और कोमल जिस्म थरथरा रहा था। उफ़, ये इफ़्तिख़ार को सँभालते–सँभालते वह किस नदी में बही जा रही थी।

क़रीब आधे घण्टे बाद यह उफान ख़त्म हुआ। रेवा बिल्कुल चुप थी। इफ़्तिख़ार भी तृप्त–सा था। उसने कपड़े दुरुस्त किये, "अब निकलूँ।"

रेवा ने सिर हिलाया। यह याद नहीं दिलाया कि उसे खाना खाकर जाना है।

लेकिन इफ़्तिख़ार के जाने के बाद रेवा बहुत पछतायी थी। उसे लग रहा था कि ज़िन्दगीभर जिस विचार पर वह नाज़ करती रही,

वह एक झटके में बिखर गया। उसका फ़ेमिनिज़्म यह नहीं था कि वह अपनी देह बाँटती रहे। अपनी देह अब तक उसने बाँटी भी नहीं। इसे हर हाल में रोकना होगा। उसने सबा को धोखा दिया था। वह डरी हुई भी, परेशान भी थी। उसने एक बार तय किया कि सबा को सब बता देगी। अपनी मम्मी को भी जो मेरठ से नौ बजे तक आने वाली हैं। उसने सारे कमरे दुरुस्त किये, देखा कि कहीं इफ़्तिख़ार की कोई निशानी, कोई गन्ध तो बाक़ी नहीं है। जाकर नहायी और फिर टीवी देखने लगी। लेकिन उसका मन नहीं लग रहा था। कहीं उसे यह भी ख़याल था कि इफ़्तिख़ार ने भी उसके साथ खेल किया है। वह कुछ ज़्यादा ही जज़्बाती बन गया था। यह इमोशनल ब्लैकमेल था। वह भीतर–भीतर जैसे छटपटा रही थी। इसे रोकना होगा।

लेकिन मम्मी आयीं तो रेवा ने उन्हें कुछ नहीं बताया। दोनों दिनभर की घटनाओं की चर्चा करते रहे। मम्मी ने बताया, मेरठ तक बटला हाउस एनकाउंटर की चर्चा है। रेवा ने बताया कि दिनभर वह उसी में उलझी रही। यह भी बताया कि दफ़्तर में इफ़्तिख़ार के साथ क्या कुछ हुआ। उसकी मायूसी के बारे में बताया और यह जोड़ा कि वही उसे यहाँ तक छोड़ गया है। लेकिन इसके आगे कुछ नहीं।

अगले कई दिन वह इफ़्तिख़ार से नहीं मिली। जब वह सबा के साथ दिख जाता तो रेवा सबा के साथ हँस–बोल लेती, इफ़्तिख़ार से कन्नी काट लेती। जबकि इफ़्तिख़ार उसे लगातार मेसेज पर मेसेज भेजे जा रहा था। एक बार उसने इफ़्तिख़ार को समझाया भी कि जो हो गया, वह हो गया, उसे भूल जाये।

लेकिन कोई कोना उसके भीतर का भी शायद अतृप्त या अकेला था। बीते महीने पीसीआर की नीलाभा की शादी थी और उन लोगों ने शादी से पहले एक छोटी–सी पार्टी दी थी। प्रेस क्लब में हुई उस पार्टी में इफ़्तिख़ार भी था और रेवा भी थी। सब एंज्वाय कर रहे थे। थोड़ी बहुत ड्रिंक्स भी चली और डांस भी। इफ़्तिख़ार पीता नहीं था इसलिए ड्राइविंग के लिए माकूल था। तो उस दिन जब इफ़्तिख़ार

निकला तो रेवा भी निकली। दोनों फिर साथ चले और फ्लैट में फिर वह सब हुआ जिसे रेवा ने फिर कभी न दुहराने की क़सम खायी थी।

लेकिन अक्तूबर के उस सप्ताह, जब मुम्बई में दस आतंकी किसी बोट से दाख़िल होने की तैयारी कर रहे होंगे, तभी सबा के हाथ इफ़्तिख़ार के मेसेज लग गये। क्या सोचती होगी सबा उसके बारे में। रेवा को जब इफ़्तिख़ार ने बताया तो वह बेहद परेशान हो गयी। वह सबा से क्या कहेगी? और बात खुलेगी तो क्या उसकी मम्मी तक नहीं जायेगी? मम्मी क्या सोचेंगी जो उस पर इतना भरोसा करती हैं। इसी भरोसे के नाते वह मेरठ में रहती हैं और उन्होंने यहाँ रेवा को अकेले रहने दिया है। हालाँकि पापा इसके विरोध में थे।

पूरे दिन इसी ग्लानि में डूबी रही रेवा। सोचती रही कि सबा मुम्बई से लौटेगी तो उसे बता देगी। रात जब मुम्बई के हमले शुरू हुए, उसके पहले वह घर जा चुकी थी। घर में भी बेहद तनावग्रस्त रही। उसे कुछ भी अच्छा नहीं लग रहा था। उसे सबा का सेकंड वूमन वाला जुमला जैसे बार–बार चुभ रहा था। रात को सोयी भी तो वह सबा के सपने देखती रही। सबा ज़ोर–ज़ोर से हँस रही थी उस पर– तू इफ़्तिख़ार की केप्ट है, मुझे पता ही नहीं था। वो तो इफ़्तिख़ार ने बताया। और मम्मी पूछ रही थीं– बच्चा किसका है।

पसीने–पसीने उठी रेवा। उसे ख़याल आया कि अभी तो वह प्रेग्नेंट भी नहीं है। और सबा ने उसे केप्ट कहा। यह शब्द जैसे किसी चाक़ू की तरह उसे छील रहा था।

सुबह उठी तो बस इस तनाव से बचने के लिए दफ़्तर चली गयी। दोपहर को इफ़्तिख़ार ने उसे फ़ोन करके बताया कि रात को सबा के कमरे में टेररिस्ट घुस गये थे और उसके बाद से उसकी कोई ख़बर नहीं है। इफ़्तिख़ार फिर उसी दिन की तरह रो रहा था। लेकिन इस बार रेवा समझ रही थी कि यह रुलाई सबा के लिए नहीं, सबा की बेटी गुल के लिए है जिसका आज जन्मदिन है।

रेवा को अचानक इस ख़बर ने एक राहत–सी दे दी। शायद सबा का सामना अब नहीं करना पड़ेगा। मम्मी को अब कुछ पता नहीं चलेगा।

उसका पाप छुपा रह जायेगा। लेकिन अगले ही पल अपनी कमीनगी के ख़याल से वह बेहद शर्मिन्दा हो गयी। उसे अचानक ख़याल आया कि सबा उसकी वजह से ही मारी गयी है। इफ़्तिख़ार ने बताया था कि सबा मुम्बई नहीं जाने वाली थी। वह बेटी के जन्मदिन की तैयारियों में लगी होती, लेकिन उन दोनों का राज़ खुलने से जो तनाव पैदा हुआ, उसके बाद वह मुम्बई चली गयी।

तो एक तरह से वह भी ज़िम्मेदार है सबा की मौत के लिए। उसने ख़ुद को क्यों नहीं सँभाला? इफ़्तिख़ार को क्यों नहीं रोका? इफ़्तिख़ार ने ये हिम्मत उससे कैसे की? रेवा की तबीयत ख़राब लगने लगी थी। उसने प्रशान्त सर को जानकारी दी और घर चली आयी। घर का अकेलापन उसे कुछ और काट रहा था। उसने टीवी देखने की कोशिश की– न्यूज़ चैनल्स पर मुम्बई की ही ख़बरें थीं। मनोरंजन चैनलों पर जो सीरियल आ रहे थे, उन्हें उसने कभी फ़ॉलो नहीं किया था, फ़िल्में सारी बेकार थीं। उसने अपनी मम्मी को फ़ोन लगाया, उन्होंने उठाया नहीं। वे अक्सर फ़ोन लेना या दुबारा करना भूल जाती हैं। उसने लैपटॉप खोला कि प्रशान्त सर को मेसेज करेगी। फिर कुछ सोचकर लैपटॉप बन्द कर दिया। अचानक उसने बड़ी गहरी घबराहट महसूस की। बहुत गहरा डर। उसने एक पाप किया है। इसकी सज़ा उसे भुगतनी होगी। सबा ने ज़रूर किसी–न–किसी को यह सब बता दिया होगा। बात दबी नहीं रहेगी। वह बहुत गहरी असहायता के बोध से घिर गयी थी। उसने फिर टीवी ऑन करने की कोशिश की, लेकिन अचानक उसका दिल ज़ोर से धड़कने लगा था। ऐसा जीवन जीकर वह क्या करेगी। क्या जीने का कोई अर्थ रह गया है?

नहीं, वह आत्महत्या नहीं करेगी। उसने कभी आत्महत्या की बात नहीं सोची है। वह एक बहादुर लड़की है। सबा एक टेररिस्ट अटैक में मरी है। उसकी मौत की गुनहगार वह नहीं है। और ऐसे सम्बन्ध आम हैं। लेकिन इन सारे तर्कों पर भारी वह थरथराहट थी, जो वह अपने भीतर महसूस कर रही थी। सबा ने क्या अपनी मौत

के वक़्त उसके बारे में सोचा होगा? क्या वह उसे बद्दुआएँ दे रही होगी? क्या वह उससे नफ़रत कर रही होगी? क्या उसे जीने का हक़ रह गया है? उसका सिर अचानक बहुत ज़ोर से दुखने लगा था। वह लड़खड़ाती हुई उठी कि कोई टैबलेट ले ले। जब उसने आलमारी खोली तो उसकी निगाह माँ की दवाओं के पैकेट पर पड़ी। माँ को डॉक्टर ने नींद की गोलियाँ लिखीं हैं। यहाँ आकर वह बीच–बीच में रहती है, इसलिए एक पैकेट छोड़ जाती हैं।

उसे लगा कि वह एक गोली लेकर सो जाये तो अच्छा रहेगा। लेकिन क्या यह नियति की ओर से कोई पैग़ाम है? अचानक उसे पूरा पत्ता कैसे मिल गया? उसने सोचा, ज़्यादा नहीं सोचेगी। बस एक गोली ले लेगी। लेकिन एक के बाद एक कितनी गोलियाँ वह गटकती चली गयी, उसे इसका भी ख़याल नहीं रहा।

## कहीं से आ जाओ सांद्रा सैमुअल

सांद्रा सैमुअल इन दिनों बिल्कुल अकेली–सी थी। जून में ही उसके पति जॉन की मौत हो गयी थी। वह नींद में ही चल बसा था। यह पता भी नहीं चल सका कि जॉन की मौत आख़िर किस बीमारी से हुई। जॉन मेकैनिक था, लेकिन जब उसके अपने जिस्म के पुर्जे घिस रहे थे, तब उसे ख़बर नहीं थी।

लेकिन जॉन ने सांद्रा को अकेला नहीं छोड़ा था। उसके दो बेटे थे– 18 साल का मार्टिन और 25 साल का जैक्सन। फिर ये मुम्बई शहर उसका था। कहने को वह गोवा की थी, लेकिन इसी मुम्बई की होकर रह गयी थी। इसी मुम्बई ने सांद्रा को एक और परिवार दिया था। 2003 में वह कबाड हाउस आयी थी– गैब्रियल और रिव्का के घर काम करने। बस कुछ दिन के लिए। लेकिन ये दिन लम्बे होते चले गये– पहले महीनों में बदले और फिर बरसों में। वह पाँच बरस से इस घर में रह रही है, इस घर की हो गयी है। यह रब्बी

और रिव्का की आत्मीयता थी जिसने सांद्रा को निकलने ही नहीं दिया। 2006 में उसने मोशे की पैदाइश भी देखी। रब्बी और रिव्का हाउस की दूसरी ज़रूरतें पूरी करते रहते, आते–जाते मेहमानों का इन्तज़ाम देखते और छोटा–सा मोशे सांद्रा को देखता रहता। सांद्रा धीरे–धीरे मोशे की दूसरी माँ बनती चली गयी। वह परमात्मा का शुक्रिया अदा करती कि जब उसके पास बहुत कुछ नहीं बचा था तो उसने उसे एक पूरा परिवार दे दिया। लेकिन सांद्रा को नहीं मालूम था कि परमात्मा ने उसे एक विशेष भूमिका के लिए वहाँ रख छोड़ा है। अगर यह परमात्मा की इच्छा न होती तो वह बुधवार की शाम वहाँ कैसे होती। बुधवार को तो वह अक्सर अपने बेटे के पास चली जाया करती थी।

लेकिन उस बुधवार कुछ ऐसा हुआ था कि सांद्रा कबाड हाउस में रह गयी थी। 26 नवम्बर की रात, वह तब किचेन में थी जब अचानक उसे कुछ लोग गन और ग्रेनेड लिए दिखायी दिये। वे गोलियाँ बरसा रहे थे। हें भगवान, एक–दो नहीं, दस–बीस नहीं, जैसे गोलियों की बरसात हो। अचानक पूरे हाउस में अफ़रातफ़री, चीख़–पुकार मच गयी। सांद्रा ने देखा, एक गोली चलाने वाले ने उस पर भी बन्दूक़ तान रखी है। उसने शायद गोली चलायी भी थी, लेकिन उसे लगी नहीं। वह थरथर काँप रही थी। वह एक फ्रिज के पीछे जा छुपी। उसके एक तरफ़ जकी था– वहीं काम करने वाला सहायक। लेकिन इन हमलावरों की दिलचस्पी शायद उन लोगों में ज़्यादा नहीं थी। वे गोलियाँ बरसा रहे थे, ग्रेनेड फेंक रहे थे, कहीं काँच टूटने की आवाज़ थी, कहीं लोगों के चीख़ने की, कहीं सामान पलटने की, कहीं भागने–दौड़ने की। सजा–सँवरा, इज़राइली मेहमाननवाज़ी के लिए मशहूर यह कबाड या नरीमन हाउस अचानक दहशत का घर हो गया था। कोई सोच नहीं सकता था कि कोलाबा के इस इलाक़े में इस घर में हमला होगा।

दहशत से भरी सांद्रा ने ख़ुद को फर्स्ट फ्लोर के एक कमरे में बन्द कर लिया। यह सामान रखने के काम आता था। उसका दिल

बिल्कुल जैसे धड़–धड़ कर रहा था। दहशत से वह चीख़ना चाहती थी, लेकिन उससे बड़ी दहशत से वह चुप्पी में चली गयी। ऊपर लगातार धमाकों और चीख़–पुकार की आवाज़ आती रही। परमात्मा रब्बी को सुरक्षित रखना, रिव्का को कुछ न हो, वह मना रही थी। मोशे का तो उस समय उसे ख़याल ही नहीं आया था। लेकिन घर में लगातार कुछ ऐसा हो रहा था जो अपशकुनी था। कौन हैं ये लोग जो घुस आये हैं? क्या ये डाकू हैं? लेकिन इतनी देर तक गोली जैसी आवाज़ क्यों आ रही है? पुलिस आयी है या नहीं? कहाँ है पुलिस? उसे पता भी नहीं चल पा रहा था कि वे रब्बी और रिव्का के साथ क्या कर रहे हैं।

इस तरह कितना समय बीत गया, उसे नहीं पता चला। उस अँधेरे गुमसाये कमरे में डर जैसे बन्दूक़ लिए टहल रहा था। वह हिली–डुली कि उस पर कोई झपट पड़ेगा। कोई उसे मार डालेगा। वह दम साधे जहाँ पड़ी थी, पड़ी रही। यह भी पता नहीं कि जागी हुई थी या सोयी हुई थी। यह भी पता नहीं कि होश में थी या बेहोश थी। बस, वह डरी हुई थी– इस तरह कि उसे कुछ समझ में नहीं आ रहा था।

बीच–बीच में जैसे उसकी चेतना लौटती थी। धीरे–धीरे गोलियों की आवाज़ ख़त्म हो गयी थी। हालाँकि हलचलें बाक़ी थीं। जैसे कोई हेलीकॉप्टर बहुत नज़दीक उड़ रहा हो। जैसे कुछ लोगों ने बिल्डिंग घेर रखी हो। ज़रूर पुलिसवाले होंगे। कहाँ है रब्बी? क्या कर रही है रिव्का? क्या रात बीत गयी? क्या ये अगला दिन है? क्या वह दरवाज़ा खोले? क्या वह बाहर निकले?

अचानक, उसे बिल्कुल पास से एक आवाज़ सुनाई पड़ी– जैसे कोई बिल्ली रो रही हो। वह उछल–सी पड़ी। इस कमरे में बिल्ली कहाँ? फिर उसने ध्यान दिया। यह किसी बच्चे के रोने की आवाज़ है। हे परमात्मा! यह तो मोशे है! कहाँ है मोशे? मेरी रिव्का कहाँ हो तुम? रब्बी, आपका बेटा रो रहा है, उठिए, कहाँ हैं आप?

हे भगवान! मोशे तो उसे पुकार रहा है। वह दो साल का है, लेकिन उसकी तोतली भाषा में अपने नाम लगाई गयी पुकार समझने

में वह कोई चूक नहीं कर सकती। परमात्मा! मोशे मुझे पुकार रहा है। क्या करूँ?

रोने की आवाज़ अब और साफ़ थी। लड़खड़ाती हुई सांद्रा उठी। उसने रातभर से बन्द दरवाज़ा खोला। रोशनी जैसे किसी घुटन की तरह भीतर आयी। वह सामने से निकल सकती है, सीधे सड़क पर पहुँच जायेगी। वह सुरक्षित रहेगी। लेकिन सांद्रा के पाँव जैसे उसके दिमाग़ के ख़िलाफ़ चल रहे थे। वह सीढ़ियाँ फलाँग रही थी। जैसे ही वह ऊपर के कमरे में पहुँची, वह सन्न रह गयी। पाँव अचानक थम गये, फिर बिल्कुल बुरी तरह काँपने लगे। उसे लगा कि वह बेसुध होकर ज़मीन पर गिर पड़ेगी। उसने बहुत मुश्किल से अपने–आपको सँभाला। उसके सामने रब्बी और रिव्का गिरे पड़े थे– ख़ून से लथपथ। भगवान, किसने इन्हें मारा, किस बेरहमी से मारा। हो सकता है, ये बेहोश हों, बचे हुए हों। उफ़, ये बच्चा। मरे हुए माँ–पिता के बगल में खड़ा रो रहा है मोशे। उफ़, इसे भी लगता है, पीठ पर मारा है। इसे मारने की कोशिश में भी दरिन्दे सिहरे नहीं। उसने झपटकर मोशे को गोद में उठाया। उसकी पैंट ख़ून से तर थी। वह ज़ोर–ज़ोर से रोने लगा था। ऐसे हिचकियाँ ले रहा था जैसे बचेगा नहीं। सांद्रा ने आव देखा न ताव, बस उसे गोद में लिए धड़ाधड़ उतरती चली गयी। बिना सोचे। बिना समझे। उसे बस इस बच्चे को बचा लेना है। इसे वह मरने नहीं देगी। इसे उसने पाला है। वह दौड़ती चली गयी। दौड़ती चली गयी। कोई गोली नहीं चली, किसी ने पीछा नहीं किया और अचानक उसने अपने--आपको सड़क पर पाया। यह खुली सड़क थी, शोर था, बन्दूक़ लिए वर्दीवाले थे जो उसे इस तरह निकलता देखकर हैरान थे। वह जैसे मौत के मुँह से निकलकर आयी थी। मोशे उसकी गोद में था।

वह अचानक टीवी चैनलों पर थी। सब बता रहे थे कि एक आया ने किस तरह अपनी जान जोखिम में डालकर दो साल के बच्चे को मौत के मुँह से निकाला है। पूरा इज़राइल उसका शुक्रगुज़ार था। एक जलते हुए शहर में वह फ़रिश्ते जैसी खड़ी थी।

वहाँ से 1800 किलोमीटर दूर, एक सुरक्षित शहर में, अपने आँसुओं, अपनी थकान और अपने अन्देशों से घिरे एक दम्पति भी

देख रहे थे यह दृश्य। सुलभा रोये जा रही थी– "देखो, एक ये है, इसने जान जोख़िम में डालकर एक बच्चे को बचाया है। ये तो अभि के बराबर ही है न विशाल। कहाँ होगा अभि?"

विशाल अपने काँपते हाथों से उसकी पीठ थपथपा रहा था। "देखो, हमारा अभि भी सेफ होगा सुलभा। फँस गयी होगी वो औरत कहीं– क्या नाम है– चारु। ज़रूर उसने ठीक से रखा होगा अभि को।"

यह 27 नवम्बर की रात थी। सुलभा को याद आया, ठीक इसी समय, ठीक इसी समय कल वह न्यूज़ रैप करने वाली थी कि अचानक ये ख़बर आ गयी।

"कल जब मैं न्यूज़ पढ़ रही थी तो ये कबाड या चबाड हाउस मेरी समझ में नहीं आया था।"

"ये एक ज्यूइश कम्युनिटी सेंटर है। ऐसे सेंटर दुनियाभर में हैं– क़रीब 4000 सेंटर। ऐसे सेंटर कोई रबी दम्पति चलाते हैं। वे इजराइल से आने–जाने वालों के ठहरने तक का इन्तज़ाम करते हैं।" विशाल ने दोपहर को गूगल से निकाला अपना ज्ञान परोस दिया था– 'इसका पुराना नाम नरीमन हाउस था।'

"हाँ, मैं कन्फ़्यूज़ भी हो गयी थी एक बार नरीमन हाउस और नरीमन प्वॉइंट में।"

कोई और वक़्त होता तो विशाल कुछ चुटकीयाँ लेता। वे क़िस्से याद करता जब सुलभा ने ऑन एयर कोई बड़ी ग़लती की हो। लेकिन इस वक़्त इतनी–सी बातचीत भी दोनों को जैसे गुनाह लगने लगी थी। उनका बेटा खो गया है और वे मुम्बई की ख़बर देख रहे हैं।

लेकिन वे क्या करें। जब तन्मय के पास सुमेर सिंह का फ़ोन आ गया कि चारु बच्चे को लेकर वैशाली से निकली है, लेकिन फ़रीदाबाद नहीं पहुँची है तो अचानक उनके लिए जैसे गली बन्द हो गयी। सुलभा का चेहरा फिर स्याह होने लगा। तन्मय ने विशाल को देखा तो विशाल की आँखें भर आयीं। तन्मय उठा, उसने विशाल का कन्धा थपथपाया– रुक मैं देख रहा हूँ। कम–से–कम एक बात साफ़ है कि बच्चा शीला के पास नहीं है। चारु उसे ले गयी है। अब चारु को खोजना है। मैं खोजता हूँ। विशाल ने सिर हिलाया,

तन्मय ने सबसे विदा ली, चलने से पहले सुलभा का कन्धा थपथपाया और यक़ीन दिलाया कि अभि जहाँ भी होगा, सुरक्षित होगा। उसी ने अरुण को कहा था, मुम्बई का हालचाल देख ले, हो क्या रहा है।

विशाल ने अचानक रिमोट उठाया और टीवी बन्द कर दिया। टीवी की तस्वीरें और आवाज़ें ग़ायब हुईं तो जैसे फ्रीज़ पड़ा सारा दृश्य जीवित हो उठा। कमरे में उनके अलावा सुलभा के पिता सिन्हाजी भी थे और दोनों भाई आशीष–अरुण भी। इन सबके साथ कमरे का सन्नाटा भी जैसे दिखने लगा। सब चुप थे। आशीष आदतन मोबाइल पर उँगलियाँ दौड़ा रहा था। विशाल और सुलभा ने एक कसमसाती हुई बेचैनी से एक–दूसरे को देखा।

"अख़बारों में या टीवी पर ख़बर दी है?" विशाल ने अरुण से पूछा। अरुण हिचक कर दीदी को देखने लगा। सुलभा ने ही मना किया था अभी इसको टीवी–अख़बार पर देने से।

"अभि को लापता की सूची में मत डालो विशाल, प्लीज," लगभग रोती हुई–सी आवाज़ थी सुलभा की।

"कोई रास्ता तो निकालना होगा न सुलभा।"

"जीजाजी", ये आवाज़ आशीष की थी, "फ़ेसबुक पर अभि का एक पेज बना दें? लोगों को बताते हुए कि दो साल का अभि अचानक गुम हो गया है। उसके बारे में जानकारी हो तो दें।"

सिन्हाजी ने कुछ तीखी नज़रों से उसकी ओर देखा। इन नये माध्यमों को वे नये लड़कों का शौक़ भर मानते थे। लेकिन वे कुछ कहते, उसके पहले सुलभा बोल उठी, "हाँ आशु, बना दे।"

आशीष ने फ़ौरन लैपटॉप खोला– अभि की खेलती हुई तस्वीरें निकालीं और कुछ ही देर में पेज तैयार था– "कहाँ हो अभि?"

अभि क्या बतायेगा? विशाल के सीने में हूक–सी उठी और उसने फिर सुलभा की छलछलायीं आँखें देखीं। क्या कोई सांद्रा सैमुअल मोशे की तरह उसके बच्चे को कहीं से लिए दौड़ी नहीं चली आयेगी?

उसे ख़याल आया, यह लगातार दूसरी रात है जो अभि के बिना कटेगी। कटेगी क्या?

# ख़बर बनने वाले, ख़बर बनाने वाले

नवम्बर की ख़ुशनुमा धूप के बावजूद एक ख़ाली सड़क के सन्नाटे में उड़ती हुई धूल हरजिन्दर सैनी को कुछ तंग कर रही थी। चेहरा पोंछते हुए उन्होंने कहा, ''ये धूल का मौसम तो न है जी। पता नहीं, ऐसी गर्द क्यों उड़ रही है।''

"अरे सर, पूरे नोएडा और ग्रेटर नोएडा में उड़ रही है ये गर्द, ये मौसम अच्छा नहीं है," कुछ मुस्कुराते हुए उसके साथ चल रहे युवा पत्रकार राकेश अनजान ने कहा।

हरजिन्दर सिंह सैनी को इशारा समझने में देर नहीं हुई। राकेश अनजान पिछले दो महीनों से नोएडा में चल रहे हंगामे की बात कर रहा था।

"क्या कहें जी, नेता लूटने को बैठे हैं, किसान लालची हैं, बीच में हमारी तरह का आदमी फँस जाता है– असली काम करने वाला। बाक़ी कंट्री की तरक़्क़ी जो रुकती है सो रुकती है।" हरजिन्दर सैनी ने मौसम का अपना विश्लेषण पेश कर दिया।

राकेश अनजान ख़ामोश रहा। उसे मालूम था कि जल्द ही शुरू होने वाले जिस टीवी न्यूज़ चैनल 'न्यूज़ लाइन' में वह काम करता है, उसमें नयना बिल्डर्स के इस मालिक हरजिन्दर सैनी का भी पैसा लगा है। हरजिन्दर सैनी के साथ यहाँ आने की वजह भी यही थी। ये आदमी अगर खुश रहा तो चैनल में उसकी हैसियत मज़बूत होगी। इसलिए किसानों के पक्ष में उसने अपनी तरफ़ से कुछ कहना या जोड़ना ज़रूरी नहीं समझा। उसे यह भी बताया गया था कि हरजिन्दर सैनी शॉर्ट टेंपर्ड है, फ़ौरन गाली–गलौज करने लगता है। और सबसे बड़ी बात यह थी कि हरजिन्दर सैनी चाहता था कि कोई लड़की– यानी महिला रिपोर्टर उसके साथ नोएडा–ग्रेटर नोएडा का जायज़ा लेने आती। राकेश अनजान को देखकर उसकी त्यौरियाँ कुछ पहले ही चढ़ गयी थीं।

हालाँकि अब वह बहुत सहज हो चुका था। सैनी की टाटा सूमो में आगे वाली दूसरी सीट पर दोनों बैठे हुए थे। सबसे आगे एक

कैमरामैन था और ड्राइवर था। पीछे चार हट्टे–कट्टे पहलवान टाइप के लड़के थे जो सैनी के सहायक थे। इसमें शक नहीं कि हरजिन्दर सैनी को इलाक़े का पूरा पता था– इतिहास भी और भविष्य भी।

वह बोले जा रहा था, ''वैसे किसानों की भी ग़लती नहीं है। सबको मालूम है, ये बहुत बड़ा मामला है। पता है जी। अभी तो ये सारा ख़ाली–सूखा खेत–खेत दिख रहा है, लेकिन जल्द ही आप देखोगे, यहाँ से वहाँ बिल्डिंगें ही बिल्डिंगें खड़ी हो जायेंगी। सारे बड़े–बड़े बिल्डर पूरी–पूरी टाउनशिप लेकर आ रहे हैं। सोचो, दो–दो एक्सप्रेस–वे बन रहे हैं। एक एक्सप्रेस–वे सीधे 100 मिनट में आगरा पहुँचाएगा। और ये नोएडा और ग्रेटर नोएडा को जोड़ेगा। 25 किलोमीटर आप 15 मिनट में तय कर लो। सबको मालूम है, ये अरबों–खरबों का मामला है। किसान भी अब चाहता है, उसे इन बिल्डरों से कुछ और पैसा मिल जाये।''

राकेश अनजान सारे इलाक़े को निहार रहा था। उसने नोएडा का बनना देखा था। उसे याद है कि पहले सेक्टर 19 कैसा उजाड़–सा पड़ा रहता था। कोई सोच नहीं सकता था कि 15 बरस में ऐसी सूरत बदल जायेगी। सैनी साहब ठीक बोल रहे हैं।

"सर, यहाँ एक बाइट ले लें आपकी?" कैमरामैन लपकता हुआ शॉट बनाने की कोशिश में था। राकेश अनजान एक लम्हे के लिए पछताया, ये पहल तो कैमरामैन से पहले उसे करनी थी। लेकिन उसने फ़ौरन कहा, ''हाँ सर, हाँ सर, ये जो बात आप बोल रहे हैं, सब रिकॉर्ड कर लेते हैं।''

सैनी हो–हो हँस रहा था। उसने कहा, ''अरे पत्रकार साहब, अपने ही चैनल में कहाँ दिखाओगे। अच्छा लगेगा?'' लेकिन फिर अपनी ही बात की काट पेश कर दी, ''वैसे इसमें शक ना है कि हम जो बतायेंगे, वो कोई और नहीं बतायेगा।''

"हाँ सर, आप तो यहाँ के सबसे पुराने लोगों में हैं।"

"तो कहाँ से शुरू करोगे। हिस्ट्री से?" कैमरामैन को पोजीशन लेते देख, अपना कॉलर कुछ ठीक करते हुए हरजिन्दर सैनी ने कहा।

राकेश अनजान ने मन–ही–मन गाली दी, लेकिन आवाज़ में ज़रा भी कम्पन आने नहीं दिया, ''यही ठीक रहेगा सर, इतिहास तो यहाँ का कोई जानता नहीं होगा।''

"ये जहाँ अभी हम लोग खड़े हैं, ये दनकौर के नाम से जाना जाता है। बहुत पुराना इलाक़ा है। महाभारत तक इसका इतिहास जाता है।" अपनी बात का प्रभाव देखने के लिए एक लम्हे रुके सैनीजी। राकेश ने इशारा किया, बोलते चलिए। इस बार इशारे से पहले थम्सअप बनाना न भूला। "महाभारत में गुरु द्रोण थे न। पाण्डव–कौरव को बाण चलाना सिखाया था। अर्जुन के गुरु। उन्हीं के नाम पर ये गाँव है। पहले द्रौणकौर कहलाता था। लेकिन साले अनपढ़ लोग...।"

"सर–सर", राकेश ने टोका, ''ये साले शब्द हटा देते। फिर से बोल दीजिए।''

"पूरा?" लय टूटने से कुछ मायूस हरजिन्दर सैनी ने पूछा। वैसे उन्हें ख़ुद भी ख़याल आया कि पट्ठा बात वाज़िब बोल रहा है। टीवी–शीवी पर गाली नहीं जानी चाहिए। लेकिन ये जो साला बोलने की आदत है।

"नहीं सर। द्रोणकौर कहलाता था के बाद से।"

"ठीक है, ठीक है।" गला खखारकर सैनी ने बोलना शुरू किया– 'असल में द्रोणकौर नाम की एक कहानी है। बताते हैं कि एकलव्य को– एकलव्य का नाम सुना है न– एकलव्य को द्रोण ने धनुर्विद्या सिखाने से मना कर दिया था। ख़ाली ऊँची जाति वालों को राजाओं–महाराजाओं को सिखाते थे। तो एकलव्य ने इसी गाँव में उनकी मूर्ति लगायी और ख़ुद सब सीख गया। तभी से इसका नाम द्रौणकौर पड़ा। लेकिन बाद में गाँव की बोली– बानी में इसे दनकौर कहा जाने लगा। तो ये दनकौर हो गया।"

हाथ में माइक लिए खड़े राकेश अनजान ने बातचीत आगे बढ़ायी। "सैनी साहब, आप बता रहे थे, अब ये इलाक़ा बहुत तरक़्क़ी करने वाला है।"

"हाँ–हाँ, हाँ–हाँ", सैनी साहब ने बातचीत का सिरा पकड़ा– "चार साल में इस इलाक़े की सूरत बदल जायेगी। ये जो एक्सप्रेस–वे तैयार हो गये न, तो फिर देखिएगा– कैसे गुड़गाँव को टक्कर देगा ग्रेटर नोएडा। जिस बड़े बिल्डर का नाम लीजिए, वह ग्रेटर नोएडा में हाथ डाले बैठा है। यहाँ तो इंटरनेशनल एयरपोर्ट भी बनना है जी। देखते रहिए।"

लेकिन सैनी साहब का मन बोलते–बोलते उखड़ने लगा। उन्हें याद आया कि पिछले दो महीनों में कितना सरदर्द हुआ है। लाठी चली है, गोली चली है, पुलिसवाले मारे गये हैं। रोज़ हंगामा हो रहा है। लगता नहीं है, साले नेताओं के चक्कर में ग्रेटर नोएडा का कोई कल्याण हो पायेगा।

उन्होंने राकेश अनजान से कहा कि अब बहुत हो गया। 'बाक़ी दूसरों से भी बात कर लेना। और हाँ, गोयल साहब का इंटरव्यू ज़रूर लेना। हो सके तो किसी मन्त्री का भी ले लेना,' ये सारे निर्देश देने के बाद वे गाड़ी में बैठे और अपने सामने पसरे खेतों से उड़ती धूल देखने लगे।

वाक़ई दो महीने से नोएडा और ग्रेटर नोएडा में गर्द उड़ रही है। ये किसान साले बदमाश हैं। बरसों पहले सरकार ने ज़मीन ले ली, तब भी उसी पर खेती करते रहे। सरकारी ज़मीन पर। अब मुआवज़ा मिल रहा है तो उसको कम बता रहे हैं। इस सितम्बर में आन्दोलन करने के नाम पर रोडवेज़ के दो कर्मचारियों को उठा लिया। पुलिसवाले छुड़ाने आये तो उनसे भी उलझ गये। दो पुलिसवालों को मार भी डाला। नेता लोग अभी सूँघ रहे हैं, किसके साथ खड़े हों। एक गाँववाले की भी मौत हो गयी। नोएडा के एक कारख़ाने में भी मज़दूरों ने बवाल काटा। ये मायावती जब से आयी है, मज़दूरों के भी हौसले बढ़े हुए हैं, पुलिसवालों के भी। पहली दलित मुख्यमन्त्री कहाती है और सबसे पैसे ऐंठती रहती है। बता रहे हैं कि वो कोई ज़मीन क़ानून लाने जा रही है जिसके बाद किसानों को भारी मुआवज़ा देना होगा– शायद ज़मीन में हिस्सा भी।

"सर, हम लोग यहाँ कुछ देर और शूट कर लें?" राकेश अनजान ने पूछा।

"कर ले भाई कर ले, लेकिन मैं निकलता हूँ।" अचानक लहजा कुछ रूखा हो गया हरजिन्दर सैनी का, "कुछ काम है मेरे को।" हालाँकि फिर सैनी ने आवाज़ मुलायम की, उन्हें याद आया कि ये लड़का कानपुर के एक नेता के सोर्स से आया है, इसे जोड़े रखने के फ़ायदे होंगे। "शूट पूरी कर ले तो फ़ोन कर दियो ऑफ़िस में, आ जायेगी गाड़ी, बोले देता हूँ," गाड़ी में बैठे–बैठे उसका कन्धा थपथपाते हुए हरजिन्दर सैनी ने कहा और ड्राइवर को इशारा किया कि गाड़ी आगे बढ़ाये।

गाड़ी बढ़ी तो पीछे बैठे पहलवाननुमा लड़कों ने पहली बार मुँह खोला। इनके बीच कुछ मुँहलगे से रहे सुरिन्दर ने चुहल की– "भाई जी अब तो आप टीवी पर भी आओगे।" बाक़ी सब हो–हो हँसने लगे।

हरजिन्दर सैनी ने कुछ बड़प्पन से मुस्कुराते हुए कहा, "अबे जब पूरा टीवी चैनल अपना है तो टीवी पर आने–जाने का क्या है।"

"लेकिन भाईजी, ये समझ में नहीं आया कि बिल्डिंगें बनाते–बनाते आपको टीवी चैनल डालने की क्या सूझी। फिर इतने सारे पेट्रोल पम्प भी तो हैं अपने।" इस बार दलजीत ने पूछा था।

हरजिन्दर सैनी थोड़ी देर तक चुप रहे। फिर हँसते हुए बोले, "तुम लोग अपने हो, इसलिए बता दे रहा हूँ, 2007 के यूपी इलेक्शन में पता है, मेरा कितना ख़र्चा हुआ था?" जवाब का इन्तज़ार किये बिना उन्होंने कहा, "बीस करोड़। हाँ, बीस करोड़ मैंने चन्दे में दे दिये थे– अलग–अलग पार्टियों को। अब अगले साल इलेक्शन आ रहे हैं– इस बार लोकसभा के।"

"तो भइया, मैंने अपने एक दोस्त से बात की। उसने कहा, जी दस–बारह करोड़ में तो आप चैनल खोल लोगे। और इसके बाद तो आपसे कोई चन्दा नहीं माँगेगा। तो शुरू कर रहा हूँ चैनल। अगर अपनी पार्टी जीत गयी तो पाँच साल और बल्ले–बल्ले। और फिर

नहीं तो देखेंगे। चैनल रहेगा तो पुलिसवाले भी डरेंगे, अफ़सर भी और नेता भी। किसी की मजाल न होगी कि छू ले, चन्दा माँगना तो दूर”

“लेकिन बाउजी, चैनल लग जायेगा तो बड़ी मुश्किल होगी। मालिक किडनैपिंग कराएगा और उसके रिपोर्टर न्यूज़ चलायेंगे। ये कैसे होगा?” इस बार ही–ही करते हुए फिर सुरिन्दर ने कहा। और उसके साथ बाक़ी पहलवान भी हँसने लगे।

“साले चुप”, इस बार सैनी ने पीछे मुड़कर हाथ मारने के अन्दाज़ में उठाया, ‘‘किडनैपिंग में कब रहा हूँ मैं। साले एकाध बार तुझ जैसे गुण्डों की मदद कर दी है, पुलिस से बचा लिया है तो मुझे धन्धे का पार्टनर बना लिया। देखो भइया, धन्धा मेरा बिल्डिंग का है, हाँ नेतागिरी का मौक़ा मिला तो बाद में कर लूँगा।’’

इसके बाद दस–पन्द्रह मिनट हँसी–मज़ाक़ चलता रहा। लेकिन ये सब समझ रहे थे कि कोई मसला है जो सैनी साहब को तंग कर रहा है। ग्रेटर नोएडा में किसानों का हंगामा सारे बिल्डरों की नींद उड़ाये हुए है। बताते हैं कि काँग्रेस पार्टी किसानों का साथ दे रही है। राहुल गाँधी तक को इधर लाने की तैयारी है।

तो सैनी साहब अचानक बीच–बीच में उखड़ जा रहे थे। आख़िर एक ने टोक ही दिया, ‘‘सैनी साहब आप किसी बात से परेशान नज़र आ रहे हो लेकिन बात क्या है।’’

अचानक इसके बाद सब चुप हो गये। हरजिन्दर सैनी से हँसी–मज़ाक़ के रिश्ते के बावजूद एक दूरी थी जो बनी रहती थी। हरजिन्दर सैनी इन सबका बॉस है या बाप है– यह सबको पता था। वह चाहेगा तो अपराधियों से पिटवा देगा, चाहेगा तो पुलिस से पिटवा देगा, चाहेगा तो जेल में डलवा देगा, चाहेगा तो जेल से निकलवा लेगा और चाहेगा तो कचहरी में मर्डर करा देगा।

लेकिन धीरे–धीरे हरजिन्दर सैनी ढीले पड़े। उन्होंने अपने–आपको समझाया, अपने लड़के हैं, इज़्ज़त भी करते हैं, उनके कहने पर सब रिस्क लेते हैं, जान तक लड़ा देते हैं, इतना तो हक़ देना होगा पूछने का। फिर इस संकट का हल खोजने में भी वही मदद करेंगे।

"देख भाई, तुम सबसे कह रहा हूँ। इस गाड़ी से बाहर बात न जाये। मुझसे नेताजी ने दो करोड़ माँगे हैं। मना नहीं कर सकता। ज़मीन का मामला अटका पड़ा है। प्रोजेक्ट क्लीयर ही नहीं होगा।"

"मुलायम सिंह यादव ने?" कुछ हैरानी से एक ने टोका।

"अरे चुप कर। मुलायम सिंह क्यों माँगेंगे। वो मुझे जानते होते तो मेरा कल्याण हो गया होता। अपना तो मामला यहीं के नेताजी से है।" सैनी ने झिड़का।

अब सबकी समझ में आ गया। किस नेताजी का ज़िक्र हो रहा है।

"तो दे दो दो करोड़। दो सौ करोड़ कमा लोगे।" फिर उसी ढीठ सुरिन्दर ने कहा।

"दे दूँ, जेब से निकाल के दे दूँ क्या। कहाँ से लाऊँ पैसे। इधर एक बुकिंग नहीं हुई है।"

"आप क्यों दोगे बाऊ बोलो तो उठा लूँ किसी के लाड़ले को। वही देगा दो करोड़।"

पिछली बातचीत के हवाले से आये इस टुकड़े के बाद सब हँसने लगे।

"अबे तुम लोग जेल भिजवाओगे। फिर अपने ही चैनल पर चलेगा, मालिक जेल चले गये।" हरजिन्दर सैनी ने हँसते हुए कहा।

"अरे, यूपी में कौन आपको छू सके है। हाथ न काट के रख देंगे उसके।"

"ज़्यादा शानपट्टी न पढ़ा मुझे साले, जब बुरे दिन आते हैं तो जेब भी कटती है और गर्दन भी।" कुछ इतराते हुए हरजिन्दर सैनी ने कहा, हालाँकि यह बोलते–बोलते उन्हें याद आया कि उन्होंने वाक़ई सच बात कही है। सारी ताक़त, सारे दबदबे के बावजूद इसी यूपी के बड़े नेता डीपी यादव अपने बेटे को बचा नहीं पाये। इसी साल मई में कोर्ट ने उसे नीतीश कटारा की हत्या के मामले में सज़ा सुनाई है। लेकिन वो तो वाक़ई बहुत ही बड़ा मामला था– एक जवान लड़के की हत्या का। किडनैपिंग तो छोटा–सा खेल है। कई बार पुलिस को पता भी नहीं चलता।

"चल", कन्धे झटकते हुए उन्होंने कहा, "खोज ऐसा लाड़ला जो दो करोड़ दिला दे। लेकिन याद रख, ये आख़िरी बार होगा। अब हम शराफ़त से ही काम करेंगे।"

"अरे, ये शरीफ़ों वाला काम ही है बाउजी। न हिंसा न मारपीट–बस किसी को पुचकारना, चार दिन पालना और फिर घर पहुँचा देना।" पिछली सीट से आ रही ही–ही की आवाज़ें हरजिन्दर सैनी का हौसला बढ़ा रही थीं।

"चल–चल, जल्दी कर। वो फ़रीदाबाद वाला अमित आने वाला है। उससे ग़ाज़ियाबाद में एक छोटा–सा प्रोजेक्ट कराना है।" हरजिन्दर सैनी ने घड़ी देखी। पाँच बज गये थे।

उन्हें नहीं मालूम था कि एक लाड़ला ऐसे ही उनके पास पहुँच जायेगा।

## भगवान इस बच्चे को इसकी माँ से मिलाना

चारु के पति अमित ने मोटरसाइकिल बढ़ाते–बढ़ाते कहा, "ठीक से पकड़ियो। बहुत लम्बा जाना है।"

'बहुत लम्बा मतलब?' पहली बार किसी बच्चे को लेकर मोटरसाइकिल पर बैठी चारु को अभी से दिक्क़त महसूस हो रही थी।

"ग्रेटर नोएडा। बिल्डर ने बुलाया है।"

"बिल्डर ने? उसे आज मना कर दो। कल जाना। बच्चे को लेकर पहले बिल्डर के पास जायेंगे?" चारु की आवाज़ में झुँझलाहट जैसी चली आयी।

"यार, समझा कर। तू जानती है, एक बड़ा प्रोजेक्ट मिलने की उम्मीद है। इसीलिए बुलाया है।"

"अरे, क्या बड़ा प्रोजेक्ट होगा?

"मतलब, इन्दिरापुरम में एक अपार्टमेंट बनना है। हो सकता है, उसका पूरा ठेका मुझे मिल जाये। तू समझती है, करोड़ों में खेलने का रास्ता खुल जायेगा।"

"हाँ!" मोटरसाइकिल पर ठीक से जमे रहने की कोशिश करते हुए चारु बोली, "तो सबसे पहले एक स्विफ्ट लेंगे। बच्चे के साथ मोटरसाइकिल पर बैठना कितना मुश्किल काम है।"

"अरे, ये बच्चा तो दो घण्टे बाद अपनी माँ के पास होगा। अपनी मोटरसाइकिल में घूमेंगे सरपट," अमित ने बेपरवाही में कहा, लेकिन कहते–कहते समझ गया कि चारु का मूड ऑफ़ हो चुका होगा।

चारु वाक़ई उदास हो गयी। उसने बच्चे को ज़ोर से चिपटा लिया। मोटरसाइकिल में बैठे–बैठे उसका चेहरा देखने की कोशिश की। अरे ये क्या। ये तो सो गया है। वह चिहुँक–सी उठी। उसे याद आया, दिल्ली में स्कूटर–मोटरसाइकिल में सोये हुए बच्चों को थामे औरतों को बैठी देख वह मुँह बिचकाती थी– इतना भी क्या घूमना कि बच्चे नींद में बाँह से लटके रहें और एक्सीडेंट का ख़तरा बना रहे। अब उसे समझ में आया कि बच्चे थोड़ी–सी हवा खाते ही सो जाते हैं। इसे ठण्ड तो नहीं लग रही होगी। उसने अपने दुपट्टे से उसका मुँह ढँकने की कोशिश की। कितना सुन्दर बच्चा है। इसे उसने अपना दूध पिलाने की कोशिश की थी। उसे सुबह की कोशिश याद आयी तो वह अपने–आप में सिहर गयी। छोटा–सा बच्चा कैसे उसके वक्षों से चिपटा पड़ा था।

अचानक उसे दूसरा ख़याल आया। अगर एक दिन साथ रहने से वह इस बच्चे से इतना लगाव महसूस कर रही है तो सुलभा को कितना प्यार होगा। उसने तो इसे नौ महीने कोख में पाला है। फिर जन्म लेने से अब तक उसकी एक–एक ज़रूरत का ख़याल रखती आयी है। क्या हाल हो रहा होगा उसका बीती रात से? वह तो न खा पायी होगी, न पी पायी होगी, न सो पायी होगी। पता नहीं किस हाल में होंगे इसके माँ–बाप।

इसी के साथ वह बिल्कुल भीतर से दहल गयी। उसने कितना बड़ा पाप किया है। कितना बड़ा अपराध। हे भगवान! क्या हो गया था उसकी बुद्धि को। इस बच्चे को बिल्कुल अभी–अभी सुलभा के पास पहुँचाना होगा। अब इसमें और देर नहीं होनी चाहिए।

उसने तेज़ी से अमित के कन्धे पर हाथ मारना शुरू किया– “अमित रुक–रुक।”

अमित चौंका। वे नोएडा के सेक्टर सब पार करते हुए ग्रेटर नोएडा की तरफ़ बढ़ने वाले थे। उसे लगा कि ज़रूर चारु को प्यास–व्यास लग गयी होगी। या बच्चे को गोद में लिए थक गयी होगी। उसने किनारे कर मोटरसाइकिल रोकी और पूछा, ''क्या है?''

“वापस मोड़, वापस। पहले सुलभा के पास पहुँचा देते हैं बच्चे को। बगल में ही तो फ़िल्म सिटी है।”

“क्या? अरे पाँच मिनट में पहुँच जायेंगे सैनी साहब के यहाँ। फिर तुरन्त लौटेंगे। सारी रात किसी को ख़बर नहीं दी और अब बौखला रही है। तेरी यही सनक समझ में नहीं आती।” अमित कुछ झल्लाहट से बोल रहा था।

“नहीं–नहीं अमित। यार बहुत गड़बड़ हो गयी। अब समझ आ रहा है कितना बड़ा पाप कर रहे थे हम लोग। बेटे को माँ से छीनना। चलो अभी चलते हैं।” वह रोने लगी थी।

अमित ने बेबसी से चारों तरफ़ देखा। गनीमत है, इस इलाक़े में भीड़ नहीं थी। फिर भी कुछ गुमटी वाले, कुछ किनारे खड़े लोग अजीब दिलचस्पी से दोनों को देख रहे थे। मोटरसाइकिल किनारे खड़ी कर, एक बच्चे को सँभाले पति–पत्नी। उसने समझाने की कोशिश की, ''यार, यहाँ तमाशा मत बना। बस पाँच मिनट दे। निकल चलेंगे यहाँ से।''

आख़िरकार चारु कुछ बेबसी से मान गयी। अमित ने फिर मोटरसाइकिल स्टार्ट की, अभि को फिर गोद में लिए चारु बैठी और फिर सफ़र बढ़ चला।

सिर्फ़ पाँच मिनट बाद, दोनों एक नयी इमारत के सामने थे।

“देख रही है. कैसी चकाचक बिल्डिंग है। यहीं सैनीजी का ऑफ़िस है। नयी बिल्डिंग है। जब भर जायेगी तो इसकी रौनक देखना।” अमित ने चमचमाती हुई सीढ़ियों पर धीरे–धीरे पाँव रखते हुए कहा।

चारु भी बिल्डिंग से प्रभावित हुई। लेकिन यह बिल्कुल सन्नाटे में डूबी बिल्डिंग थी। अभी यहाँ दुकान खोलेगा भी कौन? प्रॉपर्टी डीलरों की बात तो अलग है।

आमने–सामने बन्द दुकानों के बीच एक तंग और अँधेरा गलियारा पार कर वे इमारत के आख़िरी सिरे में पहुँचे, जहाँ लिफ्ट लगी हुई थी। चारु का दिल यहाँ आते–आते धड़कने लगा था। ये कैसी जगह है? ऐसी अनजान जगह एक अनजान बच्चे को गोद में लिए वह कैसे चली आयी है? उसने बाहर नज़र डाली। अँधेरा नहीं हुआ था, लेकिन शाम उतर आयी थी। थोड़ी देर में सबकुछ काला हो जायेगा। इस रात में इस सन्नाटे में एक बच्चे के साथ कैसे चली आयी वह। उसने बच्चे को और ज़ोर से चिपका लिया। इसे वह कुछ नहीं होने देगी। लेकिन इसे क्या होगा? वह डर क्यों रही है? उसने साथ खड़े अमित को देखा जो फ्लैश होते नम्बरों को देखकर लिफ्ट के नीचे आने का इन्तज़ार कर रहा था। उसके भीतर मचे तूफ़ान से अमित बेख़बर था। चारु ने कहना चाहा, बच्चे को पहले पहुँचा देते। लेकिन होंठ फड़फड़ाकर रह गये। लिफ्ट का दरवाज़ा खुल चुका था। दोनों–नहीं तीनों– लिफ्ट के भीतर थे। लिफ्ट बन्द हो चुकी थी। चारु का मन किया, किसी तरह उतरकर भागे। लेकिन बेबसी ने जैसे होंठ सिल रखे थे, पाँव जकड़ रखे थे।

लिफ्ट खुली तो कुछ लोगों के हँसने की आवाज़ें आ रही थीं। अमित के पीछे–पीछे चारु निकली– बच्चे को बिल्कुल अपने से चिपकाये हुए। शुक्र है, ये सोया हुआ है। जागकर अगर रोने लगता तो अलग मुश्किल होती। एक बार फिर उसने अमित से कहा, "ऐसा करो न, तुम जाकर मिल आओ, मैं यहीं इसको लिए खड़ी हूँ।"

लेकिन अमित ने अपने अन्दाज़ में कहा– "अरे टेंशन क्यों लेती है। बस निकल चलेंगे।"

अब वे एक हॉल के एक बड़े से टेबल के चारों तरफ़ बैठे पाँच–छह लोगों के बीच खड़े थे। टेबल के पीछे बैठे हरजिन्दर सैनी ने अमित के साथ एक महिला को देखा तो अन्दाज़ा लगा लिया,

"अरे वाह, अच्छा किया, भाभीजी को भी ले आये। शुभ दिन है।" चारु ने पहले अपने ऑफ़िस के अन्दाज़ में सिर झटककर सबको हलो करने की सोची, लेकिन फ़ौरन हाथ जोड़कर नमस्ते किया। बच्चे को गोद में लिए–लिए नमस्ते करना भी एक कसरत से कम नहीं था।

सब कुर्सियाँ खिसकाकर दोनों के लिए जगह बनाने में जुट गये थे। चारु महसूस कर रही थी कि मर्दों की यह छोटी–सी दुनिया उसे जैसे नाप–तौल रही है। वह जींस और टीशर्ट में थी और पहली बार उसे महसूस हो रहा था कि जींस और टीशर्ट तक इस भदेस माहौल में कुछ अनूठी ड्रेस है।

"स्मार्ट है बेटा", गला खखारकर सुरिन्दर बोला, ''अभी तो स्कूल नहीं जाता होगा?''

सुरिन्दर के इस नादान सवाल पर सब हँसने लगे। "तू तो माँ के पेट में था, तभी से सकूल जाने लगा था न?" हो–हो करते हुए सबने रिछपाल के इस मज़ाक़ का साथ दिया।

चारु ने राहत की साँस ली कि उसे कोई जवाब नहीं देना पड़ा। उसकी गोद में उसका बेटा नहीं है, यह बात भी उसने नहीं बतायी।

लेकिन अचानक हरजिन्दर सैनी को कुछ याद आ गया– "यार अमित, तू तो कहा करता था कि हम बस दो जने हैं। बच्चे–वच्चे नहीं हैं अभी। तेरी वाइफ़ 'असली ख़बर' न्यूज़ चैनल में बिजी रहती है और तू हमारे साथ असली ख़बर बनाता है?"

अमित अब असमंजस में था। सुरिन्दर के बेटे वाले सवाल पर उसका दिल ज़ोर से धड़का था, लेकिन वह बस चारु का ख़याल करके चुप हो गया था। चारु की अपनी सनक है, न जाने क्या सोच बैठे और फिर दिनभर झगड़ा करती रहे। लेकिन अब उसने कुछ फीकी हँसी हँसते हुए कहा, "अरे अपना बच्चा नहीं है, इसे पहुँचाने ही निकले थे। लेकिन आपने बुला लिया तो मैंने कहा कि चल तुझे भी सैनीजी से मिला देता हूँ। बड़े आदमी हैं। फिर निकल चलेंगे।"

बड़े आदमी वाली तारीफ़ सुनकर हरजिन्दर सैनी हँसने लगे। फिर गम्भीर मुद्रा ओढ़ी– "यानी तू जल्दी में होगा। यार बस तेरे

को ये बताने के लिए बुलाया है कि तू इन्दिरापुरम का एक प्रोजेक्ट सँभाल ले। एक मल्टीस्टोरी बननी है। बुकिंग 14 जनवरी से शुरू कर देंगे। तीन साल में देने के वादे के साथ। कर पायेगा तू?"

अमित को इस मौक़े का ही इन्तज़ार था– "बस, आपका हाथ रहेगा जी तो सब कर लेंगे।"

"अरे, हम तो तेरे साथ ही हैं। बस तू शुरू हो जा," कहते हुए सैनीजी फिर चारु का मुआयना करने लगे। साली ये आदत हाल की है। जब से न्यूज़ चैनल डाला है, तब से हर लड़की को देखकर ख़याल आता है कि उसे नौकरी दे दें। न्यूज़ चैनल में काम करने वाली लड़कियाँ होती बड़ी फास्ट हैं। अब इस अमित की बीवी को देखकर कौन कह सकता है कि शादीशुदा है।

"अरे भाभीजी, आप भी हमारे चैनल में आ जाओ। हमारा तो बड़ा नाम हो जायेगा। आप वहाँ क्या करती हैं?"

"जी आई एम इन मेकअप सेक्शन।"

अपनी सारी असहजता के बीच चारु असली ख़बर में रहते हुए इतनी पेशेवर हो चुकी थी कि उसे मालूम था कि यहाँ अंग्रेज़ी का अलग रुआब पड़ेगा।

"अरे जिन लड़कियों को आप न्यूज़ पढ़ते देखते हो, उन्हें सजा सँवारकर यही भेजती हैं स्टूडियो में," अमित ने अपनी पत्नी की हैसियत ठीक से बयान करने की कोशिश की।

सब हँसने लगे। सुरिन्दर को फिर दख़ल देने का अवसर दिखा, "ये जो टीवी पर बड़ी सुन्दर लगती हैं, उन्हें सामने देख लो तो ठीक से पहचान न सको। आपके चैनल की श्यामा को मैंने एक बार जीआइपी मॉल में देखा था। पहचान में ही न आये। काली और मुँहासे से भरी।"

चारु कुछ कहती, तब तक सैनीजी ने अपना प्रस्ताव रख दिया, "अरे दूसरों को क्यों सजाती हो। आप ख़ुद न्यूज़ पढ़ो। ऐंकर बन जाना हमारे यहाँ।"

चारु के पास मुस्कुराते रहने के अलावा कोई चारा न था। तब तक रिछपाल दौड़कर किसी को कुछ बोल आया था और एक बूढ़ा काँच के छोटे–छोटे गिलास मेज़ पर रख रहा था।

"चाय।" सैनीजी ने बड़प्पन की मुद्रा ओढ़ते हुए कहा। इससे ज़्यादा बड़प्पन ओढ़ना अभी उन्हें आया न था।

चारु ने अपने पति की ओर देखा। आँखों से कहा, बहुत देर हो जायेगी। लेकिन अमित जैसे अपने साथियों के बीच अपनी बीवी की हैसियत से कुछ ज़्यादा प्रसन्न हो गया था। "बस चाय पी लें, चलते हैं। दस मिनट में हम लोग वहाँ ब्रेकिंग न्यूज़ बना देंगे।" हालाँकि बोलते–बोलते उसे लगा कि यह उत्साह दिखाकर उसने ठीक नहीं किया।

"ये ब्रेकिंग न्यूज़ क्या बना रहे हो भाई तुम लोग?" सैनीजी के कान कुछ खड़े हुए। लेकिन अमित या चारु जवाब देते तब तक चारु के पर्स में पड़ा फ़ोन बोलने लगा था। चारु कसमसायी, उसने बच्चे को अमित के हाथ में दिया, जिसे अमित ने कुछ नौसिखिए अन्दाज़ में सँभाला। चारु ने पर्स खोला और अचानक फ़ोन की आवाज़ कुछ तीखी हो गयी। चारु ने बेबसी से देखा, खिड़की के बाहर अँधेरा था और इस सन्नाटे में गूँजता फ़ोन किसी अपशकुन से कम नहीं लग रहा था।

घर से फ़ोन था– माँ का। चारु कुछ आश्वस्त हुई। उसे डर था कि दफ़्तर से न हो। लेकिन कॉल लेते ही माँ की बेहद घबरायी आवाज़ सुनाई पड़ी– "चारु कहाँ है तू? बच्चे को पहुँचाया या नहीं?"

चारु को एहसास था कि मोबाइल से आ रही आवाज़ स्पीकर ऑन किये बिना भी अगल–बगल की कुर्सियों तक सुनी जा रही है। माँ कुछ ज़्यादा ही ऊँची और उत्तेजित आवाज़ में बोल रही थीं। "क्या है माँ, ये क्या तरीक़ा है बार–बार फ़ोन करने का?" झुँझलायी हुई चारु फ़ोन काटने ही जा रही थी कि अगला वाक्य सुनकर सहम गयी। माँ उसी उत्तेजना के साथ बोल रही थीं, ''अरे, पुलिस घर आयी थी। उन लोगों को पता चल गया है कि बच्चा तुम्हारे पास है।''

चारु जैसे जम गयी। माँ बोले जा रही थीं और हॉल में हर कोई जैसे सुने जा रहा था, ''बेटी कोई गड़बड़ मत करियो, बच्चे को सीधे पहुँचा दे। तुरन्त।"

"जा रही हूँ माँ, चिल्लाओ मत। क्या करेगी पुलिस?" डर और गुस्से की किसी सन्धि पर खड़ी चारु ने चीख़कर कहा और फ़ोन काट दिया। इसी के साथ वह खड़ी हो गयी– "अमित चलो, इसे सीधे लिए चलते हैं। दस मिनट में पहुँच जायेंगे।"

लेकिन तब तक कमरे में मौजूद हर शख़्स उन्हें अजीब ढंग से घूरने लगा था।

"क्या भाई, बच्चे को किडनैप करके लाये हो क्या?" हरजिन्दर सैनी इस बार अमित से मुख़ातिब था।

"अरे नहीं, रात को चारु ले आयी थी एक क्रेच वाली आया से।"

"अरे तो क्या अब किडनैप करने का इरादा है भाई।" इस बार सुरिन्दर हँसने लगा था।

"नहीं–नहीं, हम लोग क्रिमिनल नहीं हैं।" चारु हड़बड़ाती हुई अमित से बोली, "जल्दी निकलो न अमित।"

"अभी बैठो मैडम बैठो, ऐसे कैसे निकल जाओगे आप लोग।' यह असली हरजिन्दर सैनी की आवाज़ थी। एकदम सर्द और चेतावनी से भरी– जैसे यहाँ वही होगा जो वह चाहेगा। 'क्यों बे अमित। कौन है ये बच्चा?"

"सरजी, ठीक बता रहा हूँ। 'असली ख़बर' चैनल में वो जो न्यूज़ पढ़ती है सुलभा। उसका बच्चा है। रात को वो न्यूज़ पढ़ती रह गयी थी। मुम्बई में अटैक हुआ था न। तो ये ले आयी उसके बच्चे को। बस हम इसे पहुँचाने ही निकले थे।" अमित की आवाज़ लगभग रुआँसी हो चली थी, ''हमें अब निकलने दो सरजी।''

"असली ख़बर का ऑफ़िस तो नोएडा में है न। तू नोएडा के रास्ते आया, वहाँ क्यों नहीं छोड़ता आया। क्या इरादा था? अगर हमें पता नहीं चलता तो तुम लोग क्या करने वाले थे इस बच्चे का?"

एक ही मिनट में अमित के लिए सैनी का सम्बोधन बदल चुका था। अब इस बार वह अपने लोगों से मुख़ातिब था, ''सुरिन्दर, पुलिस

को फ़ोन कर। बता कि एक बच्चे को किडनैप करके ग्रेटर नोएडा की एक सुनसान बिल्डिंग में छुपने आये थे ये दोनों। हम लोग पहुँच गये तो पकड़े गये।''

"आप ये क्या बक रहे हैं?" चारु अचानक उत्तेजित हो उठी, ''देखिए, हम लोग कुछ नहीं करने वाले थे। आप पुलिस को क्या फ़ोन करेंगे? मैं अपने ऑफ़िस फ़ोन करके बताती हूँ सबको।'' उसने जल्दी से फ़ोन पर शीबा का नम्बर लगाने की काँपती हुई कोशिश की।

लेकिन अगले ही लम्हे वह अवाक थी, उसके मुँह से चीख़ निकलते–निकलते रह गयी थी। सैनी आगे बढ़कर उसके हाथ से मोबाइल छीन चुका था। "अब स्मार्ट मत बनो तुम लोग।"

अमित आगे बढ़ा, "ये क्या कर रहे हैं सैनी साहब। आपके साथ लगातार काम किया है। बुलाइए पुलिस को। बोलिए नहीं तो मैं बुलाता हूँ।"

"ओए, सैनी साहब से इस तरह बात न कर", रिछपाल ने तेज़ आवाज़ में डपटा। "दे, दे तू भी अपना मोबाइल।" अचानक सैनी साहब के चारों तरफ़ खड़े लड़के अमित को घेर चुके थे। सुरिन्दर ने अगले झटके में उसका मोबाइल छीन लिया था।

इस छीनाझपटी और शोर में बच्चे की नींद टूट गयी थी। वह फिर रोने लगा था। चारु ने झपटकर अमित की गोद से बच्चे को लिया। वह उसे चुप कराने में लग गयी। बाक़ी लोग भी एक लम्हे के लिए चुप हो गये। फिर चारु को ख़याल आया, दूध की एक बोतल बैग में उसने तैयार करके रख ली थी। बस सुलभा को ख़ुश करने के लिए। लेकिन वह बोतल काम आ गयी। बच्चा चुप हो गया था।

इस बीच अमित ने ख़ुद को सँभालने की कोशिश की। सहमे हुए ढंग से उसने समझाना चाहा, ''देखिए सैनी साहब, ग़लती बस हमारी इत्ती है कि सुबह बच्चे को उसकी माँ तक नहीं ले गये। वो तो चारु मेरा इन्तज़ार कर रही थी, इसी में देर हो गयी। लेकिन ऐसा–वैसा कोई इरादा नहीं था। आप तो जानते हैं, मैं इस तरह के काम में लगता नहीं।''

सैनी साहब ने अपना लहजा नरम कर लिया था, ''अरे अमित, नाराज़ क्यों होता है? यहाँ सब तेरे दोस्त हैं। मैं तो चाहता हूँ, तू किसी मुसीबत में न फँसे। क्योंकि मुसीबत तो मोल तूने ले ली है। रात से बच्चा तेरे पास है। तू फ़रीदाबाद से वैशाली और ग्रेटर नोएडा तक के चक्कर काट रहा है। किसको बतायेगा कि तू बस थोड़ी देर बच्चे के साथ खेल रहा था। फ़ोन भी ना किया तूने। किसको समझाएगा? बोल?'

अमित और चारु दोनों सन्न थे। इसलिए नहीं कि उन्हें अपनी ग़लती की गम्भीरता का एहसास हो रहा था, बल्कि इसलिए कि उन्हें समझ में आ रहा था कि सैनीजी कुछ और इरादा रखते हैं।

अमित ने आख़िरी दाँव चलने की कोशिश की, "देखिए सैनीजी, अब आप तो न्यूज़ चैनल के मालिक हो गये हैं। अब तो हम लोग और क़रीब हैं। चारु भी यहाँ आ सकती है। वहाँ से और लोगों को ला सकती है।..."

"इसीलिए तो बेटा, इसीलिए तो," सैनीजी ने उसे बात पूरी करने का मौक़ा नहीं दिया। "तेरे को मुसीबत से निकाल रहे हैं हम लोग। फँसा नहीं रहे हैं। समझा कर।" फिर वे सुरिन्दर से मुख़ातिब थे, "अबे तू ये बल–प्रयोग से कब बाज आयेगा? अमित अपना आदमी है। तू भी इसके अंडर काम करेगा। समझा न।"

सुरिन्दर फ़ौरन समझ गया था– "जी, मैंने क्या किया। मैं तो बस अमित भाई को रोक रहा था कि फ़ोन–वोन न करें।"

"अच्छा चल तू फ़ोन कर किसी को। पता कर। इसका क्या मामला है। या तू छोड़, मैं ख़ुद उस साले राकेश अनजान को फ़ोन लगाता हूँ।" बोलते–बोलते उन्होंने राकेश अनजान को फ़ोन मिला दिया, ''हाँ भाई शूट–ऊट कर लिया पूरा। सारी ज़मीन की फ़ोटो खींच डाली। ऐं...हो हो हो...अच्छा सुनो रिपोर्टर साहब। अब एक न्यूज़ मैं आपको दे रहा हूँ। न्यूज़ चैनल की ही जी। ये जो 'असली ख़बर' चैनल है न। उसकी एक ऐंकर है सुलभा। ...अच्छा आप जानते हो? उसका बच्चा गुम हो गया है शायद। पता तो करो, क्या मामला है। ...हाँ–हाँ, दस मिनट में बताना।"

अगले दस मिनट तनाव में कटे। सब अपने हिस्से की ठण्डी चाय सुड़कते रहे। बाहर अँधेरा हो गया था जो चारु को अब डराने लगा था। वह किसी तरह ख़ुद को सँभाले हुए थी।

फिर सैनी साहब की घण्टी बजी– "हाँ बोलो रिपोर्टर साहब? हाँ, कल रात से? अच्छा? कौन–सा थाना बताया– इन्दिरापुरम? अच्छा–अच्छा। क्या? कौन–सा गाँव? कलावनी...अच्छा कनावनी। साले नाम भी क्या–क्या रखते हैं गाँव के। हाँ, हाँ। अच्छा, वो भी फ़रार थी? यहाँ से भी फ़रार है?"

फिर फ़ोन रखकर सैनी साहब ने दोनों हाथ इत्मीनान से सिर के पीछे मोड़े और कहा, ''लो जी खुल गया कच्चा चिट्ठा। पुलिस तुम दोनों को खोज रही है। इनका फ़ोन ऑफ़ कर दिया है न। समझा कर यार, मोबाइल का लोकेशन देखकर वो यहाँ भी पहुँच जायेगी।'' फिर अपने साथियों से पूछा, ''तो करना क्या है? इस तरह कि अमित को भी कुछ नुक़सान न हो और हमें भी कुछ फ़ायदा हो जाये?''

अमित अब लगभग गिड़गिड़ा रहा था, ''सैनीजी हमें जाने दीजिए। हम पुलिस को सब बता देंगे। चैनल वालों का बच्चा लौटाने ही जा रहे थे।''

चारु रोने लगी थी– "सर ये ठीक नहीं है। आप हमें नहीं रोक सकते। ये ग़ैर–क़ानूनी है।" वह समझ नहीं पा रही थी कि अपने डर, अपनी बेबसी और अपने ग़ुस्से को क़ाबू में कैसे रखे। वह तू–तड़ाक करके ढेर सारे अपने काम निकलवा सकती थी। लेकिन पहली बार उसे लग रहा था कि वह मुजरिमों के अंडरवर्ल्ड को देख रही है– यह वैसा भी नहीं था जैसा फ़िल्मों में होता था।

"अरे भाभीजी, आप फालतू रो रहे हो। आपको नुक़सान थोड़े न पहुँचाना है। भरोसा रखो हम पर। बस बच्चे को दो दिन छुपाये रखो। आप लोग भी सुरक्षित रहेंगे, बच्चा भी और बाद में सब ख़ुश रहेंगे।" सैनी की आवाज़ में समझदारी टपक रही थी।

तब तक किसी फ़ोन पर लगा रिछपाल बोला, "सरजी, इसी केस में हमारे एक ठेकेदार का आदमी भी फँसा हुआ है। अभी कनावनी

फ़ोन किया था, तो पता चला कि सुबह पुलिस रग्घू नाम के एक आदमी को उठाकर ले गयी थी। उसकी बीवी सबसे पहले बच्चा लेकर भागी थी। वो तो शहर छोड़कर निकल गयी थी। पुलिस ने रग्घू को पकड़ लिया तो लौटी। उसने यही बयान दिया है कि बच्चा उसने कार में...इनको...दिया था।" आख़िरी वाक्य बोलते–बोलते रिछपाल ने चारु की तरफ़ इशारा किया।

आँसू पोंछती चारु ने सिर हिलाकर माना कि वह ठीक बोल रहा है। लेकिन उसने फिर समझाने की कोशिश की कि उसे बच्चे पालने का अनुभव नहीं है। दोपहर तक उसकी माँ बच्चे को देखती रही है। अब वह बच्चे को पहुँचा देती और बात ख़त्म हो जाती। लेकिन दो दिन बच्चा सँभलेगा नहीं।

अब तक हरजिन्दर सैनी को सारा मामला समझ में आ गया था। उसे हालाँकि ये एहसास था कि मामला टीवी चैनल वालों का है, इसलिए ख़तरनाक हो सकता है, लेकिन वह फिर भी चांस लेने को तैयार था। जुर्म की पुरानी और जानी–पहचानी दुनिया में ये एक आसान किडनैपिंग थी। अगर कुछ गड़बड़ हुई तो वह इन दोनों को फँसाकर निकल लेगा, और सब ठीक रहा तो कुछ पैसे उसके बन जायेंगे।

वह फिर बड़े भाई की मुद्रा में था– "अरे अब आप लोग ये फ़िक्र छोड़ दो। अरे रिछपाल, फ़ोन कर ठेकेदार को। बोल कि सबेरे– क्या नाम बताया– रग्घू– उसको और उसकी बीवी को लेकर यहाँ आ जाये। वो सँभाल देगी बच्चा। और हाँ, इन दोनों को कोई तकलीफ़ न हो। इन्हें अपना जो फाइव स्टार होटल बन रहा है न, उसमें पहुँचा दे। वहीं तुम लोग भी रुकियो। समझा दियो सब। इनकी ठीक से ख़ातिरदारी करें।"

अगले दस मिनट में टाटा सूमो में बैठकर अमित और चारु बच्चे को लिए फिर एक अँधेरी सूनी सड़क पर जा रहे थे– यहाँ एक बड़ा फ़ाइव स्टार होटल बन रहा है, यह उन्होंने सुना था, लेकिन देखा न था। अमित की मोटरसाइकिल लिए पीछे–पीछे सुरिन्दर चला आ रहा था।

और दोनों के फ़ोन हरजिन्दर सैनी ने अपनी दराज में डालकर उसे लॉक कर दिया।

चारु रुआँसी थी, घबरायी थी, परेशान थी– वह कुछ भी समझ नहीं पा रही थी– बस उसके भाँय–भाँय करते दिमाग़ में एक ही बात चल रही थी– भगवान इस बच्चे को बचाये रखना, इसकी माँ तक पहुँचा देना।

## यह कितना लम्बा रास्ता है विशाल?

सुबह आठ बजे पूरा परिवार ड्राइंग रूम में बैठा था। सुलभा की माँ ट्रे में चाय लेकर आ रही थीं। आज से पहले सुलभा को यह घड़ी हमेशा बहुत आत्मीय लगती रही। विशाल के साथ साउथ एक्स में बस जाने से पहले अपने पापा–माँ और भाइयों के साथ देर तक अख़बार पढ़ने और चाय पीने का शगल उसको कुछ नॉस्टैल्जिक भी बनाता था। तब वैशाली का यह इलाक़ा बहुत ख़ाली–ख़ाली था, धूप कई तिकोनों में बँटती–कटती जैसे इस ड्राइंग रूम में जगह बना लेती थी। कहीं धूप पसरी होती, कहीं अख़बार बिखरे होते और तरह–तरह की गपशप के बीच नौ बजे के बाद सबकी भागमभाग शुरू होती।

लेकिन आज पूरा परिवार कहाँ बैठा था? इस ड्राइंग रूम में जो सबकी आँखों का तारा हुआ करता है, वह तो यहाँ है ही नहीं। अभि कभी अपने नानाजी की गोद में होता, कभी मामाओं के साथ खेलता, कभी मम्मी के साथ उलझा रहता। अख़बार इधर–उधर हो जाते, धूप बिखर जाती, ख़बरें और चर्चाएँ पीछे छूट जातीं और दो साल का अभि सोफ़े, टेबल, और सोफ़ा कम बेड पर अपने नन्हे पाँवों से भागता–दौड़ता रहता।

फिर वही सवाल– फिर वही रुलाई– कहाँ होगा अभि? रात किसके पास सोया होगा? उसने दूध पिया होगा या नहीं? उसे किसी ने नहलाया होगा? पॉटी–सूसू कैसे कर रहा होगा मेरा बच्चा?

हे भगवान! वह जिसके पास भी हो ठीक से हो। सुलभा ने मन को कड़ा किया और कमरे में चल रही चर्चा पर ध्यान देने की कोशिश की। सबके चेहरों पर नज़र डालते ही समझ में आ गया कि सबके सब वैसी ही तकलीफ़ से गुज़र रहे हैं जो वह महसूस कर रही है। यह परिवार है। नाना–नानी को अपने नाती की फ़िक्र है, मामा लोगों को अपने भाँजे की। और इस घर में विशाल तो ठीक से रो भी नहीं सकता। साफ़ पता चल रहा है कि सबकी रात जागते–सोते, करवट बदलते–रोते और अभि के लिए दुआएँ करते कटी है।

"आप लोग मन को मज़बूत कीजिए दीदी।" यह आशीष था–जिसे सब छुटकू कहते थे और अभि के होने के बाद वह प्रतिरोध किया करता कि अब वह छुटकू नहीं रह गया है। लेकिन वाक़ई 24 बरस का छुटकू अब छुटकू नहीं था। परिवार का सबसे छोटा सदस्य बाक़ी सबको सँभलने की नसीहत दे रहा था। जगमोहन सिन्हा एक कोने में अपनी पत्नी के साथ चुपचाप बैठे हुए थे। एक सिरे पर अरुण अपने मोबाइल पर सिर गड़ाये मायूस–सा मौजूद था। आशीष अपने जीजाजी के साथ लैपटॉप खोलकर बैठा हुआ था। फ़ेसबुक पर अभि की मासूम खिलखिलाती हुई तस्वीर के साथ उसका पेज तैयार था जिसे पोस्ट करते हुए अपील की गयी थी कि इसे ज़्यादा–से–ज़्यादा लोग शेयर करें और जल्द–से–जल्द बच्चे की जानकारी दें।

"देखो, अभी ही इसको 300 से ज़्यादा लोग लाइक कर चुके हैं। 30 से ज़्यादा शेयर मिल चुके हैं। दीदी और जीजाजी एक बार शेयर कर देंगे तो वायरल हो जायेगा। अभि को छुपाना आसान काम नहीं होगा। कोई–न–कोई कहीं–न–कहीं से बता देगा।"

"ये तो ठीक है आशीष, लेकिन हम इसी के भरोसे नहीं रह सकते।" विशाल ने बेचैनी से कहा। उसका गला फँसा हुआ था–शायद बीती दो रातों की थकान का असर था। उसके ससुर जगमोहन सिन्हा ने उसकी तरफ़ चाय बढ़ायी जो कुछ हिचकते हुए विशाल ने ले ली। अब वह सुलभा से मुख़ातिब था– "सुनो, तन्मय आने वाला है। फिर हम लोग थाने चलेंगे। देखेंगे, पुलिसवाले अब कर क्या रहे हैं।"

"विशाल, मैं भी चलूँगी।" सुलभा ने बताया नहीं था, फ़ैसला सुनाया था।

विशाल कुछ असमंजस में रहा। सुलभा की तबीयत बिगड़ न जाये। वह कहीं पुलिसवालों से ही उलझ न जाये। लेकिन उसे एहसास था कि सुलभा पर इसका असर उन दोनों से– विशाल और तन्मय से– ज़्यादा है। सुलभा थाने में आयी है, यह जानकर कल ही पुलिस कमिश्नर ने उसे फ़ोन किया था। ख़ैर, सुलभा ने कह दिया है तो वह जायेगी ही।

फिर कमरे में चुप्पी पसरी हुई थी। लेकिन सुलभा ने जैसे कुछ तय कर लिया। उसका बच्चा उससे खोया है, अपने ही बूते वह खोज लेगी। न, अभि के लिए डरने की ज़रूरत नहीं है। उसे कोई नुक़सान नहीं होगा। वह ईश्वर पर भरोसा करती है। ईश्वर उसकी रक्षा करेंगे। उसने जीवन में अपनी ओर से ऐसा कोई काम नहीं किया है कि उसकी कोई सज़ा उसके बेटे को भुगतनी पड़े। उसे लगा कि अभि को खोजने की तैयारी घर को सामान्य बनाने से ही की जा सकती है।

"पापा, आप परेशान मत होइए, अख़बार देखिए। मैं और विशाल अभि को जल्द ही खोज लेंगे।" उसने अपनी आवाज़ पूरी तरह सहज रखने की कोशिश करते हुए कहा। उसे ख़याल आया, कई बार स्क्रीन पर वह रोने–रोने को हो आयी है, लेकिन उसने जैसे एक स्क्रीन अपने चेहरे पर भी लगा ली। वह सुलभा नहीं, कोई और है जिसका दिल धड़कता नहीं है, जिसे तकलीफ़ खरोंचती नहीं है, जिसे चीख़ें चुभती नहीं हैं। वह एक बेहद कुशल मशीन बन जाती है जो एक सिरे से सूचनाएँ लेकर दूसरे सिरे से निकालती जाती है और ज़रूरत के हिसाब से उसमें कुछ मुस्कान, कुछ उदासी, कुछ सरोकार, कुछ हँसी मिलाती जाती है। अब वह ऐसी ही मशीन बन जायेगी। अपने बेटे पर आँसू बहाने की जगह उसका पता लगायेगी।

विशाल ने भी देख लिया था– अब यह अभि की माँ सुलभा नहीं है, 'असली ख़बर' की वह ऐंकर सुलभा है जिससे लोग डरते भी हैं और

जिसका लोग लोहा भी मानते हैं। यह ऐंकर अब सब कुछ अपने ढंग से चलायेगी। सुलभा ने अरुण को टीवी ऑन करने को कहा। टीवी चैनलों पर अब भी मुम्बई की ख़बरें छायी हुई थीं। होटल ताज और ओबेरॉय में मारे गये लोगों की जानकारी– सारे बड़े–बड़े नाम। आतंकियों ने बिल्कुल जैसे देश के दिल पर निशाना लगाया हो। इन्हीं के बीच नियति की कुछ अवश कहानियाँ भी थीं। कैसे एक लड़का होटल ताज में पूरा परिवार छोड़कर पन्द्रह मिनट के लिए बाहर आया और फिर वह भीतर नहीं जा सका। उसके परिवार के बाक़ी लोग मारे गये। होटल ताज का स्टाफ़ वहाँ ठहरे लोगों के साथ खड़ा रहा। होटल ताज के दूसरे माले पर एक कॉन्फ्रेंस रूम में हिन्दुस्तान लीवर के सीईओ और तमाम बड़े अधिकारियों की बैठक चल रही थी। आतंकियों के हमले के बीच वहाँ की बैंक्वेट मैनेजर मल्लिका जागड़ ने बड़ी सूझबूझ और हिम्मत दिखायी। अगले दिन इन लोगों को सुरक्षाकर्मियों ने निकाल लिया और वे अब उन दहशत भरे लम्हों को याद कर रहे थे।

ऐसी ही कई कहानियाँ– हौसले की, हिम्मत की, लेकिन भरे–पूरे परिवारों के उजड़ जाने की और भारत के स्वाभिमान पर हमले की– हर चैनल पर थीं। सबसे बड़ा सवाल यही था कि आख़िर मुम्बई पर यह हमला हुआ कैसे। हमारे सुरक्षा इन्तज़ामों का क्या हाल है। हमारी एटीएस का चीफ़ मारा जाता है, मुट्ठीभर आतंकवादियों को हमारे सिपाही रोक नहीं पाते। क्यों? इसलिए कि उनके पास पूरे हथियार नहीं होते, उनके पास अच्छी बुलेटप्रूफ जैकेटें नहीं होतीं। वे अपनी जंग लगी बन्दूक़ों से उन आतंकवादियों से लोहा ले रहे हैं जो बिल्कुल गोलियाँ बरसाने वाली राइफलें लेकर आये हैं।

इन सारी बहसों के बीच तन्मय आ गया और निकलने की तैयारी हो गयी। तन्मय ने कहा, ''सुलभा, हम लोग आते हैं,'' और कहते–कहते रुक गया, क्योंकि यह बात उसकी समझ में आ गयी कि सुलभा भी चल रही है। "मैं भी चलूँगी साथ। देखती हूँ, क्या कर रहे हैं पुलिसवाले।" तन्मय ने विशाल को देखा और फिर कहा, "ठीक है, तुम्हारी तबीयत ठीक है तो चलो।"

"अब मेरी तबीयत को कुछ नहीं होगा तन्मय। जो कल हुआ सो हुआ।" यह कल की टूटी हुई सुलभा नहीं थी, यह "असली ख़बर" की वह ऐंकर थी जो अपने ऑफ़िस में सबको ठोकर पर रखती थी और विशाल और तन्मय को भी ज़रूरत पड़ने पर उनकी हैसियत याद दिला दिया करती थी।

अगले दस मिनट में तीनों इन्दिरापुरम थाने की वसुन्धरा चौकी पर थे। थाने के कम्पाउण्ड में उनकी कार रुकी तो अचानक कई सिपाहियों की नज़र चली गयी। उनके उतरते ही थाना–प्रमुख उनके सामने था, ''आइए साहब, आइए।'' मैंने सुमेर सिंह को भी बुला लिया है। वही जो ये केस देख रहा है।' दरअसल थाना प्रमुख के पास सुबह से दो–तीन लोगों के फ़ोन आ चुके थे। इसके अलावा वह इन तीनों को टीवी पर देखता रहा था। परसों ही रात को तो ये मैडम न्यूज़ पढ़ रही थीं। इसी के बीच ग़ायब हो गया बच्चा। थाना प्रमुख कृष्णा यादव ने मन–ही–मन सोचा, ऐसी नौकरी क्या जिसमें बच्चा भुला जाये, लेकिन ऊपर से वह सबको बड़ी इज़्ज़त से अपने कमरे तक ले आया।

सिंहजी भी एक फ़ाइल लिए कमरे में घुसे। उन्होंने सबको गुड मॉर्निंग जैसा कुछ किया। बाक़ी सब ने बस सिर हिलाया। सुलभा को याद आया, यही वह आदमी है जिसने कल कनावनी बस्ती में बेमतलब एक आदमी को थप्पड़ मारा था– ख़ाली रौब जमाने के लिए।

"सर, कल से लगे हैं। कोई क्लू छोडे नहीं हैं।" सिंहजी अपनी बहादुरी और मेहनत का बखान कर रहे थे। कल तो दिनभर ई कनावनी बस्ती वाली औरत और उसके मर्द के पीछे पड़े रहे। मर्द की ठीक से ठुकाई भी की। तब वो भाग रही औरत लौटी। लेकिन सर, हमको एतना समझ में आ गया है कि इन लोग का कोई रोल है नहीं। बच्चा उस दूसरी औरत के पास है।" वे एक सुर में बोले जा रहे थे।

"सिंहजी, अरे, ये सब तो हमें भी पता है। कोई नयी बात बताओ।" यादवजी ने अपनी ओर से दबाव बढ़ाया।

तन्मय ने किसी रिपोर्टर की तरह सवाल दागा, ''ये बताइए, सिंहजी, ये जो फ़रीदाबाद वाली चारु और उसके पति का कुछ पता चला या नहीं। क्योंकि बच्चा लेकर...अभि को...लेकर वे निकले हैं, ये तो एस्टैब्लिश हो चुका है।''

"हाँ सर, हाँ सर। उसका भी हमने पता किया।" सुमेर सिंह को ख़याल आया कि वाक़ई उसे अभी वाली जानकारी देनी चाहिए थी। "हमने चारु के घरवालों से पूछताछ की। घरवाले बोल रहे हैं कि अमित को ग्रेटर नोएडा जाना था। वह रास्ते में ही बच्चे को नोएडा में उतारने वाला था। उसके पति अमित के दोस्तों से भी पूछा, वे भी कह रहे हैं कि वह एक बिल्डर से मिलने गया था।"

"कौन है ये बिल्डर?" सुलभा की आवाज़ कुछ उत्तेजित–सी थी।

सुमेर सिंह की आवाज़ अब कुछ फँसी हुई थी, ''जी वो हरजिन्दर सैनी नाम है उनका।''

"तो उनसे पूछताछ क्यों नहीं करते? उनसे पूछिए कि चारु और उसके पति उनके पास पहुँचे थे या नहीं?" इस बार विशाल ने तेज़ आवाज़ में कहा।

थाना प्रमुख यादवजी को खँखारने की ज़रूरत महसूस हुई– "अरे–अरे, रुकिए। हम बात कर रहे हैं।" यादवजी को पता था कि नोएडा से वसुन्धरा तक हरजिन्दर सैनी की तूती बोलती है। उसके पास कई प्रोजेक्ट हैं। तमाम थानों में उसका पैसा पहुँचता है। वह सभी पार्टियों को चन्दा देता है। उसको हाथ लगाना आसान नहीं। सीधे लखनऊ से फ़ोन आ जायेगा। हालाँकि वहाँ मायावती के आने के बाद ऐसे मामलों में राजनीतिक दख़ल घटा है, लेकिन सैनी की ताक़त सब जानते हैं। सुमेर सिंह की औकात नहीं है कि वह सैनी को फ़ोन कर ले।

"असल में देखिए, हरजिन्दर सैनी नामी आदमी हैं। बड़े बिल्डर हैं। सब उनको जानते हैं। बिना सबूत के सीधे उन पर हाथ डालना ठीक नहीं है।"

अब सुलभा फट पड़ी– "कल तो आप लोग बहुत बहादुरी दिखा रहे थे। उस राह चलते को थप्पड़ लगा दिया। उस शीला के पति

को भी मारा है– आप ख़ुद बता रहे थे। सिर्फ़ ग़रीब पर उठता है आपका हाथ? कोई ताक़तवाला आता है तो आपकी मर्दानगी दुम दबाये भागती है? दो साल के बच्चे के ग़ायब होने का मामला है और आप पूछने से डर रहे हैं क्योंकि सामने वाला कुछ बिल्डिंग बना रहा है और आप लोगों को...पैसे खिला रहा है।"

उत्तेजना में बोलकर चुप हो गयी सुलभा। उसे लगा कि पैसे वाली बात नहीं करनी चाहिए थी। यह पुलिस व्यवस्था को लेकर टीवी की बहस नहीं है। यह उसके बच्चे का मामला है जिसको लेकर वह दो पुलिसवालों से बात कर रही है। विशाल उसका कन्धा थपथपा रहा था। तन्मय भी इशारा नहीं, याचना कर रहा था कि चुप रहे। सुमेर सिंह चुप था। परसों जब यह केस उसे मिला था तो उसने ख़ुशी–ख़ुशी लिया था। सारा मामला सुनकर उसे लग रहा था कि बच्चा किसी के पास होगा जो दो–चार घण्टे में मिल जायेगा। लेकिन यहाँ तो दो दिन होने जा रहे हैं और ठीक से कुछ पता नहीं चल रहा है। उस पर ये टीवी वालों की डाँट–फटकार।

लेकिन यादवजी चुप नहीं रहे– "सुनिए, देखिए पैसे वाली बात न करें। कौन कहाँ पैसे खाता है, सबको मालूम है। हम भी जानते हैं पत्रकारों का हाल।" फिर वे भी नरम पड़े– "आप लोग तो जानते होंगे जी, ये हरजिन्दर सैनी अब तो टीवी चैनल भी खोल चुका है। वो तो नौकरी देने के लिए लोगों को खोज रहा है।"

विशाल और तन्मय ने फिर एक–दूसरे को देखा। फफूँद की तरह उगते टीवी चैनलों से वे ख़ूब परिचित थे। पेट्रोल पम्प मालिक, चिट फंड वाले, बिल्डर सब स्कूल और चैनल खोल रहे हैं। उन्हें मालूम है, चैनल खोल देने के बाद उनके काले धन्धों पर कोई सवाल नहीं उठायेगा। विशाल को प्रशान्त का एक लेख याद आया। प्रशान्त ने लिखा था कि पिछले दो दशकों में भारत का औद्योगिक विकास उसका आपराधिक विकास भी है। सारे सन्दिग्ध और दुस्साहसी क़िस्म के लोग नेताओं और अफ़सरों से गठजोड़ कर, पुलिस और प्रशासन को साथ लेकर तरह–तरह के धन्धों, ठेकों,

सौदों में लगे हुए हैं और अमीर हुए जा रहे हैं। यह अमीरी अब पैसे से पैसा बना रही है। यही बदमाश लोग अब सिखा रहे हैं कि देश तरक़्क़ी कैसे करेगा, इक्कीसवीं सदी की ताक़त कैसे बनेगा। इनके यहाँ भव्य शादियाँ होती हैं, इनकी भव्य अट्टालिकाओं की चर्चा होती है, लेकिन इस बात की चर्चा नहीं होती कि ये लोग कितने सारे क़ानून तोड़ते हैं, कितने लोगों को रिश्वत देकर बेईमान बनाते हैं और किस तरह मिलिनेयर बन जाते हैं। क्या पता ये हरजिन्दर सैनी भी ऐसा ही एक शख़्स हो, जिसकी कामयाबी पर कल टीवी चैनलों में चर्चा हुआ करेगी।

इस बीच तन्मय, पुलिसवालों और सुलभा की बात जारी थी। बेशक, सब एक–दूसरे को झेल रहे थे, लेकिन इसके अलावा चारा नहीं था। तन्मय ने नोएडा के अपने स्ट्रिंगर को फ़ोन मिलाया और हरजिन्दर सैनी का इतिहास पूछा। थोड़ी देर हाँ–हूँ करते रहने के बाद वह बाक़ी लोगों से मुख़ातिब हुआ।

"देखिए यादवजी, यह हरजिन्दर सैनी गड़बड़ लग रहा है। ठीक है कि वह एक चैनल खोलने जा रहा है। अनाप–शनाप पैसा आ जाने से लोग ये सब करते हैं। लेकिन उसकी एक क्राइम हिस्ट्री है। मेरा रिपोर्टर बता रहा था। वह ख़ुद ये सब नहीं करता, लेकिन उसके पास पहलवानों की एक टीम है जो मकान और ज़मीन ख़ाली कराने से लेकर अँधेरी सड़क पर मोबाइल और पर्स छीनने जैसे काम तक में पकड़ी गयी है।" तन्मय की इस बात पर यादवजी ने मुंडी हिलायी, "आप देखो जी, हमने एक और काम किया है। चारु और क्या नाम है उसके हसबेंड का– अमित– दोनों की फ़ोन लोकेशन ट्रेस करने को कहा है। वो आ जाये तो हम कम–से–कम एक सबूत लेकर किसी से बात कर सकते हैं।"

"तो आप भी मान रहे हैं कि हरजिन्दर सैनी ये काम कर सकता है?" विशाल ने कुछ अधीरता से पूछा।

लेकिन इस मोड़ पर यादवजी इन तीनों पत्रकारों से ज़्यादा चतुर निकले। उन्होंने कहा, "अब देखो जी, किसी के शकल पर

लिखा न होता कि वो क्या है। आजकल तो पैसे वाले शरीफ़ भी तरह–तरह के जुर्म करते रहते हैं। तो मुजरिम कोई भी हो सकता है। अब रही बात सैनीजी की, तो कुछ तो उनके ख़िलाफ़ हो। वो तो आपके ऑफ़िस कभी गये न। आपका बच्चा आपके ऑफ़िस की क्रेच से ग़ायब हुआ है। आप लोगों से ध्यान रखा न गया ठीकठाक। इतने पढ़े लिखे हो आप लोग। दुनियाभर को ज्ञान देते हो। आप अपने ही बच्चे को भूल गये।"

तीनों एक बार के लिए चुप हो गये। सुलभा को एक लम्हे के लिए लगा कि उसने जो नक़ाब ओढ़ रखा है, उसमें दरार पड़ जायेगी, लेकिन अगले ही लम्हे वह अपनी ऐंकर वाली मुद्रा में थी। उसने तीखे लहजे में कहा, "यादवजी, ज्ञान लेने नहीं आये हैं हम लोग आपके पास। बच्चा ग़ायब हुआ है इसलिए आये हैं। आपसे नहीं हो रहा है तो आप बताइए। मैं बात करती हूँ यूपी के डीजीपी से। आपके लोग बोलते रहे, दो घण्टे जी, दो घण्टे जी, और बच्चा वैशाली से निकलकर कहाँ पहुँच गया, आपको पता ही नहीं चला। कनावनी गाँव में सुमेर सिंहजी सबको धौंस देते घूम रहे थे, अब क्या हो गया है।"

सुमेर सिंह नहीं बताने जा रहे थे कि अब क्या हो गया है। उनका चेहरा लटका हुआ था। उन्हें लग रहा था कि वे बड़ी राजनीति के बीच फँस गये हैं। फिर थाना प्रभारी यादवजी ने बात सँभाली, "मैडम, मैडम, आप तो नाराज़ हो गये जी। आप चाहोगे तो हम एसआईटी बनवा देंगे। आपके लिए क्या कसर छोड़ना है। बस मैं ये कह रहा हूँ कि हरजिन्दर सैनी को घेरने से पहले बाड़ा मज़बूत कर लिया जाये। नहीं तो निकल भागेगा। आप ही लोग बोलते हो न कि बिना सबूत के पुलिस कोई कार्रवाई ना करे।"

तब तक एक सिपाही कमरे में आने की इजाज़त माँगता दिखा। यादवजी ने हाथ हिलाया, "हाँ भाई, आ जा, आ जा। क्या लाया है।"

"जी सर, अभी तो दोनों के फ़ोन बन्द पड़े हैं। लेकिन आख़िरी कॉल ट्रेस हो गयी है। चारु की मम्मी ने चारु को फ़ोन किया था, ठीक जब हम वहाँ से निकले थे। उसके बाद ही फ़ोन बन्द हो गया।'

"और लोकेशन कहाँ की आ रही है?"

"लोकेशन ग्रेटर नोएडा की है जी। एक नयी बिल्डिंग बन रही है, उसी की।"

"पता किया, बिल्डिंग किसकी है?"

"जी, है तो वो किसी और की, लेकिन अभी उसे हरजिन्दर सैनी बनवा रहा है। बिल्डिंग अभी उसी के क़ब्ज़े में है। हैंड ओवर नहीं किया है। ज़िम्मेदारी उसी की बनती है।"

थाना–प्रमुख यादवजी उठ खड़े हुए, 'चलो मैडमजी, सबूत मिल गया। अब आप– यानी हम– हरजिन्दर सैनी से पूछताछ कर सकते हैं। आपको बताता हूँ वहाँ से लौटकर।'

"हम लोग भी चल रहे हैं आपके साथ।" सुलभा साथ छोड़ने को तैयार नहीं थी।

"लेकिन ठीक लगेगा जी? पुलिसवालों का काम पुलिसवालों पर छोड़िए। तसल्ली रखिए। बच्चे को कुछ नहीं होगा।" यादवजी ने कहा।

लेकिन कहते ही यादवजी सहम गये। क्योंकि अचानक, सुलभा तड़प–सी गयी, ''मुझे मालूम है, बच्चे को कुछ नहीं होगा। अगर हुआ तो आप लोग भी नहीं बचेंगे।'' उसकी आँखों में एक अजीब–सी हिंसक चमक तैर गयी।

सँभलते–सँभलते यादवजी को लगा कि ये क़ानून को धमकाने की कोशिश है। जुर्म है। लेकिन वे चुप रहे। उन्हें मालूम था कि हर जुर्म की सज़ा का वक़्त तय होता है। इसकी भी सज़ा वे कभी न कभी दे लेंगे। इस बीच विशाल ने सुलभा को रोका, ''अरे सुलभा, पुलिसवालों का तो हमें पूरा सपोर्ट मिल रहा है। यादवजी बस यही कह रहे हैं कि साथ नहीं जा सकते। हम लोग वैसे भी अपनी गाड़ी से पीछे–पीछे जायेंगे। सॉरी यादवजी, सॉरी। आप समझ रहे हैं, माँ हैं, जज़्बाती हो जाती हैं।''

यादवजी ने अपने भीतर के ग़ुस्से को हँसी में बदला, ''अरे साहब ठीक है, आइए आप लोग।''

हालाँकि वे मन–ही–मन सोच रहे थे कि हरजिन्दर सैनी से अकेले मिलना ही ठीक होगा। अपनी सहज बुद्धि और अपने पुलिसिया ज्ञान से वे जान गये थे कि इस मामले में हरजिन्दर सैनी का हाथ किसी–न–किसी तरह है।

लेकिन अब जो होगा ग्रेटर नोएडा चलकर होगा। वसुन्धरा थाने से दो गाड़ियाँ ग्रेटर नोएडा के लिए निकल चुकी थीं।

पीछे वाली गाड़ी पर बैठी सुलभा का मन हुआ कि पूछे कि वे लोग कब तक ग्रेटर नोएडा पहुँच जायेंगे। लेकिन भीतर के डर और थकान ने उसे बस प्रतीक्षा करने को कहा।

## इस बच्चे को वह कुछ नहीं होने देगी

सुबह तक रग्घू का पैर सूजा हुआ था। शीला ने चाय चढ़ाई हुई थी। कल दिनभर की थकान के बाद तीनों बच्चे अब तक सोये हुए थे। सुबह शीला ने स्कूल के लिए जगाना चाहा, लेकिन रग्घू ने रोक दिया। दलील थकान की दी, लेकिन दिल में ठेकेदार की हिदायत गूँज रही थी कि तीनों बच्चों को लेकर आ जाना। उसे मालूम था कि रात में शीला ने सब भले सुन लिया हो, सुबह वह नामंज़ूर कर देगी। वह सोच रहा था कि ठेकेदार के यहाँ जाने की बात शुरू कैसे करे। लेकिन इसकी उसे ज़रूरत नहीं पड़ी।

चाय लेकर बैठी शीला के दिमाग़ में भी यही बात गूँज रही थी। लेकिन उसे भी मालूम था कि रग्घू अपनी करवाना चाहेगा। ठेकेदार ने कहा है तो वह सबको लेकर निकलेगा ही। उसने रग्घू का सूजा हुआ पाँव देखा और फिर कहा, "चाय पी ले तो हल्दी लगा देती हूँ। ठीक हो जायेगा।" रग्घू को फिर कल की पिटाई याद आ गयी, "तू जाने दे, ठीक हो जायेगा अपने–आप। बस अपने को सुधार ले। तेरे चलते ये नौबत आयी है।"

नौबत वाक़ई शीला के चलते आयी थी। और नौबत ऐसी आयी जैसी जीवन में कभी नहीं आयी थी। परसों रात पहले वह पिटी, फिर बच्चे भूखे सोये, सुबह थके–हारे उसके साथ स्टेशन चल दिये, आधे रास्ते से लौटे, तब तक रग्घू की पिटाई हो गयी, वह पुलिसवालों के साथ गयी। अपने ऑफ़िस में मुजरिम की तरह आँख चुराये खड़ी रही। लौटते हुए लगा कि पुलिसवाले उसके साथ गन्दा काम करने पर आमादा हैं। जैसे ये एक दिन नहीं, कई दिनों की घटना हो। इतना लम्बा और तकलीफ़ से भरा दिन किसी के जीवन में न आये। और उसके बाद थकी–हारी घर पहुँची तो ठेकेदार का बुलावा। वह सिहर गयी। वाक़ई वह औरत– हाँ, चारु– बच्चा अगवा करने वाली थी जो उससे सुलभा मैम का बच्चा ले गयी थी? लेकिन यह तो तय ही नहीं था कि वह बच्चे को लेकर गाड़ी में बैठेगी? क्या जैसे वह ख़ुद फँसी हुई है, वैसे ही चारु भी तो किसी मुसीबत में नहीं फँस गयी है? औरत की ज़िन्दगी में कब क्या हो जाता है, कोई नहीं जानता।

लेकिन शीला यह समझ नहीं पायी कि उसे ख़ुद को सुधारना क्या है। उसके भीतर ग़ुस्से और तकलीफ़ की साझा लहर–सी थी। उसने सिर घुमाकर खाट पर बेख़बर सोये बच्चों को देखा– बेचारे उनकी वजह से कितना कुछ झेलते हैं। बिना क़सूर पिट भी जाते हैं, भूखे भी रह जाते हैं। आगे से वह ऐसा नहीं होने देगी।

उसने तय कर लिया, रग्घू से कहा, "सुनो, हम लोग ठेकेदार के पास नहीं जायेंगे। सबसे पहले पुलिस को ख़बर करते हैं कि बच्चा कहीं और है।"

"फिर मुंडी घूम गया है का तुम्हारा?" रग्घू फट पड़ा– "इस मामले में हमें पड़ना ही नहीं है। तू क्या सोचती है, पुलिसवाले इतने अच्छे और सीधे हैं? खोजना होता तो पहले ही बच्चा को खोज लिए होते। लेकिन उन लोग को फ़ुरसत कहाँ था हमको पीटने से।"

शीला को भी ख़याल आया कि ये पुलिसवाले उसके साथ क्या–क्या करने की सोच रहे थे। उसने रग्घू को यह सब नहीं बताया,

लेकिन फिर से पुलिस के चक्कर में पड़ने का ख़याल उसको और डराने लगा।

"ऐसा करते हैं, सुलभा मैम को फ़ोन करते हैं। उनको बता देते हैं। वो बाक़ी एक फ़ोन करेंगी तो पुलिसवाला दौड़ के बच्चा खोज लेगा।", शीला का यह दूसरा सुझाव था।

"अरे तू समझती काहे नहीं है, सुलभा मैम अपना बच्चा खोज लेंगी। उसको कुछ नहीं होगा। हम पड़ेंगे तो फँसेंगे।" रग्घू ने समझाने की कोशिश की।

शीला भी अब लगातार सोच रही थी। उसके दिमाग़ में यह बात आयी कि अभी तक वे लोग मुजरिम नहीं हैं। लेकिन ठेकेदार के चक्कर में पड़ेंगे तो मुजरिम बन जायेंगे। उसने रग्घू को यह बात समझायी। रग्घू इसे पहले से समझ ही रहा था। मगर उसके भीतर सही–ग़लत से ज़्यादा ठेकेदार का ख़ौफ़ था। ठेकेदार ने रात को कान में जो कुछ कहा था, उसका मतलब यही था कि इस मामले में बड़े–बड़े लोग हैं। वह इनकार नहीं कर सकता। जीवनभर इन्हीं लोगों के बीच रहना है। वे ऐसी गत बनायेंगे कि कुछ पता नहीं चलेगा।

तो एक बीते हुए और बेहद लम्बे दिन की यातनाओं से उबरा हुआ वह कमरा 28 नवम्बर की सुबह कुछ विचारशील हो गया था। दो बहुत मामूली से लोग– एक मज़दूर और एक आया– मिलकर अपनी ज़िन्दगी के सामने आ खड़े हुए एक बड़े संकट का हल खोजने में लगे थे। मज़दूर भूल गया था कि क़रीब 36 घण्टे पहले उसने इस आया की पिटाई की थी और यह आया भूल गयी थी कि 24 घण्टे पहले वह अपने बच्चों को लेकर एक ट्रेन में बैठी हुई थी। 16 घण्टे पहले पुलिसवालों ने इस मज़दूर को बुरी तरह पीटा था और 12 घण्टे पहले यह आया उन्हीं पुलिसवालों के हाथ लुटते–लुटते बची थी। इन दोनों के तीन बच्चे थे जो 24 घण्टे पहले आसनसोल के लिए निकले थे, क़रीब 20 घण्टे पहले आगरा में उतरकर वापस लौट रहे थे, क़रीब 14 घण्टे पहले उन्होंने अपने पिता को लुटी–पिटी हालत में पाया था और दस घण्टे पहले इतने तूफ़ानों के बीच अपने

घर में गैस चूल्हा जलता हुआ देखा। वे तीनों अब सो रहे थे। यह घर नहीं एक जहाज़ था, जो समुद्र के थपेड़ों में बचे रहने की जुगत खोज रहा था। थपेड़ों का वैसे उसे ख़ूब अभ्यास था और बचे रहना भी आता था, लेकिन इस बार जहाज़ ऐसे चक्रवात में घिरा था कि रास्ता मिल नहीं रहा था।

लेकिन रग्घू ने रास्ता खोज लिया। उसी तरह, जिस तरह अभावों से घिरे और व्यवस्था से डरे लोग रास्ता खोजते हैं। छोटा–सा घर, सहेजा और बसाया चाहे जितनी मुश्किलों से जाता है, उसे कन्धों पर ढोकर निकल पड़ना आसान होता है। या आसान होता हो या न होता हो, उजड़ने–उखड़ने का अभ्यास उसे आसान बना देता है। तो रग्घू ने जैसे तय कर लिया, ''निकल जाते हैं यहाँ से।''

"निकल जाते हैं मतलब?" हक्की–बक्की शीला पूछ रही थी।

"मतलब ये कि चल गाँव चल देते हैं– आसनसोल। कल तू जा ही रही थी न।" शीला ने कुछ अनिश्चय से देखा, ''अभी? फिर तो पुलिसवालों को लगेगा कि इन्हीं लोगों ने बच्चा भगाया है।''

"अरे पुलिसवालों को कुछ नहीं लगेगा। अब मामला दूसरा हो गया है। इस पार या उस पार। बीच में हम लोग आते ही नहीं हैं।" रग्घू को कुछ समझ में नहीं आ रहा था, लेकिन वह इस उम्मीद में बोले जा रहा था कि पुलिस को जल्द ही पता चल जायेगा कि बच्चा किसके पास है।

"तो आसनसोल नहीं, सीधे मालदा चलते हैं। तेरे बड़े भाई के पास। पुलिस को आसनसोल का पता है।" शीला का ये सुझाव भी रग्घू को जँचा।

तीनों बच्चों को फ़ौरन जगाया गया। सोना, सीमा और राजू तीनों अब आँख मल रहे थे। सोना को ख़याल आया, आज भी स्कूल छूट गया। मैडम अब कल डाँटेंगी। वह ठुनकने लगी, "अरे, आज भी स्कूल छूट गया। तुम उठाई नहीं।" लेकिन हड़बड़ायी हुई शीला को जवाब देने की फ़ुरसत नहीं थी। "अरे, अभी स्कूल छोड़ो। हम लोग जा रहे हैं आसनसोल...नहीं मालदा।" उसने तेज़ी से कहा।

बच्चों का जी धक्क से रह गया। "फिर?" इस बार सीमा बोली, और बोलते ही उसने पिता का चेहरा देखा। लगा कि क्या माँ और बाबू के बीच फिर झगड़ा हुआ है? लेकिन दोनों के चेहरों पर तनाव तो दिख रहा था, आपसी झगड़े के निशान नहीं थे। रग्घू बेटी की फ़िक्र समझ गया, "अरे हम लोग सबको निकलना है। जल्दी तैयार होओ तुम लोग।"

बच्चों ने राहत की साँस ली। हालाँकि यह समझ में सबको आ गया कि फिर कोई मुसीबत उनके सिर पर है। लेकिन माँ और बाबा साथ हैं तो सब ठीक हो जायेगा– यह भोला भरोसा उनके अनुभव और उनकी उम्र दोनों की सन्तान था।

अगले एक घण्टे में रोटी–भुजिया बनाकर, बच्चों को खिलाकर, और आने वाले दिन के लिए बाँधकर शीला तैयार थी। रग्घू एक बक्से में ज़रूरत का सामान डाल रहा था– सबके कपड़े, ब्रश–मंजन, साबुन, कुछ अतिरिक्त थाली और बर्तन। बच्चे अपनी किताबों का बैग सँभाल रहे थे। बस दस मिनट में यह परिवार यह ठिकाना छोड़ देगा। लौटेगा या नहीं, यह नहीं मालूम। "सब ठीक रहा तो लौट आयेंगे", शीला रग्घू से कह रही थी। "हाँ", रग्घू भी हामी भर रहा था। उजड़े वे पहले भी कई बार थे, लेकिन इस बार उजड़ने में बहुत मोह हो रहा था। पिछले तीन साल में पहली बार वे बसते हुए लग रहे थे। यह शीला की नौकरी का ही कमाल था। पास–पड़ोस वाले इज़्ज़त से बात करते थे। सबसे बड़ी बात थी कि बच्चों ने स्कूल जाना शुरू कर दिया था। राजू का मन कुछ कम लगता था पढ़ाई में, लेकिन सोना और सीमा तेज़ हैं– ये मैडमजी भी बोलती हैं। सोना को तो दसवीं का इम्तिहान देना है इस साल। तो यह अनकहा–सा संकल्प सबके भीतर था कि लौट आयेंगे।

लेकिन सब कुछ बाँधते–समेटते–सहेजते इन पाँचों प्राणियों के हाथ सहसा ठिठक गये। बड़ी तेज़ी से आती हुई किसी गाड़ी ने उनके घर के आगे ब्रेक लगाये थे। उसके पीछे एक और गाड़ी के रुकने की आवाज़ थी। रग्घू और शीला कुछ देखते–समझते,

तब तक कुछ लोगों के धमाधम उतरने और उनके धड़धड़ाते क़दमों की आवाज़ सुनाई पड़ी। अगले ही लम्हे वे सब घर के भीतर थे।

शीला चीख़ पड़ी। सोना और सीमा डर के रोने लगीं। राजू अपने पिता रग्घू की पैंट पकड़े खड़ा था। रग्घू सन्नाटे में देख रहा था– उसका ठेकेदार उसके सामने था। और ठेकेदार के पीछे आठ–दस पहलवाननुमा लड़के।

ठेकेदार के चेहरे पर दबंगई, चालाकी और चाशनी तीनों थीं, "अरे भाभी जी, मत डरिए। अरे बच्चा लोग, चुप हो जाओ। हम लोग बस आप लोगों को लेने आये हैं। सैनीजी ने कहा कि पर्सनली जाओ और सबको इज़्ज़त से लाओ।"

रग्घू तब तक कुछ सँभल चुका था। उसे डर लगा कि इन लोगों को उनके घर छोड़कर भाग निकलने की बात मालूम न हो जाये। उसने सूखे हुए गले से कहा, "हम लोग तो आ रहे थे आपके पास। यही न बात हुआ था। फिर का ज़रूरत था सबको लाने का। देखिए, हम लोग सब तैयारी कर चुके थे।"

"रग्घू, तू डर मत। ऐसा–वैसा कुछ नहीं होना है तेरे साथ। अरे ऐसा–वैसा तो पुलिस करती है। कल तुझे बहुत मारा न?" ठेकेदार यह बात छुपा गया था कि सुमेर सिंह ने उसे भी काफ़ी हड़काया था। "देख, सैनीजी तो तुम लोगों को फ़ाइव स्टार होटल में रखेंगे। वही जो ग्रेटर नोएडा में बना है। तीन दिन ऐश काट। पूरे परिवार के साथ। बस यही।"

न भरोसे की गुंजाइश थी न बहस की। रग्घू पहलवानों को देख रहा था जिनमें कुछ मुस्कुरा रहे थे और कुछ ठेकेदार की हाँ में हाँ मिला रहे थे। एक शीला को अजीब ढंग से घूरे जा रहा था। ठेकेदार ने उसी का ध्यान खींचा, "तो सुरिन्दर भाई, चले हम लोग?"

"हाँ, हाँ, चलो निकलो", सुरिन्दर का ध्यान वापस लौटा। सब जैसे घिसटते या ठेले जाते हुए अपने घर से निकले। बाहर दो–दो टाटा सूमो खड़ी थीं। एक में पाँचों को बिठाया गया। ड्राइविंग सीट पर ख़ुद सुरिन्दर था। कुछ लड़के पीछे वाले हिस्से में बैठ गये।

बाक़ी दूसरी गाड़ी में आ गये। ठेकेदार सुरिन्दर के पास आया, ''तो सुरिन्दर भाई, आपका काम हो गया। मैं चलूँ?''

"अबे तू कहाँ जायेगा, अब अकेले। चल तू भी बैठ गाड़ी में", सुरिन्दर ने लापरवाही से आदेश दिया और ठेकेदार की हिम्मत नहीं हुई कि वह मना कर सके। वह भी चुपचाप रग्घू के बगल में बैठ गया। इस बार रग्घू से मिली उसकी आँखें कुछ उतरी हुई थीं।

कनावनी की ऊबड़–खाबड़ पगडण्डीनुमा सड़कों पर धचके खाती गाड़ियाँ अचानक नोएडा को जोड़ने वाली सड़क पर आकर जैसे तैरने लगी। नोएडा और ग्रेटर नोएडा की नयी बनती बहुमंज़िला इमारतों के बीच ख़ूब चौड़ी सड़कों पर भीड़ थी लेकिन वैसी नहीं कि रुकना पड़े। क़रीब 45 मिनट बाद ग्रेटर नोएडा के कुछ सन्नाटे वाले इलाक़े को पार करके अचानक दोनों गाड़ियाँ एक चमकती–दमकती इमारत में दाख़िल हो गयीं। सीधे होटल शिखर के पोर्टिको में एक के पीछे एक रुकी गाड़ियों से धड़ाधड़ लड़के उतरे और उनके पीछे कुछ सहमे क़दमों से पाँच प्राणी– एक मज़दूर, एक आया और उसके तीन बच्चे। हालाँकि इसके एक हिस्से में काम चल ही रहा था, लेकिन तब भी यह भव्य था और यह भव्यता जैसे उनकी आँखों में नहीं, उनके दिल में दहशत पैदा कर रही थी। उन्हें लोग कुछ कौतूहल भरी निगाहों से निहार रहे थे। टाटा सूमो की चाबी वाला गुच्छा झुलाता सुरिन्दर जब रिसेप्शन पर पहुँचा तो वहाँ बैठा लड़का खड़ा हो गया, ''देख बे, इन लोगों को ऊपर एक कमरा दे दे। वो जो कल रात आये हैं, उनके बगल वाला। इनका पूरा ख़याल रखना। और ये जो भाभीजी हैं, इनको उस मैंडम से मिलवा देना जिसके पास बच्चा है। सबसे पहले यही काम।''

ठेकेदार भी कुछ असमंजस में वहीं पर खड़ा था। सुरिन्दर ने उसे देखा, ''क्या बे, तू भी रुकेगा फ़ाइव स्टार में? चल तू हमारे साथ चल। तू तो अपना आदमी है न।'' डराना और पुचकारना एक साथ कैसे होता है, यह ठेकेदार ख़ूब जानता था– उसने दूसरों पर भी यह विधा आजमायी थी और उस पर भी पहले ख़ूब आजमायी गयी थी। और हाँ रग्घू, तू मोबाइल फ़ोन दे अपना। सुरिन्दर ने रग्घू की

शर्ट की ऊपरी जेब में रखे मोबाइल को बिना पूछे निकाल लिया था। इस बन रहे होटल के तीसरे माले पर एक कमरे में सबका सामान रखा गया। वही रिसेप्शनिस्ट इनके साथ आया था। उसने शीला को देखकर कहा, आप चलो जी, बगल में ही हैं वह मैडम।

बगल के कमरे के बाहर से ही शीला को अभि के रोने की आवाज़ सुनाई पड़ रही थी। उसका दिल बहुत ज़ोर से धड़क रहा था। सुलभा मैम का बच्चा सुरक्षित है। वही उसको लेकर निकली थी। कमरे का दरवाज़ा अमित ने खोला और शीला और चारु की आँख मिली। चारु परेशान थी, शर्मिन्दा थी, उसका मुँह सूजा हुआ था, लेकिन शीला ने पहले आगे बढ़कर अभि को गोदी में लिया। वह उसे पुचकार रही थी– उसे इतनी ज़ोर से अपने सीने से चिपकाया कि अभि चुप हो गया। शीला अचानक एक पेशेवर आया में बदल गयी थी, लेकिन उससे ज़्यादा एक माँ में– इस बच्चे को अब तो वह कुछ नहीं होने देगी।

## यह ख़ून सना वाक्य देर तक गूँजता रहा

ग्रेटर नोएडा के अपने ऑफ़िस में बैठे हरजिन्दर सैनी को ख़बर मिल चुकी थी कि पुलिस उनके यहाँ आ रही है। जैसे ही दो गाड़ियाँ निकलीं, वैसे ही उनका फ़ोन भी बजा– वसुन्धरा में उनको जानने वाला एक दारोगा था जिसने फ़ोन करके बता दिया था कि सुमेर सिंह उनके पास आ रहा है। उसी ने यह भी बता दिया कि अमित और चारु की कॉल लोकेशन आख़िरी बार उनके ऑफ़िस में ही ट्रेस हुई है।

"अरे आने दे सुमेर सिंह को। यहाँ उसे मिलेगा क्या? और वो भी अपना जानने वाला ही है।" सैनीजी ने बात हवा में उड़ा दी।

"न जी, इतनी भर बात न है। उस बच्चे की अम्मा तो सुमेर सिंह पर चढ़ी हुई थी, यहाँ तक बोल गयी कि अगर बच्चे को कुछ

हुआ तो देख लेगी सबको। टीवी वाली है न।" दारोगा वाक़ई सुलभा के तेवरों से प्रभावित था।

हरजिन्दर सैनी कुछ चिढ़ से गये– "अबे टीवी का रोब अब हमें न दिखा। अब हमारा भी टीवी चैनल है। कोई हाथ नहीं लगा सकता हमें।"

दारोगा को लगा, सैनीजी बुरा न मान जायें। उसने फ़ौरन जोड़ा, "अरे साहब, आपको हाथ लगाये कोई, उसके पहले उसका हाथ न तोड़ देंगे? अरे बस आपको बता दिया, ख़ातिर–वातिर के लिए तैयार रहिए। दे दीजिएगा टीवी वाली को अपने यहाँ नौकरी।"

लेकिन सैनीजी प्रभावित नहीं हुए, ''और सुन, हम कोई अपराधी न हैं कि पुलिसवालों से डरें। नेता हैं और मीडिया वाले हैं, पुलिसवालों को जेब में रखते हैं।''

दारोगा सकपकाया, लेकिन सँभला, ''अरे सरजी, इसी जेब से तो हम सबका काम चलता है। हाज़िर होऊँगा एक दिन आपके दरबार में।''

लेकिन तब तक एक बेचैनी–सी सैनीजी को घेरने लगी थी। उन्होंने आगे कुछ कहे बिना फ़ोन काट दिया। पहली बार वे फ़िक्रमन्द हुए। यह ख़याल आया कि इस मामले में हाथ डालने का फ़ैसला ग़लत हो गया। अच्छा होता कि वे दोनों को पकड़कर अपनी तरफ़ से सुलभा को फ़ोन करते। बच्चे को माँ को सौंप देते और हो सकता है, उनकी इस सेवा के क़िस्से टीवी में भी चलते– कैसे एक बिल्डर की सावधानी से एक छोटा–सा मासूम अगवा होते–होते बचा। वो दो करोड़ से ज़्यादा की कमाई का मामला बन जाता। इतना नाम तो कम–से–कम अब तक के जीवन में उन्होंने न कमाया है। और क्या पता, इस टीवी वाली लड़की के हाथ कहाँ–कहाँ तक पहुँचते हों। वे ठहरे यूपी के खिलाड़ी, वो तो नेशनल प्लेयर है। प्लेयर नहीं, चैंपियन। सुलभा को कौन नहीं जानता है। ये दाँव ग़लत हो गया। वह भी बहुत मौक़े पर।

लेकिन सैनीजी ने फिर ख़ुद को सँभाला। इस इलाक़े में तो वे शेर हैं। यहाँ कोई भी आ जाये, उनको छू नहीं सकता। हाँ, अब सारा काम

इस तरह करना होगा कि किसी को ये न समझ में आये कि इसके पीछे उनका हाथ है। उन्होंने अपने सामने बेफ़िक्री से बैठे ही–ही हू–हू करते लड़कों पर नज़र डाली। इन्हें सबसे पहले हटाना होगा। उन्होंने टोका, "सुनो तुम सबके सब। कुछ दिन के लिए अंडरग्राउंड हो जाओ। लेकिन होटल पर नज़र बनाये रखो। अभी यहाँ से निकलो और होटल पहुँचो।"

"अरे सैनीजी, हमने यहाँ चिकेन मँगवाया हुआ है, उसका क्या होगा?" एक ने हँसते हुए कहा।

"अबे, साले पुलिस आने वाली है। तुम सबका चिकेन बना देगी। सीधे होटल ही चले जाओ।" हरजिन्दर सिंह ने फिर चिड़चिड़ाये हुए अन्दाज़ में कहा।

सब कुछ चौंके। सैनीजी के धन्धे की ख़ूबी यही है कि पुलिस नहीं आती। फिर इस बार? रिछपाल ने पूछा, "पुलिस? उसे किसने ख़बर की? वो होटल में भी छापा मारेगी क्या?"

सैनीजी भड़क गये। यह सीधे उनकी हैसियत को चुनौती थी। "साले, किस पुलिसवाले की हिम्मत है कि वो छापा मारे। बस वो तो इन टीवी वालों की वजह से इन दोनों का– ये अमित और उसकी बीवी का– फ़ोन लोकेशन ट्रेस हो गया– इसी एरिया का है। फिर सबको पता है कि अमित मुझसे ही मिलने आ रहा था। तो पुलिसवालों की मजबूरी होगी कि मुझसे पूछेंगे। मज़ा ये है कि आने के पहले बता दिया।"

लड़के अब चुप थे। सुरिन्दर बोला, "आप बोलो तो इन सबको गाड़ी में भरकर ग्रेटर नोएडा से आगे कहीं ले जाऊँ। निकल जाते हैं इटावा साइड।"

सैनीजी को फिर लगा कि लड़के हड़बड़ी में कुछ गड़बड़ न कर बैठें। अचानक उन्होंने लहजा बदला, "अबे सुरिन्दर, कुछ करने की ज़रूरत न है। जो ठाना है, वही करेंगे। दो करोड़ रुपये वसूलेंगे– और इस तरह कि किसी का नाम न आयेगा।" बोलते–बोलते एक फ़िल्म–सा ख़याल आया उन्हें। ये भी हो सकता है कि वे बीच–बचाव

करने के नाम पर, बच्चा सुरक्षित निकलवाने की आड़ में दो करोड़ रुपये इन लोगों से वसूल लें। इस तरह कि इन लोगों के भी हमदर्द लगें। तो उन्होंने कहा, ''और सुन, बस इतनी केयर रखते हैं कि अगर पुलिस को कुछ भनक मिलती दिखे तो बता देना कि ये दोनों ख़ुद यहाँ आकर ठहरे हुए थे। बस इस बिल्डिंग का और मेरा नाम न आये, बाक़ी तो मैं सँभाल लूँगा। चलो निकलो तुम लोग। हाँ, सुरिन्दर तू रुक।" सैनीजी ने बाक़ी सबको चलने का इशारा किया।

लड़के निकलने लगे थे। ये सबको मालूम था कि सुरिन्दर सैनीजी का दाहिना हाथ है। वे जो भी करते हैं, उसी की सलाह से करते हैं। और वह जो भी करता है, सैनीजी की जानकारी में करता है। वैसे सुरिन्दर उन सबका दोस्त है– सबको साथ रखता है, इसलिए वे निश्चिन्त थे। अव्वल तो पुलिस उन्हें हाथ लगाने की हिम्मत नहीं करेगी, और अगर उसने कर भी ली तो सैनीजी फ़ौरन छुड़ा लेंगे।'

जब बाक़ी निकल गये तो हरजिन्दर सैनी ने सुरिन्दर को देखा, ''क्यों बे, गड़बड़ तो न हो गयी?''

सुरिन्दर हँसने लगा, "हाँ, रिस्क तो दिख रहा है जी।"

"क्या करना है?"

"आप बताओ, वही करते हैं। अपना तो हाथ चलता है, आपका दिमाग़।"

तनाव के बावजूद इस तारीफ़ से ख़ुश सैनीजी हो–हो हँसने लगे, "अबे सुरिन्दर, अभी तो दिमाग़ ही न चल रहा है न। साले तुम लोगों ने दो करोड़–दो करोड़ कहके फँसा दिया।"

"तो आप ही बताओ, क्या है रास्ता निकलने का।"

"हूँ, ऐसा कर..." मेज़ पर हाथ से ठकठक करके सोचते रहे हरजिन्दर सैनी। फिर बोले, ''अभी कुछ नहीं करते हैं। जब कुछ न समझ में आये तो कुछ न करना ही भला। बस, डुबकी मार के बैठ जा। इतना याद रख कि पुलिसवालों को इस बिल्डिंग के आगे थाह न मिले।''

"वो तो मिलने से रही जी। अपना कोई आदमी मुँह ना खोलेगा।"

"अरे, अपने लोगों तक तो मैं पुलिस को पहुँचने भी न दूँगा।"

"फिर आप पुलिसवालों को क्या बताओगे?"

"बता दूँगा। हाँ आये थे जी। मियाँ–बीवी दोनों थे। साथ में बच्चा भी लाये थे। मैंने तो समझा, उन्हीं का बच्चा है। चाय भी पिलायी। फिर दोनों निकल गये। बस इतना ही। दिखा दूँगा कि मैंने तो साले को एक प्रोजेक्ट भी दिया है। ये नहीं पता था कि बच्चा किसी और का है जिसको लेकर ये फ़रार हैं।" सैनी़जी सुरिन्दर के सामने पूरी योजना पेश कर रहे थे।

"एक बात है। पुलिस सपने में भी सोच न पायेगी कि ये सब फ़ाइव स्टार होटल में रुके हुए हैं।", सुरिन्दर ने हँसते हुए कहा, ''लेकिन ये समझ में न आया जी कि आपने उस वसुन्धरा वाले मज़दूर को पूरे परिवार सहित क्यों बुला लिया।''

अबे समझा कर, इस मेम साहब टाइप की लड़की को– ये जो अमित की बीवी है न– उसे देखते ही समझ गया मैं कि बच्चा सँभालना उसके बस का काम न है। वो तो ठीक से गोद में ले भी नहीं पा रही थी उसे। बच्चे को कुछ दिन रखना है तो इन्तज़ाम ठीक करना ही होगा। दूसरे ये कि बच्चा लेकर पहले वाली भागी थी, दूसरी को उसने गाड़ी में बच्चा दिया था। अब दोनों ग्रेटर नोएडा के एक होटल में एक साथ हैं। तो सब मानेंगे न दोनों को क़सूरवार।" हरजिन्दर सैनी ने अपनी बुद्धि भिड़ायी।

सुरिन्दर एक बार फिर अपने बॉस की बुद्धि का क़ायल हुआ। जे ही ख़ूबी है सैनीजी में। बिल्डिंग भी बना लेवे हैं, राजनीति भी कर लेवे हैं और क्राइम में तो ऐसे हाथ डाले हैं जैसे मक्खन है। कोई पकड़ नहीं सकता। उसने फिर कहा, ''और कोई भी ये सोच न सकता कि इन बिहारियों को फ़ाइव स्टार होटल में घुसने की जगह मिलेगी।''

सैनीजी फिर हँसने लगे। सुरिन्दर ने फिर पूछा, ''लेकिन जी, कम–से–कम ये मामला हफ़्ते भर का तो लगे है। और किससे करोगे फ़िरौती की बात?''

"साले, मैं थोड़े करूँगा फिरौती की बात। एक काम कर," अचानक सैनी का दिमाग़ बहुत तेज़ चलने लगा। रिछपाल को बोल, अभी गाड़ी लेकर गुड़गाँव के आगे निकल जाये। फिर हमारे फ़ोन का इन्तज़ार करे। जब हम कहें– दो दिन बाद या चार दिन बाद– तब बच्चे की माँ को पहला फ़ोन करे। फिर फ़ोन स्विच ऑफ़ करके चला आये वापस। पुलिस कन्फ्यूज़ रहेगी। इसके बाद देखेंगे, वो लड़की क्या करती है, फिर सोचेंगे हमें क्या करना है।" सैनीजी अब पूरी योजना बनाने में लग गये थे।

सुरिन्दर के दिमाग़ में भी कई बातें आ रही थीं, "मेरे को तो ठीक लग रहा है जी कि इन दोनों को होटल से निकालकर ग्रेटर नोएडा के बाहर ले जाया जाये।"

"अरे समझा कर, मामला टीवी वाली का है, बड़े अफ़सरों तक बात पहुँच गयी होगी। सब तरफ़ नाका होगा। मान ले, कहीं भी पकड़े गये तो परेशानी डबल हो जायेगी। बरसात के मौसम में बिल में दुबके रहना अच्छा होता है।" सैनीजी ने अपने चेले को समझाया।

"मान लो सैनीजी, पुलिस को कहीं से पता चल जाये कि हमारे लड़कों ने ही ये सब किया है तो?"

"तो बस एक बात याद रख। अपने लड़कों को भी बता दे। मेरा नाम वो कहीं न लें। मैं ही हूँ जो उन्हें सुरक्षित निकाल पाऊँगा। मैं फँस गया तो सब फँसोगे।" सैनीजी ने अपने होने की अहमियत समझा दी।

"और अगर पुलिस होटल तक पहुँच ही गयी? अमित और उसकी बीवी ने बता दिया कि सब आपके ऑफ़िस में हुआ है तो?" सुरिन्दर ने फिर अगली समस्या रखी।

सैनीजी नये सिरे से झुँझलाने लगे थे। अब उन्हें वाक़ई लग रहा था कि बड़ी गड़बड़ हो गयी। लड़कों के जोशो–खरोश में लड़कों जैसा काम कर दिया। सुरिन्दर ठीक बोल रहा है। होटल में इन्हें रखना ठीक नहीं। होटल के बहुत सारे स्टाफ़ को तो अब तक पता चल ही गया होगा। लेकिन उन्हें वहाँ से निकालना भी सेफ़ नहीं है।

अब जो दाँव चला है, उसी पर रहना होगा। उनके गुरु मिश्राजी कहा करते थे, देख सैनी, सब कहते हैं कि सत्त की जय होती है। मैं जानता हूँ कि मेहनत की जय होती है। तू ठान ले तो अच्छा–बुरा कोई काम मुश्किल न है। ज़्यादातर लोग घबरा जाते हैं।

सैनीजी ने तय किया कि वे घबरायेंगे नहीं। फिर तय किया कि मिश्राजी को फ़ोन कर लें। वे लखनऊ में हैं और नेता–अफ़सर सब पर क़ाबू रखते हैं। ख़ुद मन्त्री रह चुके हैं। वो अकेले हैं जिनसे सैनी का कुछ भी छुपा हुआ न है। लेकिन वो डाँटेंगे बहुत। फिर भी उनकी राय लेनी होगी।

सैनीजी ने अनमने ढंग से नम्बर मिलाना शुरू किया। एक बार असमंजस में रहे कि फ़ोन काट दें। लेकिन तब तक मिश्राजी दूसरी तरफ़ थे। उनकी तपी–तराशी आवाज़ साफ़ थी– "हाँ, बोलो सैनी, अब किस नयी मुसीबत में फँस गये?"

सैनी ने मिश्राजी का कुछ उसी तरह लोहा माना जैसे सुरिन्दर ने सैनीजी का माना था। उन्हें समझने में देरी नहीं लगी कि चेला मुसीबत में है। तो चेले ने अपने गुरु को– सैनीजी ने मिश्राजी को धीरे–धीरे करके सारी बात बता दी।

आदत के मुताबिक़ मिश्राजी हाँ–हूँ करके सुनते रहे। अन्त में कहा, ''बुद्धि भ्रष्ट हो जाती है तुम लोगों की बड़ी जल्दी,'' फिर ठण्डी साँस लेकर बोले, ''चलो मैं देखता हूँ। लेकिन अब तुम ये सब छोटे–मोटे धन्धे लड़कों के लिए छोड़ दो। तुम बड़े बिल्डर हो, नेता बनोगे, मीडिया के मालिक हो, अब शोभा देता है कि तुम्हारा नाम बच्चे के अपहरण में उछले। सवाल पुलिस से बचने का नहीं है, प्रचार से बचने का है। तुम क्या समझते हो, पुलिस को पता नहीं होगा कि तुम्हारे इलाक़े में वारदात हुई तो तुम्हारे अलावा और कोई उसके पीछे नहीं हो सकता?'' फ़िलहाल तो ऐसा करो कि अपने चैनल चले जाओ। या वहाँ से किसी रिपोर्टर–शिपोर्टर को बुलाकर गप करते रहो। पुलिस आये तो उसे बताओ कि तुम भी वही मामला डिस्कस कर रहे हो। बड़े परेशान हो कि इतना छोटा बच्चा गुम हो गया है– वह भी

तुम्हारे इलाक़े से। भरोसा दिलाओ कि तुम भी उसकी खोज में मदद करोगे। और बता दो कि तुम हर हाल में बच्चे को खोज निकालोगे।'

"लेकिन गुरुजी, वो मान लेंगे?"

"नहीं मानना चाहेंगे। क्योंकि उन्हें मालूम हो चुका होगा कि बच्चा तुम्हारे ही पास है। लेकिन मानने पर मजबूर होंगे क्योंकि वे तुमसे डरते हैं। पुलिसवाले तुम्हारे साथ हैं। तुम्हें बचाने की ही कोशिश करेंगे। बच्चे के माँ–बाप को भी समझ में आ जायेगा कि बच्चा सुरक्षित चाहिए तो सैनी को भी सुरक्षित रखना होगा। और भूलो मत, उन्हें यह भी ख़याल होगा कि बच्चे को किसी हाल में नुक़सान न पहुँचे।"

मिश्राजी से बात करके हरजिन्दर सैनी को कुछ राहत मिली। उसने पहला काम तो यह किया कि फ़ौरन राकेश अनजान को फ़ोन मिलाया– "हाँ भई, कहाँ है तू? आ जा, आ जा, एक इंपोर्टेंट मैटर डिस्कस करना है।...न...न ज़मीन अधिग्रहण की बात न है, एक दूसरा ज़रूरी मुद्दा है...तो कित्ती देर में पहुँच रहा है...बस पन्द्रह मिनट में न।'

फिर उन्होंने सुरिन्दर से कहा, ''भाई सुरिन्दर तू भी कुछ दिन के लिए फिरंट हो जा। न, बल्कि ऐसा कर कि होटल में ही अड्डा बना ले। अब एक नया सिम ले और हम लोग उसी पर बात करेंगे।" फिर यह सोचकर कि उसका हौसला कमज़ोर न पड़े, जोड़ा, ''अब खुल्ला खेल होगा। तुझे जहाँ कोई ख़तरा दिखे, निकालियो सबको और कहीं दाग दियो।''

सुरिन्दर हँसने लगा, ''कुल जमा सात जने हैं बाऊ याद रखना। और उस बच्चे का?''

अब हरजिन्दर सैनी का डर बिल्कुल क्रोध में बदल चुका था। किसी फ़िल्म के विलेन की तरह बोले।

"ज़रूरत लगे तो उसे भी गोली मार के दफ़ना देना कहीं।"

उस सन्नाटे से भरी इमारत के भीतर यह ख़ून सना वाक्य देर तक गूँजता रहा।

# क्या वह अपने बच्चे को खोज निकालेगी?

ग्रेटर नोएडा के इस सुनसान से इलाक़े में किसी दबंग पैसेवाले के विशेषाधिकार–सी खड़ी ये चौमंज़िला इमारत देखकर सुलभा कुछ सिहर गयी। क्या अभि को यहाँ लाया गया होगा? कहीं ऐसा तो नहीं कि इस सुनसान इमारत के किसी कमरे में उसे छुपा रखा हो? उसे फ़िल्मों में देखी गयी और कहानियों में पढ़ी गयी वे कई स्थितियाँ याद आयीं जिनमें कोई छोटा–सा बच्चा किसी कमरे में बाँधकर रखा गया हो। लेकिन अभि तो इतना छोटा है कि उसे बाँधने की भी ज़रूरत नहीं। अगर किसी ने उसे ज़रा भी तकलीफ़ पहुँचाई होगी, तो वह उसे छोड़ेगी नहीं, सुलभा जैसे ग़ुस्से और थरथराहट में एक बार फिर सुलग–सी उठी।

सुलभा के साथ चल रहे तन्मय और विशाल उसे लगातार देखे जा रहे थे। इन्दिरापुरम थाने में सुलभा ने यादव और सुमेर सिंह का जो हाल बनाया था, उसके बाद वह आगे क्या कर सकती है, इसका अन्दाज़ा दोनों को था। विशाल ने सुलभा का कन्धा थपथपाने की कोशिश की, लेकिन छूकर रह गया। सुलभा ने उसे जैसे बिजली की तेज़ी से पलटकर देखा था। विशाल ने आँखों से इशारा करते हुए बहुत धीरे से कहा, कंट्रोल यूअरसेल्फ़। सुलभा अचानक झल्लाने को हुई, लेकिन वाक़ई विशाल के उस अधूरे स्पर्श और फुसफुसाती–सी नसीहत ने एक जादू–सा किया। सुलभा के माथे पर पड़े बल ढीले हो गये। उसे ख़याल आया कि यह आपा खोने का समय नहीं है। यह उसका न्यूज़रूम नहीं है। यह एक अनजान–सी इमारत है जहाँ बैठे एक सन्दिग्ध इन्सान से पूछताछ करने वह पुलिस के साथ चली आयी है। पुलिसवालों ने उसे आने की छूट दी, यह भी छोटी बात नहीं है।

सुलभा, तन्मय और विशाल के आगे सुमेर सिंह, यादवजी और चार और हवलदार चल रहे थे। वसुन्धरा से ग्रेटर नोएडा के इस हिस्से तक आने में क़रीब 45 मिनट लग गये थे और अब वे

इमारत के भीतर थे। सन्नाटे में डूबे होने के बावजूद इमारत की चमक–दमक में कोई कमी नहीं थी। आमने–सामने बनी दुकानों के बीच एक तंग और अँधियारा गलियारा था जिसे पार करके सब अब इमारत के आख़िरी सिरे में खड़े थे, जहाँ लिफ्ट लगी हुई थी। सुलभा की जैसे सारी इन्द्रियाँ किसी एक नोक पर आकर टिक गयी थीं, जैसे उसे कहीं से इस इमारत के चप्पे–चप्पे की एक–एक हरकत को देख, सुन और सूँघ लेने की ताक़त मिल गयी हो। क्या अभि ने यह गलियारा पार किया होगा? क्या वह इस लिफ्ट के पास आया होगा? वह किसकी गोद में होगा? उसे इन लोगों ने यहीं कहीं तो नहीं छुपा रखा है? यह कुछ सनकी–सी लगने वाली चारु वाक़ई ऐसी मुजरिम है?

सिपाहियों को सीढ़ी से आने की हिदायत देकर यादवजी सुमेर सिंह और टीवी पत्रकारों की टीम के साथ लिफ्ट में समा गये। सब ख़ामोश थे। 'आप यहाँ पहले कभी आये हैं?' तन्मय के इस सवाल पर यादवजी अचानक अकचका गये। यह सच है कि हरजिन्दर सैनी से वे पहले मिल चुके थे, लेकिन इस इमारत में नहीं। इसलिए उन्होंने इस आधे झूठ का पूरे झूठ की तरह इस्तेमाल किया– "भाई जी पहली बार देख रहा हूँ ये बिल्डिंग। सच तो ये है कि इधर आने का अपना काम ही नहीं बनता।" लेकिन यादवजी को ये एहसास हो रहा था कि इन लोगों के शक के दायरे में वे भी आते जा रहे हैं। उन्हें थाने में सुलभा के तेवर याद थे। तन्मय के सवाल ने उनके भीतर गुस्से की एक लहर पैदा की, लेकिन ऊपर से वे मीठे बने रहे, "आप लोग जैसे मान लेते हो कि पुलिस मुजरिमों से मिली हुई है। अरे हम चाहें तो क्राइम होने न पावे। लेकिन जो वीआईपी लोग हैं, बड़े–बड़े वकील हैं, नेता हैं, आप जैसे पत्रकार हैं, सब पुलिसवालों का कॉलर पकड़े रहते हैं।"

विशाल ने सँभाला– "अरे नहीं यादवजी, इस मामले में आपको खुली छूट है। जिसको चाहें पकड़ें, कोई कुछ नहीं बोलेगा।"

लेकिन यादवजी इस आश्वासन की भी फाँस समझते थे– इशारा साफ़ है, ज़रूरत हो तो हरजिन्दर सैनी को पकड़ो।

बात आगे बढ़ने से पहले लिफ्ट खुल चुकी थी और हरजिन्दर सैनी बिल्कुल लिफ्ट के सामने खड़े थे– मुस्कुराहट की मूर्ति बने हुए। उनके पीछे एक और लड़का खड़ा था।

"अरे साहब इतनी तकलीफ़ काहे को की। मुझे बुला लिया होता थाने। क़ानून को सबसे ऊपर मानता हूँ मैं," यादवजी को देखते हुए सैनीजी बोले, और फिर इस तरह, जैसे अचानक नज़र पड़ी हो, सुलभा और विशाल को देखकर, अपना 'अरे...' बहुत लम्बा और सुरीला बनाने की कोशिश की, "आप लोग भी आ गये। अरे–अरे, आइए–आइए। बैठिए–बैठिए। ठण्डा मँगवाता हूँ।"

जैसे हरजिन्दर सैनी की विनम्रता से ही यादवजी ने भाँप लिया कि सैनीजी अब उनसे किस भूमिका की उम्मीद करते हैं। उन्होंने तेवर सख़्त करने का दिखावा किया, ''ठण्डा–गरम छोड़िए सैनीजी, कुछ बहुत ज़रूरी बात करनी है। बहुत बड़ा क्राइम हुआ है और उसमें आपका नाम आ रहा है?''

"मेरा नाम?" सैनीजी ने हैरानी दिखायी, ''अरे शुभ–शुभ बोलो साहब। मैं तो क़ानून का ही काम करता हूँ जी। अब तो...।''

लेकिन बीच में बात काट दी सुलभा ने। मगर इस बार बिल्कुल बदले हुए अन्दाज़ में। जैसे वह किसी फ़िल्म की नायिका हो जो अपने बच्चे को ढूँढ़ने निकली है। उसकी आवाज़ में मुलायमियत और ममता का मेल था, ''सैनीजी, मेरा बेटा, अभि, मिल नहीं रहा है। परसों रात उसे क्रेच से एक आया अपने साथ ले गयी। गाड़ी में ऑफ़िस की ही एक और लड़की ने उसे उससे ले लिया। हमें पता चला है कि वह लड़की मेरे बेटे को लिए अपने हसबेंड के साथ आपके ऑफ़िस आयी थी। सर, आख़िरी बार मेरा बेटा आपके पास आया है। प्लीज़ बताइए, वह ठीक था न? और कहाँ होगा अभी?''

यह लम्बा एकालाप वाक़ई भावुक बनाने वाला था। हरजिन्दर सैनी ने सब सोचा था, यह नहीं सोचा था कि उनके सामने एक माँ खड़ी होकर अपने बेटे का हालचाल पूछेगी।

लेकिन सँभलने में उन्होंने ज़्यादा वक़्त नहीं लिया– "मैडम, मुझे कल शक हुआ था। जिस तरह वह औरत उस बच्चे को सँभाले हुए थी, लगता ही नहीं था उसका बच्चा है। लेकिन दोनों दिखावा ऐसे करते रहे जैसे उन्हीं का हो। मुझे तो बाद में पता चला कि अमित का तो कोई बच्चा ही नहीं है। फिर मैंने पता करवाना शुरू किया। तब पता चला कि वो आपके बच्चे को लेकर भागी है।"

मगर सुलभा की दिलचस्पी अभी सैनी की तत्परता में नहीं थी। वह यही सुनकर जड़ हो चुकी थी कि कल शाम अभि यहाँ था। अब तक जो मास्क उसने चेहरे पर लगा रखा था, वह जैसे गिर गया। अब एक व्यग्र माँ थी जो वाक़ई अपने बेटे के बारे में पूछ रही थी, "कल वो ठीक था न? आपने देखा था, रो तो नहीं रहा था?"

"नहीं जी, वो तो, बस ये समझ में आ रहा था कि औरत को ठीक से बच्चा पकड़ना नहीं आता। लेकिन उसका ख़याल रख रही थी। उसने ठीक से सँभाला था", अनजाने में सैनीजी के चेहरे का नकाब भी गिर गया था। विशाल, सुलभा और तन्मय तीनों ने राहत की साँस ली– कल तक तो बिल्कुल ठीक रहा है अभि। यानी आगे भी ठीक होगा।

"लेकिन यहाँ से निकलकर कहाँ गये वो?" सुलभा का सवाल लौट आया था।

हरजिन्दर सैनी को भी अपना नक़ाब पहनने में वक़्त नहीं लगा। वे तुरन्त पुरानी लय पर लौट आये, ''हमें नहीं मालूम जी, यहाँ से तो वे निकल गये थे। लेकिन आप चिन्ता न करो। मैं पता करता हूँ। इस इलाक़े में होंगे तो मैं उनको ज़रूर खोज निकालूँगा।'' वे यहीं नहीं रुके, ''मैं तो जी, इस राकेश अनजान से– आप जानते हो इनको– रिपोर्टर हैं हमारे– आपकी तरह हमने भी चैनल खोला हुआ है न– इससे यही कह रहा था कि यार, हमें हर रिपोर्ट दिखानी है। किसी क्रिमिनल माइंडेड आदमी को नहीं छोड़ना है। क्यों अनजान साहब।''

राकेश अनजान की सिट्टी–पिट्टी गुम थी। उसके सामने उसके तीन स्टार ऐंकर और रिपोर्टर खड़े थे। सुलभा से मिलने की न जाने कब से तमन्ना थी। लेकिन मिले भी तो यहाँ। उसे याद आया, कल शाम को ही सैनी ने उसे बताया था कि 'असली ख़बर' चैनल की ऐंकर का बेटा ग़ायब है। उसका मन हुआ, सैनी की पोल खोल दे। लेकिन वह बस सैनी की बात पर सिर हिलाता रहा।

अब सुलभा चुप थी। उसने यादवजी और सुमेर सिंह को देखा– इस उम्मीद में कि वे शायद कुछ सवाल पूछेंगे। लेकिन यादवजी कह रहे थे, ''देखो जी, हरजिन्दर सैनी से कितना कुछ मालूम हो गया। वो कॉपरेट कर रहे हैं। इन पर भरोसा रखो। वो जल्द ही जो सूचना होगी, दे देंगे। चलें हम लोग?''

सुमेर सिंह ने भी मुंडी हिलायी– "हाँ जी, ज़रूरत पड़ी तो फिर आयेंगे यहाँ?"

लेकिन सुलभा को यह बात समझ में नहीं आयी– "तो अब आप क्या करेंगे? इसके आगे?"

इस सवाल का जवाब न यादवजी के पास था और न सुमेर सिंह के पास। यादवजी ने हमेशा की तरह बात सँभालने की कोशिश की– "मैडमजी, अब इन्तज़ार करने के अलावा कोई चारा नहीं है। हम क्या कर सकते हैं?"

"क्या कर सकते हैं का मतलब? यही है आपकी पूछताछ?' सुलभा फिर अपने तेवर में लौट आयी थी। "हरजिन्दर सैनी बतायें कि आख़िरी बार इन्होंने अभि को देखा है। वो कहाँ है अब? यहीं से फ़ोन बन्द हुआ है, यहीं से चारु और उसका हसबेंड ग़ायब हुए हैं। और आप कह रहे हैं कि क्या करें। आपने तो प्रॉपर छापा भी नहीं मारा।"

"आप समझने की कोशिश कीजिए मैडमजी," इस बार यादवजी की आवाज़ झुँझला गयी, ''क्या करें हम? क्या सैनीजी को गिरफ़्तार कर लें? ऐसे होता है?''

"यादवजी, दो दिन से देख रही हूँ मैं। सुमेर सिंहजी मेरे सामने तीन–चार लोगों पर हाथ उठा चुके हैं। एक ग़रीब औरत को भी थप्पड़ मार चुके हैं। लेकिन जहाँ बच्चे का क्लू मिल रहा है, वहाँ आप

सब लोग डरे हुए हैं?" सुलभा का लहजा बेहद तीखा था, "आप छोड़ दीजिए। मैं समझ गयी। आप लोगों से बात नहीं बनेगी।"

बोलते–बोलते सुलभा ने एक नम्बर मिलाया, "हाँ, यादवजी। अरे यादवजी से बात कराइए...कहा न जल्दी कराइए। ...क्या?...उठाइए उनको, बोलिए सुलभा का फ़ोन है।" सुलभा के तेवर से सब समझ गये थे कि यह फ़ोन लखनऊ के एक बड़े नेता को है। लेकिन सुलभा का ध्यान इन सबकी तरफ़ नहीं था, "हाँ, यादवजी, सुलभा बोल रही हूँ– 'असली ख़बर' से। नहीं–नहीं, लखनऊ नहीं आयी हूँ, दिल्ली से ही, मतलब ग्रेटर नोएडा से बोल रही हूँ।" धीरे–धीरे अपने ख़ास अन्दाज़ में सुलभा ने यादवजी को सारा वाक़या बताया। तकलीफ़ देने के लिए माफ़ी माँगी। और अन्त में जोड़ दिया, "आपका ये एहसान भूलूँगी नहीं।" अचानक वह यादवजी की ओर मुड़ी– 'लीजिए, नेताजी बात करेंगे आप से।' वसुन्धरा के थाना–प्रभारी यादवजी को वाक़ई पसीना आ रहा था। नेताओं से पहले भी उन्होंने बात की थी, लेकिन पहला मौक़ा था जब एक ऐंकर की शिकायत पर सीधे नेता ने उन्हें तलब कर लिया हो। वे हाँ, हाँ, हाँ, हाँ, करते रहे। फिर अन्त में फ़ोन रखकर मुँह लटका लिया।

एक बार उन्होंने हरजिन्दर सैनी को देखा, फिर सुलभा को। अन्त में कुछ टूटी आवाज़ में बोले, "मैडम, आप लोग तो सीधे फ़ोन कर देते हो। मैं तो सुन ही रहा था आपकी बात। सैनीजी के ख़िलाफ़ कोई कंप्लेन तो है न, कि हम इन पर कार्रवाई करते।"

"तो मैं कराती हूँ कंप्लेन।" सुलभा ने उनकी बात पूरी नहीं होने दी।

"मैडम–मैडम, इसकी ज़रूरत नहीं है। हम 24 घण्टे तक सैनीजी को हिरासत में रख सकते हैं। आप यही चाहती हो न। ये तो मदद कर रहे हैं, लेकिन आप कह रहे हो तो ठीक है। इन पर नज़र रखते हैं," यादवजी ने अपने सिपाहियों को इशारा किया कि वे सैनीजी को साथ ले चलें।

हरजिन्दर सैनी बिल्कुल बौखला से गये। "ये क्या मतलब है यादवजी। आप मुझे कैसे पकड़ सकते हैं।" वे अपने रिपोर्टर से

मुख़ातिब हुए, "ओए राकेश, फ़ोन कर एसपी को।" लेकिन राकेश अनजान सुलभा मैम को देख रहा था। उसे मालूम था कि 'असली ख़बर' की इस ऐंकर के सामने एसपी उसकी नहीं सुनेगा। लेकिन इसकी नौबत नहीं आयी। यादवजी के पास एसपी का फ़ोन ख़ुद आ गया था और वे कह रहे थे, "हाँ, सर, कार्रवाई कर रहे हैं। हाँ सर हिरासत में ले लिया है। हाँ सर। बेफ़िक्र रहें।"

यादवजी सैनीजी की तरफ़ मुड़े, "सर एक बार बात समझिए। बहुत ऊपर से कार्रवाई का दबाव है। अगर बच्चा नहीं मिला तो हम सब नपेंगे। आप तय जानिए कि हम लोग 24 घण्टा में बच्चा खोज लेंगे। बस, आप चलिए।" सैनीजी ने खा जाने वाली आँखों से सुलभा और उसके साथ खड़े रिपोर्टर्स को देखा। राकेश अनजान को हिकारत से देखा और अपनी रिवॉल्विंग चेयर से उठ खड़े हुए– "चलो जी, ले चलो।" हालाँकि बोलते–बोलते वे भीतर से सिहर रहे थे।

सुलभा, तन्मय और विशाल अपने एक सन्दिग्ध को पुलिस के हाथों ले जाया जाता देखते रहे। नीचे उतरकर विशाल ने जब कार स्टार्ट की तो सुलभा ने इमारत पर आख़िरी नज़र डाली और कहा, "विशाल, अभि मिल जायेगा, लेकिन हमें ही खोजना होगा। ये पुलिसवाले हमारी मदद नहीं करेंगे।"

और विशाल सोच रहा था, एक बच्चे की माँ अगर तय कर ले तो वाक़ई कुछ भी नामुमकिन नहीं है। लेकिन माँ को भी सुलभा की तरह बनना पड़ेगा।

## वह कहीं से बन रही है, वह कहीं से ढह रही है

"हेलो, अब कैसा लग रहा है? आर यू ओके?"

रेवा ने धीरे से आँख खोली। उसके सिर पर झुकी एक डॉक्टर यह सवाल कर रही थी। डॉक्टर की आँखों में एक अजब–सी चमक थी जो मुस्कुराहट जैसी लगती थी। लेकिन वह बड़ी हमदर्दी भरी निगाहों से उसे देख रही थी। रेवा सोच नहीं पायी कि उसे

कैसा लग रहा है। कुछ वॉमिटिंग टेंडेंसी और कुछ कमज़ोरी वह महसूस कर रही थी। उसने डॉक्टर को बहुत मद्धिम आवाज़ में यह बताया। उसके बताते–बताते डॉक्टर उसकी कलाई थामकर नब्ज़ की रफ़्तार महसूस करने की कोशिश कर रही थी। रेवा की बात ख़त्म हुई तो डॉक्टर ने कन्धे झटके और कहा, ''अल्प्रेक्स की बीस गोलियाँ गटक लेने के बाद ख़ाली वॉमिटिंग और कमज़ोरी महसूस हो तो भी बड़ी बात है। अब तक तो तुम्हारा पोस्टमार्टम हो चुका होता।'' फिर अचानक उसने लहजा बदला, ''क्या हुआ था तुम्हें? किसी ने धोखा दिया था? प्रेग्नेंट तो तुम नहीं हो।''

अपनी कमज़ोरी और नीम बेहोशी के बावजूद रेवा शर्म से जैसे नहा गयी। तो बीते 24 घण्टों में उसके पता नहीं, क्या–क्या टेस्ट हो चुके हैं। वह जीवनभर इस बात पर नाज़ करती रही कि लड़कों को अपनी जूतियों पर रखती है। उससे प्रेम निवेदन करने वालों की क़तार बहुत लम्बी रही। फ़ेसबुक में इनबॉक्स में रोज़ एकाध मेसेज ऐसी उम्मीद से भरे चले ही आते हैं कि रेवा उनसे प्रेम कर बैठेगी, या कम–से–कम उनके साथ 'डेट' कर लेगी। दरअसल ऐसे ही निवेदनों से उसने जाना कि साहित्य और सिनेमा में जो अद्वितीय प्रेम होता है, वह जीवन में कहीं नहीं होता, कम–से–कम हिन्दुस्तान में, बस लड़की हासिल करने की लड़कों की बेताबी होती है जो प्रेम कहलाती है। ऐसे प्रेम–प्रदर्शन का वह सार्वजनिक तौर पर मज़ाक़ बनाती आयी है। लेकिन आज एक अनजान डॉक्टर को लग रहा है कि यह प्रेम की नाकामी है जिसकी वजह से उसने टैबलेट निगले हैं।

"वैसे काफ़ी मज़बूत है आपकी बेटी", इस बार डॉक्टर की आवाज़ किसी और से मुख़ातिब थी। उसने देखा, डॉक्टर के पीछे खड़ी उसकी मम्मी अपनी छलछलाई आँखें पोछने की कोशिश में हैं। "शाम तक इसे ले जा सकती हैं", डॉक्टर ने नर्स द्वारा लायी गयी फ़ाइल पर इंस्ट्रक्शन लिखे और कहा कि इन्हें रिलीव कर देना।

अब रेवा कमरे के अपने हिस्से में अकेली थी। हालाँकि कमरे में चार पेशेंट्स की जगह थी, लेकिन मोटे–मोटे परदों ने अलग–अलग

हिस्सों को इस तरह छेक रखा था कि उनसे एक अलग छोटे से कमरे का भ्रम तो ज़रूर हो जाता था। रेवा के ऊँचे बेड के बगल में एक नीची–सी गद्देदार बेंच लगी थी, जिस पर मम्मी बैठी हुई थीं। रेवा ने कुहनी के बल पर उठने की कोशिश की तो माँ खड़ी हो गयीं, "रुक–रुक बेटी।" नर्स भी दौड़ी आयी, ''बैठना है?''

रेवा के भीतर असहायता की जैसे एक टीस पार हो गयी। सिर्फ़ शारीरिक असहायता की नहीं, जिसमें बैठने भर के लिए दूसरों की मदद चाहिए, उस मानसिक असहायता की भी, जिसकी वजह से उसने ख़ुदकुशी जैसी शर्मनाक कोशिश की। क्या वह वाक़ई ख़ुदकुशी करना चाहती थी? वह कौन–सी घड़ी थी जब वह इतनी कातर–कमज़ोर पड़ गयी?

"बेटी, जूस लेगी?" माँ की थरथराती हुई आवाज़ ने उसका ध्यान भंग किया। जूस पीने की इच्छा नहीं थी, लेकिन रेवा को लगा कि कमज़ोरी दूर करने के लिए ज़रूरी है। माँ के भीतर का यह डर दूर करने के लिए और ज़्यादा कि उसकी बेटी फिर ख़ुदकुशी की कोशिश न करे।

सिरहाने से तकिए के सहारे उठकर बैठते हुए उसने कुछ गहरी आँखों से माँ को देखा। माँ बिल्कुल पास खड़ी हुई थीं। वह बस बेटी का चेहरा देख रही थीं। बेटी के होंठ खुले– वही सुन्दर सुकुमार होंठ, जिन्हें तरह–तरह से हँसते–रोते देखा है माँ ने– एक शब्द निकला, ''सॉरी ममी'', और इसके साथ ही माँ रोने लगीं। "माँ नहीं, माँ नहीं, अब नहीं करूँगी यह सब। हो गयी ग़लती। देखो तुम मुझे सँभालने आयी हो न", रेवा अपने भीतर का सारा बल जुटाकर बोल रही थी। माँ का हाथ उसके माथे पर फिर रहा था जिसमें यह एहसास शामिल था कि माँ ने बेटी पर भरोसा कर लिया है।

अचानक रेवा की नज़र ठीक सामने वाले बेड के साथ खड़े लड़के पर पड़ी। वह अजीब ढंग से, जिसमें कुछ अशालीन–सी दिलचस्पी दिख रही थी, रेवा और उसकी मम्मी को घूरे जा रहा था। शायद उसे पता चल गया होगा कि यह जो बेड नम्बर 17 है,

उसने सुसाइड की कोशिश की है। रेवा का दिमाग़ भन्ना गया। उसने अचानक उसे पास आने का इशारा किया। लड़का चौंका। उसने पूछा, ''मुझे कुछ कह रही हैं?'' रेवा ने कमज़ोर लेकिन सख़्त आवाज़ में कहा, ''हाँ–हाँ, तू ही इधर आ।'' लड़का कुछ हिचकता पास आया तो रेवा ने उसे घूरकर देखा। उसे पता था कि वह चीख़ नहीं सकती। वह अपनी माँ से मुख़ातिब हुई, ''मम्मी इसे बता दो कि एक फ़ोन करूँगी तो ये जेल जायेगा।'' फिर उसने लड़के से कहा, ''इस तरह घूर क्या रहा है? कभी बीमार लड़की नहीं देखी क्या?'' लड़का कुछ मिमियाता, प्रतिरोध करता अन्ततः भाग खड़ा हुआ। उसने अपनी तरफ़ का परदा खींच लिया था।

यह अपनी दुनिया में रेवा की वापसी थी। उसने फिर लम्बी साँस ली। अब मम्मी को भी मालूम हो गया था कि रेवा तट छूकर लौट आयी है। पहली बार उसने पूछा, ''बेटी हुआ क्या था? क्यों किया ऐसा? पापा भी आ रहे हैं, मेरठ से चल चुके हैं। बहुत परेशान हैं। बोल रहे हैं, उसे मेरठ ले चलते हैं।''

रेवा ने ठण्डी साँस ली। उसे मालूम था, पापा के गिने–चुने दो एजेंडे हैं– एक उसकी नौकरी, दूसरे उसकी शादी। पापा यह कभी पचा नहीं पाये कि उनकी बेटी दिल्ली में रहकर एक न्यूज़ चैनल में काम करती है और बीच–बीच में नाइट ड्यूटी भी करती है। फिर बीते दो साल से वे उसकी शादी के पीछे पड़े हैं– बस जैसे शादी हो जाये तो रेवा को लेकर उनकी ज़िम्मेदारियाँ पूरी हो जायें। अब रेवा की एक ग़लती फिर उनको उनका एजेंडा याद दिला देगी। लेकिन रेवा को फिर मज़बूत बनना होगा।

लेकिन रेवा कमज़ोर क्यों पड़ गयी? मान लिया कि उसने इफ़्तिख़ार से क़रीबी रिश्ता बनाया था, लेकिन यह वह चीज़ है जिसे वह बहुत सीरियसली लेने के पक्ष में कभी नहीं रही। वह कोई छुईमुई टाइप की लड़की होने से जीवनभर बचती रही। ऑफ़िस में अपने बेपरवाह अन्दाज़ में रहती आयी है। अकेले गोवा जाकर फ़िल्म फेस्टिवल देख आयी। समन्दर में नहा आयी और उन्हीं शॉर्ट्स और

गीली–सी टीशर्ट में फ़ोटो भी फ़ेसबुक पर पोस्ट कर आयी। 'यार तू ग़ज़ब हॉट लग रही है,' वैशाली ने अपनी बड़ी–बड़ी आँखों को और बड़ा करते हुए कहा तो वह हँस पड़ी थी। ऑफ़िस में अगल–बगल बैठे लड़के शायद यह महसूस कर रहे थे, लेकिन कह नहीं पाये थे।

तो क्या हुआ अगर इफ़्तिख़ार ने उसे छू लिया। क्या हुआ अगर उसने 'किस' कर लिया? क्या हुआ अगर उसे उसने 'न्यूड' देख लिया? रेवा अपने–आप से, लगातार, असुविधाजनक सवाल पूछना चाहती थी– जैसे बिल्कुल आँख मिलाकर उस सच को समझ सके, जिसने उसे अस्पताल के इस बेड पर ला पटका है। लड़की की देह उसकी अपनी सम्पत्ति है– इस बात की वह हमेशा से वकालत करती रही। यह उसका हक़ है कि वह कैसे इसे इस्तेमाल करे। फिर फाँस कहाँ है? औरत और मर्द के रिश्तों पर उसने कितनी सारी बहसें की हैं। औरतों पर होने वाली छींटाकशी पर कितना लड़ी है। उसे याद आया, औरत और मर्द के रिश्तों पर चल रही एक बहस में प्रशान्त सर ने राममनोहर लोहिया को 'कोट' किया था– ज़ोर–ज़बरदस्ती और धोखाधड़ी के अलावा औरत और मर्द के बीच का हर रिश्ता जायज़ है– और यह जानकर हँस पड़े थे कि समाजवादियों के बीच के इस बेहद मशहूर जुमले से वह अनजान है। प्रशान्त सर ने हँसते–हँसते कहा था– 'समाजवादी लोग इसी सूत्र के दम पर हर रिश्ता एक्सप्लोर करने में लगे रहते हैं और बाद में उसे जस्टिफाई करने में।' लेकिन वह न एक्सप्लोर कर रही थी न जस्टिफाई कर रही थी। उसके और इफ़्तिख़ार के बीच जो कुछ हुआ, उसमें न धोखा शामिल था न ज़बरदस्ती, फिर वह कौन–सी चीज़ है जो उसे खाये जा रही है?

फिर वह अचानक अपने ही ख़याल से चिहुँक गयी– धोखा है, धोखा तो है ही। बल्कि दो–दो धोखे हैं। उसे अब जाकर अपनी फाँस का पता चला। 'दो लोगों के बीच के रिश्ते सिर्फ़ दो लोगों के नहीं होते, नहीं हो सकते। उनमें तीसरे का भी एक कंटेक्स्ट होता है। यह तीसरा कोई इंडिविजुअल भी हो सकता है और पूरी सोसाइटी भी,'

यह बात उसी बहस में प्रशान्त सर ने कही थी। अब सबकुछ उसके सामने जैसे साफ़ हो गया। उसने सबा को धोखा दिया है– एक दोस्त का यह भरोसा तोड़ा है कि वह उसके रिश्तों की दुनिया में ऐसी घुसपैठ नहीं करेगी। बेशक, इफ़्तिख़ार ज़्यादा बड़ा मुजरिम है जिसने अपनी बीवी को धोखा दिया है, जो यह यक़ीन करती है कि इफ़्तिख़ार सिर्फ़ और सिर्फ़ उसका है।

उस बहस में और भी बातें हुई थीं; रिश्तों में एकनिष्ठता का सवाल उठा था। तब भी किसी ने कहा था; ऐसी एकनिष्ठता मुमकिन नहीं है, व्यावहारिक नहीं है। इस पर सबा भड़क गयी थी। उसने कहा था कि यह दलील मर्द अपना धोखा छुपाने के लिए देते हैं। आपका काम अगर एक रिश्ते से नहीं चलता तो कोई बात नहीं, दूसरे अगर तैयार हों आप जितने चाहे उतने रिश्ते बनायें। लेकिन सबको बताकर– यह नहीं कि हर किसी को अँधेरे में रखकर उसे भरोसा दिलाये जा रहे हैं कि यह प्रेम सिर्फ़ उसी से है।

इसी के बाद पार्किंग के बाहर सबा और उसमें तमाम बातें हुईं और 'सेकंड वूमन' का भी ज़िक्र आया। तब रेवा ने अपनी ख़त्म हो रही सिगरेट को फेंकते और कुचलते हुए कहा था, सेकंड और थर्ड वूमन रखने का मर्दों का यह गुमान तोड़ना चाहिए।

लेकिन वह सबा और अपनी बात के ख़िलाफ़ कैसे जाती चली गयी? इफ़्तिख़ार में ऐसा कौन–सा आकर्षण था जिसने उसे खींचा? या उसके अपने भीतर की कोई ख़ला थी जिसे इफ़्तिख़ार ने पहचान लिया था? क्या ये सिर्फ़ जिस्म की पुकार थी? क्योंकि 'नीड्स' तो 'नीड्स' हैं। वह तीस की होने जा रही है। क्या उसे शादी कर लेनी चाहिए? क्या पापा ठीक कहते हैं? उसे याद आयी अपने से पाँच साल बड़ी सुषमा जिसने हाल में शादी की और नौकरी भी छोड़ दी। उसने शादी से पहले सुषमा को याद दिलाया था कि उसने कहा था कि उसे सिंगल रहना है– शादी–वादी के पचड़ों से दूर। सुषमा फीकी हँसी हँसने लगी थी। फिर एक लम्बी साँस भरकर बोली, ''लोगों ने रहने नहीं दिया यार। तुम इस उम्र में भी कुँवारी हो, यह सोचकर हर

सामने वाला मान बैठता है कि यू आर अवेलेबल। दूसरी तरफ़ अपनी सहेलियाँ भी ऐसा करने लगती हैं कि पता नहीं मैं उनके पतियों को खा जाऊँगी। अरे, रखो यार, अपने मोटे–थुलथुल शौहरों को, उनसे मुझे कोई लेना–देना नहीं है। लेकिन कोई समझे तब तो?" सुषमा ने बताया था कि वह कितने भयानक अकेलेपन से गुज़री है। रेवा सिहर गयी– कहीं उसका भी हाल सुषमा जैसा न हो जाये। उसे नोएडा की वे दो बहनें याद आयीं जिन्होंने ख़ुद को बरसों से एक फ्लैट में बन्द कर रखा था।

रेवा ने ये सारे ख़याल झटकने की कोशिश की। हो सकता है, ये अभी की कमज़ोरी का नतीजा हों। लेकिन कुछ तो उसे करना होगा– कोई प्रायश्चित्त, जो उसे उसके भीतर के पाप–बोध से उबारे। काश कि सबा ज़िन्दा हो, वह उस मलबे के बीच भी अपनी आख़िरी धुकधुकी के साथ निकल आये। वह बहुत हौसले वाली लड़की है। लेकिन अगले ही पल उसे समझ में आ गया कि सच्चाई यह नहीं है। सबा अब इस दुनिया में नहीं है। उसने रेवा को अपने हिस्से का प्रायश्चित्त करने का मौक़ा नहीं दिया। काश कि उसे पता न चलता। तब तो शायद वह मुम्बई जाती ही नहीं। फिर यह सवाल नहीं उठता और धोखे का यह सिलसिला शायद जारी रहता। लेकिन क्या पता, वह उसके बावजूद मुम्बई जाती। वहाँ इस जानकारी के बिना गुज़र जाती तो क्या रेवा के लिए ज़िन्दगी कुछ आसान हो गयी होती? रेवा के पास इस सवाल का भी जवाब नहीं था। लेकिन कहीं उसके भीतर से कोई आवाज़ आ रही थी– अच्छा ही हुआ, वह जान गयी। इससे रेवा के भीतर जो ग्लानि पैदा हो रही है, यह भी उसका प्रायश्चित्त ही है। लेकिन यह काफ़ी नहीं है। वह क्या करे जिससे यह सब धोया–पोंछा जा सके?

फिर उसने बरबस सोचा– वह गुल को पाल लेगी। लेकिन गुल को माँगेगी किस हैसियत से? और इफ़्तिख़ार उसे गुल को ले जाने क्यों देगा? क्या वह इफ़्तिख़ार से ही शादी कर लेगी? क़तई नहीं। उसे उबकाई–सी आयी। उसे लगा, जीवनभर उसे अपनी ग्लानि के

साथ ही जीना होगा। उसे अपने साथियों का ख़याल आया जो उससे रश्क करते थे। ''सबसे अच्छी रेवा है, किसी बात की फ़िक्र नहीं। बस ही–ही–ही–ही।'' प्रशान्त कहते और सुलभा मुस्कुराती, ''साली अकेली है तब तक सारे मज़े हैं।''

उफ़। सुलभा कहाँ होगी अभी? और उसका बच्चा– अभि मिला या नहीं?

उसने उठने की सोचती हुई–सी कोशिश की, लेकिन ढहकर बिस्तर पर पड़ी रही।

## और वह चुप्पी का कमरा झन्नाटे से टूट गया

इतना सुन्दर और सजा हुआ कमरा उन्होंने पहले नहीं देखा था। 'असली ख़बर' के क्रेच में जाकर भी एक बार शीला की आँख चुँधियायी थी, लेकिन यह तो बिल्कुल अलग–सा था। क्रेच में काम करने से पहले वह वसुन्धरा के जिन घरों में काम करती थी, उनमें से कोई भी घर ऐसा याद नहीं आया जो इस तरह सुन्दर और सजा हुआ हो। यहाँ तो पाँव रखते डर लग रहा था।

शीला से ज़्यादा शीला के बच्चे सहमे हुए थे। सोना, सीमा और राजू जितना कमरे को देख रहे थे, उससे ज़्यादा एक–दूसरे को। सबके हाथ में अपने–अपने हिस्से के झोले थे जो वे समझ नहीं पा रहे थे कि इस कमरे में कहाँ रखें। इतनी सारी जगह थी, लेकिन कोई जगह उनकी अपनी नहीं थी। जैसे वह जगह उन्हें उनकी असली जगह बता रही हो। जो आदमी उन्हें इस कमरे में लेकर आया था, उसने बड़ी हिकारत भरी हँसी से कहा था, ''क़िस्मत भी किसको कहाँ ले आती है। रहो शान से।'' उसकी आँखों में कुछ ऐसा था जिससे वे सब सिकुड़ गये थे। आम तौर पर इज़्ज़त के नाम पर सबसे लड़ पड़ने वाला रग्घू भी ख़ामोश था। लेकिन कमरे में दाख़िल होने के बाद यह सिकुड़ना और बढ़ गया था। वहाँ एक बड़े

से पलँग के अलावा दो–दो सोफ़ा सेट थे, एक तिपाई थी, लेकिन उनकी हिम्मत नहीं पड़ रही थी कि इनमें से कहीं भी बैठें। फिर रग्घू ने हिम्मत जुटायी, कमरे में बनी हुई आलमारी देखी और कहा कि सब इसमें अपने सामान डाल दो। तब तक शीला बगल के कमरे से लौट आयी थी। उसे समझ में आया कि इस कमरे में खड़ा नहीं रहा जा सकता। बच्चे थक गये हैं। उसने मोर्चा सँभाला। ख़ुद पलँग के एक किनारे बैठ गयी, फिर बच्चों से कहा, वे जहाँ मन करे, वहाँ बैठ जायें। धीरे–धीरे बच्चों ने सहमते–सहमते अपनी जगह बना ली। ऐसी साफ़–सुथरी जगह देखकर सोना को सबसे पहले पढ़ाई का ख़याल आया– 'यहीं होमवर्क कर लें?' उसने कुछ सहमे हुए ढंग से माँ से पूछा। माँ को अचानक रास्ता सूझ गया– 'हाँ, हाँ, तुम लोग सब पढ़ने बैठ जाओ। सोना के साथ सीमा भी उठी और झटपट अलमारी में पड़ा अपना झोला खोलकर अपनी किताब ले आयी। सबसे छोटे राजू का ध्यान पढ़ने से ज़्यादा कमरे को निहारने में था। खिड़कियों पर पड़े भारी–भारी परदे बाहर का नज़ारा देखने नहीं दे रहे थे। उसने चाहा कि ये परदे हटा दे, लेकिन बाप की डाँट सुनकर पीछे हट गया। इस दौरान एक लड़का आकर उन लोगों से खाने के बारे में पूछ गया था। सब एक–दूसरे को देखने लगे थे। यहाँ खाने को क्या–क्या मिलेगा? उनके सामने एक मेनू पड़ा हुआ था, लेकिन उसे उठाना भी उनके लिए आसान नहीं था। रग्घू ने ही उस लड़के से कहा कि रोटी और कोई भी सब्ज़ी ले आये, फिर उस लड़के से सहज होने की कोशिश में उसने जोड़ा, "अरे, हम ग़रीब आदमी हैं भइया, हमारा काम तो रोटी नमक से भी चल जाता है। जो खिला दो।" लड़का अजीब ढंग से उसे देखता रहा और मुस्कुराता हुआ कमरे से बाहर निकल आया।

खाना आ भी गया, सबने खा भी लिया, अब ख़ाली बर्तनों और जूठे हाथ का सवाल था। "माँ, हाथ कहाँ धोयेंगे?" सोना ने पूछा और माँ उसे उस चमचमाते हुए वॉश बेसिन तक ले गयी। छोटे–छोटे साबुन, तरह–तरह की क्रीम, महमहाते तौलिए और विशाल आईने के

सामने अचानक सोना और सिकुड़ गयी। पहली बार उसे लग रहा था कि उसके कपड़े कितने गन्दे हैं, कि उसके हाथ कितने मैले हैं, कि वह देखने में कितनी ख़राब लगती है। लेकिन आईने में सोना के पीछे एक और चेहरा बन रहा था– सोना की माँ शीला का, जो अपनी बेटी को तसल्ली से देख रही थी। आईने में ही दोनों की आँख मिली और दोनों एक–दूसरे से कुछ कहे बिना निकल गयीं। उनके पीछे सीमा और राजू बाथरूम में घुसे और थोड़ी देर में दोनों के झगड़ने की आवाज़ आने लगी। सीमा बाहर निकलकर बोली कि देखो राजू ने बाथरूम कितना गन्दा कर दिया है। शीला बस इतना बोल पायी कि दोनों निकल जायें, वह बाथरूम साफ़ कर देगी।

लेकिन बच्चों की मुश्किल इतने से हल नहीं हुई थी। अचानक वह बड़ा और साफ़–सुथरा कमरा उन्हें घुटन से भरा लगने लगा था। यह बाथरूम उनकी समझ से बाहर था। इतने सारे नल थे और यह समझ में नहीं आ रहा था कि वे कैसे खुलेंगे। राजू पहले इस बात पर परेशान हुआ कि कमोड बन्द है और उस पर काग़ज़ का फीता लगा हुआ है– जैसे उसे पैक किया गया हो। फिर शीला ने आकर वह काग़ज़ हटाया और कमोड का ढक्कन ऊपर किया, तब वह उसका इस्तेमाल कर सका– वह भी बड़ी मुश्किल से। इसके बाद उसने नल खोलना चाहा तो अचानक शावर से पानी गिरने लगा। बन्द करते–करते वह इतना भीग चुका था कि माँ को पुकारने की नौबत आ गयी। कोसती–नाराज़ होती माँ ने झोला खोलकर उसे दूसरे कपड़े दिये और ऐसी जगह खोजने लगी कि ये गीले कपड़े डाल सके। आख़िरकार उसने उन्हें पलँग के एक सिरे पर ही डाल दिया।

समस्या यही नहीं थी। सबसे बड़ी समस्या थी कि किसी को बाहर जाने की इजाज़त नहीं थी। इस कमरे में कितने दिन काटने होंगे? बिना सड़क देखे, बिना सूरज देखे, बिना धूप देखे? जो लड़के उन्हें लेकर आये थे, उन्होंने साफ़ कहा था कि कमरे से बाहर निकले तो ख़ैर नहीं।

मगर शीला और रग्घू बस इसलिए परेशान नहीं थे कि यह कमरा उनकी हालत और हैसियत से बहुत ऊँचा था। वे इसलिए परेशान थे कि उन्हें जबरन एक ऐसे जुर्म में शामिल किया जा रहा था जो उन्होंने नहीं किया था। वैसे यह भी कोई नयी बात नहीं थी। दोनों पहले भी वे सज़ाएँ भुगतते रहे जिनसे जुड़े गुनाह उन्होंने नहीं किये। आसनसोल से पहली बार जब वे दिल्ली आये थे तो पहली रात उन्होंने फुटपाथ पर बितायी थी। रेलवे स्टेशन से उतरकर लक्ष्मीनगर के लिए चला यह परिवार चलते–चलते थक गया था। आईटीओ पुल के बीच ख़ाली जगह पर शीला धम्म से बैठ गयी थी। रग्घू भी। तब राजू हुआ भी नहीं था। सीमा गोदी में थी और टुकुर–टुकुर ताक़ती सोना अपने सामने से पार होती गाड़ियों को देख रही थी– इस बात से बेख़बर कि उसका धुआँ उसके फेफड़ों में भी उतर रहा है। वहीं गमछा बिछाकर उन्होंने घर से लाया पराँठा और अचार खाया था। सोना के लिए रग्घू ने पाँच रुपये वाली आइसक्रीम ख़रीद दी थी जिसे वह इस जतन से चाट रही थी जैसे इसके अलावा दुनिया में कुछ और हो भी नहीं।

अगली कई रातें उनकी यमुना पुश्ता के आसपास फुटपाथों पर कटीं। एक बार पहले भी एक सिपाही ने रग्घू को मारा और दो सौ रुपये ले लिए। लेकिन रग्घू भी हौसले वाला निकला। काम करते–करते उसने एक झुग्गी खड़ी कर ली थी। यह अलग बात है कि अचानक एक दिन वह झुग्गी भी चली गयी और उन दिनों पटपड़गंज में काम करने के दौरान एक घर से मिला छोटा वाला टीवी भी टूट गया जिसके सहारे उस बेरंग जीवन में वह परिवार रंग भरा करता था। उसी घर में राजू हुआ था और इसलिए जब यह घर टूटा तो शीला बुरी तरह कलप गयी– बिल्कुल भीतर से।

उसके बाद ही दिल्ली छोड़कर वे लोग कनावनी चले आये थे। रग्घू ठेकेदार के यहाँ काम करने लगा, शीला मकानों के झाड़ू बासन से क्रेच तक पहुँच गयी। घर स्थिर हो रहा था, बच्चे पढ़ रहे थे और सब ठीक चल रहा था। हालाँकि रग्घू और शीला दोनों को

मालूम था कि उनकी नाव अब भी इतनी कमज़ोर है कि एक थपेड़े में उलट जायेगी।

तो क्या यह वही थपेड़ा है? रग्घू और शीला एक–दूसरे को देख रहे थे। थकी–हारी, लुटी–पिटी शीला रग्घू से पूछना चाहती थी कि आगे क्या होगा। थका–हारा, लुटा–पिटा रग्घू शीला से कहना चाहता था कि उन्हें कुछ नहीं होगा। लेकिन इसका भी भरोसा उसे नहीं हो रहा था। अपने अनुभव से उसे मालूम था कि ग़रीब आदमी को कभी भी पुलिस उठाकर ले जा सकती है और कोर्ट किसी भी बात की सज़ा दे सकती है। न दे तो वह जेल में पड़ा रह सकता है। इसलिए दोनों चुप थे। यह चुप्पी शीला ने ही तोड़ी।

"बच्चा को हम कुछ होने नहीं देंगे। कोई–न–कोई रास्ता निकालेंगे," शीला का यह वाक्य सुनकर रग्घू झुँझला गया, अपना ठिकाना है नहीं, बच्चे को बचायेगी। "तेरे चलते ही ये सब हो रहा है। तब भी बच्चा--बच्चा करके उसको उठा लायी और पता नहीं, किसको दे आयी। अब बच्चा को कुछ होने नहीं देंगे। अपना ख़याल ही नहीं है। अपने बच्चों का ख़याल ही नहीं है।" रग्घू जैसे एक सुर में बोले जा रहा था।

शीला चुप थी। कह तो उसने दिया था, लेकिन उसे मालूम था कि उसके हाथ में कुछ भी नहीं है– अभी तो अपना जीवन भी नहीं। इसी बीच कमरे में दस्तक हुई और उन्होंने दरवाज़ा खोला तो अमित खड़ा था। अमित के पीछे अचानक दो लड़के आ खड़े हुए थे। अमित ने कुछ बेबसी से कहा, ''बच्चा रो रहा है, चारु से सँभल नहीं रहा है।''

शीला हड़बड़ाकर बाहर निकली– "अरे हम तो बोले ही थे। हमको दे दीजिए। यहाँ तीन–तीन बच्चा लोग भी है। सब मिलकर उसको ठीक से रख लेंगे। वह झपटकर बगल के कमरे में गयी और चारु को देखकर रुक गयी। बच्चा भी रो रहा था और चारु भी। उसने धीरे से बच्चे को गोद में उठाया। दो–एक बार पुचकारा। बच्चा चुप हो गया। वह चारु के पास खड़ी रही। चारु ने

जल्दी–जल्दी आँखें पोछीं। इस महिला के आगे अचानक वह बहुत छोटी हो गयी थी– "मुझसे बहुत बड़ी ग़लती हो गयी। बहुत बड़ी। मेरा दिमाग़ ख़राब हो जाता है कभी–कभी। वही हो गया था। इस बार भगवान बचा ले, आगे से ऐसा कुछ नहीं करूँगी।" कहते–कहते दुबारा वह फूट पड़ी।

यह वह चारु नहीं थी जिसे परसों रात शीला ने गाड़ी में देखा था। वह अपने–आप में तनी–सी लड़की, जिसने चलते–चलते जैसे अभि को गोद में लेकर शीला पर मेहरबानी की थी। लेकिन अभी वह आँसुओं से भरी थी और शीला की बाँह पकड़े कह रही थी, "मैं तुम्हारी भी गुनहगार हूँ, तुम्हारी भी।"

तमाम मुश्किल के बावजूद शीला के लिए यह राहत का लम्हा था। कोई है जो जानता है, उसने कुछ ग़लत नहीं किया। वह बाँह छुड़ा रही थी, अचानक बड़ी हो गयी थी, "रोइए नहीं रोइए नहीं, सब ठीक हो जायेगा। भगवान सब ठीक करेंगे।"

बच्चे को लेकर वह अपने कमरे में चली आयी थी। उसे वहाँ से निकलते और अपने कमरे में जाते दो और लोग देख रहे थे। शीला को मालूम था, ये वही लड़के हैं जो उस पर नज़र रख रहे हैं। फिर भी बच्चे को साथ लाकर उसे थोड़ी–सी तसल्ली और मिली। बस इसलिए नहीं कि जो बच्चा उससे खोया था, वह उसकी गोद में चला आया था, कहीं अनजाने में उसके भीतर यह ख़याल भी था कि इस बच्चे को साथ लेकर वह इस कमरे में रहने की हक़दार हो जा रही है। बच्चा उन लोगों को कमरे में रहने लायक़ बना रहा है।

बच्चा आया तो कमरे में वाक़ई थोड़ी रौनक चली आयी। जिन तीन बच्चों के पास खेलने को कुछ नहीं था, वहाँ उन्हें एक खिलौना मिल गया : एक गोलमटोल, गदबदा खिलौना जो इस कमरे जितना ही सुन्दर लग रहा था। सोना और सीमा हँसने लगी थीं। राजू इसी बीच चुपके से खिड़की का परदा हटा चुका था। सामने होटल का गेट था और नीचे लॉन की हरियाली थी।

हालाँकि कुछ देर बाद बच्चा फिर सो गया और फिर कमरे में सन्नाटा हो गया। कमरे में एक टीवी ज़रूर था जिसे खोलना लेकिन उन सबको नहीं आ रहा था। तभी वही लड़का आया जो खाना पहुँचाने आया था। इस बार राजू ने हिम्मत दिखाते हुए पूछ लिया, "भइया, ये टीवी चलता है?"

लड़के ने जवाब नहीं दिया। टीवी के पीछे जाकर कोई स्विच ऑन कर दिया और रिमोट से कुछ दबाया। कमरा अचानक रोशनी और आवाज़ से भर गया। उसने जल्दी से आवाज़ कम की। फिर राजू को रिमोट थमाते हुए उसे समझा दिया कि चैनल कैसे बदलते हैं।

टीवी चला तो जैसे कमरा भी चलने लगा। उसकी घुटन कुछ कम हो गयी। वह बड़ा–बड़ा हिलता–डुलता–सा लगने लगा। पहली बार कमरे की किसी चीज़ ने सबको इतना आकर्षित किया था। इतना बड़ा, साफ़ और रंगीन टीवी भी उन्होंने नहीं देखा था।

लेकिन चैनल बदलते–बदलते शीला ने कहा, रुक–रुक, और 'असली ख़बर' की ख़बरें चलती दिखीं। "मुम्बई में आतंकवादी लोग अब भी घुसा हुआ है?" सोना हैरान होकर बोली। शीला ने कहा, इसी के चलते तो सारी गड़बड़ शुरू हुई। सुलभा मैम न्यूज़ पढ़ते रह गयीं और बच्चा हमारे पास रह गया।

सबने बच्चे को देखा जो सोया हुआ था। सब अचानक टीवी से निकलकर अपनी वास्तविक दुनिया में आ खड़े हुए– जैसे यह कोई जादू हो। सुबह वे अपने घर में थे– एक बदरंग और तंग कमरे के उस छोटे से घर में, जिसे उसकी सारी मुश्किलों के बावजूद उनकी आपसी अनकही ऊष्मा और ज़रूरत एक आरामदेह घर में बदलती है– शाम को वे एक ऐसे कमरे में हैं जो कहने को होटल का है, लेकिन असल में जेल का है। वे निकल नहीं सकते, कहीं जा नहीं सकते, मनचाहा खा नहीं सकते और यह सोच नहीं सकते कि कब कहीं से लौटेंगे।

फिर भी इस कमरे के भीतर जैसे सबने अपनी चुप्पी का एक कमरा बना लिया था। यह उनका अपना घेरा है जिसमें एक

छोटा–सा, गोल, गोरा, गदबदा बच्चा सुरक्षित है। और कम–से–कम इस लम्हे में वे सब एक हैं।

लेकिन दरवाज़े पर अचानक हुई भड़भड़ाहट ने चुप्पी के इस घर को तोड़ दिया। सब जैसे उछलकर अपनी–अपनी जगह खड़े हो गये। हरजिन्दर सैनी का आदमी सुरिन्दर एक झटके से कमरे में दाख़िल हुआ और उसके पीछे–पीछे वे सारे लड़के चले आये जिन्हें कल से ये लोग आसपास टहलता देख रहे थे। इन सबके बीच डरे–घबराये, पसीना–पसीना से चारु और अमित थे, जिन्हें दो और लोग बगल के कमरे से निकालकर ला रहे थे।

"हरजिन्दर सैनी साहब को पुलिस पकड़कर ले गयी है।" यह सुरिन्दर कोहली की भभकती हुई–सी आवाज़ थी, "साले तुम लोगों ने पुलिस को कुछ बताया तो यहीं सबको काट दूँगा। और इस बच्चे को दो, इसे तो मारकर खेल ख़त्म कर देते हैं।"

## वह रो लेगी, तो सो भी लेगी और ठीक रहेगी

विशाल, तन्मय और सुलभा ग्रेटर नोएडा से तत्काल नहीं निकले। जब हरजिन्दर सैनी को लेकर पुलिसवाले निकल गये तब अचानक सुलभा ने कार मोड़ ली। आम तौर पर विशाल के साथ रहते वह ड्राइव नहीं किया करती थी। लेकिन आज वह लगभग ज़िद करके स्टीयरिंग व्हील पर बैठ गयी। जब उसने गाड़ी मोड़ी तो विशाल को लगा कि रास्ता भूल रही है। उसने टोका, "अरे सीधे जाना है, यू टर्न नहीं है।"

"मुझे मालूम है, नहीं है।" सुलभा ने लापरवाही के साथ कहा, "हम वापस चल रहे हैं।"

"यानी?"

"यानी एक बार मैं दुबारा बिल्डिंग को देखना चाहती हूँ। क्या पता, कोई क्लू मिल जाये?"

विशाल और तन्मय ने एक–दूसरे को देखा। विशाल ने ठण्डी साँस ली। पत्रकारिता के साथ–साथ इस जासूसी का उसे कोई मतलब समझ में नहीं आ रहा था। हालाँकि उसके भीतर का पिता भी कहीं यह कातर उम्मीद पालना चाहता था कि शायद, शायद कोई सुराग वाक़ई मिल जाये। लेकिन साथ में तन्मय भी था जो पता नहीं, क्या महसूस कर रहा होगा। विशाल ने सिर मोड़ा और तन्मय से पूछा, ''तुझे जल्दी तो नहीं है घर लौटने की?''

तन्मय ने फ़ौरन कहा, उसे कोई जल्दी नहीं है, ''अरे, मैंने छुट्टी ही इसीलिए ले रखी है।''

"और मेरी बात तो टाल ही नहीं सकता तन्मय", सुलभा की इस आवाज़ में पुरानी खनक की वापसी दिख रही थी। ज़ाहिर है, उसके लिए यह अब एक मिशन था। तन्मय ने भी जवाब देने में देर नहीं की, ''अरे सुलभा बोल दे तो कौन हिल सकता है? इस हरजिन्दर सैनी की शामत आयी थी कि उसने सुलभा के बेटे पर हाथ डाला। अब चक्की पीसेगा, चैनल नहीं चलायेगा।''

सुलभा सहसा गम्भीर हो गयी, "तुम्हें भी लगता है न तन्मय?" उसने संजीदगी से पूछा, "कि ये हरजिन्दर सैनी हो सकता है अभि की किडनैपिंग के पीछे?"

अभि के ग़ायब होने के दो दिन बाद उसने 'किडनैपिंग' शब्द का इस्तेमाल किया था। यह भी एक इशारा था कि सुलभा सामान्य हो रही है– या फिर अतिरिक्त सक्रिय हो रही है। तन्मय ने कहा, ''देखो, मुझे तो 99 फ़ीसदी इसी आदमी पर शक है। अमित की सास बता रही है कि वैशाली से दोनों बच्चे को लेकर चले। यहाँ आने के बाद वे ग़ायब हो गये। यहीं उनके फ़ोन की लोकेशन ट्रेस हो रही है। असल में पुलिस चाहे तो इसे फ़ौरन सुलझा सकती है। लेकिन हरजिन्दर सैनी की पॉलिटिकल ताक़त को नज़रअन्दाज़ नहीं कर सकते।''

"इसका क्या मतलब है? वो किसी क्रिमिनल को प्रोटेक्ट करेगी?" सुलभा भड़क गयी।

"तुम तो ऐसे बात कर रही हो जैसे क्राइम और पॉलिटिक्स के नेक्सस के बारे में पहली बार सुन रही हो।" तन्मय ने कुछ लापरवाही से कहा, ''इलेक्शन वाच की रिपोर्ट तुम्हीं ने अपने शो में डिस्कस की थी न? और उस रिपोर्ट के मुताबिक़ 2007 की यूपी विधानसभा के 403 सदस्यों में 206 विधायकों के नाम कोई–न–कोई क्राइम दर्ज था। और हमारी लोकसभा के सवा सौ से ज़्यादा एमपी दागी हैं– 55 पर सीरियस आरोप हैं।''

"यार ये रिपोर्ट कुछ मिसलीडिंग भी होती है, क्योंकि कई नेताओं पर कई राजनीतिक मुक़दमे होते हैं। कुछ के ऊपर फ़र्ज़ी आरोप भी लगाये जाते हैं। आडवाणी के ऊपर क्रिमिनल चार्जेज़ हैं, लेकिन उन्हें अपराधी नहीं कह सकते।' विशाल ने बीच में दख़ल दिया।

"लेकिन फिर भी हिसाब लगाओ तो हमारी संसद और विधानसभाएँ ऐसे नेताओं से भरी पड़ी हैं। दूसरी बात– मामला सिर्फ़ चुनकर आने वाले अपराधियों का नहीं है, उनका भी है जिन्हें हमारे नेता संरक्षण देते हैं। ऐसे छुटभैये से लेकर बड़े–बड़े क्रिमिनल तक किसी–न–किसी नेता के संरक्षण में ही पलते और चलते हैं।" तन्मय ने कहा।

"स्टॉप इट, ये कोई टीवी शो नहीं है, मेरे बेटे का मामला है, मुझे बस अभि चाहिए और सही–सलामत चाहिए।" सुलभा ने झुँझलाते हुए कहा और तन्मय और विशाल दोनों सहसा चुप हो गये। उन्हें भी लगा कि यह बहस की घड़ी नहीं है।

कार फिर बिल्डिंग के सामने खड़ी थी। सुलभा ने गाड़ी किनारे पार्क की और तीनों उतरकर बिल्डिंग की ओर बढ़े। इस बार ये बिल्डिंग पहले से कहीं ज़्यादा ख़तरनाक लग रही थी। वे बिल्डिंग में दाख़िल होने को थे कि दो लड़कों ने उन्हें रोक लिया, ''आप लोग नहीं जा सकते भीतर।''

"क्यों, हम लोग अभी यहाँ से निकले हैं।" तन्मय ने कुछ हैरान होते हुए कहा।

"पता है हमें, लेकिन बिल्डिंग के मालिक सैनीजी अभी पुलिस के साथ गये हैं। वो नहीं हैं तो आप अन्दर नहीं जा सकते।" एक ने रास्ता छेकने की कोशिश की।

"तो रोक लो हमें," ये कुछ निर्णायक और नाटकीय आवाज़ सुलभा की थी जिसने उस लड़के की बाँह एक झटके से किनारे की और दाख़िल हो गयी।

दोनों लड़के फिर आगे आ गये। "सुनिए–सुनिए, हमें ऑर्डर मिला है, किसी को एंटर नहीं करने देने का। आप हमारी बात समझिए।" आगे खड़े लड़के की आवाज़ में झुँझलाहट के साथ बेबसी चली आयी थी।

"किसने दिया है ऑर्डर? बात कराओ उनसे हमारी।"

सुलभा के तेवर देखकर दोनों हिचक गये। दोनों ने खुसर–पुसर की। किसी को फ़ोन मिलाया। फिर बात करने के बाद कहा, जाओ जी जाओ, देख लो बिल्डिंग।

सुलभा, विशाल और तन्मय ने सारी मंज़िलें छान लीं। कहीं कुछ नहीं था। उसने ठण्डी साँस ली। "विशाल, यहाँ भले कुछ न हो, लेकिन जो भी है आसपास ही है। फिर फ़ोन करूँ एसपी को? इस सैनी के अलावा इसके लड़कों को भी पकड़े?"

"देखो सुलभा। बस थोड़ा सँभलकर। मामला डेलिकेट इसलिए है कि अभि का है। उसे कोई नुक़सान नहीं होना चाहिए। ऐसा न हो, हमारी जल्दबाज़ी में वो लोग पैनिक में आकर कुछ कर बैठें। आज पुलिस ने सैनी को पकड़ा है। उसे समय दो। कल फिर हम लोग आयेंगे। देखते हैं, इलाक़े को भी छानेंगे और पुलिस को भी देखेंगे।

सुलभा ने ठण्डी साँस ली। बात ठीक है। जो होना है हो, लेकिन अभि को कुछ न हो। वह फिर ड्राइविंग सीट पर आ बैठी थी। विशाल और तन्मय भी बैठ गये। सुलभा ने गाड़ी स्टार्ट की। बैक व्यू मिरर में अचानक कुछ देखकर चौंक गयी। जहाँ उन्हें पहले सिर्फ़ दो लड़के मिले थे, वहाँ कुल चार लड़के खड़े थे। और वे उसी की गाड़ी की तरफ़ देखते हुए किसी को फ़ोन मिला रहे थे। सुलभा एक लम्हे के लिए सिहरी, कहीं वे लोग किसी ख़तरे में न पड़ जायें। लेकिन ख़तरे से डर जाने के ख़याल ने

ही उसे ऐसा शर्मिन्दा कर दिया कि उसने अचानक ब्रेक लगा कर गाड़ी रोक दी।

"अब क्या हुआ?" विशाल ने बेचैनी से पूछा।

"विशाल, हम लोगों को तो बिल्डिंग में कोई दिखा नहीं। लेकिन अचानक कई लड़के दिखने लगे हैं। कहाँ थे ये सब?"

विशाल ने पीछे मुड़कर देखा। उसे बस दो ही दिखायी पड़े। तन्मय भी देख रहा था। उसने कहा, "हमें देखकर कुछ लड़के अचानक छुप गये हैं। यार हमने ऊपर के फ्लोर तो देख लिए, ये नहीं देखा कि उसमें कोई अंडरग्राउंड फ्लोर भी है या नहीं।"

"चलें एक बार फिर भीतर?" सुलभा का मन एक बार फिर इमारत को खंगालने का हुआ, "क्या पता, अभि को अंडरग्राउंड पार्किंग में छुपा रखा हो?"

"ऐसा होता तो हमें किसी हाल में अन्दर जाने नहीं देते।" विशाल ने कहा, ''ऐसा रिस्क वे नहीं लेंगे। अगर अभि इनके क़ब्ज़े में है तो उसे इन्होंने कहीं और छुपा रखा है।''

इस बात का एहसास सुलभा को भी था। उसने कुछ कहे बिना गाड़ी दुबारा स्टार्ट की और बढ़ा दी। उसे ख़याल आया, फ़ेसबुक पर आशीष ने अभि का जो पेज बनाया है, उसे पता नहीं यहाँ किसी ने देखा भी या नहीं। उसका मन हुआ, पास की किसी दुकान पर– चाय या पान की दुकान पर ही– जाकर वह सबको अभि का फ़ोटो दिखाये और उनसे पूछे। लेकिन सबको मोबाइल दिखा–दिखाकर वह यह काम नहीं करना चाहती थी।

"कल जब हम लोग आयेंगे तो अपने साथ अभि के फ़ोटो की कॉपी भी ले आयेंगे।" सुलभा की इस बात पर दोनों ने सिर हिलाया, लेकिन फिर तन्मय बोला, "देखो, उसका फ़ायदा तब था, जब बच्चा खो गया होता। बच्चा दो और लोगों के साथ– क्या नाम है उसका, तुम्हारी चारु और उसके पति के साथ– ग़ायब हुआ है। ज़ाहिर है, उसे किसी ने उठाया है। तो फ़ोटो दिखाने से कुछ नहीं होगा।"

“लेकिन हो सकता है यार, किसी ने देखा हो कि कौन लोग इन सबको ले जा रहे हैं? आख़िर इस बिल्डिंग के बाद वे सड़क के रास्ते ही निकले होंगे। मुमकिन है, किसी ने देख लिया हो”, यह विशाल की आवाज़ थी जो उसके भीतर की उम्मीद से निकली थी। तन्मय ने सिर हिलाया कि ठीक है, फ़ोटो ले आना, लेकिन तब तक उसके फ़ोन की घण्टी बजने लगी।

“क्या, अच्छा? कुछ पता नहीं है? सुबह से? किसी ने देखा नहीं है? हूँ...हूँ। कौन–सी गाड़ी थी– टाटा सूमो? किसी ने नम्बर नोट किया? नहीं? अच्छा।” तन्मय ने जब फ़ोन काटा तो सुलभा और विशाल दोनों उसे देख रहे थे। “क्या हुआ?” सुलभा ने पूछा।

“जो क्रेच से अभि को अपने साथ ले गयी थी, वह भी ग़ायब है। अपने पूरे परिवार सहित।” तन्मय ने दोनों को बताया और अपने सोर्स से मिली बाक़ी सूचनाएँ भी दे डालीं। “जो पता चल रहा है, उससे फिर यही लग रहा है कि इन्हीं लोगों ने ये सब काण्ड किया है।” इमारत की तरफ़ इशारा करते हुए तन्मय ने कहा, “मेरा सोर्स बता रहा है कि दस बजे के आसपास दो टाटा सूमो अचानक कनावनी पहुँचीं जिसमें बदमाश टाइप के लड़के भरे हुए थे। उन्होंने पूरे परिवार को एक गाड़ी में बिठाया और चल दिये। लेकिन गाड़ी का नम्बर किसी ने नोट नहीं किया।”

“विशाल, तुम्हें याद है, जब हम पुलिसवालों के साथ पहली बार बिल्डिंग में आये थे तो बाहर दो टाटा सूमो लगी हुई थीं,” सुलभा ने उत्तेजित आवाज़ में कहा। विशाल कुछ सम्भ्रम में था, लेकिन तन्मय ने कहा कि सुलभा ठीक कह रही है। उसे भी याद है कि वहाँ टाटा सूमो खड़ी थीं।

“लेकिन सवाल है, शीला के परिवार को कोई क्यों किडनैप करेगा? ये तो अपना हेडेक बढ़ाना ही है। और फिर इतने सारे लोगों को कोई रखेगा कहाँ?” तन्मय ने सिर खुजाया। ऐसा करते हैं सुलभा, कल पूरी तैयारी से आते हैं। एक–एक पहलू पर विचार करते हुए,

हमें जिन चीज़ों की ज़रूरत पड़ सकती है, वह सब लेते हुए और हर सम्भावना पर बात करते हुए। तब तक हो सकता है, कुछ और पता चल जाये।"

सुलभा के पास यह बात मान लेने के अलावा कोई चारा भी नहीं था। उसे समझ में आ रहा था कि बहुत हड़बड़ी दिखाने से बात नहीं बनेगी। अचानक वह कमज़ोरी सी महसूस करने लगी। उसने विशाल से कहा कि वह ड्राइव करे, तन्मय को कहा कि आगे बैठ जाये, पीछे वह अकेले कुछ आराम से बैठ पायेगी।

विशाल ने गाड़ी बढ़ायी। पिछली सीट पर आँखें मूँदे बैठी सुलभा को ख़याल आया कि लगातार यह तीसरी रात होगी जब अभि उनके साथ नहीं होगा। वह धीरे–धीरे सुबकने लगी। विशाल और तन्मय की परवाह किये बिना।

विशाल और तन्मय ने भी देखा। अब ऐंकर सुलभा को धकेल कर एक माँ चली आयी थी जो अपने खोए हुए बेटे की याद में रो रही थी। दोनों ने एक–दूसरे की आँखों में देखा, और मन–ही–मन कहा, उसे रो लेने दो। माँ है। रोना ज़रूरी है उसके लिए।

वह रो लेगी तो सो भी लेगी और फिर ठीक रहेगी। दोनों जानते थे कि कल का दिन बेहद अहम है और इस, दिन सुलभा का ठीक रहना बहुत ज़रूरी है।

## वह मौत की नहीं ज़िन्दगी की घण्टी थी

हरजिन्दर सैनी को उसकी बिल्डिंग से लेकर चले थाना प्रभारी कृष्णा यादव और सुमेर सिंह के लिए भी रास्ता आसान नहीं रह गया था। अपनी हिरासत से बौखलाये हरजिन्दर सैनी पहले ज़िद करते रहे कि वे अपनी गाड़ी से थाने जायेंगे। फिर उन्होंने कहा कि ठीक है, वे कृष्णा यादव और सुमेर सिंह के साथ ही बैठकर जायेंगे। उन्हें ख़याल था कि किसी को लगना नहीं चाहिए कि पुलिस उन्हें

उठाकर ले जा रही है। ये बहुत भारी बट्टा होगा। वे भीतर से बुरी तरह कसमसा रहे थे। पुराने दिन होते तो अब तक निबटा दिया होता इन सबको– कुल जमा चार सिपाही और ये दोनों लोग हैं। पैसे खिलाते, गोली मारते, कुछ भी करते। लेकिन शराफ़त का चोला ओढ़ना भी एक बड़ा काम है। टीवी मालिक बनने और टीवी पर आने का मोह इस चाहत से बड़ा निकला।

लेकिन उन्हें मालूम था कि अचानक उनकी हैसियत घट गयी है। उस टीवी वाली लड़की ने घटा दी है। ये कृष्णा यादव– जो उनकी गाड़ी पर बैठकर इतराता– अब उन्हें अपने साथ बैठाने को तैयार नहीं है। समझा रहा है कि ये नहीं लगना चाहिए कि पुलिस सन्दिग्धों से मिली हुई है। "मैं सन्दिग्ध काहे का बे?" वे एक लम्हे के लिए भड़के तो शातिर कृष्णा यादव ने भी चिढ़े हुए अन्दाज़ में जवाब सुना दिया, "देखो सैनीजी। हमारे लिए तो आप बड़े आदमी हो। आप हमारा ख़याल रखते हो और हम आपका ख़याल रखते हैं। लेकिन आप समझने को तैयार नहीं हो। वो लड़की बोल रही है, आपने उसके बेटे को किडनैप किया है। मेरा एसपी पूछ रहा है कि अब तक पकड़ा क्यों नहीं? अब मैं अपनी नौकरी बचाऊँ या आपकी सुनूँ?" फिर यादवजी ने अपनी आवाज़ नरम की, "अरे सैनीजी, आप निश्चिन्त रहो। हमारे मेहमान हो आप। ये लोग तो आते–जाते रहेंगे, हमें और आपको तो रहना ही है। फिर आप ही तो कहते हो, ज़ोर से पानी बरसे तो बिल में दुबक जाना सही होता है।"

सैनीजी ने यादव से कब ये कहा था, उन्हें याद नहीं आया, लेकिन वे आख़िरकार पीछे वाली गाड़ी पर बैठ गये। इसलिए नहीं कि वह कृष्णा यादव की बात समझ गये थे, बल्कि इसलिए कि उन्हें यह समझ में आ गया था कि अचानक बरसात का मौसम चला आया है और बिल में दुबके रहना ज़रूरी है। बस उन्होंने आख़िरी हारी हुई शर्त रखी कि बाजार वाले रास्ते से नहीं जायेंगे, किनारे से निकल लेंगे। कृष्णा यादव ने झपटकर बात लपक ली, "आप जो रास्ता बोलो जी। हम तो आपके भी ग़ुलाम हैं।"

आख़िरकार दोनों गाड़ियाँ वसुन्धरा के लिए चल पड़ीं। अगली गाड़ी में सुमेर सिंह को साथ लेकर बैठे कृष्णा यादव ने कहा– "क्यों भाई सुमेर सिंह। चुप क्यों है इतना? पहले कभी ऐसा केस हैंडिल नहीं किया क्या?"

सुमेर सिंह वाक़ई चुप थे। फीकी हँसी हँसते हुए बोले– "अरे सर जी, ई लड़की तो एकदम माथा पर चढ़ी हुई है। किसी को थप्पड़ लगाओ तो इसकी बात सुनो। न लगाओ तो इसकी बात सुनो।"

यादवजी हो–हो करने लगे। अरे तूने सुनी न है– "स्त्री सशक्तीकरण, वूमन इंपावरमेंट। इन छोरियों से अपने बच्चे का ख़याल न रखा जाये है, और ये सारी दुनिया को डाँटती फिरेंगी। नौकरी करेंगी और कपड़े ऐसे पहनेंगी कि कभी ऊपर दिखे, कभी नीचे। तब भी ग़लती देखने वाले की। बहुत गन्दा माहौल है। बहुत गन्दा। इन छोरियों को मैं ख़ूब जानता हूँ।"

"हमको तो मालूम ही नहीं था, इतना तमाशा हो जायेगा। हम तो सच में समझे थे, दो–चार घण्टा में बच्चा को किसी के पास से उठा ले आयेंगे, बात ख़त्म हो जायेगा।" सुमेर सिंह की सूई दो दिन से एक ही जगह अटकी हुई थी।

"अरे वाक़ई ये केस न था। न थाने की नौबत थी न पुलिस की, बच्चा अपने–आप माँ तक पहुँच जाता। लेकिन इस हरजिन्दर सैनी ने सब गुड़ गोबर कर दिया।' यादवजी ने पीछे की गाड़ी की तरफ़ इशारा करते हुए कहा, ''अब भुगतेगा।''

सुमेर सिंह चिहुँक गया, "आपको भी लगता है कि इसी आदमी का बदमाशी है? बच्चा इसी के पास है?"

"अरे सिंहजी, पुलिस में कित्ते साल हुए आपको। केस एकदम साफ़ है। बच्चा इसी की जानकारी में ग़ायब किया गया है। हो सकता है, इसी ने करवाया हो।" यादवजी बिल्कुल निश्चिन्त थे।

"तो सही आदमी तक पहुँच गये हैं हम लोग।"

"इसमें भी कोई शक है? लेकिन जल्दबाज़ी की ज़रूरत न है। देखेंगे, किसका ज़ोर ज़्यादा चलता है। जिसका चलेगा, उसी के

हिसाब से काम कर देंगे। थाना प्रभारी यादव ने अपने पत्ते जैसे खोल दिये थे।

"मने कि, हम लोग कुछ नहीं करें। बच्चा कैसे बरामद होगा।"

"अरे सिंहजी, समझा करो, इसीलिए आप तरक़्क़ी नहीं कर पाये। असल सवाल क्या है? बच्चा अपने घर पहुँच जाये– अपनी माँ के पास चला जाये। यही न। वह पहुँच जायेगा। अब बात ये है कि कैसे पहुँच जायेगा? एक तरीक़ा ये है कि हम यहाँ–वहाँ छापे मारें, बच्चे को बरामद करें और उसे माँ तक पहुँचा दें। दूसरा तरीक़ा ये है कि ये लोग आपस में सेटलमेंट कर लें, थाना–पुलिस न करें और बच्चा माँ को वापस कर दिया जाये। तीसरा रास्ता ये है कि बच्चे की फिरौती देकर माँ–बाप बच्चे को छुड़वा लें।"

सिंहजी ने मन–ही–मन थाना–प्रभारी की बुद्धि का लोहा माना। यादवजी ने भी देखा कि सिंहजी इंप्रेस्ड हैं। तो वे और इंप्रेस करने में जुट गये। "आपकी उमर तो असल में फलवालों से, रेहड़ी वालों से, दुकानदारों से वसूली करते निकल गयी– असली खेल तो ऊपर होवे है। पता न चलेगा, कौन नेता है, कौन अपराधी, कौन किडनैपर है और कौन उसे पकड़ने वाला। अब जिसकी ताक़त चल जाये, वो अपनी चला लेगा। ये मामला बड़ा आसान था। असल में बच्चा टीवी वाली का निकल गया। अब उसके भी कांटैक्ट हैं। किसी को नहीं मालूम कि वो कहाँ जाकर क्या बोल दे। फिर अभी तो टीवी चैनल वाले साले मुम्बई का खेल खेल रहे हैं, कल को बच्चे के गुम होने का सियापा शुरू किया तो दिल्ली से लखनऊ तक ट्रांसफर चालू।"

"इसलिए हमारा काम', यादवजी ने समअप किया, ''क़ानून के साथ ही चलना है। बस ख़याल रहे कि क़ानून न टूटे। आईपीसी की पाँच–छह धाराएँ याद रखो, जहाँ चाहो चेप दो। बाक़ी सुनते रहो जो ऊपर वाले बोलते हैं। हम किसी के साथ न हैं। ये सैनी हमारा आदमी थोड़े है। पैसे देता है तो इसलिए कि हम उसकी बदमाशियों से आँख मूँदे रहते हैं। लेकिन अपनी वर्दी बची रहे तब सब शान रहेगी सिंहजी, याद रखिएगा।"

सिंहजी को सब समझ में आ गया था। इशारा साफ़ था– हरजिन्दर सैनी के साथ न गरमी दिखाने की ज़रूरत है न नरमी बरतने की। उन्हें ऐसी पोज़ीशन लेनी है, जहाँ से जिधर चाहें उधर झुक जायें। उन्हें जंगलों में होने वाली मुठभेड़ का ख़याल आया– कहाँ से कौन गोली चलेगी, पता नहीं। इसलिए हरदम आँख खुली रखो। आपको ई भी नहीं मालूम कि गोली बन्दूक़ से चलेगा कि मॉडर्न राइफल से। यहाँ भी साला वैसा ही जंगलराज है, जंगल का ही क़ानून है। ऐसे में यादवजी जैसे पुलिसवाले न रहें तो सबका जीना मुश्किल हो जाये।

उन्होंने दायें–बायें देखा। लेकिन यह जंगल नहीं, शहर था। एक से एक लकदक गाड़ियाँ गुज़र रही थीं। दोनों तरफ़ बड़ी–बड़ी इमारतें थीं। ये नोएडा है। साला पन्द्रह बरस पहले, यहाँ कुत्ता भी नहीं दिखता था। गाँव–टोले जैसे बीच–बीच में थे। लेकिन देखते–देखते पूरा शहर खड़ा हो गया। ई जादू कैसे हुआ, कैसे होता है– यह उनको कभी समझ में नहीं आया। वे इन तमाम बरसों में ईंट–गिट्टी, सीमेंट, बालू गिरता देखते रहे, भारी–भरकम पीली क्रेनों की विशाल गर्दनें ऊपर उठती और नीचे गिरती देखते रहे, धूल–धुआँ और जाम देखते रहे और चुपचाप उनके अनदेखे में एक शहर बन गया। ये पैसा कहाँ से आया है? इससे आगे सोचना उनके लिए बेकार था। वे बिना जाने यह महसूस करते थे कि वे एक बहुत बड़ी मशीन का छोटा–सा पुर्जा हैं।

फिर भी पुर्जे को एक सवाल खाये जा रहा था। "इसका गारंटी क्या है कि बच्चा एकदम सुरक्षित रहेगा? अगर उसको कुछ हो गया तो हम लोग सब नपेंगे।"

यह यादव का ही वाक्य था जो सिंहजी दुहरा रहे थे। कृष्णा यादव ने कोई जवाब नहीं दिया। लेकिन इस अन्देशे पर भी उनका दिमाग़ तेज़ी से दौड़ रहा था। मोटे तौर पर ये बात सही थी कि बच्चे को कुछ नहीं होगा, लेकिन इन लोगों का क्या भरोसा– पैनिक में साले क्या कर बैठें। और हरजिन्दर सैनी जब उनको कंट्रोल करने के लिए नहीं है तो ख़तरा और बढ़ जाता है।

उन्होंने फ़ौरन ड्राइवर से गाड़ी रोकने को कहा। पिछली गाड़ी को भी रुकने का इशारा किया। फिर उतरकर हरजिन्दर सैनी के पास पहुँचे। अपनी आवाज़ को यथासम्भव मधुर बनाते हुए बोले, ''सैनीजी, आपकी ग़ैर–हाजिरी में कौन लड़के कामकाज देखेंगे?''

"क्या करना है तेरे को? उनसे डील करेगा क्या?" ग़ुस्से में सैनीजी की आवाज़ काँप गयी।

"सैनीजी, कुछ ऊँच–नीच हुई तो फिर मैं ज़िम्मेदार न होऊँगा। आप बता रहे हो, आपने कुछ नहीं किया है। लेकिन वारदात आपके इलाक़े की है। हो सकता है, आपके लोगों में से किसी का हाथ हो।" यादवजी को मालूम रहता था कि कब आवाज़ ऊँची करनी है और कब मद्धिम, ''समझा करो सैनीजी, बच्चे को कुछ हो गया तो वो लड़की तो आपका बाहर आना मुहाल कर देगी। होम मिनिस्टर तक पहुँच जायेगी। ठीक है, आपने कुछ न किया है। लेकिन आप इलाक़े के लीडर हो। आपकी भी तो जवाबदेही बनती है।''

कोई और दिन होता तो इतना कुछ कहने पर इस यादव की कमीज़ फाड़ चुके होते सैनीजी। उनकी जवाबदेही कैसे बनती है? लेकिन धीरे–धीरे वे ख़ुद को जाल में फँसा महसूस कर रहे थे। यह भी समझ रहे थे कि इस यादव को नाराज़ करके अभी वे अपना नुक़सान ही करेंगे।

उन्होंने ख़ुद को सँभालने की कोशिश की। जिस सख़्ती से वे बात कर गये थे उसका मुआवज़ा उन्हें भरना था। तो अपनी हेकड़ी कुछ बनाये रखते हुए और कुछ कम करते हुए जेब से मोबाइल निकालकर बोले, "लो आप रख लो मेरा मोबाइल ही। इसमें सारे कांटैक्ट हैं, जिसको चाहो फ़ोन कर लेना।"

उन्हें उम्मीद थी कि इस तेवर के बाद यादव ठण्डा पड़ जायेगा। उनका मोबाइल लेने की हिम्मत नहीं करेगा। लेकिन यादव ने झपट लिया, ''हाँ–हाँ, यही ठीक रहेगा। और इसमें उस सुरिन्दर का नम्बर तो होगा जी जो आपके पीछे आपकी कम्पनी चलाता है?''

सैनीजी को जवाब देने की ज़रूरत नहीं पड़ी। कॉल लॉग में आख़िरी कॉल सुरिन्दर पहलवान के नाम से थी। "आप बैठो जी, आप बैठो।

बस आपको और कष्ट ना देंगे।" कहते हुए यादवजी अपनी गाड़ी की ओर बढ़ गये।

यादवजी ने गाड़ी में बैठते ही सुरिन्दर को फ़ोन मिलाया— सैनीजी के ही फ़ोन से। और यह दाँव चल गया। तीन—चार बार घण्टी बजने के बाद किसी ने उठाकर कहा, ''सैनीजी, आप बेफ़िक्र रहो। इन सालों को छोड़ूँगा नहीं। क्या बोलते हो आप?''

"ओए, किन सालों को नहीं छोड़ेगा। साले सुरिन्दर पहलवान, ख़बरदार जो इधर—उधर कुछ किया। मैं इन्दिरापुरम का थाना—प्रभारी कृष्णा यादव बोल रहा हूँ।" कृष्णा यादव ने फ़ौरन अपना परिचय दिया, इस डर से कि जो सच वे जानते हैं, वह उनके सामने पूरा बोल न दिया जाये। वरना कार्रवाई करने की मजबूरी हो जायेगी। "ओए देख, सुरिन्दर, सुन रहा है न तू मेरी आवाज़?" उधर अचानक पैदा हुई चुप्पी के बाद यादवजी ने फिर कहा। "जी—जी बोलो।" सुरिन्दर की आवाज़ में परेशानी झलक रही थी। "सुन, तेरे इलाक़े में एक बच्चा ग़ायब हुआ है। दो परिवार भी ग़ायब हैं। साले समझता है कितना बड़ा क्राइम है। अगर उनको कुछ हुआ तो तेरे सैनी का तो जो होगा सो होगा, तेरा तो मैं एनकाउंटर कर दूँगा। याद रखना साले।" कहते हुए यादवजी फ़ोन काट चुके थे।

उन्हें मालूम था, बच्चा मिल गया है, लेकिन बच्चे के साथ कुछ और भी हासिल करने का खेल वे खेलना चाहते थे।

उन्हें बस यह नहीं मालूम था कि उनका फ़ोन बिल्कुल सही समय पर गया था।

## कई बार दबे पाँव आते हैं संकट

हरजिन्दर सैनी की गिरफ़्तारी से सुरिन्दर बौखला गया था। वह डरा हुआ था कि अब कहीं उसकी बारी न आ जाये। वह समझ नहीं पा रहा था कि क्या करे। एक बार उसने सोचा कि सबको लेकर

ग्रेटर नोएडा से बाहर निकल जाये। फिर उसने सोचा कि सबको ठिकाने लगा दे। लेकिन सोचते ही इसे भी उसने रद्द कर दिया। जब वह अपने लड़कों के साथ शीला के कमरे में दाख़िल हुआ तो भी उसे समझ में नहीं आ रहा था कि वह क्या करेगा। उसका डर उसके गुस्से में बदल गया था। उसे सैनीजी का कहा हुआ याद आया कि बच्चे को ख़त्म करना पड़े तो वह भी कर लेना। लेकिन वह ये कर गुज़रता, यह भी साफ़ नहीं था।

इसी तूफ़ान के बीच जब उसके मोबाइल की घण्टी बजी और उसने देखा कि यह सैनीजी की कॉल है तो उसने फिर तेवर कड़े कर लिए। लेकिन अगले ही लम्हे उसकी घिग्घी बँधी हुई थी। वह जी...जी कर रहा था कि फ़ोन कट गया। उसके पीछे खड़ा रिछपाल उसे देख रहा था, "क्या बोला सरजी ने। कोई ख़ास बात है क्या?"

सुरिन्दर ने जवाब नहीं दिया, बस सबको बाहर आने का इशारा किया और कमरे से निकल गया। जाते–जाते फिर चीख़ा, "सालो, यहाँ से झाँके भी तो काटकर रख दूँगा। कोई यहाँ से बाहर नहीं निकलेगा।"

लेकिन पाँच मिनट बाद अपने लड़कों के साथ लॉन में बैठकर वह 'प्लान' कर रहा था। यह बात उसकी समझ में आ गयी थी कि सैनीजी फँस चुके हैं और ख़ुद बचने के लिए उन्हें फँसायेंगे। यह बात भी वह जान गया था कि पुलिस को पता है कि बच्चा इन्हीं लोगों के पास है। यानी अब कार्रवाई उसके ख़िलाफ़ ही होगी। उसने अपने लड़कों से कहा, "बॉस, अब दो ही रास्ते हैं। या तो चल के सरेंडर कर देते हैं और सारा लफड़ा ख़त्म। या फिर इस बच्चे को लेकर यहाँ से निकलना होगा। साले ये लोग होशियार बनते हैं। मेरे नेपाल तक कनेक्शन हैं– एक बार यूपी से निकल गये और नेपाल पहुँच गये तो दो करोड़ नहीं, पाँच करोड़ वसूलेंगे इसके।"

हालाँकि यह योजना से ज़्यादा इन लड़कों को भरोसा दिलाने की कोशिश थी कि सैनी भले जेल में हो, वह बाहर से गैंग चला सकता है। इस भरोसे का बल बस इतना था कि उसे लखनऊ में कुछ लोग जानते थे और एक बार बहराइच के एक आदमी के साथ

मिलकर वो ऐसे ही 'किडनैप' में साथ दे चुका था। यानी उसे मालूम था कि अंडरवर्ल्ड का गलियारा कहाँ से बनता है और काम कैसे होता है।

बाक़ी लड़के ध्यान से उसकी बात सुन रहे थे। रिछपाल ने कहा, ''भाई तेरे को पता है, अब हर जगह पुलिस का नाका है। इन लोगों को बाहर निकालने में बड़ा रिस्क है।''

दूसरे ने कहा, ''सैनीजी का इन्तज़ार करना ठीक नहीं होगा? वो हमेशा से ऊँची सोचने वाले रहे हैं।''

सुरिन्दर को ये बात अपनी तौहीन जैसी लगी। वह भड़क गया, "और सैनी से पहले पुलिस चली आवेगी तो? फिर जेल में बैठकर ऊँची सोचते रहियो।" बाक़ी सब हँसने लगे तो सुरिन्दर कुछ ठण्डा पड़ा।

वैसे जेल जाना इन लड़कों के लिए नयी बात नहीं थी। मगर इसके पहले हमेशा छोटे–मोटे आरोपों में गये। एक बार एक फैक्टरी में हंगामे के लिए गये थे। एक बार कुछ लोगों की पिटाई के लिए भी गये। रिछपाल पर एक बार मोबाइल छीनने का आरोप लगा था और उसे जेल जाना पड़ा था। इस पर भी साथियों ने उसका बहुत दिन तक मज़ाक़ बनाया था– साले, नोकिया छीनने के चलते ससुराल पहुँच गये। लेकिन इन तमाम मौक़ों पर पीछे सैनीजी का हाथ और इशारा हुआ करता था। वे ज़मानत भी कराते और केस–मुक़दमा भी सँभालते। इन लड़कों का काम बस मौज–मस्ती करना और सैनीजी के कहे के मुताबिक़ किसी को पीट देना, किसी का घर ख़ाली करवाना, किसी के घर के सामने हल्ला–गुल्ला करना ही हुआ करता था। यह पहली बार था जब सोचने–विचारने की ज़हमत उनके हिस्से आयी थी। वह भी एक किडनैपिंग के मामले में जिस पर यूपी के नेता–अफ़सर सबकी नज़र थी।

सुरिन्दर को ख़याल आया कि सैनीजी ने एक फ़ार्मूला समझाया था। जब मुश्किल में पड़ो तो ये मत सोचो कि क्या करोगे, पहले सोचो कि क्या नहीं करोगे। उसने अपने दोस्तों से यही कहा कि पहले वे सब तय कर लें कि क्या–क्या नहीं करेंगे। जो–जो तय हुआ,

उसे एक काग़ज़ पर सुनील लिखता गया। इनके बीच सबसे पढ़ा–लिखा वही था– उसने बारहवीं कर रखी थी, वह भी साइंस से। तो वह एक–एक कर प्वॉइंट कुछ इस तरह बनाता गया :

जो नहीं करना है

❖ पुलिस के हाथ नहीं आयेंगे, अंडरग्राउंड हो जायेंगे।

❖ बच्चे को मारेंगे नहीं, ये ख़तरनाक हो जायेगा।

❖ दूसरे किसी और को भी नहीं मारेंगे।

❖ लेकिन किडनैप हुए लोगों को अभी जाने भी नहीं देंगे।

❖ दो दिन टाटा सूमो का इस्तेमाल नहीं करेंगे– सब जानते हैं कि हम इसी गाड़ी से आते–जाते हैं।

लेकिन यह लिस्ट इन पाँच बिन्दुओं से आगे नहीं बढ़ पायी। आधे घण्टे की मगज़मारी के बाद सुरिन्दर को लगा कि ये सब बेकार है। आप जो करते हो या नहीं करते हो, वह पहले से तय नहीं कर सकते। सुनने में सब अच्छा लगता है, जब करने की बारी आती है, कुछ समझ में नहीं आता। बाक़ी लड़कों को भी यही लग रहा था। फिर भी रिछपाल ने कहा, "देख एक बात तो तय हो गयी न। हमें इन लोगों को मारना नहीं है।"

"तू तो भाई ऐसे बोल रहा है जैसे रोज़ दो–चार को टपका देता है, आज इन लोगों को छोड़ने की बात कर रहा है।" सुनील के इस मज़ाक़ पर सब हँसने लगे। इन सब लड़कों के अपने अतीत थे। अपने दाग–दाग अतीत, जिनमें कुछ कंकाल भी पड़े थे। यह अन्दाज़ा सबको था कि सबने अलग–अलग कई जुर्म किये हैं। लेकिन यहाँ वे उन्हीं जुर्मों की बात करते थे जो उन्होंने मिलकर किये थे।

आख़िरकार यह फ़ैसला हुआ कि आज की रात चुपचाप काटी जाये। सैनी साब ये किसी को नहीं बतायेंगे कि बच्चे को कहाँ छुपा रखा है और पुलिस इस फ़ाइव स्टार होटल तक नहीं पहुँचेगी। कल तक सैनीजी का कोई मेसेज नहीं आया तो इन सबको कहीं और शिफ़्ट करना होगा। इसके लिए रिछपाल एक मेटाडोर ले आयेगा।

"लेकिन सवाल है, आज इन पर नज़र कौन रखेगा? अगर हम अंडरग्राउंड हो गये तो?" एक ने सवाल उठाया।

जवाब सतपाल ने दिया, "अबे अंडरग्राउंड होने का मतलब ये ना होवे है कि ज़मीन के भीतर घुस जाओ। अंडरग्राउंड, यानी ऐसी हरकत न करो, जिससे दूसरों की नज़र में आओ। जाने–पहचाने अड्डों से दूर रहो। कहीं छुपे रहो। तो हम लोग यहीं छुपे रहेंगे– इसी होटल में।"

सुरिन्दर बोला, "वैसे मैंने इन सालों को हड़का ख़ूब दिया है। हम यहाँ रहें न रहें, उनकी हिम्मत ना पड़ेगी निकलने की।"

'ये अमित अपने क़ाबू में होता तो क्या बात थी।'

'अबे वो तो क़ाबू में आ जायेगा, उसकी बीवी ना आयेगी। देखा नहीं है कैसे तेवर हैं उसके।' रिछपाल हँसा।

'उसके तेवर ही तो देखता रहा मैं शाम तक। ख़ूब तने हुए तेवर।'

सब ही–ही करने लगे। "साले तुम लोगों की नीयत गन्दी रहती है। किसी की लुगाई दिखी न कि उसके ब्लाउज़ में झाँकने लगोगे।" सुरिन्दर ने बड़ा बनने की कोशिश करते हुए कहा।

"लेकिन ब्लाउज़ ना भाई, वो तो बस टॉप में थी– और टॉप लग रही थी। अच्छा किया सैनीजी ने जो टीवी चैनल खोल लिया। आयेंगी एक से एक लड़कियाँ। रोज़ देखियो तेवर।"

यह तेवर शब्द इन लोगों की चर्चा में अचानक एक अश्लील क़िस्म का अर्थ ले बैठा था जो सबको आनन्दित कर रहा था।

"वैसे उसके तेवर भी कम न हैं। दूसरी वाली के। लगता ही नहीं कि तीन बच्चों की माँ है।"

"हाँ सोच, वो आया का काम करती है। लेकिन मेहनत के पानी से बना बदन है।"

लड़कों की इस चर्चा को सुरिन्दर ने विराम दिया। 'ओए चुप करो तुम लोग। साले जहाँ मौक़ा मिलता है तुम लोगों की रामायण शुरू हो जाती है। इसके बाद दारू पियोगे और रेप करने पहुँच जाओगे।'

सब हो–हो करने लगे। धीरे–धीरे यह तय हुआ कि सब अलग–अलग कमरों में रहें और वहीं से आते–जाते लगातार नज़र भी बनाये रखें।

"और हाँ, मान लो, कल पुलिस आ ही गयी। तो कोई कमरे से नहीं निकलेगा। पुलिस एक–एक कमरा नहीं खोजेगी। ज़्यादा–से–ज़्यादा बच्चे को बचाकर निकल जायेगी। वैसे सैनीजी अब तक पुलिस को मैनेज कर चुके होंगे।" सुरिन्दर की हिम्मत इस बात से बढ़ रही थी कि इतनी देर में पुलिस नहीं आयी है। "तो पुलिस नहीं आती है तो कल हम लोग बच्चे को निकाल ले जायेंगे।"

सबने सहमति में सिर हिलाया। लेकिन किसी को मालूम नहीं था कि पुलिस के पहले वहाँ कोई और पहुँच जायेगा और खेल बिगाड़ देगा।

कई बार दबे पाँव आते हैं संकट।

## अब यह कहानी ख़त्म होनी चाहिए

मुम्बई जैसे दहली हुई थी। देश जैसे दहला हुआ था। पहले हमले के 48 घण्टे होने जा रहे थे, लेकिन अब तक आतंकियों का सफ़ाया नहीं हुआ था। यह शुक्रवार की शाम थी और टीवी चैनल बता रहे थे कि अब भी होटल ताज से फायरिंग की आवाज़ आ रही है। वैसे सुरक्षा बलों का दावा था कि नरीमन हाउस और होटल ओबेरॉय को पूरी तरह ख़ाली करा लिया गया है और होटल ताज के बड़े हिस्से पर भी उनका क़ब्ज़ा है। लेकिन कब तक यह होटल पूरी तरह निरापद होगा– यह बताना मुश्किल था।

मगर आम तौर पर अख़बारों को ही ख़बर की कुंजी मानने वाले जगमोहन सिन्हा की दिलचस्पी मुम्बई में नहीं थी। वे बस अनमने ढंग से चैनल बदल रहे थे ताकि समझ सकें कि टीवी की दुनिया ऐसी हड़बड़ायी हुई क्यों होती है कि उनकी बेटी न्यूज़ पढ़ती रह गयी और अपने बच्चे को भूल आयी। क्योंकि जब भी वे टीवी देखते थे, मायूस होते थे। वे अपनी बेटी को अक्सर चिढ़ाते, "तुम जो बताती हो कि दिनभर इतना काम होता है, हर सेकेंड ख़बर बदलती

रहती है। तुम हमेशा अपडेट करती रहती हो। लेकिन मैं तो जब भी टीवी खोलता हूँ, वही पुरानी ख़बर चलती मिलती है। यही नहीं, सुबह जो ग़लतियाँ होती हैं, वे भी रात को रिपीट हो रही होती हैं। करती क्या हो तुम लोग?"

इस छेड़छाड़ का एक गम्भीर पहलू यह था कि वाक़ई जगमोहन सिन्हा महसूस करते थे कि टीवी चैनलों की दुनिया बहुत अपरिपक्व लोगों के हाथ में आ गयी है। वे सुलभा को देखकर ही हैरान होते थे। इस लड़की को इतिहास, भूगोल, साहित्य किसी की भी बहुत गहरी समझ हो, ऐसा नहीं है। बस लगातार बोलते रहने का कौशल इसके पास है। लेकिन अब वह हर मामले पर राय देती है। और उसको कौन नहीं जानता? पिछले हफ़्ते ही कश्मीर में चल रहे चुनावों पर वह यासीन मलिक से बात कर रही थी। वह यासीन को समझाने में जुटी थी कि वह कश्मीर के चुनावों में बढ़ती वोटिंग का मतलब समझे– कि लोग हिंसा से ऊब गये हैं, अमन चाहते हैं, कि इंडिया में बहुत सारे लोग हैं जो कश्मीर की ज़्यादा ऑटोनॉमी के पक्ष में हैं।

जब जगमोहन सिन्हा ने पूछा कि सुलभा किससे बात कर रही थी और उसने बताया कि यासीन मलिक से– तो वे हैरान रह गये। उन्होंने हँसते हुए पूछा, "तुम्हें कश्मीर के बारे में क्या मालूम है? तुमने कश्मीर का इतिहास पढ़ा है? ये पता है कि जिसे तुम लोग बीजेपी वालों की तरह धारा 370 बताती हो, वह दरअसल अनुच्छेद 370 है, धारा नहीं।"

लेकिन सुलभा को उसके सम्पर्कों ने एक नया आत्मविश्वास दिया था, "पापा, किताब पढ़ने से कुछ नहीं होता है। सूचनाएँ तो अब गूगल पर मिल जाती हैं। और ज़मीनी पॉलिटिक्स बिल्कुल बदली हुई है। कश्मीर में कोई सैद्धान्तिक लड़ाई नहीं है। जो लड़ाई है, वह पैसे और पावर की है। वहाँ आतंकवाद से भी पैसा आ रहा है, आतंकवाद के विरोध से भी। आतंकवाद ख़त्म हो जायेगा तो बहुत सारे लोगों की रोज़ी–रोटी और कमाई ख़त्म हो जायेगी। आर्मी वालों की भी।"

सिन्हाजी हँसे, ''अरे बेटा, ये एनालिसिस भी तुम टीवी वालों की नहीं है। पिछले महीने की आउटलुक में अरुन्धती रॉय लिख चुकी है। और भी लोग लिख चुके हैं। तुम लोग उसी को रिपीट कर रही हो।''

तब सुलभा कटकर रह गयी थी। सिन्हाजी ने फिर याद दिलाया था कि टीवी चैनल कैसे तमाशों में लगे हैं। कभी स्वर्ग की सीढ़ी बना देते हैं, कभी बिना ड्राइवर के गाड़ी चला देते हैं। कभी कोई और खेल करने लगते हो। तुम लोगों की वजह से लगता है, हम लोग बारहवीं सदी में जी रहे हैं।

सुलभा चिढ़ गयी थी, पापा, आप भी सिनिकल की तरह बोलते हैं। अरे ये नया मीडिया है। इसको सीरियस होने में थोड़ा समय लगेगा। देखिए धीरे–धीरे वे तमाशे उतार पर हैं। हाँ, सिन्हाजी ने टोका था, लेकिन नये तमाशे शुरू हो रहे हैं। राजू श्रीवास्तव, राखी...क्या है...सावंत और पता नहीं क्या–क्या।

अब सुलभा हँसने लगी थी, पापा, यानी आप भी राखी सावंत को देखते हो।

वह दिन याद करके जगमोहन सिन्हा के चेहरे पर मुस्कुराहट उभरी। लेकिन आज का दिन अलग था। बेटी अपने बेटे की खोज में गयी हुई है। सिन्हाजी न्यूज़ कैसे देखें? अभी तीसरी बार आकर पत्नी ने पूछ लिया, ''चाय बना दूँ?'' और जगमोहन सिन्हा झुँझला से गये, ''अरे कहा न, विशाल और सुलभा को आने दो। साथ पियेंगे।'' अरुण और आशीष भी घर पर थे। आशीष फ़ेसबुक पर अभि के पेज को मिले शेयर गिनने में मशगूल था और कुछ मायूस भी कि अभी तक कोई पॉज़िटिव जवाब नहीं मिला है। अरुण अपनी जान–पहचान में लोगों को फ़ोन पर फ़ोन लगा रहा था।

गाड़ी रुकने की आवाज़ आयी तो सब समझ गये कि सुलभा आ गयी है। आशीष ने लपककर दरवाज़ा खोला और एक के बाद एक तीनों– सुलभा, विशाल और तन्मय– कमरे में दाख़िल हो गये। "कुछ पता चला बेटा?" यह सुलभा की माँ थीं।

थकी हुई सुलभा ने जवाब नहीं दिया, बस सोफ़े पर बैठकर उसने आँखें मूँद लीं। विशाल ने ढाढस बँधाया, ''पता चल जायेगा मम्मी। ये समझ में आ गया है कि अभि जहाँ भी है सुरक्षित है।''

"ये जो चारु नाम की लड़की है, जो अभि को ले गयी थी? वो कहाँ है? उसका कुछ पता चला?"

इस बार सुलभा ने न में सिर हिलाया, लेकिन आँखें मूँदे हुए ही कहा, ''कल तक सब पता चल जायेगा माँ, कल तक अभि घर में होगा।'' फिर उसने आँख खोली, अपने उठंगने को सँभलकर बैठने में बदला और कहा, ''अरे तन्मय बैठो। माँ, हम सबको चाय पिला दो। लेकिन पाँच मिनट रुक जाओ। प्रशान्त सर भी आने वाले हैं। तब सब साथ पियेंगे।''

तन्मय और विशाल बैठ चुके थे। वापसी के वक़्त गाड़ी में ही प्रशान्त का फ़ोन विशाल के पास आया था। वे घर आना चाहते थे। विशाल ने सुलभा से पूछा और फिर कहा था, प्रशान्त सर, आपका हमेशा स्वागत है। आपकी अभी ज़्यादा ज़रूरत है।'

प्रशान्त के लिए पाँच मिनट भी इन्तज़ार नहीं करना पड़ा। दो मिनट बाद दरवाज़े की घण्टी बजी, अरुण ने खोला और उन्हें भीतर ले आया। अपने कुर्ते और बिखरी हुई दाढ़ी के साथ प्रशान्त हमेशा की तरह शान्त लग रहे थे। उन्होंने विशाल से हाथ मिलाया, तन्मय को देखकर वे आत्मीयता से मुस्कुराये और सुलभा के कन्धे पर हाथ रखा, ''कैसी हो तुम?''

"अभी ठीक हूँ।" सुलभा ने मुस्कुराने की कोशिश की। उसे समझ में आया कि उसके स्नायु तन्त्र इस तरह तने हुए हैं कि यह बहुत ही आम सवाल भी उसे ख़ास लग रहा है। कैसी है वह? कल सुबह से उसने इस सवाल का सामना नहीं किया था। जिस माँ का बच्चा खो गया हो, वह कैसी हो सकती है? और जिस माँ का बच्चा उसकी अपनी लापरवाही से खो गया हो, वह कैसी हो सकती है? लेकिन यह टूटने का समय नहीं है। प्रशान्त सर ने तोड़ने के लिए नहीं जोड़ने के लिए यह सवाल पूछा है– याद दिलाने के लिए कि वह जैसी है, वैसी ही रहे। अपने आत्मविश्वास से भरी–पूरी।

"आप कैसे हैं?" सुलभा ने सवाल पलट दिया। प्रशान्त भी समझ गये सुलभा का मन। तुरन्त बोले, ''अरे, मेरा क्या है। तीन दिन में पहली बार टीवी की दुनिया से बाहर आया हूँ। दिमाग़ में सीएसटी, होटल ताज, नरीमन हाउस, होटल ओबेरॉय, लियोनाल्डो कैफ़े, कामा अस्पताल, करकरे, दामले– इन्हीं सब के नाम गूँज रहे हैं। हेलीकॉप्टर, धमाके, यही सब याद आ रहे हैं।'' फिर उन्होंने बात मोड़ी, ''ऑफ़िस में हम सब परेशान हैं तुम्हारे लिए। कई लोग आना चाहते थे। मैंने रोका। तो कुल मिलाकर क्या समझ में आया है।''

विशाल ने धीरे–धीरे प्रशान्त को पूरा ब्योरा बताया। यह बात सबको समझ में आ रही थी कि क्रेच वाली शीला ने जो मुमकिन था, वह किया। ऑफ़िस में भी गार्ड्स बता रहे हैं कि वह बार–बार गुज़ारिश कर रही थी कि सुलभा मैम को उसके बच्चे के बारे में बताया जाये। लेकिन किसी ने ध्यान नहीं दिया। पहली लापरवाही वहीं हुई। ये जो चारु है, उसने भी जब अभि को लिया तो उसका कोई क्रिमिनल इंटेंट नहीं था। लापरवाही उसने यह की कि समय रहते ऑफ़िस में किसी को नहीं बताया। अगर सुबह बता दिया होता तो ये पैनिक नहीं होता। दूसरी गड़बड़ उसने ये की कि अपने पति के साथ बच्चे को लेकर ग्रेटर नोएडा पहुँच गयी। असल में चीज़ें यहीं से बिगड़ीं। वहीं वो अपराधियों के चंगुल में फँस गयी। अब सब ख़तरे में हैं। इस बीच ये भी दिख रहा है कि शीला को परिवार सहित उठा लिया गया।

तन्मय ने कहा, ''ग़ज़ब है प्रशान्त सर, लगता है, जैसे कोई जासूसी उपन्यास पढ़ रहे हों या थ्रिलर फ़िल्म देख रहे हों। एक छोटी–सी ग़लती, बस एक चूक, और आप सीधे अंडरवर्ल्ड के चंगुल में फँस जाते हैं। कोई सोच सकता है?''

प्रशान्त हल्के से मुस्कुराये, ''तन्मय इस देश का पूरा यथार्थ– माफ़ करना, मैं पिटे हुए हिन्दी पत्रकार की तरह बोलता हूँ, तुम लोग जिसे डाउन मार्केट कहते हो– तो इस देश का पूरा यथार्थ इतना नाटकीय है कि उस पर विश्वास नहीं हो सकता। जो बहुत चमकती

हुई दुनिया है, उसके पीछे एक बजबजाता हुआ संसार है। दोनों दुनियाओं का काम एक–दूसरे के बिना नहीं चलता। और दोनों दुनियाएँ एक–दूसरे के अपराधों से परिचित रहती हैं, लेकिन ख़ामोश रहती हैं– बल्कि कई बार एक–दूसरे की मददगार होती हैं। और तुमको तो कई बार पता ही नहीं चलेगा कि तुम किस दुनिया में हो, कि इस चमचमाती हुई दुनिया का एक साफ़–सुथरा किरदार दरअसल उस बजबजाती दुनिया को नियन्त्रित करता है, बल्कि उसे वैसा ही बनाये रखता है।"

"पता है प्रशान्त सर", विशाल बोल रहा था, 'ये जो आदमी है हरजिन्दर सैनी, वही, जिस पर शक है कि उसने अभि को किडनैप कर रखा है, एक बिल्डर है। उसके अपने पहलवान टाइप लड़के हैं। और वो अब एक टीवी चैनल शुरू करने जा रहा है जहाँ हमारी–आपकी तरह के लोगों को नौकरी देगा।''

"साला, गनीमत है, टाइम पर पकड़ा गया। अब जेल काटेगा।" तन्मय ने लापरवाही से कहा।

"लेकिन इससे क्या होगा तन्मय? हमारे बीच कई हरजिन्दर सैनी हैं जो अख़बार निकाल रहे हैं और टीवी चैनल चला रहे हैं। उनका काला पैसा उजला हो रहा है। और मान लो, वह टीवी चैनल न भी चला रहा हो तो क्या फ़र्क़ पड़ता है। ये जो गुड़गाँव, ग़ाज़ियाबाद, फ़रीदाबाद, नोएडा और ग्रेटर नोएडा की चमक–दमक देख रहे हो, वह कहाँ से आ रही है? तुम लोग स्विस बैंकों में काला पैसा खोजते हो, उन्हें ठीक से देखना है तो इन पॉश इलाक़ों की सोसाइटीज में जाओ। पता चलेगा कि कितने–कितने लोगों ने अपनी हैसियत से कई गुना बड़ा निवेश कर रखा है। और तुम क्या समझते हो। ये जो एफएम रेडियो के चैनल सब हैं, जहाँ तरह–तरह के आशियानों के विज्ञापन आते रहते हैं, उनका पैसा कहाँ से आता है? इस हरजिन्दर सैनी टाइप के लोगों का ही पैसा है न जो हमारे–तुम्हारे साथियों की सैलरी के खाते में पहुँचता है।"

सब चुप हो गये थे। अचानक अपने पेशे के प्रति एक तरह का सन्देह उनमें उमड़ आया था। जगमोहन सिन्हा ये बातचीत बहुत ध्यान से सुन रहे थे। उन्होंने भी कहा, "सच तो ये है कि जो कम्पनियाँ– चाहे वे मीडिया की हों या बाहर की– एक बार वे शेयर मार्केट में आ जाती हैं तो फिर किसका पैसा है, कौन जानता है। हो सकता है, जिस कम्पनी के ख़िलाफ़ तुम न्यूज़ दिखा रहे हो, उसने भी तुम्हारी कम्पनी में पैसे लगा रखे हों।"

"बिल्कुल," प्रशान्त ने बात आगे बढ़ायी, "लेकिन एक फ़र्क़ है। दूसरी कम्पनियों में पैसा लगाने वाले आम तौर पर कम्पनियों के प्रोडक्ट के चरित्र को बदलने की कोशिश नहीं करते। लेकिन मीडिया में जो पैसा लगाता है, वह चाहता है, मीडिया उसकी ज़रूरतों के हिसाब से चले। उसके हितों की रक्षा करें। इसके अलावा पत्रकारिता को वह अपनी कम्पनी की पीआर एक्सरसाइज की तरह इस्तेमाल करना चाहता है। कभी नौकरी की मजबूरी में, कभी आगे बढ़ने की महत्त्वाकांक्षा में, या कभी किसी और दबाव या प्रलोभन में पत्रकार भी जाने–अनजाने दलाल बन जाते हैं।"

चाय आ गयी थी। सबके हाथों में प्यालियाँ थीं। सबकी बात सुन रही सुलभा ने अचानक कहा, "जानते हो विशाल, जब मैं उस रात न्यूज़ पढ़ रही थी– मुम्बई वाली ख़बर आयी ही थी– उसी के बीच, मेरे दिल में अजीब–सा ख़याल आया था। हम जो ख़बरें दिखाते हैं, उसके पीछे कौन होता है? दरअसल मैं न्यूज़ पढ़ते हुए एक ट्रिक आज़माती हूँ। जब कोई बहुत इमोशनल बना देने वाली ख़बर आती है, जब लगता है, रोने लगूँगी तो अचानक मैं मशीन बन जाती हूँ। सोचना बन्द कर देती हूँ और जो लिखा हुआ मिलता है, उसके मायने भूल बोलती चली जाती हूँ। अगर न करूँ तो न्यूज़ ही न पढ़ पाऊँ। तो उस दिन न्यूज़ पढ़ते–पढ़ते मुझे लगा था कि जो सीएसटी में गोलियाँ चला रहा है, वह आदमी नहीं है, मशीन है। वह भी मशीन है और मैं भी मशीन हूँ। फिर मैंने सोचा कि हम दोनों को कौन चला रहा है? और कौन जाने हमें जो चला रहा हो, वह भी मशीन हो?

और ये भी ख़याल आया कि पता नहीं हम दोनों के पीछे कौन–सी ताक़तें हैं? और क्या पता...” अचानक झेंपकर चुप हो गयी सुलभा।

कोई और मौक़ा होता तो विशाल और तन्मय मिलकर उसका मज़ाक़ बनाते। कहते, ऐंकरिंग के वक़्त ऐसे–ऐसे ख़यालों की वजह से ही न्यूज़ की ऐसी–तैसी होती है। लेकिन वे सब संजीदा थे। इस पूरी बातचीत में एक अदृश्य धागा जैसे अभि से जुड़ा था। फिर सुलभा जितने दिल से बोल रही थी, उसमें उसे टोकना भी गुनाह लग रहा था।

सुलभा की छूटी हुई बात प्रशान्त ने आगे बढ़ायी, “एक तरह से तुम ठीक ही बोल रही हो, जो अमेरिका तालिबान को खड़ा करता है, वही पाकिस्तान को उससे लड़ने के लिए पैसे भी देता है। जो पाकिस्तान अमेरिका के पैसों पर तालिबान से लड़ने की बात करता है, वहीं से भारत में टेररिस्ट भी दाख़िल होते हैं। तुमको पता है, इस हमले में कई अमेरिकी भी मारे गये हैं? कुल मिलाकर यह अजीब–सा खेल है जिसमें किसकी डोर किसके हाथ बँधी है, यह समझना आसान नहीं है।”

“और इस खेल का शिकार कौन होता है?” सुलभा जैसे अपने–आप से बोल रही थी, “मासूम बेख़बर लोग। सीएसटी पर जो लोग मारे गये, उनका क्या क़सूर था? एटीएस चीफ़ हेमन्त करकरे को क्यों ऐसे शहीद होना पड़ा? विशाल, जैसे इसके तार ऊपर तक जाते हैं, वैसे ही नीचे तक भी। और तो और, हमारे छोटे से बच्चे तक। दो साल के अभि तक। वरना एक टीवी चैनल शुरू करने की सोचने वाला आदमी एक बच्चे का किडनैपर कैसे हो सकता है?”

अभि के ज़िक्र ने अचानक सारी चर्चा बन्द कर दी। प्रशान्त ने पूछा, “पुलिस उस टीवी वाले से, हरजिन्दर सैनी से, पूछताछ कर सारी जानकारी निकाल लेगी?’

“पुलिस तो जैसे उसके एहसान से दबी हुई है।” तन्मय ने कहा, “वह तो उसे पकड़ने को भी तैयार नहीं थी। सुलभा ने यादवजी को फ़ोन किया तो बात बनी।”

"यह भी अजीब है प्रशान्त सर।" सुलभा बोली, 'हम लोगों को अपने स्टूडियो में पता नहीं चलता कि बाहर क्या हो रहा है। जब मैं निकली और मैंने पुलिस का रवैया देखा तो हैरान रह गयी। वह सुमेर सिंह जिसे चाहे उसे थप्पड़ लगा रहा था। बस इसलिए कि वे ग़रीब थे और उसका कुछ बिगाड़ नहीं सकते थे। शीला के हसबेंड को भी उसने पीटा। लेकिन जब असली मुजरिम को घेरने का सवाल आया, तो उसे क़ानून याद आने लगा, वह मुझे समझाने लगा कि बिना शिकायत कुछ कर नहीं सकते।"

"तो आगे क्या करना है?"

"मैं कल से परसों नहीं होने दूँगी। कल ग्रेटर नोएडा के उस हिस्से में फिर जाऊँगी। जिसको बन पड़ेगा, फ़ोन करूँगी। ज़रूरत पड़ी तो शिवराज पाटिल को फ़ोन करूँगी। मनमोहन सिंह तक पहुँच जाऊँगी। लेकिन कल दोपहर तक अभि अपने घर में होगा। अब यह कहानी ख़त्म होनी चाहिए।" सुलभा बोलते–बोलते टूट गयी और उसने सहारे के लिए विशाल की बाँह पकड़ ली।

सब चुप थे– दुआ करते हुए कि माँ के भीतर का यह भरोसा सही साबित हो।

## एक तूफ़ान के भीतर कई तूफ़ान होते हैं

तूफ़ान गुज़र चुका था। एनएसजी के प्रमुख ऐलान कर रहे थे कि ऑपरेशन ब्लैक टारनैडो पूरा हो चुका है। मुम्बई के अहम ठिकानों में घुसे आतंकियों का सफ़ाया करने के अपने अभियान को एनएसजी ने यही नाम दिया था– ऑपरेशन ब्लैक टॉरनैडो। शनिवार सुबह इस ऑपरेशन की आख़िरी गोलीबारी हुई। होटल ताज में छुपे दो और आतंकियों को मार गिराया गया और फिर एनएसजी ने पक्की शिनाख़्त के बाद कहा कि अब होटल निरापद है। कुल मिलाकर नौ आतंकवादी मार गिराये गये थे और एक को ज़िन्दा पकड़ लिया गया था।

सुरक्षा बलों का दावा था कि यही दस लोग मुम्बई में दाख़िल हुए थे, हालाँकि इस दावे से अलग भी अन्देशे थे। कुछ लोगों को लग रहा था कि बारह से सोलह आतंकवादी मुम्बई में घुसे थे जो कहीं छुपे हुए हैं। मुम्बई डरी हुई थी।

तूफ़ान गुज़र चुका था। इसने गुज़रने से पहले काफ़ी कुछ तहस–नहस कर दिया था। एनएसजी को ही अपने दो लोगों से हाथ धोना पड़ा था। कल ही होटल ताज की तीसरी मंज़िल ख़ाली कराते–कराते कैप्टन संदीप उन्नीकृष्णन मारे गये थे। वे अपने दस साथियों के साथ होटल ताज के छठे माले पर उतरे थे। तीसरी मंज़िल पर उन्हें समझ में आया कि एक कमरे में आतंकियों ने कुछ महिलाओं को बन्धक बना रखा है। कमरे का दरवाज़ा तोड़ा गया, दोनों तरफ़ से गोलीबारी शुरू हो गयी, अपने साथियों को कवर देते–देते संदीप दम तोड़ गये। शहादत की ऐसी कहानियाँ और भी थीं। एक दिन पहले नरीमन हाउस में आतंकवादियों से लोहा लेते एनएसजी के जवान हवलदार गजेन्दर भी मारे गये थे। 26 नवम्बर की रात तो एटीएस चीफ़ हेमन्त करकरे, और उनके सहयोगी हेमन्त सालस्कर और अशोक कामटे की मौत के साथ एक बार को आतंक विरोधी कार्रवाई जैसे छितरा गयी थी। इन सबसे अलग मुम्बई पुलिस के तुकाराम ओंबले की शहादत थी जिसने जान देकर भी एक आतंकवादी को– जिसका नाम अजमल कसाब बताया जा रहा था– गिरगाम चौपाटी पर पकड़ लिया था। कसाब ओंबले पर गोलियाँ बरसाता रहा, लेकिन ओंबले ने उसे छोड़ा नहीं।

तूफ़ान गुज़र चुका था। लेकिन तबाही के बीच काफ़ी कुछ बचा हुआ था। मुम्बई के नक़्शे पर लगा ख़ून अभी सूखा नहीं था। शवों की गिनती अभी बाक़ी थी। लोग मान रहे थे कि कम–से–कम डेढ़–दो सौ लोग इस हमले में मारे गये होंगे। सैकड़ों लोग घायल थे। इस सिरे से उस सिरे तक सिर्फ़ रुलाइयाँ ही रुलाइयाँ थीं। इन रुलाइयों के बीच ढाढस बँधाते हाथ, काम आने को बेताब दिल भी थे। मुम्बई के अस्पतालों में नौजवानों की लाइन लगी हुई थी जो घायलों को

बचाने के लिए ख़ून दे रहे थे। उनको मालूम था कि मुम्बई का बहुत सारा ख़ून बह चुका है, इसे बचाया जाना ज़रूरी है।

तूफ़ान गुज़र चुका था, लेकिन डर बाक़ी था। भारत के दौरे पर आयी इंग्लैंड की टीम आगे और खेलने को तैयार नहीं थी। केविन पीटरसन बिल्कुल अपने देश लौटने पर आमादा थे। इंग्लैंड के कप्तान ने साफ़ कह दिया था कि वे आतंक का जवाब देने की जज़्बाती अपीलों के लिए नहीं खेल सकते। इंग्लैंड के तेज़ गेंदबाज स्टीव हर्मिसन याद कर रहे थे कि महज़ दस दिन पहले वे जिस होटल में रुके थे, जिस लॉबी से गुज़रे थे, वह टीवी चैनलों पर 'वार जोन घोषित किया जा चुका था और वहाँ पड़ी, घसीटी जा रही लाशें देखकर वे खेलने की हालत में नहीं हैं।

तूफ़ान गुज़र चुका था, लेकिन गुस्से का तूफ़ान बाक़ी था। तरह–तरह के सवाल बाक़ी थे। हमारे पुलिसवालों के पास अत्याधुनिक हथियार क्यों नहीं हैं? हमारे एटीएस के अफ़सरों के पास अच्छी क्वालिटी की बुलेटप्रूफ जैकेटें क्यों नहीं हैं? हमारे समुद्री किनारे सुरक्षित क्यों नहीं हैं? जब आतंकवादी समुद्र के रास्ते दाख़िल हो रहे थे, तब हमारे कोस्ट गार्ड क्या कर रहे थे? उनके पास चौकसी के लिए तेज़ रफ़्तार नावें क्यों नहीं हैं? हमारे नेता क्या कर रहे हैं? क्या हम पाकिस्तान को मुँहतोड़ जवाब नहीं दे सकते? ये लगभग तय माना जा रहा था कि देश के गृहमन्त्री शिवराज पाटील को जाना होगा।

लेकिन इन सारे तूफ़ानों से बेख़बर दिल्ली से मुम्बई पहुँचा एक शख़्स होटल ताज के सामने खड़ा अपनी ज़िन्दगी में आये तूफ़ान का जायज़ा लेने में लगा हुआ था। तीन दिन पहले उसने अपनी बीवी को दिल्ली एयरपोर्ट छोड़ा था जो आँसुओं से भरी थी। उसी दिन लौटते हुए उसने क़सम खायी थी कि अब अपने पाँव भटकने नहीं देगा। उसकी दो साल की बच्ची थी जो अपनी नानी के पास खेल रही थी। उसे नहीं मालूम था कि उसकी माँ अब इस दुनिया में नहीं है। अभी तो उस बच्ची के भीतर स्मृति बन ही रही है। क्या वह याद

रख पायेगी कि उसकी माँ का चेहरा कभी–कभी कितना ख़ूबसूरत हो उठता था? क्या वह कभी जान पायेगी कि उसकी माँ कितनी ज़िन्दादिल लड़की थी जिसने एक बार सीढ़ियों से उतरते हुए पाँव तुड़ा लिए थे और फिर उसके पिता की दोस्त बन गयी थी? क्या वह जान पायेगी कि एक पार्टी में जमकर मस्ती करने के बाद उसने उसे शादी के लिए प्रपोज किया था?

इफ़्तिख़ार की आँख बार–बार भर आ रही थी। उसे अपनी दुनिया से बहुत शिकायत रही थी। उसके चैनल ने उसे कई बार अकेला छोड़ दिया था। बटला हाउस में तो उसकी पत्रकारिता पर सवाल खड़े कर दिये गये, उसके मुसलमान होने को शक की नज़र से देखा गया। वह बिल्कुल नौकरी छोड़ने जा रहा था कि उसे चैनल हेड विवान ने अपने कमरे में बुलाकर समझाया था। उससे कहा था कि उसे अपनी राय रखने का पूरा हक़ है। यह हक़ उसे संविधान ने दिया है जिसे कोई छीन नहीं सकता। यही नहीं, विवान ने कहा था कि ख़ुद वह भी इफ़्तिख़ार की तरह सोचता है। 'मैं और तुम बस अलग–अलग पोज़ीशन पर खड़े हैं इफ़्तिख़ार। ठीक है कि मुझे मेरे हिन्दू होने की वजह से तुमसे कुछ ज़्यादा छूट मिल जाती है, लेकिन उनके निशाने पर मैं भी हूँ।' 'उनके' से विवान का आशय दफ़्तर में काम कर रहे हिन्दुवादी कट्टरपन्थियों से था। इफ़्तिख़ार ने इस्तीफ़ा नहीं दिया था, लेकिन उसकी मुश्किलें भी कम नहीं हुई थीं। कुछ चर्चों पर हमले हुए थे और अचानक सिमी और बजरंग दल की बात चल पड़ी थी। इफ़्तिख़ार मानता था कि दोनों एक जैसे संगठन हैं जिस पर दफ़्तर के सरोज पाठक भड़क गये थे।

लेकिन होटल ताज के सामने खड़ा होकर इफ़्तिख़ार ये सब क्यों सोच रहा है? क्योंकि उसे शक से देखने वाले, उस पर दहशतगर्दों का हमदर्द होने की तोहमत लगाने वाले ये नहीं जानते थे कि उसे तो दोहरी मार पड़ती है। इस बार दहशतगर्दी ने तो उसका घर जला दिया। एनएसजी के जवानों के साथ वह होटल ताज के भीतर गया था और वे झुलसी हुई तस्वीरें उसका कलेजा दहलाने के लिए काफ़ी थीं।

उसने वह हॉल भी देखा जहाँ सबा ने भाषण दिया और सुना होगा, और छठे फ्लोर का वह कमरा भी जिसमें वह ठहरी हुई थी। लेकिन वह कमरा नहीं था, सिर्फ़ एक झुलसा हुआ, भुतहा–सा ढाँचा था जिसमें कुछ जलने की सी गन्ध आ रही थी। उसने कमरे में सबा की गन्ध महसूस करने की कोशिश की, कुछ भी महसूस नहीं कर पाया। उसने यह सोचने की कोशिश की कि अपने आख़िरी लम्हों में सबा कहाँ होगी, लेकिन यह कमरा नहीं था जैसे एक तहस–नहस बंकर था जिसमें यह जानना सम्भव नहीं रह गया था कि कहाँ बेड होगा, कहाँ खिड़की रही होगी, अपने आख़िरी ख़ुश लम्हों में सबा कहाँ खड़े होकर क्या सोच रही होगी।

एनएसजी वालों ने उसे वहाँ ज़्यादा देर रुकने नहीं दिया था। ख़ुद वह रुकने की हालत में नहीं था। इस झुलसे हुए होटल ताज में दाख़िल होते–होते उसे लगने लगा था कि उसकी अपनी ज़िन्दगी भी तो पिछले कुछ दिनों से एक झुलसे हुए होटल में बदल गयी थी। लेकिन उसका गुनहगार ख़ुद उसके सिवा कौन था? उसने रेवा को जो मेसेज किये थे, क्यों किये थे? उसने सबा को धोखा क्यों दिया था? क्या उसे एहसास नहीं था कि वह दो साल की एक बच्ची का बाप है? उसे अपने वजूद से नफ़रत–सी होने लगी। उसे लगा कि इतनी सारी लाशों के बीच वह भी एक लाश है। मुम्बई हमलों का वह शिकार, जिसकी गिनती कहीं नहीं होगी।

वह थके हुए क़दमों से बाहर आ गया था। बाहर पत्रकारों के हुजूम में कई उसके दोस्त थे। लेकिन वह दूसरे किनारे पर चला गया। वह अपनी उलझी हुई ज़िन्दगी के बारे में सोच रहा था। क्या वह भी यह सब छोड़कर चल दे? क्या करेगा इफ़्तिख़ार जीकर? मर भी जायेगा तो कौन उसकी परवाह करेगा? गुल इतनी छोटी है कि जल्द ही सब भूल जायेगी। नानीघर में सब पाल लेंगे उसको। इफ़्तिख़ार की माँ अब रही नहीं, पिता बड़े बेटे के पास ख़ुश हैं– दुबई में। वह टहलता हुआ गेटवे ऑफ़ इंडिया की तरफ़ कब आ गया था, उसे पता ही नहीं चला। सामने समन्दर था। लेकिन ठहरा हुआ।

बेजान। इस समन्दर से उसका कोई वास्ता नहीं। यह गेटवे ऑफ़ इंडिया है– लेकिन मुर्दा है। जैसे यह कोई बड़ी–सी क़ब्र हो।

तभी इफ़्तिख़ार का फ़ोन बजा। उधर प्रशान्त थे, "इफ़्तिख़ार, कुछ पता चला?"

इफ़्तिख़ार ने फ़ोन तो पिक कर लिया था, लेकिन ख़ामोश था। पता नहीं, समन्दर के थपेड़े दूसरी तरफ़ जा रहे थे या नहीं।

"इफ़्तिख़ार, मेरी आवाज़ आ रही है या नहीं?" इफ़्तिख़ार की धौंकनी तेज़ हो गयी थी। यह तो प्रशान्त सर तक ज़रूर जा रही होगी।

"इफ़्तिख़ार, इफ़्तिख़ार? जवाब दो इफ़्तिख़ार।" प्रशान्त की आवाज़ में अजब तरह की घबराहट थी।

इफ़्तिख़ार का जैसे ट्रांस टूटा। उसकी एक भरी–पूरी दुनिया भी है जो उसका नाम लेकर पुकारती है। उसके जवाब न देने पर घबरा जाती है। वह अपनी आवाज़ से उसे झकझोर देती है। वह उससे लड़ती भी है तो मोहब्बत भी करती है। उसे अचानक अपना दफ़्तर याद आया। उसके लोग याद आये। अचानक गेटवे ऑफ़ इंडिया जैसे जाग उठा। जैसे समन्दर चलने लगा। वह क्या करने जा रहा था? इस आवाज़ ने तो उसकी जान बचा ली।

"हाँ प्रशान्त सर," उसने बहुत कमज़ोर आवाज़ में कहा।

"तुम ठीक हो न इफ़्तिख़ार?" प्रशान्त सर की आवाज़ जैसे माथा सहला रही थी, 'सबा का...कुछ मालूम हुआ?'

"नहीं सर। यानी अब वह नहीं है। जिस कमरे में ठहरी थी, वह तो बिल्कुल काला पड़ा हुआ ढेर है। ये लोग बता रहे हैं, आतंकियों ने उसे बम से उड़ा दिया था। इसी फ्लोर पर होटल के जीएम करमवीर कंग का भी परिवार था, वह भी नहीं बचा। बहुत ही बुरा हुआ है सर, बहुत ही बुरा।"

"इफ़्तिख़ार तुम लौट आओ। वहाँ अकेले रहकर क्या करोगे?" प्रशान्त कह रहे थे।

"देखूँगा सर, सबा की कुछ आख़िरी निशानियाँ मिल जायें।"

प्रशान्त ख़ामोश रहे। इस बार इफ़्तिख़ार ने पूछा, 'सर, सुलभा का बेटा मिला?'

"नहीं इफ़्तिख़ार, आज सब गये हुए हैं। शायद मिल जाये।" इस वाक्य का हालाँकि इफ़्तिख़ार को पूरा मतलब समझ में नहीं आया, लेकिन वह चुप रहा।

"इफ़्तिख़ार, इस बीच एक और त्रासदी होते–होते बची है।" प्रशान्त सर की आवाज़ बहुत ठहरी हुई थी, "रेवा ने ख़ुदकुशी की कोशिश की थी। हालाँकि बच गयी। अस्पताल से छुट्टी भी मिल गयी है।"

"क्या?" इफ़्तिख़ार भीतर से दहल गया। रेवा कुछ भी कर सकती थी, ख़ुदकुशी के बारे में नहीं सोच सकती थी। तो क्या वह सबा और रेवा दोनों का गुनहगार है?

उसने फ़ोन चुपचाप काट दिया। प्रशान्त सर को बिना बताये कि एक त्रासदी यहाँ भी होते–होते रह गयी।

तूफ़ान गुज़र चुका था, लेकिन एक तूफ़ान उसके दिल में मचा हुआ था। किसी को कहाँ पता चलता है कि एक तूफ़ान के भीतर कितने तूफ़ान रहते हैं।

## वे इतने पास थे, फिर भी दूर थे

रात सुलभा के लिए फिर बुरी बीती थी। प्रशान्त और तन्मय के जाने के बाद परिवार कुछ देर गप करता रहा। विशाल ने सुलभा से पूछा कि क्या अपने घर चला जाये? सुलभा कुछ बोलती, उसके पहले सुलभा की माँ बोल पड़ीं, "अभी आप लोग मत जाइए। आप लोगों को भी अजीब लगेगा और हम लोग भी परेशान रहेंगे।" सिन्हाजी ने भी गम्भीरता से कहा कि आज उन दोनों का जाना ठीक नहीं होगा। अरुण और आशीष चुप थे, लेकिन उनकी नज़रें बता रही थीं कि सुलभा और विशाल न जायें तो अच्छा। फिर विशाल और

सुलभा भी बुरी तरह थके हुए थे। तो तय यही हुआ कि जल्दी से खाना खाकर सो जाया जाये और सुबह सुलभा और विशाल अभि को खोजकर ले ही आयें।

लेकिन रात 12 बजे के आसपास अचानक एक बुरे सपने ने सुलभा को डरा दिया। एक साया था जो उस पर झपट रहा था। और उसे लग रहा था कि वह अपने पीछे अभि को छुपा रही है। वह विशाल को आवाज़ देना चाह रही है, लेकिन नहीं दे पा रही है। उसके मुँह से गोगो जैसी ध्वनि निकल रही है। वह पसीने–पसीने उठी और बगल में सोया विशाल भी जाग गया, "क्या हुआ सुलभा?"

"विशाल मुझे बहुत डर लग रहा है। वे अभि को...कुछ कर न दें।" सुलभा बिल्कुल काँप–सी रही थी। सुलभा की बात सुनकर विशाल भी एक बार दहल गया। लेकिन उसे मालूम था, यह दहलने की नहीं, सँभलने की घड़ी है। उसने सुलभा का माथा सहलाया, "सुलभा, बेबी, जैसे इतना भरोसा बनाये रखा, वैसे आज रात भी काट लो।"

"नहीं, विशाल नहीं, हम लोग अभी चलते हैं, मुझे डर लग रहा है।' यह फिर अहमदाबाद था। एक टूटी हुई लड़की थी जो छह बरस पहले अचानक रात को अहमदाबाद से दिल्ली आने की ज़िद पकड़ बैठी थी। वाक़ई सुलभा बिस्तर से उठकर बैठ गयी थी, 'चलो न विशाल, अरुण और आशीष को भी ले लेते हैं। वो सन्नाटे वाली बिल्डिंग सोचकर मुझे डर लग रहा है। अभि उस अँधेरे में होगा।'

"पागल," अपना धीरज बनाये रखने की पूरी कोशिश करते हुए विशाल बोल रहा था। उसने सुलभा को फिर अंकवार भर लिया था– "सुलभा, तुम तो ताक़त हो हमारी। आज तुम्हारी ही वजह से वो आदमी गिरफ़्तार हुआ। पुलिसवालों को तुमने ठीक झाड़ा। अभि के पीछे तुम्हारी ताक़त है। उसको कुछ नहीं होगा।"

सुलभा अभि को देखती रही– जैसे पूछ रही हो, कुछ नहीं होगा न विशाल। फिर वह फूट पड़ी, "मैं ये नौकरी छोड़ दूँगी विशाल। ऐसी नौकरी मुझे नहीं करनी जो अभि पर भारी पड़े। वो बच्चा है मेरा, नौ महीने मेरी कोख में पला है। मैं उसको कुछ नहीं होने दूँगी।"

विशाल बस उसका माथा सहलाता रहा, "अभि को कुछ नहीं होगा सुलभा। यक़ीन मानो। कल हम उसे बचा ही लायेंगे', कहते–कहते उसने ज़ोर से सुलभा को भींच लिया। अब विशाल की आँखों में आँसू थे और सुलभा उसका माथा सहला रही थी।

इस उचटी हुई नींद के बाद अगले दो घण्टे वे बातचीत करते रहे– अभि के जन्म की, उसके पहले के माहौल की, कभी सुलभा सुबकी तो कभी विशाल नाराज़ हुआ, लेकिन दोनों को मालूम था कि यह साझा दुख है जो उन्हें जोड़ रहा है। रात दो बजे के बाद कभी दुबारा दोनों को नींद आयी।

इसके बाद सुबह देर से हुई। फिर भी दस बजे सुलभा तैयार थी– "चलो विशाल, आई एम रेडी।" रात वाली घबराहट चेहरे से ग़ायब थी, 'आज भी तन्मय चल रहा है हमारे साथ?' सुलभा ने पूछा।

"हाँ वो शिप्रा सन सिटी के सामने वाली सड़क पर मिल जायेगा। घर से निकलते हुए फ़ोन कर देंगे। उसने आज से नाइट ड्यूटी ले रखी है। ताकि दिन में वह हमारे साथ रह सके।"

दस मिनट बाद तन्मय उनके साथ था। कार नोएड़ा सेक्टर 62 के रास्ते से गुज़र रही थी। "ये शहर बिल्कुल पलक झपकते हमारे सामने खड़ा हुआ है, नहीं तन्मय?" विशाल ने याद दिलाया और तन्मय हँसने लगा, "कल जो प्रशान्त सर कह रहे थे वह याद है न। इस चमकते शहर के साथ–साथ एक बजबजाती बस्ती भी खड़ी हो रही है।"

"और सफ़ेदपोश अपराधियों का गिरोह भी। जो बड़े से बड़ा जुर्म कर सकता है– छोटे से बच्चे का अपहरण भी।" सुलभा ने कुछ तल्ख़ी से जोड़ा।

आधे घण्टे बाद वे फिर ग्रेटर नोएडा में थे– उसी इमारत के सामने जहाँ परसों रात अभि आया था और बीती रात वे लोग गये थे। इमारत ख़ाली पड़ी थी। इस बार उन्हें रोकने वाला भी कोई नहीं था। ऊपर एक सफ़ाई वाला ज़रूर कुछ करने में जुटा था। इन्होंने उससे पूछा, सबेरे से कोई आया है।

"नहीं जी, हमको भी उन्हीं का इन्तज़ार है। बोले थे, आज पैसा देंगे, लेकिन पता नहीं कहाँ ग़ायब हो गये।" उसने मायूसी और तल्ख़ी के बीच के लहजे में कुछ कहा।

सुलभा को अचानक लगा, कि इस लड़के से कुछ और सुराग़ मिल सकते हैं। उसने एक के बाद एक कई सवाल उससे पूछ लिए। कल यहाँ कोई आया था या नहीं? अक्सर कितने लोग इस बिल्डिंग में रहते हैं? कौन–कौन आता–जाता रहता है?

लेकिन जल्द ही सुलभा को समझ में आ गया कि साफ़–सफ़ाई के काम में लगा ये लड़का अपनी ही ज़िन्दगी की मुश्किलों में इतना खोया हुआ है कि उसे दूसरों का ख़याल रखने की फ़ुरसत नहीं है। बेशक, वह हरजिन्दर सैनी को पहचानता था और उसने बताया था कि उसके साथ कई लड़के आते–जाते हैं– "उनमें एक सुरिन्दर भइया हैं जो हमको पैसा देते हैं। उसके अलावा...क्या तो नाम है...लेकिन सब लम्बे–तगड़े हैं। लगता है, जैसे कसरत और पहलवानी के अलावा और कुछ नहीं करते हैं।" लड़का ही–ही कर हँसने लगा था।

सुलभा, विशाल और तन्मय आख़िरकार इमारत से निकल गये। अब सुलभा की योजना के मुताबिक़ इमारत के आसपास के इलाक़े में पूछताछ करनी थी। यह काम आसान नहीं था। शुरुआत उन्होंने छोटी–छोटी दुकानों से की। चायवाली गुमटियाँ, पानवाले खोखे, फलों वाले ठेले, सब्ज़ियों वाली रेहड़ियाँ, खाने के स्टॉल– हर जगह वे अभि की तस्वीर दिखाते। देखने वाले जितने ध्यान से तस्वीर देखते, उससे कहीं ज़्यादा कौतूहल से उन तीनों के चेहरे। कुछ लोग ऐसे भी थे सुलभा को पहचान गये थे। और कुछ ऐसे भी, जिन्होंने यह पूछना शुरू कर दिया कि बच्चा खोया कैसे था, पुलिस में रिपोर्ट लिखायी या नहीं, जब इतना छोटा–सा बच्चा ग़ायब हुआ तो आप लोग क्या कर रहे थे। लेकिन किसी ने बच्चे को देखा नहीं था। कोई यह बताने की हालत में नहीं था कि क्या किसी के साथ उन्होंने ऐसे बच्चे को आते–जाते, रोते देखा है?

सुलभा को कश्मीर पर बनाई एक डॉक्यूमेंट्री याद आयी जिसमें अपने खोये हुए बच्चों के फ़ोटो दिखाकर उनके माँ–बाप एक–एक से पूछ रहे हैं, इन्हें देखा है कहीं। उसे अख़बारों में छपने वाले वे छोटे–छोटे, धुँधली तस्वीरों वाले विज्ञापन याद आये, जिनमें बताया जाता था कि बच्चे ने चेक की शर्ट पहन रखी है, नीली पैंट में है और गुलाबी चप्पलों में है। उसे याद आया कि कई बच्चे बरसों–बरस नहीं मिलते। कहाँ चले जाते होंगे वे बच्चे? और उनकी माँएँ उन्हें कहाँ–कहाँ खोजती होंगी? अभि मिल जायेगा न? उसने अपने–आप से पूछा, और नहीं मिला तो...यह ख़याल सा आते ही वह थरथरा गयी।

दुकान–दुकान पूछने की इस क़वायद में क़रीब दो घण्टे बीत गये। उसे कुछ प्यास महसूस हो रही थी, शायद हल्की–सी भूख भी लग आयी थी। उसे अपने ऊपर झुँझलाहट–सी हुई। उसका बेटा खोया हुआ है और उसे भूख–प्यास लग रही है। अचानक उसे महाभारत के सिलसिले में प्रशान्त सर की सुनाई एक कहानी याद आ गयी। वे किसी प्रसंग के हवाले से बता रहे थे कि कुरुक्षेत्र के युद्ध के अठारहवें दिन, जब गान्धारी युद्धक्षेत्र में पहुँचती है और दुर्योधन का पशुओं द्वारा अधखाया, बुरी तरह कुचला हुआ शव देखती है तो वह ग़ुस्से से भर उठती है। वह कृष्ण को शाप भी देती है। लेकिन कुछ घण्टों बाद गान्धारी को भूख सताने लगती है– 'यह जीवन है, मृत्यु के बाद भी चलता रहता है, अपने हिस्से की भूख–प्यास की याद दिलाता रहता है'– प्रशान्त ने बड़े दार्शनिक भाव से कहा था। तो क्या अगर अभि वाक़ई नहीं मिला तो वे धीरे–धीरे उसे भूल जायेंगे? धीरे–धीरे सहज ढंग से खाने–पीने, हँसने लगेंगे? वह फिर जाकर अपने चैनल में न्यूज़ पढ़ेगी और इस बार बस इतना ख़याल रखेगी कि अपना दूसरा बच्चा न भूल जाये?

वह रोने–रोने को हो आयी। नहीं, अभि के साथ वह ऐसा धोखा नहीं कर सकती। गान्धारी के सौ बेटे थे, उसका तो बस एक अभि है। लेकिन उसे लगा यह रोने का समय नहीं है। फिर उसने अपना

मास्क पहन लिया। अब आशंका की कोई गैस उसे नहीं भेद पायेगी। उसका बेटा मिल जायेगा। आज वह उसे लेकर लौटेगी।

उसने विशाल और तन्मय को देखा। वे भी ख़ामोश थे, उदास और थके हुए से। वह ख़ुद थक रही थी। यह बेचारा तन्मय तो दो दिन से उसी के साथ लगा हुआ है। लेकिन यह थकान दूर करनी होगी, "विशाल, थक गये हो? तन्मय, तुम्हें बहुत परेशान कर रहे हैं न हम लोग?" बोलते–बोलते उसे लगा कि उसने ग़लत बात कह दी। तन्मय ने सुलभा को झिड़क दिया– "बोलने के पहले सोच तो लिया करो," फिर अचानक अपनी झल्लाहट पर क़ाबू पाते हुए मुस्कुराते हुए बोला, "हर जगह न्यूज़ नहीं पढ़ते हैं, कहीं–कहीं दिल और दिमाग़ भी पढ़ते हैं।"

सुलभा को फिर ख़याल आया– दूसरा मौक़ा होता तो ये दोनों बैठकर उसकी टाँग खिंचाई करते रहते– याद है, उस दिन इसने राजीव गाँधी को राहुल गाँधी बोल दिया था, ही–ही–ही। अपनी परेशानी के बीच भी सुलभा के चेहरे पर हल्की–सी मुस्कुराहट आ गयी– बहुत सारी तकलीफ़ों के बीच यह दुनिया इसलिए जीने लायक़ बची हुई है कि इसमें कुछ अपने लोग हैं, जो तुम्हारे बारे में सोचते हैं, तुमको लेकर अपनी नींद ख़राब करते हैं और एक दिन अपना कामकाज छोड़, 50 किलोमीटर दूर एक अनजानी सड़क पर भटकते रह सकते हैं। तन्मय ने अचानक कहा, "उस पुलिसवाले– यादवजी को फ़ोन मिलाता हूँ। हम उल्लुओं की तरह घर–दुकान एक किये हुए हैं और वे लोग पता नहीं कहाँ बैठे हैं।"

लेकिन यादवजी कहीं बैठे नहीं थे, उस वक़्त ग्रेटर नोएडा में ही मौजूद थे– स–दलबल। और उनके साथ सुमेर सिंह भी था। वसुन्धरा थाने में यादवजी को जिस तरह सुलभा ने सरेआम डाँटा था, उसे वे भूल नहीं पा रहे थे। ये जुर्म था और इसकी सज़ा दी जानी थी। बस तय होना था कि कब और कैसे। इस टीवी वाली लड़की ने उन्हें डाँटने की ग़लती न की होती तो अब तक वे उसका बच्चा उसे सौंप चुके होते। उनको अब तक सारा अन्दाज़ा हो चुका था। थाने में हरजिन्दर

सैनी से अलग से बैठकर उन्होंने बात की थी। उसी ने बताया था कि बच्चा उसके पहलवानों के पास है और उसको ग्रेटर नोएडा के होटल में रखा गया है। यादवजी चाहते तो एक छापा मारकर सबको पकड़ लेते। लेकिन उन्होंने बस इतना पक्का किया कि होटल के चारों तरफ़ सिपाही खड़े करवा दिये– इस हिदायत के साथ कि हर आते–जाते पर नज़र रखें और इन पहलवानों को निकलने न दें। वे नहीं जानते थे कि वे आगे क्या करेंगे, ये चोर–पुलिस कब तक खेलते रहेंगे, लेकिन जैसे एक अनजाना–सा प्रतिशोध उनके दिमाग़ में धधक रहा था। बेइज़्ज़ती उन्होंने पहले भी झेली है– नेताओं और अफ़सरों की बात सुनी है, लेकिन पहली बार एक लड़की ने इस तरह उन्हें बेइज़्ज़त किया था। उन्होंने चुपचाप सुरिन्दर से भी बात की थी। कहा था, 'बच्चे को उनके अगले आदेश तक कोई नुक़सान न पहुँचाया जाये। लेकिन लगे कि मामला हाथ से निकल रहा है तो डाल देना उसको किसी नहर में। कोई ना रोकेगा। हाँ, मुझे फ़ोन ज़रूर कर देना। जान ले, मेरे सिपाही चारों तरफ़ हैं।' यह सुरिन्दर को उनकी आख़िरी सलाह थी।

लेकिन यादवजी ने तन्मय को फ़ोन पर बस इतना ही बताया कि वे सुबह से लगे हुए हैं, कई जगहों पर उनकी नज़र है, कई लोग गिरफ़्तार होंगे और बच्चा जल्द ही मिल जायेगा, वे निश्चिन्त रहें। ये भी बताया कि सुमेर सिंह भी उन्हीं के साथ है।

तन्मय ने विशाल और सुलभा को यह बताते हुए कहा कि मगर उसे इस यादव पर भरोसा नहीं है– "सुमेर सिंह और यादव दोनों पुलिस के घुटे हुए लोग हैं। हर अपराध में अपना हिस्सा मानते हैं। फिरौती की रक़म होगी तो इन्हें बँटेगी, लूट का माल आयेगा तो इन तक पहुँचेगा। वसूली में इनका हिस्सा होगा।"

"उफ़, क्या सिस्टम है हमारा।" सुलभा बोली।

"हाँ, क्या सिस्टम है हमारा," इस बार विशाल ने सुलभा की नक़ल की, और फिर बोला, "तुम्हारा वह दोस्त याद है– अरे वही, प्रवीण नारायण, जो साहित्य की पत्रिका निकालता है और पुलिसवालों की कविताएँ छापता है– उसको ऐड भी यही लोग दिलाते हैं। कोई एसपी

बोल देता है और ये आठ–दस कारोबारियों को बोलकर कुछ लाख दिला देते हैं। तो साहित्य भी हो गया, समाजसेवा भी हो गयी। सब ख़ुश।" सुलभा हैरानी से उसे सुनती रही और तन्मय मुस्कुराता रहा।

"कहीं बैठकर चाय पी लें विशाल?" सुलभा ने कुछ हिचकते हुए कहा जैसे कोई जुर्म कर रही हो। वह वाक़ई अब तक थक गयी थी। गाड़ी उन्होंने कुछ दूर पार्क कर रखी थी– इरादा पैदल चलते हुए ही एक–एक आदमी से पूछने का था। ये सुलभा का ही आइडिया था। लेकिन अब उसे लग रहा था कि ऐसी पूछताछ से कुछ पता नहीं चलेगा।

"यहाँ से थोड़ी दूर पर एक शानदार होटल बन रहा था। शायद अब तक तैयार हो गया है। चलते हैं वहीं।" तन्मय ने कहा– 'अगर कुछ ठीकठाक मिल गया तो खा भी लेंगे। अभी ये लम्बा चलना है।' उसके साथ खड़े बाक़ी दो लोगों ने सिर हिलाया था।

अगले 20 मिनट में उनकी कार होटल के परिसर में खड़ी थी। सुलभा हैरान थी कि इस वीरान जगह पर इतना बड़ा होटल बनाने की क्या ज़रूरत है? कौन यहाँ आकर रहेगा? फिर तन्मय ने बताया– ये ग्रेटर नोएडा बड़ी तेज़ी से तरक़्क़ी कर रहा है। यहीं कहीं एयरपोर्ट बनना है। यहीं से सीधे आगरा तक जाने वाला एक्सप्रेस हाईवे भी बन रहा है। ये भविष्य की प्लानिंग है। यही नहीं, आसपास के खाते–पीते लोग शादी–ब्याह के लिए भी ये होटल बुक कर लेते हैं।

तीनों होटल के रिसेप्शन की ओर बढ़ रहे थे। तीनों को पता नहीं था कि जिसे वे खोज रहे हैं, वह दो साल का अभि– इसी होटल के तीसरे माले के एक कमरे में है।

लेकिन एक शख़्स की नज़र इन पर थी। वह कुछ घबराया हुआ था। उसके हाथ तेज़ी से एक मोबाइल नम्बर मिला रहे थे।

"सरजी, सरजी, क्या करूँ, वे तो यहाँ तक आ गये हैं। अरे वो तीनों, वह टीवी वाली ऐंकर। हाँ, हाँ। क्या? पक्का?" यह सुरिन्दर था जिसने थाना–प्रभारी यादवजी को फ़ोन किया था और अब उसकी आँखों में एक इरादा दिख रहा था।

# वह एक बुरा सपना तो नहीं था?

सुरिन्दर और उसके दोस्त जैसे ही कमरे में दाख़िल हुए थे, शीला ने बच्चे को बिल्कुल सीने से चिपका लिया था। वह थरथरा रही थी। उसके अपने बच्चे भी रोने लगे थे। फिर पता नहीं क्या हुआ कि एक फ़ोन आया और सुरिन्दर उन सबको धमकाता हुआ अपने दोस्तों के साथ कमरे से निकल गया था।

लेकिन सुरिन्दर भले चला गया, उसका ख़ौफ़ कमरे में देर तक बचा रहा था। वह गूँज रहा था और जैसे घूम–घूम कर एक–एक का पीछा कर रहा था। वह बाहर बैठा हुआ नहीं था, बल्कि उनके भीतर उतर गया था। इस ख़ौफ़ की वजह से बच्चे रो रहे थे तो बड़े चुप थे। बगल के कमरे से किसी लड़की के रोने की आवाज़ आ रही थी। शीला समझ गयी, यह वही चारु होगी। उसे एक बार ग़ुस्सा आया– सब उसी की ग़लती से हुआ है। लेकिन यह ग़लती के बारे में सोचने का नहीं, सबको बचाने का सवाल है।

इस ख़ौफ़ से मुक्त होने में वक़्त लगा। रग्घू कमरे से ही इधर–उधर झाँकता रहा। लेकिन बाहर निकलने की हिम्मत उसकी नहीं हुई। कुछ देर बाद दस्तक हुई तो फिर सब चौकन्ने हो गये। लेकिन इस बार वही लड़का था जो दोपहर को खाना लाया था। इस बार उसका लहजा कुछ बदला हुआ था– 'चाय चाहिए?' रग्घू ने सबकी तरफ़ देखा और सिर हिलाया। थोड़ी देर बाद चाय आयी और साथ में बिस्किट के पैकेट भी। बच्चों को भूख लगने लगी थी। सब बिस्किट पर झपट पड़े। इस बार हिम्मत करके शीला ने उस लड़के से कहा– ई जो छोटा बच्चा है, इसके लिए दूध चाहिए। और इसको बोतल सब पानी में खौलाना है। लड़के ने हाँ में सिर हिलाया। वह एक मिनट के लिए कमरे से बाहर गया, फिर भीतर आकर बोला, "बोतल हमको दे दो। हम खौलाकर ला देंगे। तुमको बाहर नहीं जाना है।" शीला चुप रही। उसने चुपचाप दूध की तीन ख़ाली बोतलें निकालीं और उस लड़के के हाथ में थमा दीं। लड़का कुछ कौतुक

से बच्चे को और इन बोतलों को देख रहा था। उसे भी अन्दाज़ा था कि कुछ गड़बड़ है, लेकिन जब शीला चुप थी तो वह क्यों बोलता। जाते–जाते उसने लोगों को बताया कि रात को वह नौ बजे खाना ला देगा। और किसी चीज़ की ज़रूरत हो तो वे बतला दें।

और किसी चीज़ की ज़रूरत नहीं थी। लेकिन किसी भी चीज़ से काम चलने वाला नहीं था। एक भव्य कमरे में सिकुड़े हुए एक भयभीत परिवार के लिए यह एक बुरी शाम थी। अभि शाम को ज़ोर–ज़ोर से रोने लगा था– इतनी ज़ोर से कि बगल के कमरे से चारु चली आयी थी। उसे तरह–तरह से शान्त कराने की कोशिश हुई। चारु ने कहा, शायद उसे शाम को घूमने की आदत हो। लेकिन यहाँ बाहर निकालना सम्भव नहीं था। रग्घू चिड़चिड़ाने लगा था। फिर अचानक बच्चों में से किसी ने टीवी चला दिया। अभि की रुलाई कुछ थमी, फिर वह रुककर देखने लगा। सबने राहत की साँस ली।

दरअसल यह बस टीवी था जो थोड़ी–सी राहत लेकर आया था। कुछ देर बाद अभि सो भी गया। बच्चे डर को भूलकर रंगीन तस्वीरों में रम गये। लेकिन दो घण्टे बाद इससे भी ऊब गये। “कब तक यहाँ रहना होगा माँ?” राजू ने हारकर पूछ ही लिया। हालाँकि सब बच्चे ये अलिखित क़ायदा जान गये थे कि ये सवाल पूछना नहीं है। क्योंकि इसका जवाब किसी के पास नहीं है। अचानक तभी दस्तक हुई और खाना आ गया।

लेकिन शाम से शुरू हुई दिक्क़तें सुबह तक जारी रहीं। खाने के बाद पहले आयी सोने की समस्या। यह आरामदेह बिस्तर भी सबको डरावना लग रहा था। सबकी कोशिश थी कि उस छोटे से बच्चे के लिए सबसे ज़्यादा जगह निकले। रग्घू बता चुका था कि वह फ़र्श पर सो लेगा। शीला भी फ़र्श पर ही सोती। आख़िरकार चार बच्चे एक आरामदेह बिस्तर पर अपनी मुश्किलों के साथ लेटे हुए थे। डर और अनजानापन सोने नहीं दे रहा था, थकान जागने नहीं दे रही थी।

फिर भी बच्चे सो गये। उनकी साँसों की लय बता रही थी कि वे नींद में हैं। बीच–बीच में कुनमुनाते हुए। एक बार अभि उठा, कुनमुनाया, लेकिन वह रोता, उसके पहले शीला ने उसे सँभाल लिया। दस मिनट बाद दूध पीकर वह फिर सो गया।

लेकिन शीला और रग्घू की नींद उड़ी हुई थी। दो दिन में उनकी ज़िन्दगी में इतने सारे गुल खिल गये थे कि उनके लिए सोचना मुश्किल हो रहा था। बुधवार की रात तक सब ठीक था। लेकिन पता नहीं कौन–सी आफ़त चली आयी कि एक के बाद एक मुसीबत सिर पर है। पहले पुलिस ने घेरा, अब गुण्डों ने घेर रखा है। पता नहीं, रात को कब नींद आयी और कब टूटी।

सुबह नयी मुश्किलें सामने थीं। इस बाथरूम के इस्तेमाल से बच्चे हिचक रहे थे। उनको कुछ समझ में नहीं आ रहा था। शीला ने धीरज से अपने ऑफ़िस का सिस्टम याद किया। गीजर, एग्जॉस्ट सब चलाकर देखा। बच्चों को समझाया। छोटे–छोटे रैपरों से साबुन निकाला। एक बार हिचक दूर हुई तो सबको नहा लेने का ख़याल आया। नल से निकलता, फव्वारों से मिलता ऐसा गरमागरम पानी कहाँ नसीब था। सोना, सीमा, राजू तीनों आख़िरकार तैयार हो गये। शीला ने अभि को भी नहला दिया। अब सोना बच्चे को लेकर बैठी हुई थी। न–न करते पहले शीला और फिर रग्घू ने भी इस बाथरूम की पूरी सुविधा का इस्तेमाल किया। सब कमरे में बैठे, एक बार सारे डर, सारी दहशत को पीछे छोड़ एक हल्की–सी ख़ुशबू से भरा सुकून कमरे में महसूस हुआ।

"पता है, यहाँ एक दिन का किराया कितना होगा?" रग्घू ने शीला के सामान्य ज्ञान का इम्तिहान लिया। शीला जवाब देने की जगह सुन रही थी, "कम–से–कम सात–आठ हजार। खाना–पीना मिला के पन्द्रह हज़ार। सोच ले। महीने की पूरी पगार एक दिन में ख़त्म।" तीनों बच्चों ने हाँ...की ज़ोरदार आवाज़ निकाली, और शीला ने कहा, "भक्क, एतना तो नहीं होगा। हम लोग का ऑफ़िस भी ख़ूब चमकदार है।"

"अरे, तुमको पत्ते नहीं है तो का बोलें।" रग्घू हँसने लगा।

लेकिन अब बच्चों को भूख लग आयी थी। कहीं उस लड़के का पता नहीं था जो कल नाश्ता पहुँचा गया था। "नीचे जा के देखें का", रग्घू ने एक बार कहा तो शीला ने डपट दिया, "न बिल्कुल नहीं। हम हिलेंगे भी नहीं। ई बदमाश लोग का कुछ पता नहीं, कब बन्दूक़ चला देगा।"

"एक बात है, ई पूरा होटल इन्हीं लोग का लग रहा है। रिसेप्शन वाला हमको देखा, ई लड़का देखा, लेकिन कोई कुछ नहीं पूछा। सब आपस में मिले हुए होंगे।"

"ई अड्डा होगा बॉस का," शीला को कोई पुरानी देखी हुई फ़िल्म याद आयी।

तब तक कमरे में दस्तक हुई। अमित और चारु दोनों दरवाज़े पर खड़े थे। सोफ़े पर बैठा रग्घू फ़ौरन खड़ा हो गया। उसने दोनों के लिए जगह बनायी। लेकिन दोनों खड़े रहे। चारु ने शीला से अभि का हालचाल लिया। अभि बच्चों के साथ खेल रहा था।

"आज कुछ गड़बड़ लग रही है।" अमित ने कहा, "कोई नहीं दिख रहा है। न सुरिन्दर, न रिछपाल, न बाक़ी लड़के। चक्कर क्या है?"

ये सब लोग चुप रहे। शीला ने याद दिलाया कि सुबह से कोई नाश्ते के लिए पूछने नहीं आया है। "पकड़ा तो नहीं गये सब? पुलिस ले गयी हो?" रग्घू के भीतर थोड़ी–सी उम्मीद जगी।

"पकड़े जाते तो पुलिस हमारे पास भी पहुँच जाती। चक्कर कुछ और है।" इस बार चारु बोली।

"हम तो बोले थे कि निकलकर देखते हैं एक बार..." रग्घू की बात शीला ने पूरी नहीं होने दी– "कोई ज़रूरत नहीं है। अपना भी जान ख़तरा में और बच्चा का भी। समझ गये न। अभी यहीं रहिए चुपचाप।"

सब चुपचाप रहे।

"ऐसा करें? सब एक साथ निकलें। धीरे–धीरे चुपचाप? और नीचे तक कोई रोकने वाला न हो तो निकल जायें?" चारु के भीतर का दुस्साहस नये सिरे से जाग रहा था।

इस बार उसके पति ने डाँटा, "तू चुप कर। तू इस सारी मुसीबत की जड़ है। न बच्चा घर में लाती न ये तमाशा होता।" दरअसल इस पूरे मामले में अमित सबसे ज़्यादा नुक़सान में रहा था। पुलिस की नज़र में भी वही सन्दिग्ध था, क्योंकि वही बच्चे को लेकर ग्रेटर नोएडा चला आया था। उसे ख़याल आया, चारु ने पहले कहा था कि बच्चे को नोएडा के ऑफ़िस में ले चलते हैं। लेकिन उसी ने कहा कि ग्रेटर नोएडा से लौटने के बाद वह बच्चे को पहुँचा देगा। उसे ये अन्दाज़ा तो था कि ये ख़तरनाक लोग हैं, लेकिन इस क़दर ख़तरनाक होंगे, ये उसने नहीं सोचा था। वह तो इनके साथ एक बेहतर भविष्य के सपने देख रहा था। वे बस चौबीस घण्टे पहले उसे एक नया प्रोजेक्ट दे रहे थे। लेकिन अब वे बच जायें या पकड़े जायें, अमित के दुश्मन थे।

यानी वह पुलिस से बच भी जाये तो ख़तरों से घिरा रहेगा। ये लोग उसका पीछा करते रहेंगे। न भी करें तो उसे नये सिरे से काम खोजना होगा। किसी नये बिल्डर को पकड़ना होगा। कोई नया प्रोजेक्ट देखना होगा।

सब चुप थे। अपनी–अपनी फ़िक्र से घिरे हुए। यह चुप्पी चारु ने ही तोड़ी, "ग्यारह बजने जा रहे हैं। नाश्ता भी किसी ने नहीं किया है। बच्चे भी हैं यहाँ।" अचानक उसे ख़याल आया, "रुको इंटरकॉम तो ट्राई कर ही सकते हैं।"

सब इस पर भी संशय में थे, लेकिन चारु फ़ोन लगा चुकी थी और बात कर रही थी, "हाँ भइया, कोई आया नहीं है, देखिएगा, हम लोग कुल सात लोग हैं। एक बच्चा है। सबके लिए कुछ नाश्ता...हाँ... हाँ, अरे समझिए, नीचे आने को मना किया है।...हाँ...हाँ...भेज दीजिए।"

'नीचे बुला रहा था', इंटरकॉम की लाइन काटते हुए चारु ने बताया– 'कह रहा था कि कोई है नहीं, आप लोग आ जाइए। लेकिन मैंने कहा, नाश्ता यहीं भेज दो।'

"ठीक किया, इन सालों का कोई भरोसा नहीं है। कोई क़ानून तो है नहीं। कब किसका दिमाग़ ख़राब हो जाये। याद है, कल शाम वो बच्चे को मारने पर उतारू था?" अमित ने याद दिलाया।

शीला सिहर गयी। उसे याद आया, किस तेज़ी से वह लड़का घुसा था। "लेकिन फिर किसका फ़ोन था कि वो लौट गया?" उसने ऐसे ही सवाल पूछा।

"हो सकता है, हरजिन्दर सैनी का रहा हो।"

"लेकिन वह तो बोल रहा था कि उन्हें पुलिस पकड़कर ले गयी है?"

"अरे मैं इस आदमी को ठीक से जानता हूँ। ये बहुत पावर वाला है। कहाँ–कहाँ कांटैक्ट नहीं हैं इसके। हो सकता है, जब पुलिस ले जा रही तो किसी का फ़ोन आ गया हो।" अमित की इस बात के बाद सब चुप हो गये।

थोड़ी देर में चारु का मँगाया हुआ नाश्ता आ गया। ब्रेड और आलू के पराँठों पर बच्चे टूट पड़े। बड़ों ने भी खाया। शीला और चारु के बीच अचानक एक आत्मीयता का धागा बन गया था। अभि अब चारु की गोद में था जो उसे प्यार कर रही थी। शीला चारु को चुपचाप देख रही थी। चारु ने शीला को देखते हुए देखा तो कुछ सकुचा गयी। फिर उसने शीला से कहा, "जानती हो, परसों बहुत बुरा दिन था मेरे लिए। सुबह–सुबह डॉक्टर ने कह दिया, मैं माँ नहीं बन सकती। मैं दिनभर परेशान रही। ऑफ़िस नहीं जाना चाहती थी, लेकिन लोग नहीं थे तो देर से पहुँची। देर से पहुँची तो इसकी माँ ने– सुलभा– ने मुझे डाँट भी दिया। शाम को जब मैंने बच्चा तुमसे लिया तो मैं बस ख़ुश हो गयी। लगा कि ये मेरा बच्चा है। अगले दिन इसका ख़ूब ख़याल रखा। लेकिन शाम होते–होते...।" उसने अपनी बात अधूरी छोड़ दी।

उधर अमित रग्घू का जैसे इंटरव्यू ले रहा था। वह किस बिल्डर के साथ काम करता है? कहाँ–कहाँ उसका प्रोजेक्ट चल रहा है? वह हरजिन्दर सैनी को कैसे जानता था? अगर वह अपना काम शुरू करे तो रग्घू कितने मज़दूर जुटा सकता है? यह बातचीत जितना समय काटने के लिए थी, उतनी ही भविष्य को लेकर किसी अनजानी अस्पष्ट–सी रूपरेखा की तलाश में भी थी।

यह गपशप अगले दो घण्टों तक चलती रही। लेकिन इस पूरी बातचीत में जैसे एक तलवार उन पर लगातार लटकी हुई थी। वे एक लम्हे के लिए नहीं भूल पा रहे थे कि वे अगवा किये गये लोग हैं। बल्कि चारु और अमित शायद इसलिए भी अपने कमरे में लौट नहीं रहे थे कि वे डरे हुए थे। शीला ने कहा था कि इस बार लड़के दौड़ते हुए आयेंगे तो वह कमरे का दरवाज़ा बन्द कर लेगी। इसके बाद चाहे जो भी हो। अब बाहर की शान्ति उन लोगों को डरा रही थी। एक बार फिर अमित और रग्घू ने बाहर जाने की सोची, लेकिन कुछ तय नहीं कर पाये। चारु ने फिर इंटरकॉम पर फ़ोन किया, लेकिन इस बार घण्टी जाती रही, किसी ने फ़ोन नहीं उठाया। अब यह डर बड़ा हो रहा था। उनको यहाँ लाकर क़ैद करने वाले लड़के कहाँ हैं? उनका इरादा क्या है? अगर वे पकड़े गये हैं तो पुलिस कहाँ है? या उन सबको कहीं और ले जाने की तैयारी है?

कमरा अचानक घुटन से भरा लगने लगा था। अचानक बाहर एक गाड़ी के रुकने की आवाज़ आयी। सब एक–दूसरे को देखने लगे। चारु ने परदा हटाया। बगल में शीला भी खड़ी हो गयी। बाहर की रोशनी ने याद दिलाया कि यह दिन है। गाड़ी से उन्होंने कुछ लोगों को उतरते देखा। दो पुरुष एक महिला। अचानक चारु लगभग चीख़–सी पड़ी– शीला देखो। कौन है? शीला ने देखा तो उसे यक़ीन नहीं हुआ।

अचानक चारु चीख़ पड़ी, जितना मुमकिन था, उतनी तेज़ आवाज़ में। जैसे यह आवाज़ शीशों को चीरती हुई, पेड़ों के पंछियों को उड़ाती हुई, पूरे होटल को कँपाती हुई– अपने वजूद की पूरी ताक़त से दी गयी आवाज़ हो– सु...ल...भा, सु...ल...भा

और उससे कुछ पीछे–पीछे लेकिन उतनी ही मज़बूत और तेज़ एक और आवाज़ गूँज रही थी। शीला ने पाया कि वह भी पुकार रही है– सुलभा दीदी, सुलभा दीदी।

ये दो आवाज़ें जैसे होटल शिखर के एक–एक कोने में गूँज रही थीं।

नीचे खड़ी सुलभा ने अचानक ऊपर देखा, और देखती रह गयी। दो औरतें उसे पुकार रही थीं– एक दो साल का बच्चा उनकी गोद में था।

जितनी तेज़ शीला और चारु की आवाज़ थी, उससे कहीं ज़्यादा तेज़ और ऊँची आवाज़ में सुलभा ने पुकारा था– लेकिन चारु और शीला को नहीं– अभि, अभि, अभि...।

वह बिल्कुल दौड़ रही थी। उसके पीछे–पीछे विशाल और तन्मय दौड़ रहे थे।

इन दोनों को दौड़ता हुआ सुरिन्दर देख रहा था। अब वह बच्चे को किसी नहर में नहीं फेंक सकता। अन्धाधुन्ध गोलियाँ भी नहीं चला सकता। उसने फिर कृष्णा यादव को फ़ोन मिलाया, धीमी आवाज़ में मगर तेज़ी से उसने सारा वाक़या सुना दिया। कृष्णा यादव फ़ौरन समझ गये कि मामला उनके हाथ से निकल गया है। "ओए देख, अब कुछ मत करना, जहाँ कुछ करेगा, फँसेगा। अब बच्चे को माँ ने देख लिया है। अब हम लोगों को उनके साथ खड़ा हो जाना है। अब ये हरजिन्दर सैनी तो बचेगा नहीं, तू ऐसा कर, अपने लड़कों के साथ वादा माफ़ गवाह बन जाना, मैं देख लूँगा। बस पहुँच रहा हूँ मैं।"

लेकिन सुरिन्दर वादा माफ़ गवाह बनने को तैयार नहीं था। उसे बस इतना समझ में आया कि पकड़े जाने से बचना है। उसे मालूम था कि होटल के बाहर पुलिस है, लेकिन यह भी मालूम था कि पिछवाड़े की कौन–सी नाली है जो उसे सीधे बाहर ले जायेगी। निकलते–निकलते उसने अपने साथियों को भी यही सलाह दी।

इस तरह एक बेहद ख़ामोश होटल अचानक हलचलों से भर गया था। कुछ लोग सीढ़ियाँ चढ़ रहे थे और कुछ लोग सीढ़ियाँ उतर रहे थे। कुछ सामने की ओर भाग रहे थे और कुछ पीछे से निकल रहे थे। पुलिस की तीन जीपें अचानक होटल के पोर्टिको में एक के बाद एक खड़ी हो गयी थीं और सिपाही कूद रहे थे।

लेकिन इन सबसे बेख़बर एक माँ, अपने बेटे को चिपकाकर, रोये जा रही थी, रोये जा रही थी। बच्चा भी जैसे किसी नींद से

जागा ऐसी रुलाई रो रहा था जो किसी खोये हुए अपने की याद पर आती है। विशाल की आँखें भरी हुई थीं और तन्मय के आँसू भी छलक पड़ने को थे।

पूरे पाँच मिनट बाद अभि को गोद में लिए–लिए ही सुलभा शीला और चारु की तरफ़ मुड़ी। चारु उसे देखकर ही रोने लगी। शीला चुपचाप देखती रही। लेकिन सुलभा के पास फ़िलहाल कोई शिकायत नहीं थी। वह बस कृतज्ञ थी। उसने बस दोनों को थाम लिया– उसकी आवाज़ उसके गले से नहीं, किसी आत्मा की झील से निकल रही थी– इतनी गीली कि हर कोई भीग जाये– "चारु, शीला, मेरे बच्चे को तुमने तीन दिन रखा। थैंक्स। इसे कोई तकलीफ़ नहीं हुई न?"

चारु रोने लगी– सुलभा सॉरी, सब मेरी ग़लती से हुआ। मैंने इससे तुम्हारा बेटा ले लिया था। तुम्हें पहुँचाने जा रही थी कि घिर गयी।

लेकिन सुलभा बस अभि में खोयी थी। उसे ख़याल आया, साथ खड़ा विशाल भी अभि को गोद में लेने को बेताब होगा। उसने आँसुओं से भरी मुस्कुराहट के बीच अभि को उसकी ओर बढ़ा दिया। लेकिन विशाल ने अभि को गोद नहीं लिया– सुलभा को अंकवार भर लिया। उसकी बाँहों में उसकी पत्नी थी, उनका बेटा था। उसने दोनों के गाल चूम लिए।

इस बीच दौड़ते–दौड़ते कृष्णा यादव पहुँच गये। पीछे–पीछे कई सिपाही। यादवजी ने फ़ौरन कहा, "देखो जी कहा था न, बच्चा इसी इलाक़े में मिलेगा। अच्छा हुआ आप लोग भी पहुँच गये। हमने होटल के तीन लड़कों को पकड़ लिया है। साले इतने बड़े क्राइम में पार्टनर थे।" ये तीनों वही लड़के थे जो इस बन रहे होटल में रिसेप्शन से लेकर सर्विस तक का काम सँभालते थे। उनकी हालत देखकर सुलभा को समझ में गया कि ये कुछ थप्पड़ खा चुके हैं।

तब तक सुमेर सिंह हाँफते–हाँफते पहुँचे, "सरजी, पहलवान लोग भाग गया। सुरिन्दर भी निकल भागा है।"

यादवजी मन–ही–मन आगबबूला हो गये। सिंहजी को पता ही नहीं चलता कि कौन–सी बात कहाँ कहें। उन्होंने फिर डपटकर कहा, "इन सबको पकड़ लीजिए। इन सब पर लगाइए किडनैपिंग की धारा।" उनकी उँगली अमित, चारु, शीला और रग्घू की तरफ़ थी।

लेकिन उन्हें नहीं मालूम था कि उन्हें फिर से एक लड़की के हाथों बेइज़्ज़त होना है। सुलभा बिल्कुल तड़प उठी, "तीन दिन आप लोगों से कुछ हुआ नहीं। और जिन लोगों ने बच्चे का ख़याल रखा, अब उनको पकड़ने चले आये हैं। अरे, ये बेचारे तो जुर्म के शिकार हैं। इनका अपहरण किया गया। आपको इतनी बात समझ में नहीं आती? आप तो इनकी तरफ़ से रिपोर्ट लिखिए। और उस हरजिन्दर सैनी के आदमियों को पकड़िए जिन्होंने मेरे बेटे को किडनैप किया था।"

फिर वह विशाल की तरफ़ मुड़ी, "विशाल, दो टैक्सियाँ मँगा लो। इन सबको साथ ले चलते हैं।"

क़रीब आधे घण्टे बाद टैक्सियाँ आ गयीं। सुलभा ने पलटकर उस होटल को देखा, देखा कि शीला और चारु भी देख रही हैं। कुछ देर बाद होटल निगाहों से ओझल हो गया। गोद में खेलते अभि को वह प्यार कर रही थी– सोचती हुई, बीते तीन दिन जो गुज़रा, वह कोई बुरा सपना तो नहीं था?

## सबकुछ सहेज लेने का वक़्त

"तो रग्घूजी, शीला को नौकरी करने दीजिएगा या नहीं?" सुलभा रग्घू से पूछ रही थी।

रग्घू झेंपा हुआ–सा बैठा था– "नहीं ठीक है, ग़ुस्सा में बोल दिये थे, ग़ुस्सा में पता नहीं क्या–क्या हो जाता है। ई भी ग़ुस्सा के चली गयी थी।"

"अरे शीला नहीं करेगी नौकरी तो मैं कैसे करूँगी?" सुलभा समझा रही थी, "अभि को वह सँभालेगी न?" वह सोना के सिर पर

हाथ फेर रही थी– "और अपनी बेटियों को ख़ूब पढ़ाइएगा। पत्रकार बनाइएगा।" सोना सकुचा गयी थी। उसने थोड़ी देर पहले चुपचाप सुलभा से कहा था कि वह उनके जैसी बनना चाहती है।

लेकिन कमरे के बाक़ी लोग हँसने लगे थे। प्रशान्त ने कहा था, "अरे नहीं रग्घूजी, किसी क़ायदे के काम में भेजिएगा। यहाँ तो ऐसी नौकरी है कि बच्चा भी ग़ायब हो जाता है।"

सब फिर से हँसने लगे थे।

"और चारु, अभि ने तुम्हें तंग तो नहीं किया था? वैसे मुझे तुमने उस दिन के झगड़े की सजा ख़ूब दी।" सुलभा ने अब चारु को छेड़ा। चारु सकुचायी–सी बैठी रही। उसे याद आया, उसने अभि को अपना दूध पिलाने की कोशिश की थी। यह बात वह कभी नहीं बतायेगी– कभी नहीं। "ओह नो सुलभा। वो तो बहुत कॉपरेटिव निकला। अभि मोटरसाइकिल पर जब मेरी गोद में सो गया तो मुझे बहुत डर लगने लगा था।" वह उस दिन की अपनी नासमझी पर अब तक हैरान थी।

"और अमित साहब, आप क्या करेंगे? बॉस तो चले गये जेल?" यह तन्मय की आवाज़ थी।

"अच्छा हुआ ऐसे लोगों का साथ छूटा सर। अब देखता हूँ इधर ही कोई काम। रग्घू भी रहेंगे हमारे साथ। क्या रग्घू?" रग्घू ने सिर हिलाकर तस्दीक की। अब वह भी उस ठेकेदार के पास काम करने नहीं जाने वाला था।

सुलभा की माँ इस बीच चाय की नयी ट्रे ले आयी थीं। शीला खड़ी होकर मदद करने में जुट गयी थी। सोना और सीमा भी लग गयीं। इस घर में वाक़ई मेला जैसा लग गया था। एक छोटे से कमरे में सुलभा के माँ–पिता और भाइयों के अलावा चारु–अमित, शीला–रग्घू और उनके बच्चे भी मौजूद थे। इसके अलावा दफ़्तर से प्रशान्त, वैशाली और कुछ साथी चले आये थे। इफ़्तिख़ार मुम्बई से लौट आया था। वह एक किनारे चुपचाप बैठा हुआ सब सुन रहा था।

रेवा भी चली आयी थी। वह कुछ कमज़ोर और थकी–थकी लग रही थी। लेकिन उसके चेहरे पर एक तृप्त–सी मुस्कुराहट थी।

उसकी नज़र इफ़्तिख़ार से मिली और उसने जिस ढंग से उसे देखा, उसी से इफ़्तिख़ार को समझ में आ गया कि रेवा आगे यह रिश्ता नहीं रखेगी।

"चलो, सब ठीक हो गया। मुम्बई के आतंकवादी भी मारे गये, हमारा अभि भी लौट आया।" सिन्हाजी ने कहा।

लेकिन सब ठीक नहीं हुआ था। प्रशान्त ने इफ़्तिख़ार की ओर देखा। इफ़्तिख़ार अब भी टूटा हुआ–सा ही एक कोने में बैठा था। पता नहीं, किस दबाव में यहाँ चला आया। सुलभा ने भी उसे देखा।

दोनों चुप रहे। ज़िन्दगी में सबकुछ कभी ठीक नहीं होता। भरते–भरते जख़्म भरते हैं। कुछ चीज़ें जाते–जाते जाती हैं। सबा अब नहीं लौटेगी। गुल बिना माँ के रहेगी।

मुम्बई में भी जो लोग मारे गये, उनके घरवालों की ज़िन्दगी कभी वैसी नहीं होगी जैसी तीन शाम पहले थी। तीन दिनों में क्या कुछ हो जाता है। प्रशान्त सोच रहा था।

लेकिन क्यों होता है– यह दुनिया नफ़रत, दहशत और साज़िश से इस क़दर क्यों भरी है? क्यों कुछ लोग एक पराये देश से समन्दर के ज़रिये दाख़िल होते हैं और किसी सफ़र पर रवाना हो रहे लोगों को भून देते हैं, किसी होटल में एक अच्छी–सी शाम गुज़ार रहे लोगों पर वे क्यों गोली बरसाने लगते हैं? क्यों एक मासूम–सा बच्चा बस थोड़ी–सी असावधानी में किसी माफिया गैंग के हाथ चला जाता है? क्यों जो ताक़तवर हैं वे सारे गुनाहों के बाद भी बेख़ौफ़ बचे घूमते रहते हैं और क्यों कमज़ोर लोग अपनी शराफ़त के बावजूद पिटते रहते हैं?

सुलभा अपने मामाओं की गोद में खेल रहे अभि को देख रही थी और सोच रही थी। उसे ख़याल आया कि इन तीन दिनों में न जाने कितने अभि अपनी माँओं से बिछड़ गये, कितने अभियों से उनकी माँएँ छिन गयीं। दूर से दिख रही ज़िन्दगी कितनी आसान लगती है जिसके बारे में हम नतीजे निकालते चलते हैं। क़रीब से देखो तो समझ में आता है उसका असली मतलब। तीन दिन के लिए अभि ग़ायब हुआ और लगा कि क्या से क्या हो गया। जिनकी ज़िन्दगी में वाक़ई क्या से क्या हो गया है, उनका क्या।

सिर्फ़ तीन दिन पहले एक रात वह इन सबसे बेख़बर न्यूज़ पढ़ रही थी। बिल्कुल मशीन की तरह। उसे फिर ख़याल आया। उसे किसने ऐसी मशीन में बदल डाला है? और वह जो गोलियाँ चला रहा था सीएसटी के ऊपर– वह भी तो बिल्कुल मशीन लग रहा था। पैदा तो वह भी किसी अभि की तरह हुआ होगा। किसने उसके हाथ में ये गोले–बारूद थमा दिये, किसने उसके दिमाग़ में ज़हर भरा, किसने उसे इन्सान से ऐसा रोबोट बना दिया जिसका काम बस क़त्ल करना और एक बार मारा जाना था? क्या वे लोग कभी पकड़े जायेंगे? हो सकता है, उन्हीं में से कुछ लोग इस आतंकवाद की निन्दा भी कर रहे हों और इस निन्दा की ख़बर वह आने वाले दिनों में पढ़ेगी।

उसे सैनी का ख़याल आया। वह यह सोचकर सिहर गयी कि वह एक टीवी चैनल का मालिक है। अगर अभि के मामले में नहीं फँसता तो बेख़ौफ़ चैनल चला रहा होता और एनसीआर की सुरक्षा–व्यवस्था को लेकर चिन्ता जता रहा होता। लेकिन क्या वह उसको सज़ा दिलवा पायेगी? क्या अपने वकीलों की मदद से वह छूट नहीं जायेगा? और वह कितने दिन यह मुक़दमा लड़ती रहेगी? क्या उसके स्टूडियो में आने वाले जो नेता होते हैं, वे सबके सब बेदाग़ होते हैं? वह यह सोचकर सिहर गयी कि वह अपराधियों की एक दुनिया से निगोशिएट करती रही है। वे चाहते हैं तो अभि को अगवा कर लेते हैं और उनके चाहने से अभि वापस लौट आता है। अगर लखनऊ में यादवजी से उसका सम्पर्क न होता तो शायद अभि की रिहाई इतनी आसान न हुई होती और हो सकता है कि ऐसे किसी बच्चे की फिरौती का हिस्सा नेताजी तक भी पहुँचता। उसे ख़याल आया कि वे लोग कितनी आसानी से टीवी पर अपहरण उद्योग जैसे शब्द का इस्तेमाल करते रहे हैं। तो क्या वे एक जैसे लोग हैं जो टीवी चैनल भी चलाते हैं, गोलियाँ भी चलाते हैं और बच्चों को उठाकर भी ले जाते हैं? यह पूँजी किस तरह का खेल करती है? यह कैसा देश हम बना रहे हैं? वह सोचती रही और सिहरती रही। अचानक उसका ध्यान भटका– प्रशान्त कुछ कह रहे हैं।

"दरअसल इस देश को इसके अमीर लोग नहीं, इसके ग़रीब लोग बचायेंगे। यह सोना बचायेगी, ये शीलाजी बचायेंगी। अभि को भी तो इन्हीं लोगों ने बचाया है। है कि नहीं?" प्रशान्त सर का हाथ सोना के सिर पर था जो सकुचायी–सी खड़ी थी। लेकिन कैसे? सुलभा को यक़ीन नहीं हो रहा था। मगर उसके यक़ीन करने न करने से क्या होता है? देश ऐसे नहीं चल सकता। दुनिया ऐसे नहीं चल सकती। चीज़ें बदलेंगी। यह निरा आशावाद हो तो हो। फ़िलहाल यही उसकी पूँजी है, यही उसकी ताक़त।

उसने सिर झटका। यह कमरा उसके अपने लोगों से भरा हुआ था। उसके माँ–पिता, दोनों भाई, उसका पति, उसकी कुलीग, उसके शुभचिन्तक, उसके साथ के लोग, उनके छोटे–छोटे बच्चे, उनकी सकुचायी खिलखिलाहटें, हर तरफ़ पसरा हल्का–हल्का सा शोर, और इन सबके बीच खेलता हुआ अभि। वह बस इतना सोच पायी कि कि इस हँसते–खेलते कमरे के बाहर कितना ख़ौफ़ है– इस दुनिया में अभि कैसे जियेगा? वह उसे शरीफ़ बनाये या ताक़तवर? या उसकी शराफ़त ही उसकी ताक़त होगी? अभि जब बड़ा हो जायेगा तो उसे यह सारा क़िस्सा सुनायेगी। बतायेगी कि कैसे जब स्याह हाथों ने अभि को उससे छीन लिया था तो उसे कुछ बहुत ही मामूली लोगों की मदद से बचाया जा सका था। फ़िलहाल उसे इतना समझ में आ रहा था कि उसके आसपास एक पूरा तन्त्र उसके ख़िलाफ़ खड़ा है जो उसका इस्तेमाल भी कर रहा है और उसके साथ खेल भी कर रहा है। कल से वह फिर अपने चैनल पर होगी और दुनिया के साथ आँखमिचौनी का खेल शुरू कर देगी।

❑❑

# और अन्त में...आभार

- प्रखर और स्मिता का, जिनके कहने से दफ़्तर से दो महीने की छुट्टी ली– किसी और काम से– मगर उपन्यास लिख डाला।
- अनु सिंह चौधरी और कलावन्ती सिंह का, अनुराग अन्वेषी, राकेश कायस्थ और विनोद खेतान का, जिन्होंने छपने से पहले पूरा उपन्यास पढ़ा और भरोसा दिलाया कि यह पठनीय है।
- रेणु आगाल और जगरनॉट पब्लिशिंग का, जिन्होंने प्रकाशन का मंच सुलभ कराया।
- एनडी टीवी और दूसरे चैनलों में काम कर रहे उन मित्रों का जिनके अनुभव इस उपन्यास में दर्ज हैं– कुछ बदले हुए रूप में।
- उपन्यास की पृष्ठभूमि 26 नवम्बर, 2008 को मुम्बई पर हुए आतंकी हमले से ली गयी है। तीन दिन की इस कहानी में बहुत सारी घटनाएँ सच्ची हैं, कई किरदार वास्तविक हैं, जिनके नाम भी शामिल हैं। इस बात का विशेष ध्यान रखा गया है कि उनके ज़िक्र से उनको या उनके अपनों के सम्मान को किसी तरह ठेस न पहुँचे। उस हमले में मारे गये लोगों को श्रद्धांजलि। उन लोगों का आभार जो यह लड़ाई अब भी लड़ रहे हैं।
- 2008 से अब तक कहानी बहुत बदल चुकी है। ओसामा बिन लादेन पाकिस्तान में मारा गया। इन सबके बीच मुम्बई का इन्साफ़ बाक़ी है, आतंकवाद का साया दुनियाभर में गहरा हुआ है, टीवी चैनलों पर आतंकवाद पर बहस जारी है, चैनलों का तमाशा भी। यानी कहानी अभी बाक़ी है, जिसे कोई और आगे बढ़ायेगा।